HEYNE BÜCHER

Das Buch
New York im Jahr 1871. In einem Schuppen am Hafen wird eine Prostituierte ermordet aufgefunden. Dies wäre an sich kein so bemerkenswertes Ereignis, doch daß sie das Kleid von Mrs. Walburton, der verschwundenen Ehefrau eines der reichsten Anwälte der Stadt, trägt, ist doch sehr außergewönlich. Der Anwalt befindet sich in höchster Aufregung, denn sein Name darf keinesfalls mit dem Mord in Verbindung gebracht werden. Deshalb beauftragt er den Privatdetektiv Harp, in diesem delikaten Fall zu ermitteln.

Harps Nachforschungen führen in die unterschiedlichsten Gesellschaftsschichten New Yorks. Der Bekanntenkreis der Ermordeten scheint sehr vielschichtig gewesen zu sein; reiche Geschäftsleute gehörten ebenso dazu wie Gangster, Bordellbesitzerinnen und einige korrupte Polizisten. Harp findet sehr viele Spuren, doch die meisten führen nicht sehr weit. Eine muß jedoch die richtige sein.

Der Autor
Der amerikanische Autor J. D. Christilian hat schon eine ganze Reihe von erfolgreichen Büchern veröffentlicht. Er hat sich als Verfasser von historischen Sachbüchern ebenso einen Namen gemacht wie als Autor spannender Thriller. Außerdem stammen die Drehbücher zu einer ganzen Reihe von bedeutenden Hollywood-Filmen von ihm.

J.D. CHRISTILIAN

NEBEL ÜBER MANHATTAN

Roman

Aus dem Amerikanischen
von Andreas Nohl

WILHELM HEYNE VERLAG
MÜNCHEN

HEYNE ALLGEMEINE REIHE
Nr. 01/10587

Titel der Originalausgabe
SCARLET WOMEN
erschienen 1996 bei Donald I. Fine Books, New York

Umwelthinweis:
Das Buch wurde auf
chlor- und säurefreiem Papier gedruckt.

Printed in Germany 1998
Umschlaggestaltung: Atelier Ingrid Schütz, München
Satz: Leingärtner, Nabburg
Druck und Bindung: Ebner, Ulm

ISBN 3-453-13651-9

Einige der widersprüchlichsten Meinungen zur Frauenfrage, die in der »viktorianischen Ära« Amerikas während der zweiten Hälfte des 19. Jahrhunderts die Gemüter erregte:

»Laßt niemals eine Frau sich selbst betrügen. Der Lohn der Sünde ist der Tod.«

JAMES D. MCCABE

»Ich habe ein unveräußerbares, verfassungsmäßiges und natürliches Recht, zu lieben, wen immer ich mag, so lange oder so kurz zu lieben, wie es mir beliebt, die Liebesbeziehung an jedem Tag zu beenden, wenn es mir paßt, und weder Sie noch irgendein Gesetz, das Sie ersinnen mögen, haben das Recht, sich darin einzumischen.«

VICTORIA WOODHULL

»Der Mann der Gegenwart, mit seiner Zuneigung und Zuwendung zum schwächeren Geschlecht, ist nur allzu leicht bereit, der Frau eine Reihe von Privilegien einzuräumen. Darüber hinaus erscheint es ihm offenbar als unnatürlich, daß die Frau dem Tumult, den Aufregungen und Risiken des beruflichen Wettbewerbs ausgesetzt werden soll.«

NEW YORK HERALD

»Für mich besteht die Sphäre der Frau genau in dem, was sie auszufüllen imstande ist, und mir leuchtet keineswegs ein, warum Charlotte Corday nicht das gleiche Recht zum Tyrannenmord hatte wie Brutus, wenngleich ich nicht bezweifle, daß man sie in der Küche schmerzlich vermißt haben wird.«

ELLEN STURGES HOOPER

KAPITEL 1

Der Tag war für den frühen Winter unnatürlich warm gewesen, die Sonne stach aus einem wolkenlosen Himmel herab. Sie hatte auf den gepflasterten, überfüllten Straßen den Schnee zum Schmelzen gebracht und Matschpfützen hinterlassen, durch die die Pferde mit den Kutschen hindurchplatschten, die Hosen und bodenlangen Mäntel der Fußgänger vollspritzend. Sie heizte auch die Gewässer um die Stadt New York herum auf, die Ende 1871 nur aus Manhattan und wenigen kleinen Nachbarinseln bestand.

Nach Sonnenuntergang sank die Temperatur jedoch jäh, und von der Oberfläche der erwärmten Flüsse und der Bay stieg Nebel auf. Um acht Uhr an diesem Abend war der Nebel so dicht, daß die Männer auf den Frachtschiffen, die mit Segeln oder Dampfkraft in den Hafen einliefen oder ihn verließen – die Ozean- und Flußschiffe, die Schlepper, Kähne und Kanalboote –, das Licht der anderen nicht mehr in sicherer Distanz sehen konnten.

Die Gefahr wurde dadurch noch größer, daß es weder eine Brücke noch einen Tunnel gab, der Manhattan mit dem Festland von New Jersey, mit Long Island oder der selbständigen Stadt Brooklyn verband. Der gesamte Verkehr zwischen ihnen wurde von 23 Fährlinien bestritten. In dieser Nacht waren die Fährschiffe, die Passagiere, Waggons und Kutschen hin und her transportierten, ebenso unsichtbar wie die anderen Schiffe, die sich blind aneinander vorbeitasteten. Havarien konnten nur knapp vermieden werden, und zwar allein durch das schleichende Tempo der Fahrzeuge und durch das ständige Gebimmel von Schiffsglocken und das Dröhnen von Nebelhörnern, das die Nacht erfüllte.

Der Nebel hüllte nicht nur die Lichter auf dem Wasser ein, sondern auch die Gaslampen auf dem Hafengelände. In dieser dunklen Waschküche krümmte sich ihr Licht auf sich selbst zurück und beleuchtete nur ein paar Meter im Umkreis. Und selbst in diesem Kreis schuf ihr streuendes Schummerlicht nur phantastische Gebilde aus Schatten und Halbdämmer.

Solche Nächte boten ideale Arbeitsbedingungen für die Banden der Flußpiraten, die Amerikas größten Hafen heimsuchten.

New York City war noch ein unentwickeltes, prahlerisches Kind im Vergleich zu den großen europäischen Metropolen wie London und Paris. Doch in der Neuen Welt war es zur wichtigsten und am dichtesten besiedelten Stadt geworden, die mit der unbändigen Kraft eines frühreifen Halbwüchsigen aus allen Nähten platzte. Der Erie-Kanal, der die Großen Seen mit dem Hudson River verband, hatte New York zum natürlichen Umschlagplatz für importierte und exportierte Waren aus dem Mittleren Westen, von der Atlantikküste und aus Europa werden lassen. New York war eine Stadt von überwältigendem Reichtum, Seite an Seite mit dem Abgrund entwürdigender Armut. Die Piraten kamen aus dem letzteren, um ersteren zu erbeuten.

Ein Sozialarbeiter mit Namen Charles Brace hatte die Reichen davor gewarnt, indem er sie vergeblich dazu zu bewegen versuchte, einen Teil ihres Geldes zur Unterstützung armer Kinder zu geben. »Warum sollte die Straßenratte, wie die Polizei ihn nennt – der Junge, dessen Heim in seiner süßen Kindheit eine Hütte oder ein Kellerloch war, dessen Essen aus ein paar erbettelten Krümeln oder gestohlenem Brot bestand, dessen prägende Einflüsse Tritte, Flüche und Erniedrigung durch das Elend waren –, warum sollte er sich an irgendwelche Spielregeln der Zivilisation halten? Diejenigen, die zu gleichgültig sind, sie als Kinder wahrzunehmen, werden sie als Erwachsene um so deutlicher zur Kenntnis nehmen: voll bitterem Haß auf den Reichtum und das Wohlleben, das sie nie teilen durften. Sie werden die Gesellschaft vergiften und mit den blutigen Händen des Verbrechers sich zurückholen, was die Welt ihnen aus Gleichgültigkeit oder Selbstsucht vorenthielt.«

Die Flußpiraten waren solche ehemaligen Straßenratten, die – inzwischen erwachsen geworden – Nächte wie diese dazu nutzten, sich »zurückzuholen«, was sie nie besessen hatten.

Die Hafenpolizisten waren besonders wachsam und hielten ihre Gewehre und Revolver schußbereit, als sie in Ruderbooten die Hafenanlagen des East River und des Hudson patrouillierten. Die Flußpiraten gaben nie ohne Kampf auf, wenn sie beim Ausräumen eines Schiffs oder eines Lagerhauses ertappt wurden. Sie waren ebenso schwer bewaffnet wie die Polizei und durchaus entschlossen, dem Raub Mord hinzuzufügen. Gewöhnlich kam es zu längeren Schießereien, wenn die Piraten in ihrem eigenen Ruderboot flohen und die Polizisten sie aufzubringen versuchten, bevor sie im dunklen Labyrinth der Schiffe und Landungsstege untertauchten.

In den letzten Jahren war die Opferrate an Toten und Verletzten bei der Polizei und den Piraten etwa ausgeglichen.

Kurz nach Mitternacht glitt ein Patrouillenboot durch die schummrigen Schatten der Kais entlang der East Street, nahe Corlears Hook. Der Mann im Bug leuchtete mit seiner Abblendlaterne unter die Piers, während die Männer an den Rudern und an der Steuerpinne die Decks der massenhaft angedockten Schiffe absuchten. Seit dem Bürgerkrieg war der Anteil der Raddampfer von Jahr zu Jahr gestiegen. Aber noch beherrschten die Segelschiffe das Bild: Ihre Bugspriete ragten wie riesige Speere zur Hälfte in die East Street hinein, und ihre Masten, Spieren und Takelagen bildeten einen blätterlosen Wald, der sich über die ganze Länge der Hafenanlage hinzog. Das Patrouillenboot war zwischen einem Flußdampfer und einem alten Transatlantik-Rahsegler in eine schmale Fahrrinne eingebogen, als die Polizisten ein vertrautes Signal hörten: die schnell aufeinanderfolgenden Schläge eines Polizeiknüppels auf dem Pflaster einer nahen Straße. Ein Schutzmann am Ufer, der Unterstützung erbat.

Binnen Sekunden kletterten zwei Männer aus dem Polizeiboot, Clancy und Riordan, eine Leiter zum Pier hinauf. Als sie über den Kai rannten, zogen sie ihre Revolver aus den Hüfttaschen und lösten ihre langen Schlagstöcke, jene furchterregenden Knüppel, die in der Unterwelt »Heuschrecken« genannt wurden.

Dem Klopfsignal folgend, bogen sie in die Broome Street ein und von dort in die Mangin. In dem Lichtschein, den eine Laterne auf die Pflastersteine warf, sah man die kauernde Gestalt eines Polizisten vom 13. Revier mit Namen Costello, der mit seinem Knüppel das gleichförmige Zeichen trommelte. In der anderen Hand hielt er einen Revolver, der auf den Seiteneingang eines schmalen, dreistöckigen Lagerhauses gerichtet war. Sowie er Clancy und Riordan sah, steckte er seinen Stock wieder in den Gürtel seines langen blauen Uniformmantels, nahm die Laterne vom Boden und richtete sich auf.

»Ich kontrolliere hier jeden Abend die Türen«, sagte er ihnen in hastigem, leisem Ton und deutete auf die Tür, die er beobachtete. »Jemand hat das Schloß aufgebrochen. Wenn wir Glück haben, sind sie noch drin.«

Riordan nickte erwartungsvoll. »Sehen wir nach.«

Clancy schob die Türe auf, und Costello ging mit der Laterne voraus. Hafenratten huschten vor dem Licht davon, als die drei Männer einen mit Holz überdachten Gang entlangschritten, der auf einen von vier Seiten umschlossenen Hof führte. Eine Kiste mit französischer Aufschrift lag dort umgekippt. Eine Ecke war aufgeschlagen, und Flüssigkeit rann auf den alten Backsteinboden. Riordan ging in die Hocke und roch.

»Schnaps«, flüsterte er.

Zwei Türen führten von dem Hof ab. Eine stand weit offen. Sie gingen hinein und gelangten in einen Lagerraum, der mit den gleichen Kisten halb vollgestapelt war. Einige der

Stapel waren niedriger als die anderen. Zwei waren teilweise umgestürzt. Im Schein von Costellos Laterne sahen sie zwischen den Stapeln nach. Die Diebe hatten sich davongemacht – zumindest aus diesem Raum. Aber eine weitere Tür am hinteren Ende des Lagerraums stand ebenfalls ein Stück weit offen.

Behutsam bewegten sich die drei durch sie hindurch, und Costello leuchtete den dahinterliegenden Raum mit seiner Laterne aus. Es war ein kleines Büro. Ein Rollpult, zwei Stühle und ein großer Safe standen darin. Letzterer war noch verschlossen, und offenbar hatte sich niemand an ihm zu schaffen gemacht. Sie fanden auch hier keine Diebe.

Was sie schließlich fanden, war eine Frau, deren wohlgerundeter Körper in einem grünsamtenen Ballkleid steckte. Das Kleid entblößte ihre schönen Schultern und Arme und schien neu und von erlesener Qualität zu sein. Die Frau lag mit dem Kopf auf den groben Holzdielen hinter dem Pult. Ihr Hinterkopf war von einem scheußlichen Lumpen bedeckt. Durch ihn hindurch war Blut auf ihr zerzaustes helles Haar gesickert. Doch nicht genug, um die dunkle Lache zu erklären, die sich unter ihrem Kopf und Oberkörper ausgebreitet hatte.

Clancy verzog das Gesicht und beugte sich über sie, um sie herumzudrehen. Der Körper bewegte sich schwerfällig, und als sie auf dem Rücken lag, kehrte sich Riordan ab und übergab sich an der Seitenwand des Safes.

Ihre Augen waren ein wenig geöffnet und starrten sie vollkommen ausdruckslos an. Kein Schrecken, keine Angst, kein Zorn. Sie hatte das kunstvoll geschminkte Gesicht einer Edelhure, und die üppigen Formen ihrer Brust wölbten sich gegen den tiefen Ausschnitt des Kleides ohne den üblichen Spitzeneinsatz, der sonst der Sittsamkeit Genüge tat. Sie schien noch unter dreißig gewesen zu sein, und wahrscheinlich war sie im Leben ziemlich schön gewesen. Aber dessen konnte man sich nicht mehr ganz sicher sein, denn das Blut, von dem das Oberteil des Kleides durchtränkt war, hatte sich mit dem Make-up zu einer grausigen Maske verbunden.

Jemand hatte die Spitze eines Messers unter einem Ohr tief in den Hals gestoßen und, das Messer nach unten führend, die Kehle quer bis zum anderen Ohr aufgeschlitzt.

KAPITEL 2

Es war am nächsten Nachmittag, als Vance Barclay Walburton vor den mächtigen ägyptischen Säulen, die dem Hauptgefängnis der Stadt den Spitznamen »Die Grabkammern« gaben, aus einem Hansom stieg.

An die vierhundert Männer, Frauen und Kinder befanden sich an diesem Tag in den Zellen und warteten auf ihren Prozeß oder ihr Urteil. Daneben ein paar andere, die auf ihren letzten Gang über die »Seufzerbrücke« des inneren Hofs zu den Galgen warteten. Doch obwohl Walburton Anwalt war, hatte er mit keinem von ihnen zu tun; er war noch nie in den Grabkammern gewesen, und er wußte auch keinen vernünftigen Grund, warum sich das in Zukunft ändern sollte.

Die Anwaltskanzlei, die er von seinem Vater und seinem Onkel geerbt hatte, war auf Immobilien und Anlagen spezialisiert, die sie für einige der wohlhabendsten New Yorker Familien betreute. Walburton selbst stammte aus einer solchen Familie. Er achtete strikt darauf, daß er keinen der Emporkömmlinge vertrat, die durch dubiose Grundstücksspekulationen, Machenschaften der Eisenbahngesellschaften oder politische Korruption reich geworden waren. Er scheute allerdings nicht davor zurück, gewisse Leute zu vertreten, die ihren Besitz durch Gewinne während des Bürgerkriegs deutlich vermehrt hatten – solange sie zur alten Garde der New Yorker Familien gehörten. Falls einige von ihnen dies als Heuchelei empfinden mochten, war ihm dies nicht bewußt. Er hielt diesen Teil seines Bewußtseins ständig hinter Schloß und Riegel – und gab sich mit der Gewißheit zufrieden, daß niemand von *seiner* Klientel sich je innerhalb der Grabkammern wiederfinden würde.

Walburton hatte dem Kutscher diese Adresse angegeben, da sie ihn weniger in Verlegenheit brachte als sein tatsächliches Ziel auf der anderen Seite der Centre Street.

Aus demselben Grund war er nicht in seinem eigenen Wagen gekommen. Sein Fahrer konnte mit anderen Bediensteten darüber klatschen. Oder sein Wagen hätte von einem zufällig vorüberkommenden Passanten aus seiner eigenen Gesellschaftsschicht erkannt werden können, der sich mit hochgezogener Augenbraue gefragt hätte, was er hier zu tun hatte. Man mußte stets umsichtig darauf bedacht sein, dem großbürgerlichen Kreis, in dem man verkehrte, keinen Anlaß zu geben, die eigene Treue zu seinen sozialen, finanziellen und moralischen Wertvorstellungen in Zweifel zu ziehen.

Natürlich wurden diese Vorstellungen von den unteren Schichten nicht geteilt. Von diesen Leuten, denen es an Bildung fehlte, ließ sich schlechterdings keine anständige Lebensführung erwarten, und am besten übersah man sie. Doch für sich genommen war die Spitze der New Yorker Gesellschaft »viktorianischer« als das viktorianische London – und stolz darauf. Mochte die Londoner Gesellschaft bei dem anstößigen Treiben einiger ihrer Lebemänner mit dem Auge zwinkern. New Yorks exklusive Familien zwinkerten nie.

Die gesellschaftliche Stellung eines Mannes hing von der Kombination dreier wesentlicher Bestandteile ab: Herkunft, Geld und moralische Untadeligkeit. Ein fehlender familiärer Hintergrund ließ sich zuweilen dadurch wettmachen, daß man, vorausgesetzt genügend Reichtum war vorhanden, seine Kinder in eine der gesellschaftlich etablierten Familien einheiraten ließ. Der Mangel angemessener finanzieller Ressourcen konnte hingenommen werden, falls die betreffende Person einer der alten Familien angehörte, welche die gesellschaftliche Tradition mitbegründet hatte. Vorausgesetzt, diese Person bewies genug Geschmack, sowenig wie möglich aufzufallen, und nicht etwa ihre durchgescheuerten Aufschläge zur Schau zu stellen. Jedes unziemliche Benehmen, wenn es sichtbar wurde und Aufmerksamkeit erregte, kam dem gesellschaftlichen Tod gleich.

Der Stammbaum von Vance Barclay Walburtons Familie war eindrucksvoll. Angesichts seines ererbten Vermögens bestand kein Zweifel daran, daß er die Einkünfte aus seiner Anwaltskanzlei nicht nötig hatte: daß sie nur dem lobenswerten Zweck dienten, ihn mit einer nützlichen und nicht zu anspruchsvollen Beschäftigung zu versehen. Und nicht der Hauch eines Skandals hatte je seinen Ruf zu beflecken gedroht.

Bis jetzt.

Walburton wartete, bis der Kutscher mit seiner Peitsche über dem Pferd knallte, losfuhr und seine Kutsche vor zwei völlig erschöpfte Pferde lenkte, die einen überfüllten Straßenbahnwagen in der Schienenspur zogen. Dann blickte er die dichtbevölkerte Straße in beiden Richtungen entlang, bemüht, dies so beiläufig zu tun, als suchte er nach nichts Bestimmtem. Er war ein gutaussehender Mann von sechsundvierzig Jahren, ebenso teuer wie dezent gekleidet; sein Backenbart war kurz geschoren, ohne die buschige Fülle, die manche bevorzugten. Sein seidener Zylinderhut saß korrekt auf seinem Kopf, ohne die geringste, Koketterie verratende Neigung. Dennoch tat er nun so, als ob er ihn etwas geraderichtete, während er sich überzeugte, daß niemand in Sicht war, den er kannte. Schließlich schaute er über die Straße auf sein Ziel.

Es füllte das Parterre eines schäbigen zweistöckigen Hauses aus. Ein großes Schild – HOWE & HUMMEL RECHTSANWÄLTE – sorgte dafür, daß niemand, der wegen eines Verbrechens in die Grabkammern abgeführt wurde, die Kanzlei übersah.

William Howe und Abe Hummel waren eine andere Spezies von Rechtsanwälten als Walburton. Diejenigen ihrer Mandanten, die dem Begriff von Rechtschaffenheit und Respektabilität am nächsten kamen, waren Zeitungsbesitzer und Theaterleute. Walburtons Kreise sahen im Journalismus keinen ehrbaren Beruf; und der sittliche Lebenswandel selbst der namhaftesten Opernsänger, Schauspieler und Musiker war ohne Zweifel verdächtig. Man konnte einen berühmten Darsteller zu sich nach Hause einladen, um die eigenen Gäste zu unterhalten, verkehrte aber nie wirklich mit seinesgleichen.

Die meisten von Howes & Hummels Mandanten waren jedoch Diebe, Mörder, Ganoven, Spieler, Huren und andere Gestalten aus New Yorks üppig gedeihender Unterwelt. Die Fähigkeit der Kanzlei, auch für offensichtlich schuldige Klienten Freisprüche herauszuholen, machte sie rasch zu einer der wohlhabenderen New Yorker Anwaltsfirmen. Gewiß war sie eine der zwielichtigsten und verrufensten. Ein großer Teil ihres Erfolgs hatte, Gerüchten zufolge, mit der Bestechung von Richtern und Geschworenen zu tun. Darüber hinaus wurde bei Howe & Hummel zunehmend die Praxis der Erpressung geübt – Prozeßandrohungen wegen gebrochener Heiratsversprechen gegenüber jungen Frauen, mit denen sich Herren konfrontiert sahen, welche sich eine Besudelung ihres Rufs nicht leisten konnten.

Jeder wußte, daß viele Männer aus den allerbesten Familien – jung oder alt, verheiratet oder ledig – anfällig für Beziehungen mit Kurtisanen waren. Nichts anderes war in einer Gesellschaft zu erwarten, in der Frauen als Wesen ohne sexuelle Wünsche galten, bedauerlicherweise ganz im Gegensatz zu Männern. Solange diese Affären mit größter Diskretion behandelt wurden, konnte die Gesellschaft so tun, als wüßte sie nichts davon. Eine beträchtliche Zahl solcher Männer hatte Howe & Hummel große Summen bezahlt, um ihre moralischen Fehltritte vor der Zurschaustellung im Gerichtssaal zu bewahren.

Es grenzte an ein Wunder, daß Howe und Hummel für diese Praktiken nicht längst von der Anwaltskammer ausgeschlossen worden waren. Vance Walburton teilte durchaus nicht die Meinung jenes namhaften Juristen, eines Kandidaten für den Oberen Gerichtshof, der sich dem Ausschlußverfahren widersetzte, weil das widerwärtige Paar »ein bißchen Wind in unser staubtrockenes Gewerbe bringt«. Walburton hatte noch keinen der beiden Partner kennengelernt; doch er verabscheute alles, wofür diese Männer standen.

Walburton widerstand dem Impuls, seinen Spazierstock aus Ebenholz zu heben und eine andere Kutsche anzuhalten, damit sie ihn fortbrachte. Er wußte um seine privaten Schwächen; doch Feigheit, so hoffte er, zählte nicht dazu. Außerdem wußte er nicht, wo er sonst die Hilfe erhalten konnte, die er jetzt benötigte. Nach einem letzten prüfenden Blick auf die Leute um ihn herum begann er, die Centre Street zu überqueren.

Es war nicht einfach in New York, eine der breiteren Straßen bei starkem Verkehr zu überqueren. Es gab keine geltenden Verkehrsregeln. Man mußte flink sein, wenn man in dem klappernden Gewühl von Droschken und Privatkutschen, Straßenbahnen und Omnibussen, Last- und Brauereiwagen nicht überfahren werden wollte. Zur gleichen Zeit mußte man geschickt den stinkenden Dunghaufen ausweichen, welche Tausende von Pferden, die all diese Gefährte zogen, hinterlassen hatten. Doch wie alle alteingesessenen New Yorker, ob reich oder arm, hatte Walburton genug Übung, es mit diesen Fährnissen aufzunehmen. Er erreichte die andere Straßenseite unversehrt, die Schuhe unbeschmutzt.

In der Nachricht, die er durch einen Boten an Howe, den älteren Partner, hatte überbringen lassen, hatte er darum gebeten, daß dieses Treffen geheim bleiben sollte. In der freundlichen Antwort, die er darauf erhalten hatte, wurde ihm erläutert, wie er zu Howes Büro gelangen konnte, ohne von irgend jemandem im Wartezimmer gesehen zu werden. Er bog am Eingang unter dem Howe & Hummel-Schild ab, ging um die Ecke in die Leonard Street und pochte mit seinem Stock gegen eine unbezeichnete Tür.

Die beiden Partner waren ihm einmal im *Delmonico* gezeigt worden. So erkannte er in dem hemdsärmeligen Mann, der ihm die Tür öffnete, William Howe wieder und war wenig überrascht von der vulgären Extravaganz seiner Erscheinung.

Der Mann war sehr groß und fett und übersät mit Edelsteinen. Trauben davon baumelten von der goldenen Uhrkette über der aufdringlich roten Satinweste und schmückten die dicke Krawattennadel, die aus seiner karminroten Seidenkrawatte herausragte. Sein Hemd hatte einschließlich der Manschetten diamantene Knöpfe, und drei weitere Diamanten blitzten an seinen plumpen Fingern.

Auch Howes Gesicht schien ein Teil der theatralischen Ausstaffierung: eine rosige, fleischige Fläche mit drei verschiedenen Haarfarben. Das borstige Haupthaar war grau, die vorspringenden Augenbrauen waren schwarz und der protzige Schnurrbart weiß. Das Gesicht schien für finsteres Dreinblicken geschaffen. Doch Howes Lächeln war warmherzig, als er Walburton am Ellbogen faßte und ihn in den fensterlosen Backsteinflur zog, der nur von einer kleinen Kerosinlampe in Howes anderer Hand erleuchtet wurde. Er verriegelte die Tür und sagte mit offenbarer Aufrichtigkeit: »Mr. Walburton, dies ist wirklich eine Ehre und eine Freude.«

Es klang die Spur eines britischen Akzents mit. Walburton erinnerte sich an Gerüchte, daß Howe vor langer Zeit, der Polizei um eine Nasenlänge voraus, aus England geflohen war, um eine neue Identität anzunehmen und in Amerika ein neues Leben mit neuem Beruf zu beginnen.

Unter ihren Schuhen knirschte der Backsteinstaub, als Howe vorausging. Es war lange her, seit jemand den Hinterausgang geputzt hatte. Howe öffnete eine Tür am anderen Ende des Gangs, pustete die Laterne aus, hängte sie an einen Wandhaken und geleitete Walburton in sein Büro.

Howe & Hummel gaben offensichtlich nicht viel von ihrem unrechtmäßig erworbenen Einkommen für den Versuch aus, Eindruck zu schinden. Howes Büro war mit Gegenständen möbliert, die augenscheinlich aus Trödelläden zusammengekauft waren. Zwei Schreibtische mit nicht dazu passenden Drehstühlen. Zwei Ledersessel für Besucher, mit ausgeblichener Lederpolsterung. Ein alter Schrank. Ein auf dem Boden stehender Chatwood-Bürosafe. Ein schmerbäuchiger Kohleofen, der gerade genug Wärme abgab, um die Winterkälte draußen zu halten. Der Raum wurde von zwei verstaubten herabhängenden Gaslampen beleuchtet. Das einzige Fenster war mit Rücksicht auf Walburtons Bitte nach Diskretion durch einen Fensterladen verschlossen.

Abe Hummel trat aus einem angrenzenden Büro herein, als Howe die Tür zum rückseitigen Flur schloß. Man konnte sich schwerlich einen größeren Kontrast vorstellen als den zwischen Howe und seinem Partner.

Hummel war klein, zierlich, zwei Jahrzehnte jünger als Howe, doch fast vollkommen kahl, mit einem fliehenden Kinn, das die große, vorragende Nase noch akzentuierte. Im Gegensatz zu Howe trug er einen modisch geschnittenen Gehrock von auserlesenem Geschmack mit dazu passenden Knöpfen; und dieser war, wie seine Weste und seine Hosen, in feierlichem Schwarz gehalten.

Nichts feierlich Ernstes hingegen fand sich in Hummels Augen. Sie glitzerten förmlich vor Vergnügen und Neugier, als er und Walburton einander mit knappem Nicken begrüßten.

Walburton hatte keinen Zweifel, daß hinter diesen Augen eine außerordentliche Intelligenz am Werk war. In der gesamten juristischen Branche war bekannt, daß Hummel als kleiner Botenjunge in Howes Kanzlei gekommen war, ein Sohn jüdischer Einwanderer, die in den Slums im Osten der Bowery wohnten. In weniger als einem Jahr war er Howes Gehilfe geworden und drei Jahre später sein gleichberechtigter Partner.

Howe wies auf einen der Besuchersessel. »Bitte, Sir, machen Sie es sich bequem.«

Walburton nahm mit steifem Rücken Platz, lehnte seinen Stock gegen eine der Sessellehnen, lüftete seinen Hut und hielt ihn zwischen den Knien. Er widerstand dem Drang, eilends die Flucht zu ergreifen. Howe hatte seine massige Gestalt in den Drehstuhl hinter einem der Schreibtische manövriert. Hummel stand gegen den anderen Schreibtisch gelehnt und kreuzte die Arme vor seiner mageren Brust. Mit seiner Nase und der schwarzen Tracht erinnerte er Walburton an Poes Raben, der immerfort »Nimmermehr« krächzte.

Howes Lächeln war wohlwollend. »Nun, Mr. Walburton, wie können wir Ihnen behilflich sein?«

Walburton zögerte. »Es handelt sich um eine außerordentlich delikate Angelegenheit ...«, begann er, zögerte dann erneut und fragte sich noch einmal, ob es klug war, Männer wie diese ins Vertrauen zu ziehen.

Hummel erriet den Grund seines Zögerns. »Sie sind sich unsicher, ob Sie uns trauen können«, sagte er mit höflicher Reserviertheit. »Vielleicht haben Sie unschöne Geschichten über uns gehört, wie sie von den aufgeblasenen Schwachköpfen unseres Berufsstands herumerzählt werden?«

»Es gibt gewisse Gerüchte«, gab Walburton zu.

Howe brachte es zuwege, milde erstaunt zu erscheinen. »Und diese wären?«

Walburton hatte nicht den Eindruck, daß dies ein günstiger Zeitpunkt war, von Bestechung und Erpressung zu sprechen. »Ich habe ebenso beruhigende Dinge gehört«, sagte er. »Es besteht zum Beispiel allgemein die Ansicht, daß Dinge, die Ihnen im Vertrauen offenbart werden, nicht nach draußen dringen.«

»Nun, das ist sicher richtig«, sagte Howe. »Aber das gilt für jeden in unserem Beruf. Als Kollege wissen Sie das. Niemand von uns kann regen Zulauf erwarten, wenn potentielle Mandanten befürchten müssen, daß Geheimnisse, die sie uns anvertrauen, zum Stadtgespräch werden.«

Abe Hummel löste seine knochigen Arme voneinander und schlug einmal sanft die Hände zusammen, als wolle er so das Ende der einleitenden Höflichkeiten ankündigen. »Nun, also, Mr. Walburton – Ihr delikates Problem?«

KAPITEL 3

Vance Walburton verlor plötzlich die Geduld mit sich selbst. Gezierte Zurückhaltung angesichts einer unangenehmen Notwendigkeit mochte einer wohlerzogenen Frau gut anstehen. Nicht gut stand sie einem Manne an, der sich der Stärke seines Charakters rühmte.

»Gestern nacht«, begann er in einem um Festigkeit bemühten Ton, »wurde eine Frau in einem Lagerhaus bei den Docks an der East Street ermordet aufgefunden. In das Lagerhaus wurde eingebrochen, Waren sind daraus gestohlen worden. Die Polizei geht davon aus, daß die Frau mit den Dieben im Bunde stand, während des Einbruchs vorbeikam und von einem oder mehreren von ihnen aus unbekanntem Grund getötet wurde. Vielleicht handelte es sich lediglich um einen Streit, bei dem Trunkenheit eine Rolle spielte. Jedenfalls hat sich die Polizei an mich gewandt in der Hoffnung, daß ich vielleicht Licht in die Sache bringen könnte. Ich konnte das natürlich nicht.«

»Sie kannten diese Frau?« fragte Howe liebenswürdig.

»Mit Sicherheit nicht. Die Frau war eine von jener Sorte, die der Polizei bekannt ist. Offenbar eine Gelegenheitsprostituierte. Sie kann auch hin und wieder als Schauspielerin gearbeitet haben, in kleinen Nebenrollen.«

Walburton verzichtete darauf, seiner Ansicht über die meisten Schauspielerinnen – insbesondere alle kleineren – Ausdruck zu geben, die er nicht weit über den Prostituierten ansiedelte. Er wollte Abe Hummel nicht verärgern, dessen leidenschaftliche Liebe zum Theater und zu allen, die damit zu tun hatten, allgemein bekannt war.

Ungeachtet seiner äußeren Erscheinung war es der protzige Bill Howe, der sich ganz seinem Heim, seiner Frau und seinen Kindern widmete. Der kleine Abe Hummel war als fröhlicher Junggeselle stadtbekannt, der die meisten Abende im Theater, in der Oper oder auf einer Party von irgendwelchen Theaterleuten verbrachte, und das gewöhnlich in Begleitung von einem Schwarm hübscher Mädchen, die Schauspielerinnen in »kleinen Nebenrollen« waren. Die Art junger Frauen eben, für die Howe & Hummel die Verfahren wegen »Verführung durch Heiratsversprechen« vorbereiteten – unter Berufung darauf, daß jeder gutsituierte Mann, der mit den Gefühlen eines armen Mädchens spielte, diesem wenigstens eine gewisse finanzielle Entschädigung als »Herzensbalsam« schuldig sei.

»Laut der Polizei«, fuhr Walburton fort, »hieß die Ermordete Alice Curry. Ein Name, der mir nicht das geringste sagte. Ich willigte aber ein, hinzugehen und mir ihren Leichnam anzuschauen. Ich kann Ihnen versichern, wie ich es auch schon der Polizei gesagt habe, daß ich diese Frau nie zuvor in meinem Leben gesehen hatte.«

»Was brachte die Polizei zu der Annahme, daß Sie etwas mit ihr zu tun hätten?« fragte Hummel, die funkelnden Augen fest auf Walburtons Gesicht gerichtet.

»Die Kleider, die sie trug. Ein Abendkleid und zwei Unterröcke, die meiner Frau gehörten. Ihr Name, Mrs. Vance Barclay Walburton, war innen eingestickt. Von dem Schneider, der meiner Frau oft die Garderobe näht.«

»Ah«, sagte Hummel, ohne diesem Wort eine besondere Bedeutung zu verleihen.

»Ich sagte der Polizei, daß mich das nicht allzusehr überrascht. Daß meine Frau oft Kleider an Wohltätigkeits-Organisationen verschenkt und daß eine von ihnen das Kleid und die Unterröcke an diese unglückliche Frau weitergegeben haben muß.«

Bill Howe hatte sich in seinem Drehstuhl zurückgelehnt und schaute zur Decke. Er besaß nicht die Begabung, im Gerichtssaal einen Wirbelwind von Fragen zu entfalten – dafür hatte er aber ein Gehör für die leisesten Nuancen in der Stimme eines Zeugen. Er richtete seinen Blick wieder auf

Walburton und sagte sanft: »Aber was Sie der Polizei sagten, war nicht die ganze Wahrheit?«

»Nein«, gestand Walburton. Er zögerte ein letztes Mal. Jetzt ging es um den harten Kern der Sache. »Die Wahrheit ist, ich habe nicht die geringste Ahnung, wie diese Frau in den Besitz der Kleider meiner Frau gelangt ist.«

»Was sagt Ihre Frau dazu?«

»Ich habe Captain Redpath – dem Polizeihauptmann des Bezirks, wo der Einbruch und der Mord stattfanden – erklärt, daß meine Frau zur Zeit in Europa auf Reisen ist. Und daß sie nie eine fleißige Briefschreiberin war. Da ich nicht genau wüßte, wo sie sich im Moment aufhält, könnte ich sie nicht erreichen und wegen der schmutzigen Geschichte befragen. Auch wenn es irgendeinen Anlaß gäbe, dies zu tun. Captain Redpath stimmt mir darin zu, daß es *keinen* solchen Anlaß gibt. Ihm genügt die Erklärung, daß meine Frau Kleidungsstücke der Wohlfahrt spendet. Er geht also davon aus, daß keinerlei Verbindung zwischen der Toten und mir oder meiner Frau bestanden hat.«

Weder Howe noch Hummel äußerten sich dazu. Sie sahen ihn an und warteten.

»Es ist wahr, daß ich nicht weiß, wo sich meine Frau zur Zeit befindet«, sagte Walburton. »Doch der Grund dafür ist, daß sie mich vor über zwei Monaten verlassen hat. Ich habe sie seither nicht gesehen.«

»Ah«, meinte Hummel wieder. »Das ist Ihr delikates Problem.«

Walburton hielt seinen Gesichtsausdruck und seine Stimme energisch unter Kontrolle. »Sie ist mit einem Schiff nach England gefahren und möglicherweise von dort auf den Kontinent weitergereist. Aber vor ungefähr drei Wochen erhielt ich einen kurzen Brief von ihr, in dem sie schrieb, daß sie noch keine Entscheidung getroffen habe, ob sie zu mir zurückkehren oder ein eigenes, neues Leben beginnen solle. Sie bat mich, ihr mehr Zeit zu geben und nicht nach ihr zu suchen. Der Brief trug den Poststempel dieser Stadt. Also ist sie wieder hier. Und ich bin natürlich beunruhigt über die Tatsache, daß die tote Frau mit Sachen gefunden wurde, die ihr gehören.«

Howe sagte: »Sie lassen die Möglichkeit vollkommen unberücksichtigt, daß Ihre Frau diese Kleidungsstücke der Wohlfahrt gespendet hat?«

»Was immer für Fehler meine Frau besitzen mag, sie ist eine sparsame Haushälterin. Wenn sie ein Kleid abgetragen hat, dann hebt sie den Stoff für andere Zwecke auf. Das Kleid, das die Prostituierte trug, war so gut wie neu. Meine Frau hat es nur einmal getragen ... vor unserer Trennung.«

»Was können wir nun dabei für Sie tun?« fragte Howe.

»Ich will, daß Sie herausfinden, wie die Ermordete in den Besitz des Kleides meiner Frau kam. Ich weiß, daß Sie weitläufige Kontakte zu kriminellen Kreisen in dieser Stadt haben und Nachforschungen anstellen können, ohne dabei öffentliches Aufsehen zu erregen. Ich kann mir keine Art von Verbindung vorstellen, die meine Frau mit einer Prostituierten und einer Diebesbande haben könnte. Aber wenn es eine gibt, dann steckt meine Frau in Schwierigkeiten, und ich muß sie finden und ihr helfen.«

»Wahrscheinlich gibt es keinerlei Verbindung«, sagte Hummel. »Die naheliegendste Erklärung wäre, daß die Sachen Ihrer Frau gestohlen wurden – von dieser Diebesbande. Ich nehme an, Sie haben dies in Erwägung gezogen.«

»Habe ich«, sagte Walburton. »Und ich gebe Ihnen recht. Mit größter Wahrscheinlichkeit verhält es sich so. Doch – ich *muß* mir dessen sicher sein.«

Howe nickte nachdenklich. »Haben Sie schon versucht, Ihre Frau zu finden?«

»Nein. Sie bat mich, es nicht zu tun, und ich habe das respektiert. Bis jetzt. Wie könnte ich auch Nachforschungen nach ihr anstellen, ohne den peinlichsten Klatsch unter unseren Bekannten zu entfachen?«

»In Ihren Kreisen lädt man sich doch immer gegenseitig zu Diners ein«, sagte Hummel. »In den letzten beiden Monaten muß doch der eine oder andere Bekannte von Ihnen bemerkt haben, daß Ihre Frau nicht mehr bei Ihnen war.«

»Sie wissen, daß sie nach Europa gereist ist. Ich habe keinem gesagt, daß sie wieder hier ist. Ich bin mir sicher, daß einige Leute Spannungen in der Beziehung zwischen meiner Frau und mir vermuten. Solche, wie es sie bei vielen, wenn nicht bei den meisten Ehepaaren von Zeit zu Zeit gibt. Solche Spannungen sind normal und werden akzeptiert. Solange sie nicht zur Scheidung führen oder eine andere Form von Skandal erregen. Ich muß mich darauf verlassen können: Ihre Nachforschungen müssen so durchgeführt werden, daß niemand, den ich kenne, auch nur den kleinsten Hinweis darauf erhält, daß etwas nicht stimmt. Das heißt, daß niemand aus meinen Kreisen von den Ermittlungen erfahren darf. Auch nicht durch seine Bediensteten.«

Keiner der Partner sprach aus, was beide dachten: daß die Furcht vor dem Skandal – wenn es ans Tageslicht käme, daß Walburtons Frau mit Verbrechern zu tun hatte – zumindest einer der Gründe dafür war, warum er sie jetzt so verzweifelt suchte.

Abe Hummel betrachtete Walburton mit einem gewissen Mitleid – er war für ihn einer jener Unglücklichen, die von Geburt an darauf dressiert wurden, in ihren emotional verkümmerten Clan zu passen, der nichts außerhalb seiner eigenen verdrehten Werte und Eitelkeiten gelten ließ. Ein Mann, für den die »Ehrbarkeit« ein Narkotikum so stark wie Opium geworden war – ebenso suchterzeugend wie dazu geeignet, den Charakter zu verderben und die Beziehungen zum Rest der Welt zu verzerren.

Bill Howe sah Walburton unter einfacherem Gesichtspunkt: als Mandanten, der ihnen eine Höchstsumme zahlen würde, wenn nur verhindert werden könnte, daß er vor seinesgleichen gedemütigt wurde. »Warum«, fragte er, »hat Ihre Frau Sie verlassen?«

»Wie ich Ihnen schon sagte«, erwiderte Walburton steif, »gab es gewisse Spannungen zwischen uns. Intimer Natur, über die ich nicht zu reden wünsche.«

»Wenn sie mit einem anderen Mann durchgebrannt ist«, sagte Hummel, »würde alles, was Sie über ihn wissen, bei den Nachforschungen hilfreich sein.«

»Es gibt keinen anderen Mann.« Walburton machte eine mißbilligende Pause. »Ich bin mir dessen sicher. Ich glaube, die Probleme haben sich vollständig in ihrer Phantasie abgespielt. Einer Phantasie, die von den englischen Sensations- und Kitschromanen der letzten zehn Jahre – insbesondere von den weiblichen Autoren – überhitzt war. Ebenso wie von den Übersetzungen der ungesunden Machwerke dekadenter französischer Autoren.«

»Das klingt«, sagte Howe, »als ob Ihre Frau eine Neigung zur Romantik hätte.«

»Der heimtückischsten Art, in Büchern. *Lady Audleys Geheimnis. Große Erwartungen. Die Kameliendame.* Diese Art von Geschichten. Stimulation für die Instinkte statt für den Verstand. Darauf angelegt, weibliche Leidenschaft zu entfachen und das verantwortungsbewußte, normale Familienleben mit seinen Ansprüchen im Vergleich dazu als langweilig erscheinen zu lassen. Leider ist meine Frau anfällig für solche unerwünschten Einflüsse, da sie unter einer weiblichen Nervenschwäche leidet ...«

Walburton brach unvermittelt ab. Die beiden Partner begriffen, worüber zu reden er sich scheute. Unregelmäßigkeiten im monatlichen Zyklus waren unter vornehmen Frauen in jener Zeit weit verbreitet; sie waren zugleich das am meisten tabuisierte Thema von allen. Anständige Leute verloren über den anstößigen »Fluch Evas« nie ein Wort; außer vielleicht gegenüber dem eigenen Arzt, aber auch dann nur in verblümten Andeutungen.

»Ich habe versucht, sie davon abzubringen, solchen Kitsch zu lesen«, schloß Walburton resigniert. »Aber sie wollte mir nicht folgen. Meine Bemühungen machten sie nur noch wütender.«

»Gibt es irgend jemanden, von dem Sie wissen«, fragte Hummel, »daß er mit Ihrer Frau seit ihrer Rückkehr aus Europa in Verbindung getreten ist? Einen nahen Freund, einen Verwandten?«

»Nein, ich glaube nicht. Ich würde davon gehört haben.« Walburton blickte von Hummel zu Howe, dessen Gesicht er angenehmer fand. »Wollen Sie versuchen, sie für mich zu finden – herauszubekommen, wie die Ermordete in den Besitz ihrer Kleider kam?«

»Ja, natürlich. Auch wenn das wahrscheinlich sehr schwierig sein wird. Ihnen ist sicher klar, daß sich dies in unserem Honorar niederschlagen wird.«

Walburtons Mund bekam einen harten Zug. »Wieviel?«

»Uns selbst gebietet es die Höflichkeit unter Anwaltskollegen, daß wir nur ein symbolisches Honorar berechnen. Doch der Mann, den wir für die Ermittlung selbst einschalten müssen, kommt nicht billig. Und da werden andere sein, die er bestechen muß, um wesentliche Informationen zu erhalten ...«

»Ich denke, ich habe bereits darauf hingewiesen«, unterbrach Walburton, »daß ich nicht wünsche, daß außenstehende Personen den Grund dieser Nachforschung erfahren.«

»Dieser würde nur dem Mann bekannt, den wir einschalten. Wenn Sie einen Augenblick überlegen, werden Sie einsehen, daß er ohne diese Kenntnis nicht erreichen kann, was Sie wollen. Aber er ist ein ungewöhnlicher Mensch. Ich kann mit Sicherheit sagen, daß er wahrscheinlich das lebendige Grab der meisten Geheimnisse in dieser schönen Stadt ist. Sie können versichert sein, wenn er Grund hat, mit Ihnen in Verbindung zu treten, wird nichts, was Sie ihm vertraulich mitteilen, zu irgend jemand anderem dringen – noch nicht einmal zu Mr. Hummel und mir selbst.«

Walburton überlegte und stimmte mit widerstrebendem Nicken zu. »Wieviel?« wiederholte er kurz.

»Lassen Sie uns zu diesem Zeitpunkt von zweitausend Dollar ausgehen. Wenn später mehr Geld nötig sein sollte, werden wir Sie es wissen lassen.«

Walburton blickte Howe ungläubig an. Eine Fabrikarbeiterin verdiente zwischen einem und zwei Dollar für den ganzen Tag Arbeit. Eine Näherin, die zu Hause arbeitete, bekam sieben Cents für jedes Hemd, das sie anfertigte. Für fünfzig Cents konnte man ein Drei-Pfund-Huhn kaufen, für achtzehn Dollar monatlich einen Koch ganztags einstellen, eine Kinderfrau, die bei der Familie wohnte, für weniger. Zweitausend Dollar war etwas mehr als das Jahresgehalt eines Polizeihauptmanns; für diesen Betrag konnte eine Familie ein zweistöckiges Haus in einer guten Gegend mieten – oder eine der neuen Luxuswohnungen an der unteren Fifth Avenue, mit drei Schlafzimmern, Badezimmer, Dienstbotenkammer, Salon und Speisezimmer.

»Das ist kaum«, sagte Walburton bissig, »was man als symbolisches Honorar bezeichnen würde.«

Howes Lächeln war voller Freundlichkeit. »Es gibt viele Männer aus Ihren Gesellschaftskreisen, die für ihre Frauen Kleider aus Paris einführen, von denen eines knapp tausend Dollar kostet. Vielleicht gehören Sie nicht dazu – aber ich nehme an, Sie könnten es sich leisten. Habe ich recht?«

Walburton beherrschte sich. »Nun gut. Einverstanden. Ich bezahle Ihnen die Hälfte für den Anfang. Die andere Hälfte, wenn Sie mir sagen können, was mit meiner Frau geschehen ist.«

»Das ist bei uns nicht üblich, Mr. Walburton. Die zweitausend im voraus.«

»Sie vertrauen mir nicht, daß ich die zweite Hälfte bezahle?«

»Das ist keine Frage des Vertrauens«, erklärte Howe ruhig. »Stellen Sie sich vor, Sie würden sterben, bevor die zweite Hälfte fällig geworden wäre. Eine plötzliche Krankheit oder ein unvorhergesehener Unfall? Nachdem wir die ganzen Mühen und Unkosten auf uns genommen haben, um herauszufinden, was Sie wissen möchten?«

»*Können Sie das?*« fragte Walburton.

»Wahrscheinlich.«

»Also schön. Es ist nicht meine Art zu feilschen, Mr. Howe. Ich werde den Scheck ausstellen.«

Walburton griff nach seinem Scheckbuch, als Abe Hummel seine Stimme erhob: »Wir nehmen hier nur Bargeld, Mr. Walburton. Keine Schecks, keine schriftlichen Verträge. Keine Zeugnisse für neugierige Spürnasen.«

Walburton blickte Hummel mit Widerwillen an. »Ich kann vor morgen früh kein Bargeld von der Bank abheben. Ich nehme an, Sie beginnen erst, wenn ich Ihnen das Geld aushändige.«

»Nein, wir beginnen jetzt gleich.« Hummel lächelte ihn an. »Sie sehen, wir vertrauen Ihnen.«

Howe nickte ernst. »Gut, dann brauchen wir ein paar Grundinformationen. Wie hieß Ihre Frau mit Mädchennamen?«

Durch Hummels Grinsen ein wenig verwirrt, wandte sich Walburton wieder Howe zu. »Olivia Bixby. Von ihren Freunden wird sie meist Livvy genannt.«

»Eine Fotografie von ihr wäre sehr hilfreich.«

»Ich habe ein Bild mitgebracht.« Walburton zog es aus seiner Tasche und legte es auf Howes Schreibtisch. Es war ein Brustbild im Papprahmen, das im Studio eines Fotografen aufgenommen worden war.

Howe studierte es voller Bewunderung. »Mein Glückwunsch, Mr. Walburton«, sagte er ohne den Anflug von Ironie, »Sie haben eine sehr hübsche junge Frau. Wann wurde das Bild gemacht?«

»Im letzten Jahr.«

»Dann wird sie sich äußerlich nicht sehr verändert haben. Sie scheint Ende Zwanzig zu sein?«

»Olivia ist vor vier Monaten siebenundzwanzig geworden.«

»Wie lange sind Sie und Mrs. Walburton verheiratet?«

»Acht Jahre.«

»Dann war sie bei Ihrer Hochzeit neunzehn. Haben Sie Kinder?«

»Nein.« Walburton rang sich zu den abstoßenden Wörtern durch: »Olivia war einmal ... in anderen Umständen. Aber sie verlor das Kind vor der Geburt. Sie hat es sehr schwer genommen.«

»Und Sie?«

In Walburtons Gesicht spiegelten sich Erstaunen und Gekränktheit. »*Ich natürlich auch*.«

Hummel übernahm den Faden von Howe. »Da sie von Ihnen getrennt ist, muß Ihre Frau über eine Geldquelle verfügen, von der sie lebt. Hat sie ein Bankkonto auf ihren eigenen Namen oder Zugang zu Ihrem Konto?«

»Olivia besitzt ein ausreichendes Erbschaftsvermögen, das von derselben Bank verwaltet wird, mit der ich auch arbeite. Aber ich will *nicht*, daß dort irgendwelche Nachforschungen angestellt werden. Der Direktor der Bank ist eine der Personen, die unter keinen Umständen von dieser Sache erfahren dürfen. Sorgen Sie dafür, daß Ihr Mann meinem Wunsch entspricht.«

»Wir werden es ihm sagen«, versicherte Hummel Walburton.

»Übrigens, wie heißt der Mann? Falls er mit mir in Verbindung tritt.«

»Sein Name ist Harp«, erwiderte Howe. Dann stellte er Walburton noch einige Fragen. Keine davon erbrachte weitere Informationen, die für die Nachforschungen hätten nützlich sein können. Es war offenkundig, daß Walburton unangenehme Einzelheiten, die vielleicht hilfreich gewesen wären, zurückhielt; doch keiner der beiden Partner bedrängte ihn allzu hart. Es war schließlich sein Problem. Solange er sie bezahlte, hatte er das Recht, die Sache ganz so behandeln zu lassen, wie er es wünschte – sogar schlecht.

Howe beendete das Treffen und geleitete Walburton durch den Hintereingang hinaus. Hummel ging hinüber zum Wartezimmer, um den Rest der Tagesgeschäfte in Angriff zu nehmen.

Auf den Bänken im Wartezimmer drängte sich die übliche Mischung von Leuten.

Den größten Teil machten Unterweltgestalten aller Art aus – von schmuddeligen Ganoven bis zu zwei eleganten Herren, von denen der eine die florierendste Spielhölle der Stadt unterhielt, während der andere sich auf die Planung und Leitung von Bank- und Juwelenraub spezialisiert hatte.

Die meisten der Nichtkriminellen waren Abe Hummel ebenfalls bekannt. Ein in der Geschäftswelt angesehener Rechtsanwalt, der gekommen war, um zu klären, wieviel einer seiner Mandanten, ein nicht minder angesehener Warenhausbesitzer, bezahlen mußte, um aus einem Rechtsstreit wegen eines nicht eingehaltenen Heiratsversprechens herauszukommen. Zwei Textilfabrikanten, denen ein habgieriger Bauinspektor Schwierigkeiten machte. Eine alte Frau, die wie eine Heilige aussah und vier Bordelle in der Stadt betrieb. Und eine gefeierte Schauspielerin mit einer blau verfärbten Prellung auf der rechten Gesichtshälfte.

Sowie ein halbes Dutzend von Howe & Hummels Gelegenheitsarbeitern, »Laufburschen«, die herumlungerten und auf irgendeinen Job warteten, der auszuführen war. Dienste während eines Prozesses. Suche nach jungen Frauen, die sich von reichen Liebhabern verlassen sahen. Zeugenaussagen welcher Art auch immer, um ein Verfahren vor Gericht zu unterstützen.

Hummel stieß drei von ihnen mit seinem knochigen Finger an. Ein dicker, geschniegelter ehemaliger Operntenor, der seine Stimme verloren hatte, als eine eifersüchtige Geliebte ihm mit dem Regenschirm auf die Kehle schlug. Ein hartgesottener zwölfjähriger Straßenjunge in Flickenhosen und einer zerlumpten, knopflosen Jacke der Nordstaatenarmee, die ihm bis zu den Fußknöcheln reichte: der ehemalige Anführer einer Diebesbande, die von einer rivalisierenden Bande in einem Revierkampf zerschlagen worden war. Und eine hübsche kleine Rothaarige von siebzehn Jahren, die eine gewisse Unverschämtheit ausstrahlte. Sie trug ein billiges

Kleid mit Jacke und einen bebänderten Hut, die typische Aufmachung eines Ladenmädchens, welches sie gewesen war, bis sie herausfand, daß sie mehr Geld als diesen Hungerlohn verdienen konnte, indem sie manchmal gefährliche Botengänge übernahm oder für Howe & Hummel Meineide leistete.

»Geht Harp für mich suchen und bringt ihn hierher«, wies Hummel die drei an. »Fünf Dollar für den, der ihn ausfindig macht.«

Während sie auf die Straße hinauseilten, teilte er dem wartenden Anwalt mit, daß Howe sich in einer Minute um ihn kümmern würde – und wendete sich der verletzten Schauspielerin zu. »Was ist passiert, Schätzchen?«

»Er hat's endlich getan. Er hat mich *geschlagen*.«

»Wunderbar«, sagte Hummel. »Geh gleich los, und laß dein schönes Gesicht ganz nah aus verschiedenen Winkeln fotografieren. Wenn die Bilder entwickelt sind, bring sie zu mir, und wir reden über die Zeugen dieses abscheulichen Angriffs auf dich.«

»Leider«, erwiderte die Schauspielerin, »gab es keine Zeugen.«

»Es wird sie geben«, versicherte Hummel ihr und winkte dem erfolgreichen Meisterverbrecher, welcher der Kanzlei ein jährliches Voraushonorar zahlte, ihm in sein Büro zu folgen.

Außerhalb des Hauses hatte sich das Trio auf den Weg gemacht, um den Mann mit Namen Harp aufzuspüren, und sich in drei verschiedene Richtungen zerstreut.

Der Straßenjunge rannte ostwärts, um herauszufinden, ob Harp auf einem seiner Streifzüge durch die verwahrlosten, Kriminalität ausbrütenden Einwandererslums um Mulberry Bend unterwegs war – aus denen, wie manche behaupteten, Harp stammte.

Der ehemalige Operntenor fuhr mit einer Pferdedroschke die von Harp bevorzugten Orte ab, wo dieser die Hinweise und Happen aus der Gerüchteküche auflas, um seinen Informationsstand aufzubessern, welcher sein Kapital im Geschäft war. Erster Halt: der Sklavenmarkt gleich südlich vom Union Square – eine Reihe von Cafés, die diesen Spitznamen auf sich gezogen hatten, weil sie von arbeitslosen Schauspielern frequentiert wurden. Wenn er dort nirgendwo fündig wurde, versuchte er es gewöhnlich im Hinterzimmer einer allnächtlich geöffneten Kneipe, wo Harp sich manchmal an den Nonstop-Pokerspielen von Reportern der nahegelegenen Tageszeitungen beteiligte.

Die hübsche junge Rothaarige bestieg einen Omnibus und fuhr nach Greenwich Village, wo Harp eine Junggesellenwohnung unterhielt, die er nicht immer bewohnte. Sie wollte nachsehen, ob er dort nicht einen Kater von einem seiner regelmäßigen Besäufnisse ausschlief.

KAPITEL 4

Louise Vedder verließ ihr Haus für ein heimliches Rendezvous mit Harp etwa zur gleichen Zeit, als Abe Hummel die drei Laufburschen auf die Suche schickte.

Ihr hübsches Haus aus rötlichbraunem Sandstein stand in der modischen Gegend von Murray Hill; durch die Bäume ihres nach hinten gelegenen Gartens blickte sie auf die Turmspitze der Erlöserkirche – das bevorzugte Gotteshaus von J. P. Morgan. Sie fuhr in einem offenen Viktoria-Zweispänner, dem letzten Schrei unter den eleganten Parkkutschen. Die Lackierung hatte einen satten Glanz: die Karosserie kirschrot und königsblau, die Sprungfedern, Räder und schlanken Speichen tiefschwarz. Ihre Pferde waren ein herrliches Paar Grauschimmel, das polierte Zaumzeug zierten Stechpalmenzweige. Die gleichen Zweige waren an den hohen Hüten ihres Kutschers und Lakaien befestigt. Obwohl es heute kälter als am Tag vorher war, hatte Louise Vedder es recht behaglich in ihrem Kapuzen-Cape aus dunklem russischem Zobel, das sie bis zu ihren Fußgelenken in den hochgeknöpften und mit Kork besohlten Winterstiefeletten einhüllte. Die Kapuze beschützte und beschirmte ihr bezauberndes Gesicht. Ihre schmalen Hände trugen Glacéhandschuhe, die wiederum in einem Muff aus kanadischem Hermelin steckten.

Louise Vedder gehörte zu jenen Frauen, die Journalisten als »Aristokratie der Sünde« bezeichneten. Eine ausgehaltene Frau, die Geliebte eines reichen Mannes und großzügigen Gönners.

Manche Leute warfen Frauen wie Louise Vedder und Kurtisanen in einen Topf. Aber weder äußerlich noch vom Hintergrund her hatte sie sonderlich viel mit selbst den vermögendsten dieser Gunstgewerblerinnen gemeinsam.

Sie strahlte eher den Reiz der Schlankheit aus, ihr fehlte die dralle und mit Grübchen versehene Reife, auf welche die meisten Männer schworen. Ihre außerordentlich ausdrucksstarken Augen, wie der Rest ihres feingeschnittenen Gesichts, wurden nicht durch aufreizende Schminke hervorgehoben, wie sie Kurtisanen benutzten, um auf ihre Zugänglichkeit hinzuweisen. Und wo diese ihre Eroberungen mit einem Großteil ihrer Juwelen protzig zur Schau stellten, war Louise Vedder, wenn sie ausging, selten mit mehr Schmuck angetan als mit einer einzelnen Perlenkette und ihrer kleinsten Diamant- oder Smaragdbrosche.

Doch es gab einen noch wesentlicheren Unterschied zwischen Louise Vedder und den meisten bessergestellten New Yorker Kurtisanen. Sie war durch Geburt und Herkunft eine Dame. Dies wurde offenbar in ihrem Benehmen und ihrer Ausdrucksweise. Ihre Familie hatte der Crème de la crème von Louisiana angehört. Sie hatte die besten Mädchenschulen in Frankreich und Deutschland besucht und war im Alter von achtzehn mit einer Bildung zurückgekehrt, die jener der meisten gesellschaftsfähigen jungen Damen und Herren New Yorks überlegen war.

Innerhalb eines Monats nach ihrer Rückkehr aus Europa hatte sie Simon Beaumont Vedder geheiratet, einen gutaussehenden Mann mit gleichem gesellschaftlichem Hintergrund, den sie geliebt hatte, seit sie zwölf war. Und innerhalb von drei Jahren war sie Witwe: Ihr Mann wie ihr Vater und einziger Bruder fielen im Bürgerkrieg, der ihre Familie und die ihres toten Mannes auch das Vermögen kostete.

Louise Vedder war durch ihre Erziehung nicht darauf vorbereitet, sich in ein Leben in Armut zu fügen. Und es gab keine achtbaren Mittel und Wege, die ihrer beträchtlichen Intelligenz und Energie ein Betätigungsfeld eröffnet hätten, um ihre finanzielle Situation zu verbessern. Die Notlage solcher Frauen wie Louise – denen ein arbeitender Mann, Geld auf der Bank oder Familienunterstützung fehlte – wurde von dem Nachkriegsjournalisten Edward Craspey schonungslos benannt: »Es gibt kein schärferes Argument gegen die schändliche Ungerechtigkeit, die Frauen von den industriellen Produktionsstätten aussperrt, als die Tatsache, daß viele von ihnen, die zum Überleben auf ihre eigenen Kräfte angewiesen sind, nur die Wahl zwischen Prostitution und Elend haben.«

Denn es gab nicht genug häusliche Bedienstetenstellen, die einer verarmten Frau offenstanden, im geschlagenen Süden nicht einmal für die Männer, von den Frauen ganz zu schweigen. Im reichen Norden konnte sie bestenfalls hoffen, drei Dollar und fünfzig Cent in der Woche als Näherin oder Wäscherin zu verdienen, vier oder fünf Dollar in der Woche als Verkäuferin und sechzehn Dollar im Monat als Kindermädchen.

Als Uriah Gibbon, Brigadegeneral der Nordstaaten, sie bat, als Geliebte mit ihm nach New York zurückzukehren, und ihre Bedingungen akzeptierte, willigte sie ein.

Womit sie auch, ohne unangebrachte Zimperlichkeit, in die sexuellen Verpflichtungen des Arrangements einwilligte. Sie war nicht völlig unerfahren in der Liebeskunst. Dafür hatte ihr Mann gesorgt. Simon war ein vitaler und ungehemmter Mann gewesen; und wie die meisten jungen Männer aus seinem Umfeld hatte er eine fundierte sexuelle Unterweisung von der berufensten *haute bicherie* in New Orleans erhalten.

Louise dachte oft an ihre letzte Liebesnacht zurück. Bevor er so guten Mutes in den Krieg gezogen war. Er hatte in seiner brandneuen, taillierten Leutnantsuniform der Konföderierten so attraktiv ausgesehen. Sie versuchte, nicht zu oft daran zu denken, was sie über seinen Tod erfahren hatte. In jener ersten Konfrontation – nach beinahe drei Kriegsjahren – zwischen dem taktischen Genie von General Lee und der eisernen Zähigkeit von General Grant, dem jetzigen Präsidenten der Vereinigten Staaten.

Die grauenhafte Schlacht in der Wildnis. Wie so viele auf beiden Seiten der Front hatte Simon es nicht geschafft, sich aus dem undurchdringlichen Dickicht, das vom vielen

Schießen in Brand gesetzt worden war, zu befreien. Wenn er nicht vorher seinen Wunden erlegen war, so war er verbrannt.

Danach hatte man Louise gesagt, es sei unmöglich herauszufinden, welche der verkohlten Gebeine zu Männern gehörten, die für die Südstaaten gefallen waren, und welche zu Männern, die ihr Leben für die Nordstaaten gegeben hatten. So waren die Überreste ihres Mannes in einer gemeinsamen Grube mit den Gebeinen von Männern beerdigt worden, die er getötet hatte und von denen er getötet worden war.

Und wenn Simon ein Grab mit seinen ehemaligen Feinden teilen konnte, so konnte sie ihr Bett mit einem von ihnen teilen.

Uriah Gibbon konnte weder auf eine militärische Familientradition zurückblicken, noch besaß er militärische Begabung. Er stand einer Bank in der Wall Street vor und besaß die Kapitalmehrheit einer Reederei, die Kanalschiffe baute. Er war auf die gleiche Weise wie viele andere Brigadegeneral geworden: durch politischen Einfluß. In Uriahs Fall war es seine Verbindung zu Boss Tweed von der New Yorker Tammany Hall. Eine Verbindung, die Uriah im vergangenen Jahr abgebrochen hatte, da er frühzeitig von den korrupten Machenschaften erfahren hatte, die jetzt die Macht der Tweed-Clique zu zersetzen begannen.

Während des Krieges hatte sich Uriah mehr als finanzieller Abstauber denn als tapferer Kämpfer hervorgetan. Nach dem Krieg gehörte er zu den Spekulanten aus dem Norden, die aus dem Süden das bißchen Geld herausholen wollten, das noch verblieben war – bis er Louise getroffen und sich in sie verliebt hatte.

Doch zu Louise war er gut gewesen, hatte all seine Versprechen eingehalten. Er hatte ihr das Haus in Murray Hill gekauft, es mit Bediensteten und all den schönen Möbeln versehen, die sie ausgesucht hatte. Und zu Beginn eines jeden Jahres überwies er eine Summe auf ihr Bankkonto, die genügte, um ein ganzes Jahr lang davon stilvoll leben zu können. Da Uriah seine Pflichten gegenüber seiner Frau und seinen Kindern nicht weniger ernst nahm als seine beruflichen Aufgaben, besuchte er Louise selten mehr als ein- oder zweimal in der Woche. Selbst dann forderte er sexuell nicht zuviel. Er liebte es während seiner Besuche eher, sich bei einem Abendessen zu entspannen, bei einem guten Glas Wein oder einem anderen Getränk und im Gespräch mit einer attraktiven und gebildeten Frau, die sich nicht daran störte, wenn ein Mann in ihrer Gegenwart eine Zigarre rauchte.

Auch war er sehr freigebig mit Geschenken. Das letzte war das enge Rubinhalsband, das sie für ihr Treffen mit Harp bei sich hatte, eingeschlagen in ein seidenes Tuch in einer Tasche ihres Capes.

Uriah hatte es ihr vor einigen Tagen zum Geburtstag überreicht. Ihrem dreißigsten Geburtstag. Louise hatte sich von Anfang an selbst das Versprechen gegeben, daß sie sich von niemandem über ihren dreißigsten Geburtstag hinaus aushalten lassen wollte. Bald würde sie Uriah davon unterrichten müssen und ihr Bestes versuchen, daß er es ohne zuviel Kummer akzeptierte.

Das Haus in Murray Hill und das Mobiliar waren auf ihren Namen überschrieben. Sie würden ihr Eigentum bleiben; genauso wie die beiden Kutschen, ihre Pferde und genug Kleidung für eine ganze Reihe von Jahren. Der Wert der verschiedenen Juwelen, die Uriah ihr geschenkt hatte, sicherten ihr ein Leben in Bequemlichkeit, wenn auch nicht im gegenwärtigen Luxus.

Einen Teil ihrer Ersparnisse wollte sie in eine eigene Geschäftsunternehmung stecken: eine, die nicht nur einen kleinen, aber stetigen Gewinn abwarf, sondern auch Zeit, Intelligenz und Kraft von ihr verlangten. Ihr schwebte vor, einen kleinen Laden in der *Ladies Mile* zu eröffnen – die Zeile am Broadway zwischen Union Square und Madison Square, die fortwährend einen Strom wohlhabender Kundinnen anlockte. Eine Boutique, die sich auf Spitze, Bandwaren, Stickereien, Volants und anderes Beiwerk für Kleid und Haus spezialisierte. Importierte Waren: Das würde ihr einen vernünftigen Grund geben, einmal im Jahr nach Europa zu reisen, um ihr Lager aufzufüllen.

Sie fragte sich, ob sie je wieder heiraten würde.

Angesichts ihres Charakters wie ihrer Vergangenheit, die sie keineswegs zu verbergen beabsichtigte, mußte ein zukünftiger Mann jedenfalls von ungewöhnlicher Beschaffenheit sein.

In letzter Zeit hatte sich Louise Vedder gelegentlich dabei ertappt, daß sie *Harps* Eignung zum Ehemann abschätzte.

Aufgrund ihres völlig unterschiedlichen familiären Hintergrundes würden sie ein höchst ungleiches Paar abgeben. Das bedeutete aber nicht, daß ihre Verbindung zum Scheitern verurteilt war.

Anders als ihr verstorbener Mann Simon war Harp nicht, was man einen gutaussehenden Mann nennen konnte. Da war dieser harte Mund, der kaum gewann, wenn er lächelte. Und die Narbe, die ein Messer oder Rapier quer auf seiner breiten Stirn hinterlassen hatte. Doch Louise fand sein Äußeres, finster und irgendwie ungehobelt, wie es war, unwiderstehlich. Und da war diese Stimme, die ihr einen Schauer über den Rücken jagte.

Es gab andere Facetten an dem Mann, die sie fortgesetzt beschäftigten. Die Verbindung von scharfer Intelligenz und ruhiger Kraft. Die Art, wie er sich trotz seiner Illusionslosigkeit keineswegs den gesunden Appetit auf das Leben verderben ließ.

Und vor allem anderen das Geheimnis seiner Gefühle für sie.

Louise war sich ziemlich sicher, daß Harp in sie verliebt war. Sie konnte das aus seinem allzu beherrschten Benehmen ihr gegenüber herausspüren. Sie hatte es an dem merkwürdigen Ausdruck bemerkt, der über sein Gesicht gehuscht war, als sie zum ersten Mal einander vorgestellt worden waren: auf einer Party, die Jim Fisk arrangiert hatte, nachdem er das große Opernhaus an der 23. Straße West erworben hatte.

In jenem ersten kurzen Augenblick war es ihr so vorgekommen, als ob Harp sie bereits gekannt und sich nach ihr gesehnt hatte, bevor sie einander begegneten.

Aber er hatte seither nicht das Geringste von diesem Wunsch durch ein Wort oder eine Berührung zu erkennen gegeben – ganz zu schweigen von einem Versuch, zu bekommen, was er wollte. Was die Sache noch absonderlicher machte. Denn Harp gehörte nicht zu den Männern, die in der Gegenwart des schwachen Geschlechts scheu waren. Louise bezweifelte, daß sie je einen Mann gekannt hatte, der so natürlich und unbefangen mit Frauen umging wie er. Wie andere, denen Harp Rätsel aufgab, gesagt hatten: »Ein komischer Kerl.«

KAPITEL 5

Louise fuhr die Fifth Avenue hinauf, vorbei an den hohen Mauern des Wasserreservoirs, das wie eine drohende Festung zwischen der 40. und 42. Straße aufragte, und dann weiter zur 59. Straße, die viele Leute für das nördliche Ende von New York City hielten. Nur die Hälfte von Manhattans 22 Quadratmeilen war schon bebaut, und fast alle diese Gebäude befanden sich südlich der 59. Straße. Jenseits von ihr begann, was »vor der Stadt« genannt wurde.

Hier begann der Central Park: ein weitläufiges Juwel der Landschaftsgestaltung, in dem die Stadtmenschen über Meilen auf Kutschierwegen, Reit- und Wanderpfaden frische Luft und schöne Aussichten genießen konnten. Auf beiden Seiten des Parks, im Osten und Westen, gab es beinahe nichts als riesige Flächen unerschlossenen Landes.

Stadtplaner und Bodenspekulanten waren sich sicher, daß diese Situation nicht mehr lange andauern würde. Manhattan, eine vergleichsweise schmale Insel, die hauptsächlich an ihrem südlichen Ende besiedelt worden war, hatte keine andere Möglichkeit, als sich mit seiner sprunghaft wachsenden Bevölkerung nach Norden auszudehnen. Zu Beginn des Jahrhunderts war die 14. Straße als die nördliche Grenze der Stadt angesehen worden. Bei Ausbruch des Bürgerkriegs hatte sie sich bis zur 35. Straße vorgeschoben. Und jetzt, da die Bevölkerung sich der Million näherte und jedes Jahr mehr Einwanderer hereinströmten, schien die 59. Straße nicht länger als Stadtgrenze aufrechterhalten werden zu können. Also hatten die Stadtplaner auf beiden Seiten des Parks ein Gitter von Häuserblocks entworfen.

Um 1871 war ihre Planung noch ein optimistischer Tagtraum. Die verfügbaren Flächen östlich und westlich vom Park blieben fast alle ungenutzt. Der einzige Grund, warum die meisten New Yorker sich über die 59. Straße hinausbewegten, war ein Ausflug aufs Land: zum Central Park.

Louises Viktoria-Zweispänner fuhr durch das Scholar's Gate in den Park und folgte einem gewundenen Kutschenweg, der zwischen unbelaubten Bäumen zum See führte. Sie stellte fest, daß die wenigen anderen Kutschen, die sie sehen konnte, alle zu demselben Ort fuhren oder von ihm herkamen. Bei milderer Witterung hätten sich die Wagen auf den Wegen gedrängt. Wenn genug Schnee lag, fanden Fahrten mit Pferdeschlitten statt. Doch heute war es gerade kalt genug, daß der See zugefroren war. Er lockte Schlittschuhläufer an und Leute, die ihnen gern zuschauten.

Louise fand eine Menge von beiden vor, als sie den See erreichte. Die Schlittschuhläufer waren auf dem Eis und umfuhren die Gefahrenstellen, die mit Warnschildern gekennzeichnet waren. Die Schaulustigen standen verstreut auf dem Grünstreifen und beim Bootshaus, oder sie sahen dem Spektakel von ihren Kutschen aus zu. Louise ließ ihren Fahrer in der Nähe einiger anderer Kutschen anhalten. Ihr Lakai sprang ab und stellte sich in Positur, um ihr aus dem Wagen zu helfen, wenn sie es wünschte.

Harp war noch nicht in Sicht. Louise blieb sitzen und betrachtete abwechselnd das Seeufer und die fröhliche Menge auf dem Eis.

Es gab vereinzelt Schlittschuhläufer, die der Upper class angehörten, und sehr viel mehr aus der Mittelschicht der Gesellschaft: Ehepaare, Frauenpaare, Anfänger, die von Lehrern angeleitet wurden, und einige Männer ohne Anhang, die ihre Künste vorführten. Die Zahl der Erwachsenen aus der Arbeiterklasse war wie gewöhnlich sehr viel kleiner: Die Arbeiter waren tagsüber in den Fabriken oder auf Arbeitssuche. Aber es gab eine Menge Straßenkinder, einige mit selbstgemachten Holzschlittschuhen oder Schlitten, andere, die ausprobierten, wie weit und schnell sie auf ihren Schuhen oder Hosenböden rutschen konnten.

Louise entdeckte ein paar reich ausstaffierte Kurtisanen, die sich mit einer Eleganz auf dem Eis bewegten, wie sie nur wenige der anderen Frauen erreichten. Ein geckenhaft gekleideter junger Mann, unbeholfen auf seinen Schlittschuhen, näherte sich einer von ihnen, fiel fast vornüber, als er taumelnd stehenzubleiben versuchte, und sagte etwas, das ihr Lächeln hervorrief. Sie fuhr neckend um ihn herum, in immer engeren Kreisen, als Louise in einiger Entfernung Harp erblickte.

Er kam von der anderen Seite des Sees: eine große, kräftige Gestalt auf einem strammen Fuchs, den er wahrscheinlich in einem der Pferdeställe an der 59. Straße gemietet hatte. Louise hatte ihn einmal gefragt, wie er ein so guter Reiter geworden sei, und er hatte erwidert, daß er Stuarts Kavallerie angehört habe. Stuart aber war ein Offizier der Südstaaten gewesen. Was Harp betraf, gab es nur wenige annähernd gesicherte Tatsachen; und zu diesen gehörte, daß er in der Nordstaatenarmee gedient hatte. Somit handelte es sich dabei um jene Art von Lüge, von der er annahm, daß sie durchschaut wurde.

Louise war weder überrascht noch gekränkt. Wenn man Harp etwas Persönliches fragte, antwortete er gewöhnlich mit einer phantasievollen Geschichte oder wechselte das Thema. Das wenige, was sie von seiner Vergangenheit wußte, hatte sie von anderen gehört. Und da seine Reaktion auf die persönlichen Fragen von anderen nicht anders ausfiel als bei ihr, wußte sie nie genau, welche Geschichten der Wahrheit entsprachen und welche erfunden waren.

Eine dieser Geschichten war, daß er zu den vielen obdach- und elternlosen Kindern gehört hatte, die sich in dem berüchtigten Viertel Five Points in der Lower East Side herumtrieben und auf den Straßen vor Hauseingängen schliefen; und daß er sich sein Essen verdient hatte, indem er ein Meistertaschendieb wurde. Dann war er, wie er sagte, von der Polizei erwischt und in das Heim für Waisenkinder auf Randalls Island geschickt worden; war ausgerissen und hatte sich einer Jungenbande angeschlossen, die verschiedene Arten von Diebstählen beging, wenn sie nicht gerade mit einer der anderen Banden Krieg führte. Dies erklärte seine weitläufige Bekanntschaft mit kriminellen Kreisen in der Stadt. In ihnen fanden sich die erwachsenen Überlebenden jener Kinderbanden, mit denen Harp gestohlen und gekämpft hatte: diejenigen, die nicht gehängt, von Rivalen getötet oder zu lebenslänglicher Haft verurteilt worden waren.

Eine andere Version wußte von einer reichen Bordellbesitzerin, die den Jungen aus seiner Bande geholt, ihn insgeheim adoptiert und Privatlehrer für ihn angestellt hatte. Das hätte sein beachtliches Bücherwissen erklärt, das Louise bei ihm feststellte. Es hieß, daß er diesen seinen Jugendjahren in einem Bordell auch sein umfangreiches Netzwerk von Prostituierten verdankte: von der niedersten bis zur hochgestelltesten, die ihn mit einem Großteil der Informationen versahen, mit denen er sein Geld verdiente.

Was Harps Dienst in der Nordstaaten-Armee anbelangte, hatte Louise gehört, daß die Polizei ihn wegen eines Delikts verhaftet und ihn vor die Wahl gestellt hatte: zehn Jahre Gefängnis oder Eintritt in die Armee.

Louise wußte nicht, ob irgend etwas von alledem stimmte. Sie wußte nur, was Harp jetzt war – oder jedenfalls einen Teil davon. Nachdem der Lakai ihr aus dem Wagen geholfen hatte, unternahm sie für sich allein einen Spaziergang, der sie jenseits des Bootshauses und an das äußerste Ende des Grünstreifens führte, nahe einem Reitpfad. Dort wartete sie und schaute wieder den Schlittschuhläufern zu, bis Harp sein Pferd zügelte und auf dem Pfad neben ihr zum Stehen brachte.

Er schwang sich vom Sattel herunter und hielt mit einer Hand die Zügel, während er mit der anderen den Hut zog und dadurch seine lange Stirnnarbe entblößte. »Tag, Mrs. Vedder«, sagte er, als ob er sie zufällig träfe. »Ein bißchen Winterluft schnappen?«

Louise ließ sich, mit einer kleinen Gebärde der Überraschung, auf die Verstellung ein, für den Fall, daß jemand sie zusammen beobachtete. »Ach, hallo! Die Luft fühlt sich an, als ob wir bald mehr Schnee kriegen würden, finden Sie nicht auch?«

»Würde mich nicht überraschen«, meinte Harp. »Aber nehmen Sie das nicht als genaue Vorhersage. Ich habe noch keine vertrauenswürdige Informationsquelle bei den Wettergöttern gefunden.«

Er hatte seinen Hut nicht wieder aufgesetzt. Es war ein flacher Hut mit breitem Rand, wie er auf dem Land getragen wurde, aber selten hier in der Metropole, wo Zylinder und Bowler die übliche Kopfbedeckung waren. Harp ließ den Hut von seiner Hand baumeln. Kalte Windböen zerzausten sein Haar und wehten eine kräftige Locke über seine vernarbte Stirn, während er dastand und auf sie herabblickte.

Er hatte Augen, dachte Louise, die seine Mitmenschen unangenehm durchdringend musterten. Womit er anderen und sich selbst keinen Gefallen tat.

Als hätte er ihre Gedanken erraten, wandte er sein Gesicht von ihr ab und blickte auf die Schlittschuhläufer. »Sieht lustig aus.«

»Haben Sie es mal probiert?«

Harp schüttelte den Kopf. »Ich habe es nie gelernt.«

»Soll ich es Ihnen irgendwann mal beibringen?« fragte Louise. »Ich bin ziemlich gut darin.«

»Ich weiß, daß Sie das sind«, sagte er. Und da sie ihn mit fragend gerunzelter Stirn ansah: »Ich habe Sie auf dem See gesehen, letzten Winter. Sehr anmutig. Sehr sicher.«

»Sie sind ganz zufällig vorbeigekommen und haben mich auf dem Eis gesehen, zwischen all den anderen Läufern?«

Er bedachte sie mit dem leicht spöttischen Lächeln, das sie mittlerweile kannte. »Sie sind eine besondere Attraktion, wissen Sie. Selbst unter so vielen anderen Menschen. Eine Menge Männer standen herum und starrten sich die Augen aus dem Kopf. Ich blieb stehen, um zu sehen, was sie so faszinierend fanden.«

»Aber Sie haben nicht zu mir herübergerufen, um Hallo zu sagen.«

»Keine Zeit. Ich hatte geschäftliche Dinge zu erledigen. Und da wir beim Geschäft sind ...« Er brauchte den Satz nicht zu beenden.

Louise blickte sich rasch um, bevor sie ihm das in ein Tuch gewickelte Halsband zusteckte.

Ihr Arrangement war immer gleich. Jedes Schmuckstück, das Uriah Louise schenkte, gab sie an Harp weiter. Immer nur ein Stück. Harp brachte es zu einem hochversierten Diamantschleifer, der die wertvollen Steine aus ihrer Fassung entfernte und durch Imitationen, perfekte Kopien, ersetzte. Solche Leute zu kennen und mit ihnen solche Dinge auszuhandeln war ein weiterer Teil von Harps Tätigkeiten.

Harp brachte das Schmuckstück mit den Edelsteinimitationen zurück zu Louise, bevor Uriah zu oft fragte, warum sie es nicht trug. Die echten Steine verkaufte Harp an einen Einkäufer für einen der renommierten Juweliere, wie Tiffany's, der einen fairen Preis zahlte und keine Fragen stellte. Harp behielt zehn Prozent des Preises für sich selbst, zehn Prozent gab er dem Diamantschleifer, und den Rest bekam Louise. Sie tat es zu ihren Ersparnissen, die ihre Existenz sichern sollten, wenn sie auf eigenen Füßen stand.

»Ich habe noch etwas für Sie«, sagte Louise zu Harp. »Uriahs Bank will Daniel Drew beim Bau einer Eisenbahnstrecke von Kingston in die westlichen Catskills finanziell absichern. Das scheint mir eine lohnende Sache zu sein, wenn man rechtzeitig davon weiß.«

Harp nickte langsam. »Ich werde die Information an einen anderen Eisenbahnkönig verkaufen, der reich genug ist, um sie nach ihrem Wert zu bezahlen. Und unersättlich genug ist, mehr davon zu wollen. Gould oder Huntington, wahrscheinlich.«

»Jeder von ihnen könnte ein Vermögen machen, wenn er sich gleich zu Beginn in dieses Projekt einklinkt.«

Harp lächelte und entblößte dabei ein bißchen seine Zähne. »Oder wenn er das ganze Projekt Drew unter dem Hintern wegreißt.«

Wie bei dem Arrangement mit dem Schmuck war auch die finanzielle Regelung im Fall von Geschäftsinformationen, die sie Harp gab, immer die gleiche. Welche Summe er dafür auch bekam, sie teilten sie gerecht. Erst kürzlich hatte Louise erfahren, daß dieses Verhalten bei Harp nicht üblich war. Eine der anderen Frauen, die Harp mit Hinweisen über ihre Industriellen-Liebhaber – oder Ehemänner – versorgten, hatte Louise erzählt, daß Harp seinen Informanten gewöhnlich zwanzig bis dreißig Prozent gab. Louise fragte ihn nicht, warum er nur mit ihr halbe-halbe machte. Sie wußte, daß er ihr keine ehrliche Antwort geben würde, also hatte die Frage keinen Sinn. Es vermehrte nur das Rätsel seiner Empfindungen für sie.

Sie sah ihn forschend an. »Angenommen, *ich* wollte mich einklinken. Mit Ihrer Hilfe. Ich investiere einen Teil meines Geldes in das Projekt und streiche den Gewinn selbst ein?«

»Keine gute Idee«, meinte Harp. »Investieren Sie Ihr Geld im Moment in *gar nichts.* Ich glaube, unser Land bewegt sich auf eine große Finanzkrise zu. In einem Jahr, höchstens in zwei Jahren.«

»Das ist aber nicht, was ich von Uriah und anderen höre. Sie reden alle von noch besseren Zeiten. Beständiger und wachsender Wohlstand.«

Harp zuckte mit einer Schulter. »So sieht es an der Oberfläche aus, und das ist es, was sie glauben wollen. Darunter spüre ich die ersten Anzeichen von Unruhe. Die Dinge kommen ins Wanken. Männer wie Gould oder Huntington oder Vanderbilt sind fett genug, um einen kleinen Verlust zu überstehen. Sie nicht, Louise.«

Sie akzeptierte sein Urteil, ohne genauer nachzufragen, worauf es sich gründete. Keiner seiner Ratschläge hatte sich bisher als falsch erwiesen.

Harp klopfte auf die Tasche, in der sich das Rubinhalsband befand. »Ich werde Ihnen das hier so schnell ich kann zurückbringen. Und das Geld, hierfür und für den Eisenbahntip.«

»Ich weiß.« Louise zögerte. »Vielleicht kann ich Sie dann zum Abendessen einladen. In meinem Haus.« Sie sah ihn fest an, während sie die nächsten Worte sprach. »Ich werde mich von Uriah trennen.«

Für einen winzigen Moment flog der gleiche Ausdruck über sein Gesicht, den sie bei ihrer ersten Begegnung wahrgenommen hatte. Dann sah er hinunter auf seinen Hut, den er sanft gegen seinen Oberschenkel klopfte. Als sich ihre Augen wieder trafen, war, was sie gesehen hatte, verschwunden.

»Vielleicht«, sagte er in beiläufigem Ton. »Wir werden darüber nachdenken. Wenn es soweit ist.«

Er setzte seinen Hut auf, hielt ihn wegen des heftigen Windes festgedrückt, wandte sich von ihr ab, setzte eine Fußspitze in den Steigbügel und schwang sich auf den Fuchs. Als er im Sattel saß, schaute er einen Augenblick zu ihr herunter. Dann tippte er mit einem Finger an den Hutrand und ritt davon.

Louise sah ihm lange nach, bis er außer Sicht war. Dann ging sie zurück zu ihrem Wagen.

KAPITEL 6

Erst als Harp im *Suze la Rousse* ein frühes Abendessen beendete, erfuhr er von dem dringenden Begehren von Howe & Hummel. Bis zum Anbruch der Dunkelheit war er damit beschäftigt gewesen, die beiden Angelegenheiten von Louise Vedder auf den Weg zu bringen.

Nachdem er sein Mietpferd zurück in den Stall an der 59. Straße gebracht hatte, ging er zur Postkutschenstation am Broadway und bestieg einen Omnibus für eine Zehn-Cent-Fahrt quer durch Manhattan, Stehplatz den ganzen Weg. So spät am Tag, da der Verkehr einen Höhepunkt erreichte, war man mit dem Hansom nicht viel schneller und zahlte einen ungleich höheren Fahrpreis.

Es gab die üblichen Verzögerungen wegen Verkehrsstokkungen auf dem Weg in die Stadt. Eine wurde durch eine Straßenschlägerei zwischen einigen Droschkenkutschern und Frachtwagentreibern verursacht. Eine weitere von einem Straßenbahnpferd, das auf den Schienen verendete, während das zweite Zugpferd – in Panik geraten – nach jedem ausschlug, der Hand anlegen wollte. Staub lag in der Luft. Harp zog an dem Seil, das mit dem Bein des Busfahrers verbunden war, und stieg Nähe Wall Street aus.

Die Laternenanzünder waren schon unterwegs und wanderten mit ihren langen Stangen von einer Straßenlampe zur nächsten, als Harp die Nassau Street hinaufschritt, vorbei an den Banken und Versicherungsgesellschaften, bis er einen Block erreichte, in dem es vorwiegend Juweliergeschäfte gab.

Die winzige Werkstatt von Willem Jacobs lag im obersten Stockwerk eines dreistöckigen Gebäudes, das wabenartig mit anderen Gewerbezellen durchsetzt war, deren eigentliche Tätigkeit von den Türschildern nicht immer treffend bezeichnet wurde. Jacobs stammte aus Antwerpen, einem Weltzentrum für Edelsteine. Seine Fertigkeiten als Diamantschleifer, die er nach New York mitgebracht hatte, sicherten ihm einen nicht unbeträchtlichen Anteil rechtschaffenen Handels. Aber er hatte den Ehrgeiz, einen Juwelierladen auf der *Ladies Mile* zu eröffnen, und war durchaus bereit, zu diesem Zweck ein bißchen Extrageld mit verbotener Arbeit zu verdienen – allerdings nur von Leuten, denen er vertrauen konnte.

Harp ließ das Rubinhalsband bei ihm zurück und vertraute darauf, daß Jacobs die Rubine durch kunstvolle Doubletten ersetzen würde. Auch würde er, wenn Harp sie abholen kam, eine Schätzung vorgenommen haben, für welchen Preis er die echten Rubine verkaufen konnte.

Wieviel Geld er für Louise Vedders Tip bezüglich Daniel Drews neuer Eisenbahnlinie bekommen konnte, wollte Harp mit Hilfe von Leland Van Tromp herausfinden.

Leland hatte vor dem Krieg als Börsenmakler an der Wall Street gearbeitet. Seit dem Krieg war er keiner geregelten Arbeit mehr nachgegangen. War dazu nicht mehr fähig gewesen nach dem, was er im Krieg erlitten hatte. Aber auch schon vorher hatte er, wie er selbst zugab, nicht übermäßig hart an seiner Karriere als Börsenmakler gearbeitet. Wall Street hatte großzügig über seine Faulheit hinweggesehen, wegen seines Namens. Leland war ein »Knickerbocker«, ein Sproß jenes Clans, der von der Gesellschaft als die Crème de la crème ihrer alten Garde verehrt wurde. Denn es waren die holländischen Familien, die sich als allererste in New York niedergelassen und Wohlstand erlangt hatten – damals, als die Stadt noch New Amsterdam hieß.

Das Vermögen seiner eigenen Familie war zerronnen, bevor er darüber verfügen konnte. Sein alter Vater hatte es während des Kriegs verloren, nachdem er es Jacob Little, dem »Großen Bären von der Wall Street«, zum Investieren anvertraut hatte. Little hatte das Geld von Van Tromp und zehn Millionen Dollar von seinem eigenen Vermögen verloren, weil er Entwicklungen des Marktes falsch gedeutet hatte, bei denen Daniel Drew seine ersten Millionen verdiente.

Alles, was geblieben war, war das Haus der Van Tromps an der Nordseite des Washington Square. Es war nunmehr Lelands einzige regelmäßige Einkommensquelle. Er behielt zwei Räume als Wohnung für sich und vermietete den Rest an den Besitzer einer Fabrik, die die Teppiche für die meisten öffentlichen Stadtgebäude und für die Firmen, die mit der Stadt Geschäfte machten, herstellte. Die ehrgeizige Frau des Mannes, sein Sohn und seine Tochter nutzten die renommierte Lage des Hauses und seine lange Verbindung mit dem Namen der Van Tromps nach Kräften aus.

Trotz Lelands vornehmer Armut genügte immer noch sein Name, und Manhattans Finanzhaie widmeten ihm respektvoll ihre Zeit, wann immer er sie zu sehen wünschte. Es war nicht das erste Mal, daß Harp diese Beziehungen nutzte.

Der frühe Winterabend brach herein, und dünner Nieselregen fiel aus einer tiefhängenden Wolkendecke, als Harp die Stallungen hinter Van Tromps Haus betrat. Lelands zwei Zimmer lagen zu ebener Erde und im hinteren Teil des Hauses, gleich neben dem dazugehörigen Privatstall. Die Fenster waren dunkel, und niemand antwortete, als Harp an der Tür klopfte. Er hinterließ einen Zettel am Briefkasten, Leland könne jederzeit in der Nacht bei ihm vorbeikommen – in die nur wenige Blocks entfernte Wohnung in der Greene Street.

Leland war einer der wenigen, die wußten, daß er diese Zweitwohnung für die Zeiten unterhielt, wenn er für die meisten Leute unauffindbar sein wollte.

Harps Block in der Greene Street, zwischen Bleecker und Houston Street, war Teil einer kleinen Greenwich-Village-Enklave für niedrige Einkommen, die höfliche Menschen French Quarter (das Französische Viertel) und andere Frogtown (Froschstadt) nannten. Seine Wohnung lag im zweiten Stock eines alten roten Backsteinhauses, das im Erdgeschoß ein französisches Restaurant und im Keller, unter der vorne gelegenen Hausveranda, eine französische Bäckerei beherbergte. Manche hätten es wenig angenehm gefunden, abends mit den Gerüchen französischer Küche schlafen zu gehen und morgens mit den Düften frisch gebackener Brote und Kuchen aufzuwachen. Harp aber mochte das.

Er ging die wenigen Blocks vom Washington Square zu Fuß. Er wollte noch seine Kleidung wechseln, bevor er den Abend in Angriff nahm. Doch als er das Haus erreichte, kamen aus dem Restaurant – dem *Suze la Rousse* – verführerische Wohlgerüche, und sein plötzlich wachgerufener Appetit trieb ihn hinein.

Er konnte nicht widerstehen. Harp hatte sein letztes Kriegsjahr als Häftling zugebracht – auf vertrautem Fuß mit unablässigem Hunger. Seither war sein Appetit wie ein Kind, das während einer bedrohlichen Krankheit von jeder nur denkbaren Aufmerksamkeit verwöhnt wird. Wenn dieses Kind enttäuscht wurde, bekam es einen Wutanfall und rächte sich, indem es Harp allzu unverblümt an das böse Jahr erinnerte.

Ein Vorderraum des *Suze La Rousse* war als kleiner Kramladen abgeteilt, der von der Tochter des Besitzers geführt wurde. Er war mit den verschiedensten Dingen vollgestopft: europäisches Spielzeug und Kohleeimer, Holzschuhe und Exemplare des *Courrier des Etas Unis*, der französischsprachigen Zeitung in Amerika. Durch eine Tür mit Vorhang gelangte man dann ins Restaurant, welches den Rest des Erdgeschosses einnahm. Der Boden war mit Sand bestreut, auf den Tischen lagen blau-weiß karierte Wachstuchdecken, die untersetzte Madame Letessier bediente und thronte am Kassentisch, während ihr Mann in der Küche blieb und der männlichen Kunst des Kochens frönte. Und diese wunderbaren Düfte …

Zu dieser frühen Stunde war Harp der erste Gast, der zu Abend speiste. Die französischen Einwanderer blieben ihrer Heimatsitte treu, erst nach acht Uhr zu dinieren. Das gute Essen im Restaurant, die niedrigen Preise und die entspannte Atmosphäre begannen die Künstler, Schriftsteller und Säufer anzulocken, die sich im Village niederließen; aber auch sie würden erst viel später eintreffen. Die einzigen Gäste, die mit Harp das Restaurant teilten, waren zwei Franzosen, die an einem Ecktisch vor Gläsern mit billigem Bordeaux saßen und Schach spielten.

In ihrem Heimatland wären die beiden Feinde gewesen. Einer war ein Adliger, der emigrieren mußte, weil seine Familie auf der falschen Seite stand, als das Regime von Louis Philippe gestürzt wurde. Der andere war ein anarchistischer Pamphletist, der während der kürzlich zu Ende gegangenen Regierungszeit Napoleons III. hatte fliehen müssen. Im Exil waren ihnen drei Dinge gemeinsam: schäbige Kleidung, das ausgezehrte Äußere, das von schmaler Kost herrührte, und die Leidenschaft für Schach.

Harp hatte schon mit den beiden gespielt und mehr Spiele gewonnen als verloren. Leland Van Tromp hatte ihm Schach im Libby-Gefängnis beigebracht, wo es wenig anderes gab, um den Geist von den entwürdigenden Haftbedingungen abzulenken.

Er aß eine vorzügliche mit Käse überbackene Zwiebelsuppe und widmete sich bereits seinem Hauptgang, einem saftigen Rindereintopf, als die Schachspieler ihr Spiel beendeten und seine Anwesenheit bemerkten.

Beide zogen fragend die Augenbrauen hoch: Wollte er mit dem Gewinner spielen? Er schüttelte den Kopf und vertiefte sich ganz in seine Mahlzeit, während sie die Figuren für ein neues Spiel aufstellten. Er hatte seinen letzten Bissen gegessen und trank gerade seinen letzten Schluck Wein, als der elfjährige Jean-Pierre Cajat ins Restaurant kam und nach ihm Ausschau hielt.

Der Sohn eines Schuhmachers gehörte zu den Kindern, die ein Auge auf Harps Wohnung hatten, wenn sie auf der Straße spielten. Spät am Abend versahen die Prostituierten, die in der Greene Street arbeiteten, den gleichen Dienst. Was er für den Dienst bezahlte, hing von dem Wert ihrer Informationen ab.

»Es war 'n Mädchen dreimal oben in Ihrem Haus«, sagte Jean-Pierre. Anders als seine Eltern sprach er das New Yorker Englisch ohne Mühe. »'s letzte Mal grad eben. Sie sitzt vor Ihrer Tür auf dem Boden.«

»Wie sieht sie aus?«

Der Junge beschrieb Kitty Shay – die kesse junge Rothaarige, die Abe Hummel mit den beiden anderen Boten losgeschickt hatte: »Rote Haare. Sieht gut aus. Klasse Figur. Is okay, aber nix Reiches. Nich piekfein. Auch keine Nutte. Nur 'n normales Mädchen ...«

Harp gab ihm fünfzehn Cent. »Schick sie her.«

Der Junge sauste los und hielt die drei Münzen triumphierend mit seiner kleinen, schmutzigen Faust umklammert.

Harp schlürfte einen starken schwarzen Kaffee, der mit einem Schuß Whiskey veredelt war, als Kitty Shay ins Restaurant gehastet kam. Sie sah müde, aber glücklich aus und ließ sich ihm gegenüber auf einen Stuhl sinken.

»Ich suche seit Stunden das ganze Village nach Ihnen ab. Mr. Hummel will Sie sprechen. Billy Doyle und Mr. Cavalucci suchen Sie auch, also denken Sie daran, daß ich Sie zuerst gefunden habe. Das bringt mir mindestens fünf Dollar ein.«

Harp fragte nicht, was Abe Hummel von ihm wollte. Kitty hätte es nicht gewußt. Was immer es war, es würde eine gute Stange Geld für ihn herausspringen. Howe & Hummel kannten seine Honorarvorstellungen und würden nicht nach ihm schicken, wenn sie nicht imstande waren, ihn gut zu bezahlen.

Er fragte auch nicht, wo Hummel sich gewöhnlich zu dieser Stunde aufhielt. Viele der Kunden von Howe & Hummel wagten sich nur ungern bei Tageslicht aus ihren Höhlen heraus. Die Anwaltsbüros waren auch nach Dunkelwerden noch geöffnet. Wenn Abe Hummel bereits ins Theater oder auf eine Party gegangen war, wäre Bill Howe noch im Büro und würde wissen, wozu Harp gebraucht wurde.

»Warte hier«, sagte er zu Kitty. »Ich gehe schnell hinauf und zieh was anderes an, bevor wir losgehen.«

»Lassen Sie mich mit nach oben gehen«, sagte sie eifrig. »Sie haben da ’ne verdammt feine Badewanne, und ich hab so lang schon kein richtiges Bad mehr gehabt, daß ich gar nicht mehr weiß, wann.«

Seine Badewanne war das mit Zink ausgekleidete Standard-Holzmodell auf sechs Füßen. Es war keine Seltenheit mehr in New York, doch über die Hälfte der Wohnungen besaßen nichts Vergleichbares. Wo Kitty wohnte, gab es kein Badezimmer. Man wusch sich im eigenen Zimmer, mittels eines Wasserkrugs und einer Blechschüssel, und der Außenabort wurde von allen genutzt.

Harp schüttelte den Kopf. »Es dauert dreißig Minuten, die Wanne zu füllen und heißes Wasser vom Ofen dazuzutun. Ich brauche nur zehn Minuten, um mich umzuziehen, und bin auf dem Weg.«

»Dann lassen Sie mich dableiben, wenn Sie gehen. Ich trau Ihnen, daß Sie mir meine fünf Dollar bringen.« Kitty grinste spöttisch-frech und entblößte eine Zahnlücke – eine Folge der Unterernährung in ihrer Kindheit. »Ich kann mir Zeit lassen mit dem Baden, mich überall saubermachen, dann in Ihr Bett gehen und auf Sie warten.«

»Benimm dich. Du wartest hier.«

»Seien Sie nicht so spießig. Ich war schon mal oben bei Ihnen, erinnern Sie sich? Sie haben mich sogar die ganze Nacht bleiben lassen.«

»Du hattest hohes Fieber.«

Kitty zwinkerte ihm zu. »Ich glaub, ich fühl ’n neues Fieber kommen. Nicht das gleiche vielleicht, aber …«

»Hast du schon zu Abend gegessen?«

Das lenkte ihr Interesse schlagartig ab. »Ich hab seit dem Frühstück keinen Bissen mehr gehabt. Ich hab nicht mal mehr ’nen Groschen übrig, um mir …«

Harp rief Madame Letessier zu sich. »Servieren Sie ihr, was immer sie will. Setzen Sie es auf meine Rechnung.«

Kitty bestellte bereits, als Harp den Raum verließ.

Seine Haustür lag neben dem Eingang zum *Suze la Rousse*, aber er benutzte sie nicht. Die Kinder auf der Straße achteten gewöhnlich auf alles, was vorging, aber es konnte ihnen etwas entgangen sein. Es war keine bestimmte, gegenwärtige Gefahr, die ihn argwöhnisch machte. Bloß ein ständiger Überlebensinstinkt. Man konnte nicht mit Erfolg am Rande der Legalität arbeiten, ohne sich Feinde zu machen. Harp benutzte daher gern verschiedene Wege zu seiner Wohnung, insbesondere in der Nacht. Er ging von der vorne umlaufenden Hausveranda hinunter, halb um den Block herum und in die hintere Gasse. Dort nahm er seinen Schlüssel, um die Hintertür des Nebenhauses zu öffnen. Im zweiten Stock befand sich eine Lagerkammer, an der Harp das Schloß angebracht hatte, und nur er besaß den Schlüssel. Bevor er die Kammer öffnete, bückte er sich, tastete nach einem Dielenbrett und richtete sich mit einem Revolver in der Hand wieder auf. Er ging hindurch und gelangte in den Schrank im hinteren Teil seines Schlafzimmers. Hier blieb er eine Minute stehen und horchte. Dann verließ er den Schrank und blieb wieder stehen, prüfte die Luft, bevor er sich geräuschlos durch seine Wohnung bewegte.

Als er sich vergewissert hatte, daß er allein war, zündete er mit einem Streichholz die Petroleumlampe auf dem Tisch im Vorderzimmer an. Zurück im Schlafzimmer, zündete er eine zweite Lampe an, die auf einer Kommode neben einer kleinen Fotografie in einem Silberrahmen stand.

Die Fotografie war ein Abzug auf Zinkblech. Anders hätte sie auch kaum all das überstanden, was sie hinter sich hatte. Harp hatte sie rahmen lassen – fast zwei Jahre bevor er die Frau darauf getroffen hatte. Das Bild war an manchen Stellen fleckig, an anderen rußig. Doch das Gesicht, das ihn darauf ansah, war unverwechselbar. Vor allem diese ungewöhnlichen Augen.

Er hatte sogleich gewußt, daß sie die Frau auf seiner Zinkplatte war, als er Louise Vedder auf Jim Fisks Party gesehen hatte. Noch vor wenigen Monaten hatte sie von sich selbst erzählt – und von ihrem jungen Ehemann, an den sie so zärtliche Erinnerungen bewahrte und der in der »Schlacht der Wildnis« gefallen war.

Dann hatte sie ihn gefragt, ob seine Einheit der Nordstaatenarmee sich irgendwo in der Nähe dieser Schlacht befunden habe.

Harp hatte gelogen und mit Nein geantwortet.

KAPITEL 7

Der leichte Regen hatte aufgehört, als Harp die Lower East Side erreichte. Doch überfrorene Nässe verwandelte die Gehwege in Rutschbahnen. Harp war gekleidet für alle Eventualitäten, die die kalte Nacht noch bereithalten mochte. Er trug einen Militärmantel mit großem, aufstellbarem Kragen. Seinen Hut mit breiter, herunterklappbarer Krempe. Dicke, genagelte Stiefel. Er strebte auf das Polizeirevier des 13. Bezirks zu, dabei achtete er auf jede Nuance im betriebsamen Nachtleben um ihn herum.

Dies war eine Gegend, in der kürzlich eingetroffene Italiener und Juden – nicht immer friedlich – mit den sehr viel größeren Gruppen der früher eingewanderten Iren und Deutschen zusammenlebten – und mit Kriminellen, die in den Nachbarslums groß geworden waren. Ob Alteingesessene oder Neulinge, die meisten der Einwanderer waren bereits amerikanische Staatsbürger oder würden es bald sein. Der politische Apparat der Tammany Hall war stets darauf bedacht, den Neuankömmlingen die Erlangung der Staatsbürgerschaft so leicht und problemlos wie möglich zu machen. In der Gewißheit, daß die dankbaren Einwanderer es dem Apparat zurückzahlen würden, indem sie so wählten, wie sie es gesagt bekamen. Es waren die Menschen aus Gegenden wie dieser, die den Drahtziehern der Tammany-Clique, vom Bürgermeister Oakey Hall und dem politischen Boss Bill Tweed abwärts, ihre Positionen sicherten.

Trotz des Wetters und der Uhrzeit waren sehr viele dieser Leute auf der Delancey und ihren Querstraßen unterwegs. Frierende Hausierer – für die jeder Penny zählte, um ihre Familien vor dem nächsten polnischen oder russischen Pogrom herüberzubringen – standen vor Handkarren, die von Kerosinlampen erhellt wurden und vollgepackt mit alten Kleidungsstücken, kleinen Kübeln mit rostigen Nägeln, altbackenen Brotlaiben waren: mit allem, was sich billig kaufen und verkaufen ließ. Fabrik- und Bauarbeiter, Frauen und Kinder aus den ausbeuterischen Kleidungsbetrieben, Hilfsarbeiter von den Docks – sie alle schleppten sich heim in ihre engen Mietunterkünfte oder in fensterlose Zimmer, wo ganze Familien zusammengepfercht waren, oder in feuchte Kellergelasse mit Dutzenden von Fremden. Da war ein Obsthändler mit hochbetagtem Pferd und Wagen, der seine Waren auf griechisch anpries. Vor vielen Saloons bettelten Landstreicher. Eine greise Alte und ein räudiger Hund zogen einen schiefen Kinderwagen, der mit Lumpen und Flaschen beladen war, zu einem Schrotthändler.

Harp achtete mehr auf eine andere Gruppe von nächtlichen Herumtreibern, an denen er vorüberging. Straßendirnen, von mageren elfjährigen Mädchen bis zu alternden Huren, die sich im Schatten hielten und versuchten, ihre verlebten Gesichter unter dicken Lagen von Schminke zu verbergen. Kuppler, die an Laternenpfosten und Telegrafenmasten lehnten. Strauchdiebe, die jeden anriefen, der so aussah, als ob er in eine dunkle Hintergasse zu locken wäre: bevorzugt Besucher aus den besseren Wohnvierteln, die sich den Gefahren der »Elefantenjagd« aussetzten – so der Slangbegriff dafür, wenn jemand die Slums aufsuchte.

Die meisten dieser Diebe wußten über Harp Bescheid und ließen ihn in Frieden. Was jene betraf, die ihn nicht kannten und von den anderen nicht gewarnt wurden, hatte Harp Vorsorge getroffen: Der Spazierstock, den er bei sich führte, hatte einen Knauf und war aus Walnußholz, dick und schwer. Genagelte Stiefel ließen sich gut zu anderem als nur zum Gehen gebrauchen. Für ernstere Zusammenstöße enthielt sein Militärmantel einen Gegenstand, den er stets auf Wegen durch Viertel wie dieses mitnahm.

Er hielt mehrere Huren auf ihrer Tour an, um sie nach Alice Curry zu befragen. Vance Walburtons striktes Verbot, Personen aus seinen Kreisen zu seinem Problem zu befragen, hinderte Harp daran, seiner Frau auf die naheliegendste Weise nachzuspüren: indem er jeden fragte, den sie kannte oder gekannt hatte, und die Orte erkundete, wo sie regelmäßig einkaufen ging oder speiste. Also blieb ihm nur die Möglichkeit, in Alice Currys jüngster Vergangenheit zu forschen, um herauszufinden, wie sie an Olivia Walburtons Kleider gekommen war. Der Moment, in dem sich die Wege von Alice Curry und Mrs. Walburton kreuzten, war es, was Harp als Starthilfe brauchte. Selbst wenn die Kleidung gestohlen worden war, konnte die Information »wann« und »wo« ihn auf die Fährte von Olivia Walburton bringen.

Doch keine der Huren, mit denen er sprach, hatte Alice Curry gekannt. Sie konnten ihm nichts anderes sagen, als daß sie weder hier in der Gegend gelebt noch hier gearbeitet hatte. Und sie hatten auch keinen Hinweis darauf, wer in das Lagerhaus eingebrochen war. Harp war sich ziemlich sicher, daß sie ihm die Wahrheit sagten. Sie wußten, daß er für Geheimtips sofort und recht gut bezahlte und die Quelle für sich behielt. Er sagte ihnen, daß sie ihre Ohren offenhalten und eine Nachricht für ihn im *Suze la Rousse* hinterlassen sollten, falls sie etwas Neues hörten.

Er hatte bereits einige Hilfskräfte angeheuert, die ihm bei der Suche halfen. Cavalucci, der Ex-Tenor, sollte sich bei Schauspielern, Theatermanagern und Agenten am Union Square nach Alice Curry erkundigen. Der junge Billy Doyle forschte in den Kneipen auf beiden Seiten der Bowery, wo sich die Prostituierten trafen, nach ihr. Und Harp hatte einen ehemaligen Zuhälter namens Carson mit dem gleichen Auftrag in die Gegend des teureren Sündenbabels an der oberen Sixth Avenue losgeschickt, das als Satan's Circus bekannt war.

Er hatte zudem Kitty Shay eine Kopie der Fotografie von Olivia Walburton gegeben, damit sie es den Kutschern zeigte – auf die geringe Chance hin, daß einer sich erinnerte, sie in den letzten Wochen zu ihrer derzeitigen Wohnstatt befördert oder dort abgeholt zu haben.

Die Arbeit seiner Helfer wurde dadurch behindert, daß keiner von ihnen wissen durfte, wozu Harp die Informationen brauchte. Aber das war nicht zu ändern. Was er dafür bezahlte, mußte diesen Mangel ersetzen. Zwei Dollar den Tag an Wegkosten. Fünf bis zehn Dollar für jede Information, mit der er etwas anfangen konnte. Und eine mundwässernde Summe von fünfzig Dollar für denjenigen, der ihn direkt ans Ziel führte.

Harp rechnete sich aus, daß er es sich leisten konnte, von den tausend Dollar, der Hälfte von Walburtons Zahlung an Howe & Hummel, die er einstrich, ein wenig zu streuen. Howe hatte ihm überdies versichert, falls die Suche länger als eine Woche dauern sollte, werde Walburton ein weiteres Mal gemolken werden.

Das Polizeirevier des Bezirks lag an der Ecke der Delancey und der Attorney Street, vis-à-vis von einem schäbigen Bowling-Saloon, der darüber ein Bordell betrieb. Neun Häuserblocks von dem Lagerhaus entfernt, in dem Alice Curry ermordet wurde. Harp stieg die Stufen hinauf und wurde von Jack Kelly, dem alten Nachtpförtner des Reviers, eingelassen. Kelly hatte diesen ruhigen Job durch seinen Neffen bekommen, welcher der vierte Sekretär des Oberinspektors für das Amt der Straßenerneuerung war.

Harp schüttelte ihm die Hand und sagte: »Hallo, Jack. Miese Nacht da draußen.«

»Mir egal«, erwiderte Jack. »Ich bleib drin. Wo warst 'n? Hab dich lang nich gesehn.«

»Hatte zu tun. Irgendwas Neues im Alice-Curry-Mord?«

Kelly zuckte die Achseln. »Ich würd's nich wissen – oder mich'n Dreck drum scheren. Huren werden umgebracht, das liegt in der Natur der Sache. Wie Blätter, die von den Bäumen fallen. Du weißt, es kommen neue, also was soll's?«

»Du warst schon immer ein Philosoph, Jack. Wenn es um die Schwierigkeiten anderer Leute ging.«

»Hab noch keinen getroffen, der 'nen Dreck für Schwierigkeiten gibt, außer's sind seine eignen«, sagte Kelly und lehnte sich in seinem Lehnstuhl am Eingang zurück, als Harp hineinging.

Der Hauptraum war von Gaslampen hell erleuchtet. Pat Quinn, der diensthabende Sergeant, saß hinter dem großen schwarzen Walnußpult. Er hörte mit geduldigem Pokergesicht einer abgehärmten jungen Frau zu. Sie trug einen zerschlissenen Mantel und löchrige Schuhe, ein großes fleckiges Kopftuch, und in ihren Armen hielt sie ein Kind, das in Wolllumpen eingewickelt war. Ihre Geschichte war nicht ungewöhnlich. Sie hatte kein Geld, um für eine Übernachtung zu bezahlen, und sie fürchtete, wenn sie einschlief, würde ihr Kind bis zum Morgen erfrieren. Ohne eine Miene zu verziehen griff Sergeant Quinn nach einem der Rohre von der Sprechverbindung und rief die Vorsteherin der Frauenabteilung in der Kellerunterkunft für Obdachlose an.

Während sie warteten, wachte ein Reservepolizist, der auf einem Stuhl zwischen dem Pult und dem Telegrafen schlief, mit einem Schnarchgeräusch auf, erblickte Harp und hob die Hand zu einem schläfrigen Gruß. Dick Crowley, ebenfalls Ire, wie Quinn und Kelly – und die meisten anderen bei der New Yorker Polizei. Dies war äußerst sinnvoll, weil eine große Zahl von Gesetzesbrechern, mit denen die Polizei zu tun hatte, ebenfalls irischer Abkunft war.

Von den 78451 Männern und Frauen, die im vergangenen Jahr in New York City inhaftiert worden waren, waren 51126 Immigranten. Von diesen stammten wiederum 37014 aus Irland. An zweiter Stelle standen die Deutschen mit 8281. Diese Statistik sollte sich mit den neuen Einwandererwellen aus Italien und Griechenland, Rußland und Polen dramatisch ändern. Aber gegenwärtig waren es vor allem die Iren: Polizisten und Einbrecher, bettelnde Landstreicher und erfolgreiche Politiker.

Harp sah zu, wie die Vorsteherin die Mutter und ihr Baby zum Keller hinunterführte. Er wußte, daß die junge Frau keine ruhige Nacht erwartete. Er hatte genügend Zeit in den Abteilungen für Männer und Jungen in verschiedenen Polizeiunterkünften verbracht, bevor er alt genug war, sich mit Diebstählen über Wasser zu halten. Man bekam zum Schlafen eine nackte Holzpritsche. Keine Matratze, keine Decke, kein Essen; zusammengepfercht mit einem ungewaschenen Haufen, der die ganze Nacht hindurch stöhnte, schnarchte und hustete. Das Vorteilhafteste, was sich darüber sagen ließ, war, daß man wenigstens Schutz vor der Witterung und die Wärme der Kellerkamine genoß.

Sergeant Quinn sah Harp mit grimmiger Miene an.

»Ich wünschte, ich könnte solchen Leuten mehr Mitgefühl entgegenbringen, aber wenn ich mich darauf einlasse, komme ich aus dem Heulen nicht mehr raus. Es sind einfach zu viele.«

»Voll besetzt heute nacht?«

»Noch nicht. Aber um Mitternacht wird's wohl voll sein, so kalt wie's draußen ist. Selbst wenn's keinen Schnee gibt.«

Harp nickte zu der geschlossenen Tür hinter Quinn hinüber, die zu dem Büro und der kleinen Dienstwohnung von Captain Redpath führte. »Ist der Schläger drin?«

Captain John Redpath hatte seinen Spitznamen erhalten, weil er jeder neuen Streife einschärfte, schwierige Zeitgenossen ließen sich am besten beruhigen, indem »du mit deinem Schlagstock auf ihn einschlägst – und du schlägst so lang, bis er Vernunft annimmt«. Es war ein Rat, den er selbst während seiner gesamten Laufbahn gewissenhaft befolgt hatte.

»Nein«, sagte Quinn. »Er ist in den zehnten Bezirk, um was mit Captain Brennen zu bereden.« Quinn zog ein Stück Kautabak heraus, biß ein Stück ab und warf einen scharfen Blick auf den Reservepolizisten, der mit offenen Augen auf dem Stuhl neben ihm vor sich hin döste. »Crowley, geh hinauf und leg dich für deinen Schönheitsschlaf auf deine Bank im Schlafsaal. Ich hab was Privates mit Harp zu besprechen.«

Der Sergeant kaute gleichmäßig und sah Crowley zu, wie er sich aufraffte und die Treppe hinaufschlurfte. Dann winkte er Harp auf den freien Stuhl. Harp nahm Platz und drehte den Stuhl, so daß er Quinn gegenübersaß, der den Tabakpfropfen in seine linke Backe schob und Harp mit finsterem Blick ansah.

»Hast du irgendeine Information wegen der Ermittlungen der Anklagejury?«

Quinns Besorgnis war Teil der zunehmenden Nervosität bei der Polizei, da die Anklagejury ihre Untersuchungen fortsetzte. Sie befaßte sich unter anderem mit der Frage, wie das Polizeipräsidium zu der Behauptung kommen konnte, es sei unmöglich, an die Adressen der Lasterhöhlen in der Stadt heranzukommen – und warum sein vielgerühmtes Verbrecheralbum weniger als fünfhundert Fotografien enthielt – alle nur kleinere Gauner, und keinen einzigen aus dem Bereich der Großkriminalität.

»Soviel ich gehört habe«, sagte Harp, »sollen Bürgermeister Hall und alle anderen hohen Tiere aus der Tammany-Clique in den Knast befördert werden. Inklusive der Boss, Bill Tweed persönlich.«

»Ich kann nicht glauben, daß sie soweit gehen.«

»Glaub es lieber«, sagte Harp. »Es ist recht einfach. Tammany ist demokratisch. Die staatliche Legislative und ihre Anklagejury sind großenteils Republikaner. Mit ein paar reformerisch gesonnenen Demokraten, die in diesem Fall auf ihrer Seite sind. Jeder Bankier in der Stadt ist ebenfalls Republikaner. Die Ermittler der Anklagejury fragen sie nun, ob sie Konten für irgendwelche wichtigen Tammany-Leute führen – und wer die Schecks ausgestellt hat, von denen das Geld auf den Konten stammt. Glaubst du, daß diese republikanischen Bankiers es ablehnen werden, ihre Bücher offenzulegen, weil es unmoralisch ist?«

Quinn kaute nachdenklich auf seinem Priem. Schließlich schob er ihn in die rechte Backe und sagte: »Na ja, ich werd mich nicht verrückt machen. Meine Bank ist in Jersey, und ich bin sowieso ein zu kleiner Fisch, als daß die sich mit mir beschäftigen. Wenn ich Captain wäre, wär's was anderes, aber das bin ich nicht.« Er blickte sich um, um sich zu vergewissern, daß sie allein waren, und senkte seine Stimme. »Für mich die gute Seite an der Sache. Wenn Tammany untergeht, brauche ich den Rest der Raten nicht zu zahlen – dafür, daß sie mich zum Sergeant befördert haben.«

»Mach dir nicht zuviel Hoffnungen«, riet ihm Harp. »Reformbewegungen kommen und gehen. Und sie gehen schneller, als sie kommen. Der Clan kommt ins Trudeln, dann fängt er sich wieder – unter neuer Führung. Leg die Raten lieber auf die hohe Kante. Der nächste Boss – ich tippe auf Dick Crocker – wird den Rest wollen, den du Tammany schuldest. Jeden einzelnen Penny.«

»Ja – du hast wahrscheinlich recht.« Quinn seufzte kurz und trübsinnig. Einen Augenblick lang musterte er Harp eingehend. »Ich habe mal gehört, wie jemand sagte, daß du Protektion von einem hohen Tier bei Tammany bekommst. Ist da was dran?«

»Ich bin mit Bürgermeister Halls Schwiegermutter verheiratet.«

»Komm schon – ich hab dich nie vorher danach gefragt, weil ...«

»Dann frag jetzt auch nicht.«

»Also gut ...« Quinn wandte den Kopf ab und spuckte einen Auswurf von dunklem Tabaksaft in seinen Spucknapf. Etwas von dem Saft traf die Seite des Napfs und rann auf den Boden. Quinn runzelte die Stirn und drehte sich wieder Harp zu. »Also – was bringt dich heute her?«

»Der Alice-Curry-Mord. Irgendwelche Fortschritte darin?«

»Nicht, daß ich wüßte. Ich sag dir das eine: Ich bin froh, daß ich nicht hier war, als sie sie gefunden haben. So brauchte ich mir nicht ihre Leiche anzusehen. Ganz schön scheußlich, haben sie mir erzählt. Es war meine freie Nacht, ich war zu Haus bei meiner Frau und den Kindern.«

Die Bezirkspolizisten hatten vier Tage und vier Nächte durchgehend aktiven Dienst – oder mußten für Notfälle als Reserve im Revier sein. Danach durften sie eine Nacht frei nehmen – zwölf Stunden. Gefolgt von weiteren vier Tagen und Nächten im Dienst. Dann zwölf freie Stunden am Tag.

»Also«, sagte Quinn, »so gut wie alles, was ich über das arme Mädchen – Gott sei ihrer Seele gnädig, auch wenn sie eine Sünderin und Hure war – und ihr Schicksal weiß, habe ich im Dienstbuch gelesen.« Er klopfte auf das dicke Bezirkstagebuch auf seinem Pult. »Und ich habe noch nie von dieser Alice Curry gehört. Was bedeutet, daß sie nicht aus dieser Gegend ist.«

»Wer hat sie identifiziert?«

»Tommy Costello. Er ist der Polizist auf Streife, der gesehen hat, daß ins Lagerhaus eingebrochen wurde. Er kam mit ein paar Jungs von der Hafenpatrouille rein.«

»Tom Costello ...« Harp grübelte einen Moment über den Namen nach. »Kenne ich nicht. Neu hier?«

»Ja. Ist vor vier Wochen zu uns versetzt worden – vom 29. Bezirk.«

Zum 29. Bezirk gehörte ein guter Teil vom Satan's Circus – noch kommoder als der 13., weil die Schmiergelder größer waren. »Klingt für mich wie eine Strafversetzung«, sagte Harp.

»Für mich auch. Aber ich weiß nichts Genaues darüber. Costello war nicht sonderlich gesprächig, seit er bei uns ist. Jedenfalls hat er die ermordete Hure von dort oben wiedererkannt. Was ein ziemlicher Glücksfall war, wenn man bedenkt, daß nichts bei oder an ihrem Körper war, womit man sie identifizieren konnte. Kein Notizbuch oder irgendwas.«

»Wie gut hat Costello sie gekannt?«

»So gut wie gar nicht, nach dem, was er sagt. Gerade mal ihren Namen, und daß sie in einem Plüschbordell arbeitete. Und *vielleicht* manchmal eine kleine Rolle im Theater bekam. Aber da ist sich Costello nicht so sicher.«

»Weiß er, in welchem Bordell? Oder welchem Theater?«

»Nicht, soweit ich gehört habe. Auch im Dienstbuch steht nichts davon.«

»Weiß er *gar nichts* über sie? Wo sie wohnte, außerhalb vom Bordell, oder wo ihre Freunde sind oder Familie ist?«

»Nein. Nur was ich dir erzählt habe, so wie's aussieht.«

»Wo ist Costello jetzt?«

»Auf Streife. Du kannst nach ihm Ausschau halten, wenn du willst. Oder später zurückkommen. Er wird in ein paar Stunden für den Reservedienst zurück sein. Der dauert bis sechs Uhr früh. Dann hat er seinen freien Tag, bis sechs Uhr morgen abend.«

»Wo ist er in seiner freien Zeit?«

»Seine Mutter hat ein paar Zimmer oben in Richtung Upper West Side. In einem von diesen alten holländischen Farmhäusern, die in Pensionen verwandelt wurden. Er besucht sie an seinen freien Tagen. Ein guter Sohn, das muß man sagen – auch wenn er nicht sonderlich umgänglich war seit seiner Versetzung.« Quinn holte das Hauptbuch aus einer Schublade und sah darin nach. »Ruyter's, so heißt das Haus, wo seine Mutter wohnt. Etwas westlich von Hunter's Gate, steht hier.«

Harp wich leicht vom Thema ab. »Liegt Alice Curry jetzt im Leichenschauhaus?«

»Sicher, aber wenn du sie sehen willst, brauchst du eine Erlaubnis. Die ich dir nicht geben kann. Der Captain kann's, wenn du ihn bei guter Laune erwischst. Solltest dich aber bald drum kümmern. Du weißt ja, wie's ist. Wenn keiner sich meldet, in einem Tag oder so, wird sie in Potters Field mit Kalk gelöscht.«

»Wem gehört das Lagerhaus, in dem sie gefunden wurde?«

»Heißt Monmouth Fuller«, sagte Quinn. »Soll ziemlich groß im Import-Export-Geschäft drinstecken, mit Geld wie Heu. Alles von dem lieben, dahingeschiedenen Papi.«

Harp kannte Fullers Namen und Ruf. »Hat er schon eine Liste mit den gestohlenen Gütern gebracht?«

Quinn sah im Dienstbuch nach. »Zwölf Kisten Champagner. Fünfzehn Kisten Brandy. Französisches Zeug – 'ne Menge Geld wert, laut Fuller.«

»Irgendwelche Hinweise, wer die Diebe waren?«

»Ich denke, deswegen ist Captain Redpath hinüber in den 10. Bezirk gegangen. Um mit Brennen drüber zu reden. Er will Zuträger aus den anderen Bezirken zusammentrommeln und sehen, ob sie was wissen.«

Harp sagte: »Danke.« Er stand auf und schob eine Fünfdollarnote unter das Dienstbuch.

Quinn, der so tat, als ob er es nicht mitbekäme, wandte seinen Kopf ab, um erneut in den Spucknapf zu spucken. Dieses Mal traf er voll hinein. Über seine Zielkunst lächelnd, zog er das Geld unter dem Buch hervor und steckte es in die Tasche, während Harp den Raum verließ.

Als Harp nach draußen trat und die Stufen zur Straße hinunterging, kam vor dem Polizeirevier ein Gefangenenwagen rasselnd zum Stehen. Das schnaubende Pferd stieß Dampfwolken aus seinen Nüstern in die frostkalte Luft und stampfte mit seinen Hufen auf den Pflastersteinen. Zwei Streifenpolizisten kletterten herunter und zogen einen halb ohnmächtigen Gefangenen in Handschellen mit sich. Sie hatten sich offenbar den Rat von Captain Redpath zu Herzen genommen und so lange auf den Mann eingeschlagen, bis sie ihn vollkommen zur Vernunft gebracht hatten. Quer über sein Gesicht verlief die dunkle Spur eines Gummiknüppels, aus seiner aufgeplatzten Nase rann Blut auf jede Stufe, als sie ihn hinauf ins Revier schleppten.

Das 10. Polizeirevier lag nur acht Blocks westlich vom 13., an der Eldridge Street zwischen Broome und Grand, inmitten einer Gegend, die sich langsam in ein osteuropäisches Getto verwandelte. Captain Brennen war da, aber nicht Captain Redpath. Sie hatten ihr Gespräch beendet, und Redpath war vor zehn Minuten aufgebrochen – um »sich ein bißchen im Viertel umzusehen«.

Da er die Gewohnheiten von Schläger Redpath kannte, fielen Harp ohne Probleme gleich mehrere Orte in der näheren Umgebung ein, wo er ihn finden konnte.

KAPITEL 8

Wie die anderen erstklassigen Tanzhallen – manche Besitzer nannten sie lieber Musiksaloons – entrichtete auch Billy McGlorys Armory Hall jede Woche beträchtliche Summen an die Polizisten und an die Tammany-Clique, um unbehelligt Musik, Tanz und Trinken mit anderen Formen des Lasters vereinen zu können. Anders als die anderen, deren Läden in den Wohnvierteln rund um den Satan's Circus lagen, hatte McGlory sein Etablissement im Herzen der Lower East Side errichtet: an der Hester Street, drei Blocks vom Polizeirevier des 10. Bezirks entfernt.

Billy McGlory war ein ehemaliger Faustkämpfer von einigem Ruf, und er freute sich über die rauhe Kundschaft in dieser Gegend. Auch waren es die Anwesenheit dieser zwielichtigen Rowdys sowie die tabulosen Ausschweifungen, die so viele reiche, sensationslüsterne Slumtouristen aus den Wohnvierteln und von außerhalb der Stadt anlockten. Sie konnten nach Hause gehen und damit angeben, daß sie in Armory Hall wirklich »den Elefanten getroffen« hatten – in vollkommener Sicherheit. McGlory verdiente zuviel Geld, indem er billigen Alkohol zu extravaganten Preisen an reiche Kunden verkaufte, als daß er zugelassen hätte, daß sie bestohlen oder in eine Schlägerei verwickelt wurden. Er hatte einen Ruf zu verteidigen – und eine Reihe ungewöhnlich harter, bewaffneter Rausschmeißer, die ihm dabei halfen.

Harp wurde von einem muskulösen Türsteher, der einen Eisenknüppel in der einen Faust und einen Schlagring an der anderen Hand trug, in einen schwach beleuchteten Korridor eingelassen. Am Ende des Gangs öffnete ein anderer Schläger – dieser mit Schlagringen an beiden Händen, offen sichtbarem Revolver an seinem Hosenbund und einem Gewehr an der Wand hinter ihm – die Tür zu dem hohen und schlicht möblierten Hauptraum des Saloons. Harp trat in das dichte Gewirr von Rauch und Stimmen und schaute sich um.

Es war noch zu früh am Abend, als daß der Saloon schon hätte voll sein können. Doch eine Reihe von Männern stand an die Bar gelehnt, und die Hälfte der Tische waren schon besetzt und wurden von hübschen Kellnerinnen in gewagten Trikots mit einem ständigen Strom alkoholischer Getränke versorgt. Ein Dutzend Paare vergnügte sich zur Musik eines munteren Viermannorchesters auf einer Tanzfläche, die wöchentlich einmal einige Stunden lang für den verbotenen Faustkampf ohne Boxhandschuhe benutzt wurde; und täglich nach Mitternacht gab es Vorführungen des neuesten Importschlagers aus dem verruchten Frankreich: des ebenfalls verbotenen Cancan.

Drei der Logen in den oberen Galerien, die den Raum umgaben, hatten bereits die Vorhänge heruntergelassen, um die Vorgänge dahinter den Blicken zu entziehen.

Billy McGlory kam Harp entgegengeschlendert, wobei er aufmerksam seine Gäste beobachtete, bereit, jeden hinauszuwerfen, der Schwierigkeiten machte oder seine Zeche schuldig blieb. Er war ein eleganter Typ mit immer noch athletischer Figur, seine Anzüge waren von auserlesenem Geschmack, sein Schnurrbart frisch balbiert und seine Fingernägel manikürt. Immer noch gutaussehend, obwohl sein früherer Beruf einige Spuren hinterlassen hatte. Als er bei Harp ankam, schüttelte er ihm die Hand und klopfte ihm auf die Schulter, bevor er weiterging: ein Zeichen für die Damenwelt von Armory Hall, Harp nicht mit Drinks oder Sex zu belästigen.

Alle Frauen hier, einschließlich der Kellnerinnen, gehörten zu der einen oder anderen Sorte dessen, was die Geistlichkeit der Stadt als »befleckte Schwesternschaft« bezeichnete. Keine Frau mit Selbstachtung setzte ihren Fuß in einen Musiksaloon; noch nicht einmal als Mitglied einer vornehmen Gruppe von Slumtouristen.

Drei der Frauen waren, wie Harp bemerkte, nach der neuesten Mode gekleidet und verschwenderisch mit Juwelen behangen. *Poules de luxe* mi ihren reichen Beschützern, die keinen Grund hatten, ihre Eroberungen zu verstecken: ein Theaterimpresario, ein erfolgreicher Spieler und ein Getreidehändler, die keinerlei Ambitionen hegten, der führenden Gesellschaftsschicht anzugehören.

Der Rest waren Huren von niedrigerem Rang, bis hin zu solchen, die in der Hierarchie ganz unten standen und mehr oder weniger entkleidet waren: von Garderoben, die das meiste vom Busen freigaben und bestrumpfte Beine kniefrei zeigten, bis zu bloßer Unterwäsche.

McGlory hatte nichts dagegen, wenn sie sich bis auf die Haut auszogen – was sie in den zugezogenen Logen oft taten und manchmal auch nach Mitternacht auf dem Tanzboden –, solange sie dabei eine männliche Begleitung fanden, die für die Bezahlung der Getränke sorgte. In einer Zeit, als es für eine Frau gewagt erschien, ihre Fußgelenke zu zeigen, war dies für die Slumtouristen etwas unglaublich Erregendes, worüber sie ihren Bekannten später berichten konnten.

Die Männer in Armory Hall kamen aus all den Schichten, die es sich leisten konnten, Geld für Vergnügungen auszugeben. Harp erkannte einige von ihnen wieder. Da waren drei Ganoven der übelsten Sorte, die man zu festen Preisen mieten konnte, um jemanden zusammen- oder zum Krüppel zu schlagen oder gar umzubringen. Der Direktor der städtischen Behörde für Gas und Straßenbeleuchtung, der eine der hübschen Dirnen auf seinem Schoß liebkoste, während ihnen neuer Champagner eingeschenkt wurde. Ein leicht aufbrausender Panzerknacker und ein versoffener Dichter an einem Tisch mit zwei Revuetänzerinnen aus dem Bowery Theater. Ein Richter vom Revisionsgericht und der Lakai eines Tammany-Parteibonzen in einem Gespräch, das sie zu sehr gefangennahm, als daß sie auf die Mengen von Whiskey geachtet hätten, die sie zu sich nahmen, oder auf das zwölfjährige Blumenmädchen, das die Flasche mit ihnen teilte. Und der beschwipste Sprößling aus einer der führenden Familien der Stadt, dem von einer drallen Schönheit, die nur ein schwarzes Satinkorsett, rote Strümpfe und grüne Strumpfhalter trug, die Treppe hinauf in eine der Logen geholfen wurde.

Schläger Redpath war leicht auszumachen. Er war der größte Mann hier, sowohl an Höhe wie an Umfang, und das meiste an ihm bestand immer noch aus kräftigen Muskeln. Er saß allein an einem kleinen Tisch, hatte seinen Polizeimantel noch an, diesen bis zum kurzen, dicken Nacken zugeknöpft und den Helm gerade auf dem Kopf. Er saß aufrecht, seine riesigen Hände flach auf dem Tisch, und starrte in einer absonderlichen Art dumpfer Gier auf einen Mann mit zwei Frauen an einem Nachbartisch.

Vielleicht, dachte Harp, als er sich ihm näherte, sucht Redpath gern solche Orte wie McGlory's auf, weil sie seiner geringen Meinung von der Menschheit – und von fast allen Frauen – entsprachen. Hinzu kam natürlich auch noch, daß er auf solchen Ausflügen einen Gutteil von den Schmiergeldern eintrieb, die er sich mit Tammany teilte.

Es war kein Geheimnis, daß Redpath korrupt war. Wie die meisten überzeugten Kirchgänger glaubte er, daß jede Sünde das Werk des Teufels war und bestraft werden sollte – wenigstens finanziell. Gleichzeitig war er – wie die meisten Amerikaner, die dem protestantischen Arbeitsethos anhingen, welches sowohl vom importierten Viktorianismus wie vom einheimischen Puritanismus vertreten wurde – überzeugt, daß es gottgefällig war, soviel Geld wie nur möglich zu verdienen. Das war seine Rechtfertigung, um Geld von denen einzutreiben, die er verabscheute. Hurenhäuser, Tanzhallen und Spielhöllen, da stimmte er mit anderen Polizeibeamten überein, waren da, »damit die, die's wollen, wissen, wo man's finden kann – die menschliche Natur ist schwach, so ist das nun mal«.

Harp hatte mit dieser Ansicht keine Schwierigkeiten.

Es war auch kein Geheimnis, daß Redpath der gefürchtetste und furchtloseste Beamte bei der Polizei war. Er brauchte nur durch eine verrufene Gegend zu spazieren, um das Gesindel handzahm zu machen, so viele von den hartgesottensten Schurken hatte er krankenhausreif geschlagen – und sie hegten mittlerweile eine Art Aberglauben, daß es unmöglich sei, ihn zu erschießen. Zweimal war er aus dem Hinterhalt von Kugeln niedergestreckt worden. Beide Male hatte sein großer Körper die Wunden geschluckt und war von ihnen genesen. Beide Male war er zurückgekehrt und hatte den Schützen gefunden: Er schlug ihn zu Brei, bevor er ihn ins Gefängnis brachte. Und beide Male war er mit Beweismaterial aufgetaucht, daß der Häftling mindestens einen Mord begangen hatte – und stand dabei, als er dafür gehängt wurde.

Es gab aber noch eine andere Seite bei Redpath. Er hatte zweimal Menschen aus brennenden Häusern gerettet, in die sich sonst niemand hineinwagte. In einem besonders kalten Winter war er in den vereisten Hudson gesprungen, um ein Kind zu retten, das von einer Fähre gestürzt war. Und während des Aufruhrs gegen die Einberufung im Krieg hatte er sich einmal allein gegen einen mordlüsternen Mob gestellt, der einen befreiten Sklaven lynchen wollte.

Harp mochte ihn nicht; aber er respektierte ihn.

Als er sich Redpath näherte, sah er, was diesen an dem anderen Tisch in Bann schlug. Die beiden Frauen, die mit dem Mann zusammen tranken, waren zwei gutaussehende junge Männer in Frauenkleidern, mit Perücken und Makeup.

Billy McGlory gehörte zu den wenigen, die Transvestiten und offen auftretende Homosexuelle nicht hinauswarfen. Niemand hatte etwas gegen lesbische Frauen, denn die meisten in New York stimmten mit Queen Victoria darin überein, daß es sie nicht gab. Es gab allerdings einen Ort in der Stadt, wo sie sich treffen konnten. Ein sehr privater Club, der von einer ehemaligen Ballettänzerin aus Deutschland geführt wurde. Aber Harp war wahrscheinlich der einzige Mann, der davon wußte und schon dort gewesen war.

Er setzte sich zu Redpath an den Tisch und wartete, bis der Captain ihn wahrzunehmen geruhte.

Redpath wandte langsam den Kopf herum und warf ihm einen kalten Blick zu.

»Was zum Teufel wollen *Sie* hier?«

»Ihnen auch einen schönen Abend, Captain«, sagte Harp gleichmütig. »Geht's Ihnen gut?«

Redpath sah ihn finster an und spielte mit dem Gummiknüppel auf dem Tisch neben seinem Bierglas. Das Glas war fast voll, und Harp wußte, daß es nicht viel leerer werden würde. Redpath war vor seiner Ehe ein ziemlicher Säufer gewesen. Seine Frau, die sich ursprünglich auf ein Leben als Nonne vorbereitet hatte, wollte ihn nur unter der Bedingung heiraten, daß er auf die Bibel schwor, das Trinken aufzugeben. Mit der Zeit war ihm das Gelübde in Fleisch und Blut übergegangen. Er rührte keine harten Getränke an; und er hielt es eine ganze Nacht lang bei einem Glas Bier aus, um es dreiviertel voll stehenzulassen, wenn er ging.

»Was wollen Sie?« fragte Redpath erneut. Er hatte eine erstaunlich dünne, helle Stimme für einen Mann seiner Größe.

»Ich versuche, etwas über die Frau herauszufinden, die bei dem Lagerhauseinbruch gestern nacht ermordet wurde. Alice Curry.«

»Was interessiert Sie an ihr?«

»Nichts Persönliches. Es ist ein Job, für den Howe und Hummel mich bezahlen.«

»Woher deren Interesse?«

»Keine Ahnung«, log Harp. »Sie sagen mir nie, warum sie etwas wollen, sie zahlen nur, damit ich's tue.«

»Schön. Gehen Sie zurück zu den beiden Gaunern und erzählen ihnen, daß ich ihre Mörder bald haben werde. Alles, was ich tun muß, ist die Burschen finden, die den Einbruch begangen haben. Wofür ich jetzt Leute geholt habe, die sich in die Sache einklinken. Ich werde sie kriegen. Und sie zum

Reden bringen. Und dabei wird auch der Mord an der Hure aufgeklärt werden.«

»Ich weiß nicht, ob Howe und Hummel soviel daran liegt, wer sie umgebracht hat«, sagte Harp. »Was sie von mir wollen, sind Informationen über ihren Hintergrund.«

»Da kann ich Ihnen nicht helfen, selbst wenn ich Grund dazu hätte.« Redpath nahm sein Bierglas, berührte damit seinen Mund und stellte es wieder ab. Eine mechanische Bewegung, die ihm nicht bewußt zu sein schien. »Ich habe von dieser Alice Curry noch nie zuvor gehört. Zufällig hat einer von meinen Jungs ein bißchen was über sie gewußt, einer von oben aus dem 29. Bezirk.«

»Haben Sie im 29. Bezirk wegen ihr nachgefragt?«

»Wozu? Daß sie eine Nutte war und ermordet wurde, weiß ich schon. Wüßte nicht, was ich sonst noch über sie herausfinden sollte.«

»Ich muß trotzdem meinen Job tun«, sagte Harp. »Ein Foto von ihr könnte dabei hilfreich sein. Sie würden mir einen großen Gefallen tun, wenn Sie mir einen Schrieb geben könnten, der einem Fotografen, den ich kenne, Zugang ins Leichenschauhaus verschafft, so daß er ein paar Fotos von ihr machen kann.«

Bilder von Toten hatten selten Ähnlichkeit mit ihrem Aussehen zu Lebzeiten. Aber solange Cavalucci oder sonst jemand kein Foto von ihr auftrieb, mußte dies genügen.

Redpath sagte: »Nein.« Kategorisch und abschließend.

»Warum nicht?«

»Weil ich nicht den geringsten Grund sehe, Ihnen einen Gefallen zu tun. Oder Howe und Hummel. So wie die beiden Gesetz und Recht verbiegen, um ihre Schwindler und Mörder freizubekommen, gehören sie meiner Meinung nach selbst ins Kittchen. Und da hoffe ich sie eines Tages zu sehen, früher oder später.«

»Sie sollten das besser nicht zu früh hoffen«, sagte Harp sanft. »Wenn diese Untersuchungen der Anklagejury bis zu Ihnen vordringen, werden Sie so trickreiche Anwälte wie

Hummel und Howe brauchen. Ohne eine solche Unterstützung können Sie bestenfalls hoffen, vom Dienst entlassen zu werden.«

»Sehe ich beunruhigt aus?«

»Sie sollten es sein.«

»Nun, ich bin's nicht. Ich gehe sowieso bald in Rente. Ich habe bereits alles, was ich für mich und meine Familie brauche.«

Harp nickte. »Mit einem schönen Haus in der Stadt, einem größeren auf dem Land, Ihrem eigenen Stall, Pferden und Kutsche. Aber die Anklagejury wird wissen wollen, wie Sie das alles bezahlt haben mit Ihrem Gehalt.«

Redpath ballte seine Hände auf dem Tisch zu Fäusten und starrte Harp wütend an. »Ich habe in einer japanischen Lotterie gewonnen. Die können ja gern nach Japan gehen und das Gegenteil beweisen.«

In diesem Augenblick wurden sie von einem kleinen Tumult auf der Tanzfläche abgelenkt. Die Tänzer stoben auseinander, weil zwei betrunkene Frauen, eine Kellnerin und ein Straßenmädchen, miteinander zu raufen begonnen hatten. Ein Rausschmeißer ging auf sie zu, doch McGlory streckte den Arm aus und hielt ihn zurück. Die beiden Frauen rangen nun miteinander am Boden, beißend, kratzend, an den Haaren zerrend, ihre knappen Kleidungsstücke zerreißend. Es war eine zu gute Darbietung, als daß man sie hätte unterbrechen dürfen: genau die Art, die die Touristen anzog. Ein Dreigespann von geckenhaften Slumbesuchern verließ ihren Tisch, um sich zu Dutzenden von anderen zu gesellen, die fasziniert um die kämpfenden Frauen herumstanden.

Der Kampf endete so plötzlich, wie er begonnen hatte: Die eine rollte auf die Seite, sich den Bauch haltend und würgend, während die andere auf dem Boden hockte und sich einen abgebrochenen Zahn aus dem blutigen Mund zu ziehen versuchte. McGlory ließ seinen Arm sinken, und der Rausschmeißer ging zum Angriff über, packte die beiden Frauen an den Handgelenken und schleifte sie hinaus, um sie auf die Straße zu werfen. Ihr Publikum zog sich zurück, das Orchester spielte weiter, und die drei Gecken gingen wieder an ihren Tisch, wo sie aufgeregt plapperten und mehr von McGlorys minderwertigem Champagner bestellten.

Redpath und Harp sahen sich wieder an, und Redpath sagte: »Sie sind immer noch da? Die Antwort ist immer noch nein. Und von Ihrer Gesellschaft habe ich schon mehr genossen, als ich an einem Abend vertragen kann.«

Harp setzte eine Miene auf, die widerstrebende Folgsamkeit verriet. Er stand auf, um fortzugehen. Dann hielt er inne und stand mit gerunzelter Stirn da, als wolle er eine Entscheidung treffen. Schließlich sagte er: »Sie waren keine allzu große Hilfe, Captain. Doch zum Teufel – vielleicht brauche ich ein andermal wieder Ihre Unterstützung, und Sie sind besser gelaunt.«

Redpath starrte ihn verärgert an. »Was zur Hölle schwafeln Sie da?«

»Bevor ich hier hereinkam, sah ich zwei Burschen in einer Kutsche auf der gegenüberliegenden Straßenseite. Pinkerton-Detektive, die neuerdings für die Polizeireform als Ermittler arbeiten. Sie sitzen da draußen und notieren den Namen von jedem, der hier hineingeht oder herauskommt.«

Redpath warf unwillkürlich einen Blick auf den Eingang von Armory Hall. Doch als er sich wieder Harp zuwendete, wirkte er unbekümmert. »Na und? Ich bin hier, um meine Pflicht zu tun. Kontrolliere den Ort, um zu sehen, ob nichts Gesetzwidriges geschieht.«

»Natürlich«, sagte Harp. »Aber warum wollen Sie der Anklagejury mehr Dinge erklären als unbedingt nötig? Die beiden da draußen kamen so spät, daß sie nicht gesehen haben, wie Sie hier hineingingen. Aber sie werden Sie herauskommen sehen – wenn Sie den Vorderausgang nehmen. Aber warum das tun, wenn McGlory einen geheimen Hinterausgang hat?«

Nachdem er seinen Text losgeworden war, machte er erneut Anstalten, fortzugehen – ließ sich aber ein bißchen Zeit.

»Moment mal!«

Harp drehte sich zu ihm um.

»Ich kann nicht behaupten, daß Sie meine Kragenweite sind«, knurrte Redpath, »aber vielleicht sind Sie kein durch und durch übler Bursche.« Er zog einen Stift und ein Notizheft hervor. »Wie heißt Ihr Fotograf?«

»Howard Ferguson.«

Redpath kritzelte einen Vermerk auf einen Zettel, riß ihn heraus und überreichte ihn Harp. Name, Dienstgrad und Dienstnummer waren oben auf das Blatt gedruckt. Darunter befand sich nun eine Bevollmächtigung mit Unterschrift, die Howard Ferguson befugte, das Leichenschauhaus zu betreten, um den Leichnam von Alice Curry zu fotografieren.

Harp steckte den Zettel in eine Innentasche und sagte: »Danke, Captain.«

Redpath sagte gar nichts mehr – er schnappte sich lediglich seinen Knüppel, stand auf und marschierte quer durch den Saloon zu Billy McGlory.

Harp wartete, bis die beiden in einem dunklen Flur an der Rückseite verschwanden, dann verließ er selbst den Saloon durch den Vorderausgang.

Die beiden Ermittler waren nicht da, als er aus Armory Hall herauskam. Sie waren auch nicht dagewesen, als er hineinging.

KAPITEL 9

Fergusons Fotografenstudio und Wohnräume lagen im Obergeschoß eines einstöckigen, mit Schindeln verkleideten Hauses, über einem der zahlreichen Schießstände in der Bowery. Als Harp das Haus erreichte, schloß der Schießstand gerade seine Wellblech-Rolläden.

Daneben befand sich ein deutscher Biergarten, wo immer noch Hochbetrieb herrschte. Lodernde Fackeln beleuchteten preußische und bayrische Fahnen, und die Blaskapelle drinnen intonierte abwechselnd Polkas und Märsche. Der große Bevölkerungsanteil der Deutschen in New York feierte immer noch die vernichtende Niederlage Frankreichs im Deutsch-Französischen Krieg, der früh im Jahr zu Ende gegangen war. Die Kapelle und der Gesang der Gartenbesucher, zumeist Familien, waren in Fergusons Studio noch so deutlich zu hören, daß Harp und Ferguson lauter sprechen mußten als gewöhnlich.

Eine Wand des Studios war mit kleinen Fotografien von finster aussehenden Männern und Frauen bedeckt. Das Sammeln von Bildern Krimineller war eine verbreitete Modeerscheinung unter Amateurphrenologen – sie studierten Gesichtszüge und Schädelformen, um daraus auf das Wesen einer Person zu schließen. Howard Ferguson machte sich einen Spaß daraus, Bilder von vollkommen respektablen Leuten, die schurkenhaft aussahen, mit solchen von echten Kriminellen zu mischen, und er verkaufte Abzüge davon an Sammler.

Seine zweite Haupteinnahmequelle bestand darin, gestellte Bilder von Damen in besseren Bordellen zu machen, welche die Puffmütter als Reklamematerial benutzen konnten. Mit dem Namen von Alice Curry konnte Ferguson nichts anfangen – aber es bestand die Möglichkeit, daß er sie im Leichenschauhaus wiedererkannte. Unabhängig davon wollte Harp, daß er ihm Abzüge ihres Bildes bis zum nächsten Morgen anfertigte. Ferguson steckte das Schreiben von Captain Redpath ein und versprach, sogleich zum Bellevue-Leichenschauhaus – allgemein das Totenhaus genannt – aufzubrechen.

Schneeschauer wirbelten durch die Luft, als Harp das Studio verließ. Er klappte den Kragen seines Militärmantels hoch und wanderte von der Bowery nach Osten. Als er sich dem dunklen Fluß näherte, umklammerte er seinen Hickorystock etwas fester.

Moe Sauls Schrottplatz lag zwei Häuserblocks vom South-Street-Hafenviertel und sechs von dem Lagerhaus entfernt, in dem Alice Curry gestorben war.

Harp überlegte, ob die Einbrecher ihre Beute wohl in einem Hehlernest nicht weit vom Lagerhaus abgeladen hatten. Sie brauchten ein Pferd und einen Wagen, um die zwölf Kisten Champagner und die fünfzehn Kisten Brandy zu transportieren. Und je weiter sie damit spät in der Nacht fuhren, um so größer war die Wahrscheinlichkeit, daß sie von einer Polizeistreife angehalten und ausgefragt würden.

Es gab eine Menge Hehlernester in der Nähe; doch nur zwei davon handelten in größerem Umfang mit hochwertiger Ware. Das andere Nest war »Mutter« Mandelbaum, deren Haus und Textilienladen an der Ecke der Clinton und Rivington Street lag. Wie Moe Saul organisierte sie Einbrüche für Diebe, die ihr hinterher die gestohlene Ware verkauften. Ihr bevorzugtes Diebesgut waren Schmuck, Silberwaren, Kunsthandwerk, alte Möbel und luxuriöse Frauenkleidung. Aber Harp hatte noch nie gehört, daß Mutter Mandelbaum mit Alkohol handelte. Moe Saul schon. Er besaß zwei der besten Restaurants in der Stadt, die ihren Gästen jede Art importierter Getränke anboten, welche er zu günstigen Bedingungen erwerben konnte.

Moes Wohnung lag zwischen einer Seil-und-Kabel-Fabrik, die nachts geschlossen war, und einer Brauereiruine, die vor sechs Jahren zwecks Erlangung der Versicherungsprämie in Brand gesteckt worden war. Der Rest des Blocks bestand zu beiden Seiten aus Wohnhäusern. Einige waren ziemlich neue vier- und fünfstöckige Gebäude. Die anderen waren sehr alte einstöckige Sandsteinhäuser, denen man ein paar zusätzliche Stockwerke hinzugefügt hatte: mit Backsteinmauern und Holzverschalung.

Die wachsende Zahl dieser Wohnhäuser, auf beiden Seiten von Lower Manhattan, sog die Flut der fremden Einwanderer wie ein Schwamm auf, und sie waren die am dichtesten bewohnten Gebäude in New York. In der Stadt lebten gewöhnlich etwa 40 Bewohner auf tausend Quadratmetern; in den genannten Wohnblocks waren es etwa 732 pro tausend Quadratmeter – mit einer Todesrate, die dreimal so hoch wie im übrigen Teil der Stadt war. Mit so vielen Menschen auf so engem Raum waren viele dieser Blocks zu Brutstätten schmutziger Verwahrlosung und krimineller Gewalt geworden. Doch dieser Block gehörte nicht dazu.

Die Straße war still und leer. Die Leute, die hier lebten, waren ungelernte Niedriglohnarbeiter mit ihren Familien. Viele sorgten für weitere Überfüllung in ihren engen Wohnungen, indem sie andere Arbeiter als Untermieter aufnahmen, um die Miete bezahlen zu können. Keiner hatte Anlaß, zu so später Stunde in einer bitterkalten Winternacht auf der Straße zu sein. Die meisten Männer schliefen schon, sammelten Kraft für den nächsten Tag im Überlebenskampf. Jene, die noch wach waren – die Frauen, Kinder und Alten –, saßen über Heimarbeiten gebeugt, Nähereien, Herstellung von dekorativen Fächern oder Kunstblumen für Stücklohn, in einem kerzenerleuchteten Raum, der gleichzeitig zum Schlafen, Kochen und Essen diente. Sie würden bei der Arbeit bleiben, bis ihre Augen und Finger sie im Stich ließen.

Der Eingang zu Moes Hof, hoch und breit genug, um ein Pferd mit bedecktem Wagen durchzulassen, hatte ein Eisengittertor. Eine Straßenlaterne hinter Harp schien durch die Stäbe in den Hof hinein. Ihn umgrenzten die Mauern der Fabrik und der ausgebrannten Brauerei. Tausende von Lumpen jeder Größe hingen draußen, um von Wind und Regen gereinigt zu werden; sie flatterten an hohen Leinen, die kreuz und quer über sortierten Schrotthaufen den Hof überspannten. Im Hintergrund erhoben sich die dunklen Umrisse von Moe Sauls zweistöckigem Haus. Im Erdgeschoß und im ersten Stockwerk befanden sich Moes Laden, Büro und Lagerräume, im zweiten Stock lag seine Wohnung.

Das Tor war mit einem Vorhängeschloß verschlossen, und dahinter regte sich nichts. Durch die Ritzen der Rollläden in den unteren Stockwerken fiel kein Licht, ebensowenig wie aus den schmutzigen, rolladenlosen Fenstern darüber.

Harp studierte den Ort mit unbewegter, grübelnder Miene. Es war erst halb zwölf: viel zu früh für Moe, um seinen Laden zu schließen und schlafen zu gehen. Normalerweise machten Müllsammler und Diebe bis nach Mitternacht mit ihm Geschäfte.

Harp ging zurück an die Straßenecke und um sie herum. Durch einen breiten Verbindungsgang gelangte er auf das Hofgelände des Blocks, das sich zwischen den Hinterhäusern mit ihrer an den Feuertreppen hängenden Wäsche befand. Moe hatte für sich selbst am Hinterhaus eine Feuerleiter anbringen lassen, um die Raten für die Brandversicherung zu verringern, die er vielleicht eines Tages einkassieren wollte. Harps Aufmerksamkeit galt dem zweigeteilten Fenster am Ende der Leiter.

Die obere Fensterscheibe war, wie alle Fenster in den Wohnungen der oberen Stockwerke, von dem Staub aus den Schornsteinen der nahen Fabriken und Dampfschiffe bedeckt. Doch die untere Hälfte war vollkommen klar, durchsichtig.

Das hieß, daß das Fenster offen war. Moe war mittlerweile ein alter Mann, anfällig gegen Kälte, die zu Lungenentzündung führen konnte. In einer kalten Nacht würde er kein Fenster offenlassen.

Harp versuchte es an Moes Hintertür. Sie war versperrt. Er steckte seinen Gehstock in die Achselhöhle und zog aus seinem Mantel einen Le-Mat-Revolver hervor. Diese selten zu findende, doppelläufige Waffe war von einem Südstaatenoffizier entwickelt worden, und in Frankreich hatte man während des Krieges eine begrenzte Anzahl davon für die Konföderierten hergestellt. Der Le Mat war zu einer der tödlichsten Handfeuerwaffen auf beiden Seiten avanciert.

Der Zylinder hatte neun Kammern für 40er-Kaliber-Kugeln. Unter dem achteckigen Lauf befand sich ein kürzerer Rundlauf, der einen einmaligen Schuß von 16kalibrigem Schrot abfeuern konnte. Der Lauf war nicht lang genug, um auf weite Distanz seinen Zweck zu erfüllen. Doch aus der Nähe war die Streuung so stark, daß jedermann im Schußbereich schwer verwundet wurde.

Harp brachte den Hahn in Schrotschußstellung, bevor er die Feuerleiter hinaufstieg.

Er hielt inne, kurz bevor er das geöffnete Fenster erreichte. Um sicherzugehen, schleuderte er den Spazierstock durch das Fenster gegen die linke Wand des Zimmers. In dem Augenblick, als dieser auf dem Boden auftraf – und in der Hoffnung, daß wer immer sich dort drinnen befinden mochte, für einen entscheidenden Moment abgelenkt war –, hechtete Harp in entgegengesetzter Richtung hinein. Er fiel auf den Boden, rollte zur Seite und setzte sich mit dem Rücken an einer Ecke auf, bereit, bei jedem verdächtigen Geräusch oder jeder Bewegung zu schießen.

Kein Laut. Falls sich irgend etwas in dem finsteren Raum bewegte, so konnte Harp es wegen des undeutlichen Lichts von draußen nicht erkennen. Er lauschte angespannt. Daß niemand ihn angegriffen oder auf ihn geschossen hatte, als er hereingekommen war, war ein gutes, aber noch kein entscheidendes Zeichen. Er blieb eine weitere volle Minute regungslos, erst dann stand er auf, einigermaßen sicher, daß er allein in diesem Zimmer war. Aber er hielt den Le Mat für alle Fälle schußbereit.

Er kannte die Wohnung von vergangenen Besuchen. Das Zimmer, in dem er sich befand, war Moes Wohnraum und Bibliothek zugleich. Auf der gegenüberliegenden Seite lag die Tür, die zu Moes Schlafzimmer führte. Vielleicht würde er Moe dort in friedlichem Schlaf vorfinden. Wenn ja, so hätte Harp sich keineswegs als Narr gefühlt. Er empfand es nie als Narrheit, wenn er mit äußersten Vorsichtsmaßnahmen eine Wohnung erkundete, weil er das Gefühl hatte, daß etwas nicht stimmte.

Er bewegte sich leise durch den Raum und hoffte dabei, daß die Möbel seit seinem letzten Besuch nicht umgestellt worden waren. Der große Tisch stand, wo er immer gestanden hatte, und Harp streckte seine freie Hand aus, um den Lehnsessel zu ertasten, der danebenstand. Der war nicht da. Harp machte einen behutsamen Schritt, und sein Schienbein stieß gegen etwas Hartes. Er griff nach unten und erkannte, daß es der Sessel war – umgestürzt.

Beim nächsten Schritt geriet er auf etwas Klebriges. Harp bückte sich und rieb mit zwei Fingern über die Stelle des Teppichs, hob sie an seine Nase und schmeckte sie dann mit seiner Zungenspitze.

Geronnenes Blut.

Er bewegte sich weiter durch die Dunkelheit und hielt seine freie Hand vor sich ausgesteckt. Die Schlafzimmertür war offen. Er schlüpfte schnell hinein und bewegte sich mit dem Rücken zur Schlafzimmerwand auf die rechte Seite. Dann erstarrte er wieder und lauschte. Er hörte nicht das Geringste. Aber das konnte daran liegen, daß seine Sinne durch einen intensiven Leichengeruch benommen waren.

Weiter an der Wand entlanggleitend, ertastete er die Öllampe, die Moe immer neben seinem Bett stehen hatte. Harp deckte mit dem Le Mat, seinen Finger am Abzug, den restlichen Raum ab. Er fingerte ein Streichholz aus seiner Tasche, rieb es schnell über die Wand und zündete die Lampe an. Er vertraute darauf, daß jeder andere ebenso viele Sekunden brauchte wie er, um sich an das plötzliche Licht im Raum zu gewöhnen.

Niemand anders war im Zimmer außer Moe Saul. Ein großer, magerer Mann mit verschrumpeltem Gesicht, kleinem grauen Bart und nur wenigen weißen Haaren auf einem sonst kahlen Schädel. Er lag ordentlich auf dem Bett, völlig angekleidet, die Beine nebeneinander ausgestreckt, die Arme auf seiner Brust gekreuzt, die Augen geschlossen, der Kopf auf dem Kopfkissen.

Er schlief nicht. Die linke Schädelseite bei der Schläfe war eingesunken. Dort war getrocknetes Blut zu sehen, ebenso am linken Ohr. Auf dem Kopfkissen war keines.

Das einzige Fenster im Schlafzimmer führte weder zur Vorder- noch zur Rückfront des Hauses. Es blickte über einen engen Luftschacht direkt auf die Fabrikmauer, und es war verriegelt. Die Schrankkammer auf der anderen Seite des Zimmers war ebenfalls geschlossen. Harp richtete den Le Mat in diese Richtung, bereit, sich blitzschnell zur offenen Tür umzudrehen. Dann blickte er wieder auf Moe Saul.

Zu seiner Überraschung verspürte er einen wehmütigen Schmerz. Er selbst war ein kleiner Junge gewesen, und Moe war ein starker Mann mit noch dem größten Teil seiner Haare, als sie miteinander ins Geschäft kamen. Harp hatte ihm eine Uhr verkauft, die er von einem Betrunkenen vor einem Saloon gestohlen hatte. Moe hatte sich gerade erst vom Müllsammler zum Schrotthändler mit Handwagen und Hehler der untersten Klasse hochgestrampelt. Er hatte sich bereits genug vom Mund abgespart, um seinen ältesten Sohn aus der Alten Welt herüberzuholen; dieser sollte ihm helfen, mehr Geld zu verdienen, so daß auch der Rest der Familie nachkommen konnte. Ganz traditionsgemäß: erst der zweite Sohn, dann der jüngste. Die drei Söhne arbeiteten und halfen Moe das Geld verdienen, um die älteste Tochter nachkommen zu lassen. Und schließlich folgten seine Frau und ihre jüngste Tochter.

Alle sieben lebten zusammen in einem einzigen Zimmer, bis sie genug gespart hatten, um diesen Schrottplatz zu kaufen und in das Haus einzuziehen.

Für Harp, in seinen ersten Lehrjahren als Dieb, war ihr Heim eine Wunderwelt familiärer Fürsorge und Zusammengehörigkeit. Er selbst wußte nichts von einem Vater. Seine Mutter, ein schwindsüchtiges irisches Straßenmädchen, deren Familiennamen weder er noch sonst jemand kannte, ließ ihn auf einem Stuhl in einem Kellersaloon zurück, als er sechs Jahre alt war, und tauchte nie wieder auf. Als Junge hatte Harp hin und wieder Träume, in denen Moe Saul sein Vater war, bei dem er lebte – über dem Schrottplatz, zusammen mit Moes hitziger, amoralischer Familie.

Sie waren alle fort jetzt. Moes Frau und ihre jüngstge Tochter waren an TB gestorben. Sein ältester Sohn war zu Anfang des Krieges zur Armee gegangen und bei Shiloh gefallen. Seine älteste Tochter war mit einem Lehrer in Brooklyn verheiratet. Seine beiden verbliebenen Söhne studierten Pharmazie in Philadelphia. Moe hatte seinen Schrotthandel und seine Hehlerei mit Diebesgut weiterbetrieben, um die Hypothek auf dem Haus seiner Tochter in Brooklyn abzutragen und seinen Söhnen das Collegestudium zu finanzieren. Er hatte Harp gesagt, daß er, sowie seine Söhne als Apotheker anfangen könnten, sich zur Ruhe setzen und bei seiner Tochter und seinem Schwiegersohn leben wollte.

Harp hob Moes eine Hand ein paar Zoll hoch und bog die Finger. Nach seiner Schätzung war Moe seit vielen Stunden tot, vielleicht einen ganzen Tag und eine Nacht. Harp legte die Hand zurück auf Moes Brust und durchsuchte seine

Taschen, ohne sonderliche Hoffnung, etwas Wichtiges zu finden.

Ein leises Geräusch drang an sein Ohr. Er sah in dem gleichen Augenblick auf, als die Tür der Schrankkammer weit aufgerissen wurde und eine Gestalt mit geschwungener Feueraxt daraus hervorstürmte.

KAPITEL 10

Die Schrankkammer war weit genug entfernt. Harp hätte seine Schrotladung ohne Hast abfeuern können, bevor die Axt ihn erwischte. Die waffenschwingende Gestalt war aber ein stämmiges Mädchen um die fünfzehn/sechzehn. Er legte seinen Revolver auf den Nachttisch neben dem Bett und wich zur Seite, als die Axt heruntersauste. Die Schneide durchschlug den Schlafzimmerteppich und grub sich in die Dielenbretter ein. Das Mädchen versuchte, sie wieder herauszuziehen, doch da packte Harp ihre Handgelenke und löste ihre Hände vom Stiel der Axt.

Sie versuchte sich von ihm loszureißen; dann versuchte sie, nah genug an ihn heranzukommen, um ihn mit ihrem Knie zu rammen und ins Gesicht zu beißen. Sie war sehr kräftig und entschlossen. Harp drehte ihre Handgelenke, bis ihre Ellbogen nicht mehr nachgaben, und stieß sie gegen die Wand. Als sie sich wieder zu wehren anfing, drehte er sie ein wenig fester, so daß sie aufschrie.

»Hör jetzt auf«, sagte er ruhig, »oder ich breche dir beide Arme.«

Sie gab ihre Gegenwehr auf und begann zu weinen. Jetzt erkannte er sie wieder. Er hatte sie vor ein paar Wochen zusammen mit Moe gesehen, in einer Austernbar an der Bowery. Sie hatten sich an den Händen gehalten. Sie war billig gekleidet gewesen. Das graue Leinenkleid, das sie jetzt trug, war, wenn auch nicht neu, doch von guter Qualität. Ebenso wie ihre Stiefel. Beides, Kleid und Stiefel, stammte gewiß aus Moes Beständen.

Er lockerte seinen Griff um ihre Handgelenke ein wenig. »Du wolltest mich töten«, sagte er. »Warum?«

»Sie wollten ihn berauben«, schluchzte sie. »Einen wehrlosen alten Mann, der gut zu mir war. Und jetzt ist er tot, und Sie haben ihn vielleicht umgebracht.«

»Erstens, ich hatte dazu nicht den geringsten Grund. Moe und ich sind alte Freunde. Schon seit einer Zeit, als du noch nicht auf der Welt warst. Ich war noch ein Kind, jünger als du.«

»Ich glaub das erst, wenn ...«

»Zweitens ist er schon eine ganze Weile tot. Wenn ich sein Mörder wäre, hätte ich ihn gleich ausrauben können. Warum hätte ich damit warten und zurückkommen sollen, um es jetzt zu tun?«

Das Mädchen runzelte die Stirn und versuchte, darüber nachzudenken. »Ich weiß nicht ...«, sagte sie unsicher. »*Jemand* hat ihn ermordet ... und ich dachte ... na ja, ich hab gesehen, wie Sie seine Taschen durchsucht haben.«

Harp setzte sie auf einen Stuhl, bevor er ihre Handgelenke losließ und zurücktrat. Sie unternahm keine Anstalten, auf ihn loszugehen. Ihre rasende Wut hatte sich verflüchtigt, und es blieb nur Traurigkeit.

»Ich habe versucht, herauszufinden, ob es einen Hinweis darauf gibt, was mit ihm passiert ist«, erklärte Harp. »Ich habe dir gesagt, daß er mein Freund war. Ich werde den Mörder aufspüren. Vielleicht kannst du mir etwas darüber sagen, wie es passiert ist.«

Sie wischte sich ihre nassen Augen mit ihren Ärmeln, die dabei fleckig wurden. »Ich hab keine Ahnung. Alles, was ich weiß, ist, ich kam rein und fand ihn so in dem anderen Zimmer. Tot und ermordet.«

Harp ließ sich auf die Bettkante nieder, nahe Moes Füßen. »Mein Name ist Harp. Wie heißt du?«

»Agnes ... Agnes Kolisch.«

»Also gut, Agnes – wie lange ist es her, daß du ihn gefunden hast?«

»Paar Stunden, glaub ich. Ich bin durch's Fenster geklettert und hab ihn da auf dem Boden im anderen Zimmer gefunden. Ja, und ich wollte ihn nicht so liegen lassen. Ich hab ihn hierhergezogen und hab ihn anständig auf das Bett gelegt, wie Sie's sehen. Dann hab ich die Axt geholt, für den Fall, daß der Mörder noch in der Nähe ist oder wiederkommt. Danach hab ich mich neben ihm aufs Bett gesetzt, mich elend gefühlt und gewünscht, daß er nicht tot wäre. Bis ich gehört hab, wie im anderen Zimmer was auf den Boden fiel, da hab ich die Lampe ausgemacht und mich im Schrank versteckt. Und wie ich durchs Schlüsselloch guckte und Sie sah …« Sie brach ab.

»Wie lange wart ihr, Moe und du, zusammen?« fragte Harp.

»Fast einen Monat, jetzt. Davor kam er öfter in das Haus, wo ich angefangen hab zu arbeiten. Er kam immer ziemlich spät, ungefähr einen Abend in der Woche. Er war zu alt, um wirklich noch was mit 'nem Mädchen anzustellen. Meinte, daß er's nur gerne hat, wenn ein Mädchen ihm manchmal die alten Knochen aufwärmt. Er hat uns erzählt, daß König Salomon das so machte. Hatte junge Mädchen in seinem Bett, um ihn aufzuwärmen, als er wirklich alt war. Mrs. Murphy – das ist die Madame dort – hat nur so junge Mädchen wie mich. Allerdings nicht zu jung. Die meisten zwischen vierzehn und siebzehn.«

Agnes kicherte plötzlich und warf einen Blick auf den toten Mann auf dem Bett. »Moe hat gesagt, ich würd ihm mehr Hitze abgeben als alle anderen Mädchen. Und er hat mich hierher geholt, um mit ihm zu leben. Wahrscheinlich war's für ihn zu einsam hier, so ganz allein. Mein Gott, es war wahrlich gut. Soviel zu essen, wie ich nur wollte, tolle Kleider, und er hat mich nie geschlagen oder beschimpft, hat mich wie 'ne Prinzessin behandelt.«

»Wenn du hier mit ihm zusammengelebt hast, warum mußtest du dann durchs Fenster hereinkommen?«

»Moe hat mir nie den Wohnungsschlüssel gegeben. Er sagte, ich soll's nicht übelnehmen, es war einfach 'ne Angewohnheit von ihm, daß nur er die Schlüssel hat.«

»Hatte er nichts dagegen, wenn du abends ohne ihn ausgegangen bist?«

»Er hat mich raus*geschickt*«, erklärte Agnes. »Das war gestern nacht so – wirklich spät. Da hat er mir Geld gegeben, ich sollte im Croton Hotel an der Bowery übernachten. Wie er's auch schon 'n paarmal vorher gemacht hat. War wegen seinen geheimen Treffen. Jemand kam, um ihn zu besuchen, und wollte, daß niemand sonst in der Nähe ist.«

»Weißt du, wer gestern nacht herkam?«

»Nein. Wie ich gesagt hab, es war geheim.«

»Und bei den anderen Malen?«

Agnes schüttelte den Kopf. »Er hat mir's nie gesagt.« Sie sah wieder auf Moe, und auf ihrem Gesicht malte sich Bedauern ab. »Die anderen Male bin ich immer am späten Vormittag oder frühen Nachmittag zurückgekommen. Aber heute morgen, als ich aus dem Hotel kam, bin ich 'ner alten Freundin begegnet, und sie und ich und ein paar Burschen, die sie kennt, sind für einen Tag rüber nach Coney Island gefahren. Ich dachte mir, daß Moe deswegen nicht sauer sein würde. Was ich nicht dachte, war, daß ich erst so spät wieder hier sein würde. Und das Haus war abgesperrt und alles dunkel. Das war komisch. Und als ich an die Hintertür klopfte, kam Moe nicht, um mich reinzulassen. Ich kriegte es mit der Angst und ging, um einen der Leute zu suchen, die hier für Moe arbeiten; er wohnt ganz in der Nähe, drüben in der Cherry Street. Er sagte, daß alles zugesperrt war, als er und die anderen am Morgen zur Arbeit herkamen, und daß es den ganzen Tag so geblieben ist. Und keine Spur von Moe.«

»Und dann bist du wieder hergekommen und durchs Fenster eingestiegen.«

»Ja, denn ich hatte da schon richtige Angst. Ich dachte, ich müßte das Fenster einschlagen, um reinzukommen, aber mußte ich nicht. Denn jemand hatte es schon aufgemacht und offenstehen lassen. Moe machte das nie.«

Harp wollte die Zeit genauer eingrenzen, in der Moe ermordet worden war. »Wann hat dich Moe gestern nacht weggeschickt?«

»Muß so gegen ein Uhr morgens gewesen sein.«

Also hatte Moe um ein Uhr noch gelebt – und war mit größter Wahrscheinlichkeit vor sieben Uhr tot gewesen, denn das war die Zeit, zu der er normalerweise den Schrottplatz öffnete. Irgendwann in dieser Spanne von sechs Stunden war er ermordet worden.

»Du bist sicher, daß es kurz vor ein Uhr war, als du gegangen bist?« fragte er Agnes.

Sie nickte mit Nachdruck. »Kann nicht lang vor eins gewesen sein. Ich war noch hier, als Moe kurz nach Mitternacht 'ne Lieferung kriegte, auf die er wartete. Er ließ mich zur Hintertür raus, gleich nachdem die Männer, die das Zeug brachten, mit ihrem Wagen rausgefahren waren und er das Vordertor hinter ihnen abschloß. Brauchten etwa 'ne halbe Stunde, um die ganzen Kisten abzuladen und einzuräumen.«

Harp richtete sich ein wenig auf. »Was für Kisten?«

Das Mädchen zuckte mit den Schultern. »Weiß nicht, eben Kisten. Moe schickte mich immer nach oben, wenn er die Lieferung von heißer Ware erwartete. Aber ich hab gehört, wie das Pferd und der Wagen in den Hof kamen, und bin zum Fenster im Vorderzimmer gegangen, um zu gucken. Vier Männer haben den Wagen ausgeladen und das Zeug reingebracht. Irgendwelche Kisten eben. Das ist alles, was ich Ihnen sagen kann.«

»Weißt du, wo Moe solche Waren aufbewahrt hat, bevor er sie in den Laden bringen konnte?«

»Klar. Es gibt ein geheimes Kellerabteil. Ich weiß sogar, wo er den Schlüssel dafür in seinem Büro aufbewahrt.«

»Ich will mir diese Kisten mal ansehen«, sagte Harp und erhob sich. Er nahm den Le Mat vom Nachttisch, schob den Hahn zurück in die Revolverschußposition und vergewisserte sich, daß er auf einer leeren Kammer stand, bevor er ihn in die Tasche zurücksteckte. »Die Polizei wird neugierig sein und früher oder später hier aufkreuzen«, sagte er zu Agnes. »Wenn sie dich hier noch finden, bist du automatisch verdächtig. Und sie gehen hart zur Sache, wenn Mord im Spiel ist.«

»Ich bin nicht so blöd, daß ich so lange hier warte«, sagte sie. »Ich pack meine Sachen und hau gleich nach Ihnen hier ab.«

»Vielleicht muß ich noch mal mit dir reden. Wo kann ich dich finden?«

»Ich geh wieder ins Eins-zwei-drei an der 22. West, glaub ich. Der Puff, in dem Moe mich fand. Ich werd sicher nicht zu dem zurückkehren, was ich vorher gemacht habe. Knöpfe annähen und bügeln, elf Stunden lang am Tag für drei fünfzig die Woche. Was sie ehrliche Arbeit nennen, nur daß es nicht zum Sattwerden reicht. Mrs. Murphys Haus ist ein Paradies im Vergleich dazu. Und sie nimmt nur die Hälfte von dem, was wir einnehmen. Jeder sagt, daß es fair ist. Sie muß 'ne ziemlich hohe Miete bezahlen, zusätzlich zu dem, was die Bullen von ihr kassieren.«

Die üblichen Arrangements. Die Bordellwirtinnen waren selten auch die Besitzerinnen ihrer Etablissements. Sehr viel öfter mieteten sie die Häuser von respektablen Geschäftsleuten, die sich von der Art der Nutzung dieser Häuser distanzierten, nicht aber von dem Geld, das sie damit verdienten. Harp kannte einen Kirchenmann, der von vier solcher Häuser seine Wuchermieten eintrieb.

Er warf einen letzten, langen Blick auf Moe Sauls totes Gesicht, bevor er die Öllampe in die Hand nahm. Damit leuchtete er den Weg voraus, als sie das Schlafzimmer verließen. Er hob seinen Hickorystock vom Boden auf, dann gingen sie die Treppe hinunter. Auf dem Weg fragte er Agnes, ob sie je von einer Alice Curry gehört hätte. Sie verneinte.

Im Büro holte sie einen Schlüssel aus einem Geheimfach im hinteren Teil von Moes Rollpult. Der Keller war voll von alten Möbeln, darunter einigen Antiquitäten, der Rest einfach nur gebraucht. An einer Wand stand eine riesige, beschädigte Standuhr aus Großvaters Zeiten, das Zifferblatt zerbrochen und ohne Zeiger. Agnes steckte den Schlüssel in das Loch des kaputten Aufziehmechanismus, drehte ihn dreimal und sagte Harp dann, was er tun müsse. Er zog an der rechten Seite der Uhr, und sie schwang an geölten Scharnieren von der Wand zur Seite und gab einen Eingang frei.

Er ging hindurch und hielt die Lampe hoch. Es gab keine alte Restware in dem geheimen Lagerraum. Moe hatte für die Entsorgung größeren und wertvolleren Diebesguts, das ihm zugeführt wurde, gewöhnlich im voraus gesorgt; und er wollte es nie länger als ein oder zwei Tage in seinem Haus behalten. Aber er hatte nicht lange genug gelebt, um seine letzte Beute an die wartenden Kunden zu bringen.

Harp zählte zwölf Kisten mit französischem Champagner und fünfzehn Kisten Brandy.

»Hast du einen von den Männern, die das hier von dem Wagen luden, gekannt?« fragte er Agnes.

»O ja – einen von ihnen jedenfalls. Ganz sicher. Mit der Figur und dem Holzbein – kann niemand sonst gewesen sein. Haben Sie je Hoggy Corcoran gesehen?«

Harp nickte. Er war mit dem berüchtigten Hoggy – und seiner Bande – bestens bekannt.

KAPITEL 11

Im 4. Bezirk wurden ständig mehr Kriminelle inhaftiert als in jedem anderen der Stadt. Die nächsthöchste Zahl erreichte der angrenzende 6. Bezirk. Die Stammlokale und Treffpunkte des harten Kerns der Betrüger und Killer in der Stadt (hart selbst gemessen an den Standards der restlichen Lower East Side) lagen in einer Gegend verstreut, die in beide Bezirke hineinreichte: in den dichtgedrängten, verfallenden Häuserblocks von Mulberry Bend bis zur alten Gegend von Five Points, wo die Mulberry Street sich mit der Park Street und der Baxter kreuzte.

In einem dieser Blocks war Harp zu Hause. Nichtsdestoweniger hatte er seinen Spazierstock in der linken Hand und seine rechte Hand an der Waffe in der Tasche seines Militärmantels, als er die schwachbeleuchteten Straßen zwischen den verrotteten Häusern und dunklen, engen Hintergassen entlangging.

Ein großer Teil der Einwohner dieses Viertels schlief tagsüber und kam nachts auf die Straße. In dieser Nacht sorgten jedoch der eisige Wind und die zunehmenden Schneeschauer dafür, daß viele sich erst gar nicht aus ihren verkommenen Tanzsälen, Spielhöllen und primitivsten Bordellen heraustrauten. Viele, aber nicht alle. Mitglieder der gefährlichsten Banden – wie der Whyos, der Buttenders und Hoggy Corcorans Boyos – trotzten normalerweise jedem Wetter, um Überfälle in anderen Teilen von Manhattan durchzuführen. Anderes lichtscheues Gesindel blieb in der eigenen Gegend, schloß sich zu kleinen Gruppen in dunklen Gassen zusammen und hielt nach betrunkenen Matrosen, verirrten Touristen und anderer leichter Beute Ausschau.

Sie ließen Harp passieren, nachdem sie seine Größe, seinen selbstbewußten, zielsicheren Schritt, den Knauf seines Gehstocks und die Art, wie er ihn hielt – mehr wie einen Knüppel als einen Stock –, abgeschätzt hatten. Keine leichte Beute. Ein Dieb wie sie. Einer, der sich hier auskannte.

Das Clubhaus von Hoggy Corcorans Gang war ein riesiger Raum, der über einer Firma für Feuerwehrwagen lag. Wie die Mitglieder vieler anderer Banden machten Hoggys Jungen begeistert bei der freiwilligen Feuerwehr mit – zwischen Einbrüchen, bewaffneten Raubüberfällen und Bandenkriegen. Doch heute nacht war das Clubhaus seltsamerweise leer. Nicht ein einziges Bandenmitglied. Noch nicht einmal jemand, der seinen Rausch ausschlief oder mit einem Mädchen auf einer der Bodenmatratzen zugange war.

Harp versuchte es an einem anderen beliebten Treffpunkt der Gang, einem sich senkenden Fachwerkhaus, das man nur über eine verdreckte, müllübersäte Hintergasse erreichen konnte. Im Parterre befand sich ein Billardsaloon, im ersten Stock waren zwei Zimmer für Glücksspiele reserviert, und im Dachgeschoß verbarg sich eine Opiumhöhle. Auf keinem der Stockwerke herrschte Mangel an Gewohnheitsverbrechern und üblen Burschen; aber keiner gehörte zu Hoggys Gang.

Nicht anders war es an dem dritten Ort, den er besuchte. Eine halbdunkle Tanzhalle, wo die Frauen allesamt kranke, alkoholsüchtige Huren waren und nur zweierlei Sorten Männer auftauchten: Schläger und beschwipste Matrosen, die sich glücklich schätzen konnten, wenn sie besinnungslos, ausgeraubt und ohne Kleidung in der Gosse landeten statt tot im Fluß. Wiederum war weder Hoggy Corcoran noch einer seiner Gefolgsleute in Sicht.

Hoggys Gang war ziemlich groß. Selbst wenn die Mitglieder gleichzeitig an verschiedenen Beutezügen teilnahmen, gab es gewöhnlich immer welche, die in der Nachbarschaft herumlungerten. Gewöhnlich – aber nicht heute nacht. Heute nacht waren sie alle wie vom Erdboden verschluckt.

Harp konnte ihnen das nicht zum Vorwurf machen, daß sie Furcht hatten.

Tatsächlich war ein Lagerhausdiebstahl nicht von größerem Interesse als ein Streit rivalisierender Bandenmitglieder, die sich gegenseitig abstachen oder zu Krüppeln machten. Der besonders gräßliche Mord an Alice Curry aber war etwas anderes. Er bestimmte die Schlagzeilen aller New Yorker Abendzeitungen – und jeder der Berichte forderte ein entschlossenes Handeln der Polizei.

Harp hatte die Artikel in verschiedenen Zeitungen gelesen, als er in Bill Howes Büro gesessen hatte. Keiner von ihnen, so war Harp aufgefallen, hatte sich genauer über das Lagerhaus ausgelassen, in dem Alice Currys Leiche gefunden wurde. Noch hatte jemand den Besitzer genannt. Da Harp wußte, daß es Monmouth Fuller war, verstand er, warum.

Einige der Zeitungsinhaber gehörten wie Fuller zu den reichen, prahlerischen Kumpanen des Union Club und des Jockey Club – deren Angehörige mit hochmütiger Verachtung auf all die Gesetze und Übereinkünfte herabblickten, die für spießigere und mindere Exemplare der menschlichen Rasse gemacht waren. Die anderen fürchteten Fullers rasche Rache, in der einen oder anderen bösartigen Form, wenn er sich getroffen oder beleidigt fühlte. Monmouth Fuller genoß den Ruf eines unangenehmen Zeitgenossen, besonders wenn er unter Alkohol stand. Es war bekannt, daß er zwei Männer im Duell getötet hatte, lange bevor er sein jetziges Alter von dreißig Jahren erreicht hatte.

Das auf rosafarbenem Papier gedruckte *Evening Telegram* hatte die Einzelheiten von dem Zustand, in dem Alice Curry gefunden worden war, am schauerlichsten ausgebreitet. Aber die anderen, etwas weniger sensationslüsternen Abendzeitungen standen ihm bei der Ausschlachtung der auflagenfördernden Mischung aus Sex und Blut kaum nach. Und keine versäumte auf die Lehre hinzuweisen, die tugendhafte Mädchen aus dem Schicksal dieser gefallenen Frau ziehen sollten: Wer sich dem Traum von schönen Kleidern und einem ausschweifenden Lebenswandel hingab, der konnte wie so viele auf die Bahn nach unten geraten.

Harp kannte die meisten der Journalisten, die sich in ihren Artikeln als Moralprediger hervortaten; und er wußte, daß die meisten von ihnen die Gesellschaft von »gefallenen Frauen« suchten, wann immer sie es sich leisten konnten. Aber sie kannten ihre Leser und schlugen mit fröhlicher Leichtfertigkeit aus ihren Schwächen Kapital. Die Presse und das Publikum teilten die Faszination für fleischliche Verfehlungen, während sie sie öffentlich anprangerten.

Alle Zeitungen schlossen ihren Aufmacher mit einem Appell an die Behörden, denjenigen, der diese entsetzliche Greueltat begangen hatte, zu fangen und zu hängen. Und alle hofften, mit unterschiedlich ausgeprägtem Sarkasmus, daß die Polizeikräfte, die im Kampf gegen die Ausbreitung von Laster und Korruption in New York wiederholt versagt hatten, ihrer Pflicht in diesem Fall gerecht werden würden.

Angesichts dieses öffentlichen Drucks mußte die Polizei zumindest eine gewisse Entschiedenheit bei den Ermittlungen in diesem Fall an den Tag legen. Es würde also Razzien, intensive Verhöre, gnadenloses Ausquetschen von Informanten geben. Mit Schmiergeldern an die Bullen, ob alt oder neu, würde für eine Weile niemand mehr davonkommen.

Die Aussicht, bei einem von Captain Redpaths endlosen Folterverhören einen bleibenden geistigen Schaden davonzutragen, genügte, um selbst die hartgesottensten Verdächtigen untertauchen zu lassen.

Sogar Hoggy Corcoran.

Es war ein langer Tag und eine schlimme Nacht für Harp gewesen, und er hatte die Nase gestrichen voll. Sein linkes Bein, zerschossen und niemals richtig geheilt, begann von dem vielen Herumlaufen zu schmerzen. Auch brauchte er Zeit, um seine Gefühle zu ordnen, indem er nach dem Fund des ermordeten Moe Saul ein paar Stunden Schlaf einlegte.

Doch zunächst stand noch ein weiterer Besuch an. Ambrose McGowan, einer von Hoggys Stellvertretern, besaß ein sehr altes Backsteinhaus in der Nähe von Chatham Square, das er zu einer Kneipe mit Bordellbetrieb umgebaut hatte, welches von seinem Vater und zwei Brüdern geführt wurde. In lang vergangenen Tagen hatten Ambrose und Harp derselben Jugendbande angehört. Das machte sie zwar noch nicht zu Freunden, aber es ließ einen von beiderseitiger Vorsicht geprägten Kontakt zu, aus dem jeder von ihnen dann und wann Nutzen zog.

Im Erdgeschoß des Hauses war früher eine Apotheke gewesen. Jetzt stand auf dem Spiegelglas des Fassadenfensters zu lesen: McGOWANS NACHTRESTAURANT. Harp blickte durch das schmutzverkrustete Fenster. Der Innenraum war von Talgkerzen in Schummerlicht getaucht. Vom Talg stieg rußiger Rauch auf, er war aber billiger als Wachs. Zwei lange Tafeln, Bretter auf Sägeböcken, waren die Speisetische. Die Gäste, hauptsächlich Nachtarbeiter und Herumtreiber, die ein paar Fünfer zusammengebettelt hatten, saßen auf Holzbänken ohne Lehnen. Sie trugen alle schäbige, zugeknöpfte Mäntel, und niemand nahm seine Mütze, seinen zerbeulten Bowler oder ramponierten Zylinder ab. Die meisten trugen so etwas Ähnliches wie Handschuhe. Die einzige Wärme im Raum kam von ihren Körpern und aus dem winzigen Küchenkabuff, wo Ambroses kleine Schwester die Mahlzeiten heiß machte.

Es gab nur zwei Gerichte zur Auswahl: Suppe für zehn Cent und Fleischeintopf für fünfzehn Cent. Die McGowans konnten die Preise so niedrig halten, weil die Gerichte aus Resten bestanden, die bessere Restaurants ihnen für einen Spottpreis überließen, anstatt sie wegzuwerfen.

Wade, der ältere Bruder von Ambrose, schlenderte zwischen den Tischen auf und ab und hielt dabei einen Schiffshaken wie eine Waffe in der Hand, bereit, jeden Gast, der zu langsam aß oder einschlief, hinauszuwerfen. Wenn man einen Platz für die Nacht suchte, konnte man unten im Keller für fünf Cent auf dem Boden schlafen. Und für einen Extrapenny füllte McGowans jüngster Bruder, Elmus, ein Glas mit selbstgebrautem Bier, das einem beim Einschlafen half, wenn man es bei sich behalten konnte.

Wie Harp erwartet hatte, war Ambrose nicht im Lokal. Er brauchte auch nicht im Keller nachzusehen. Statt dessen ging er ums Haus herum und schlug mit dem Stock gegen die Hintertür. Sie wurde von Ambroses Vater geöffnet, einem grauhaarigen Mann mit verschlagenem Gesicht, den Harp immer nur Pop hatte rufen hören. In der einen Hand hatte er eine Pistole, die andere hielt er automatisch ausgestreckt, leer und den Handteller nach oben. Als Pop McGowan sah, wer da war, ließ er die Hand sinken.

»Ich suche Ambrose«, sagte Harp. »Es ist wichtig – für ihn.«

»So?«

Hinter Pop auf der Hintertreppe, die von einer einzigen Kerze beleuchtet war und zum Dachboden führte, warteten armselig gekleidete Männer darauf, daß sie endlich an die Reihe kamen. Jeder von ihnen hatte 75 Cent gespart oder gestohlen, um zehn Minuten mit der Frau dort oben zuzubringen.

»Weißt du, wo er ist?«

»Nein.«

Harp legte keinen Wert darauf, daß Pop die Tür öffnete. Er zog einen Stift und ein kleines Notizbuch hervor und schrieb eine kurze Nachricht: *Du steckst in größeren Schwierigkeiten, als du schon weißt. Melde dich bei mir, solange du noch kannst – Harp.*

Ein Mann schlurfte vom Dachboden herab und ging an Pop und Harp vorbei ins Freie; er sah nicht aus, als ob er dort oben die Erfüllung seines Lebens gefunden hätte. Die wartenden Männer stiegen die Treppe hinauf, jeder eine Stufe höher.

Harp riß den Zettel heraus und gab ihn Pop McGowan. »Ambrose sollte das so schnell wie möglich bekommen.«

Pop zuckte mit den Schultern. »Klar – 's nächste Mal, wenn ich ihn seh.«

»Laß dir nur Zeit«, sagte Harp, »und das nächste Mal siehst du ihn bei der Totenwache.«

Er war weit von der Greene Street entfernt, der Schnee fiel dichter, und die Stunde war schon vorüber, da die Pferdewagen- und Omnibuslinien ihren Dienst für die Nacht eingestellt hatten. Es gab keine Droschken in dieser Gegend hier. Aber es war nur ein kurzer Fußweg zum City Hall Park, wo es immer Hansoms gab, tagsüber und nachts.

Harp kam an zwei Straßenkehrern vorbei, die mit ihren Nachtkarren unterwegs waren und die Unmengen von Pferdedung, welche sich am Tag angesammelt hatten, fortschaufelten. Einen Häuserblock weiter tunkte ein Plakatierer seine lange Bürste in den Leimeimer und klebte die großen Anschlagzettel auf ältere, wo immer er keinen freien Platz mehr an den Wänden finden konnte. Die neuen waren schreiend bunte Werbeplakate für das Museum von Barnum Ecke Broadway und Ann Street:

EINE MILLION SEHENSWÜRDIGKEITEN
LEBENSECHT BEWEGLICHE WACHSFIGUREN
GEWALTIGE RIESEN & WINZIGE ZWERGE
ELEFANTÖS FETTE FRAU & LEBENDE SEEHUNDE
UNTERHALTUNG FÜR DAS VOLK ohne die
GERINGSTE UNMORALISCHE ZWEIDEUTIGKEIT

In den Fenstern des grandiosen Landgerichtsgebäudes auf der einen Seite des City Hall Park war immer noch flackerndes Licht zu sehen. Harp vermutete, daß es die Mitglieder des Tweed-Rings waren – und die vielen Vertragspartner, die mit ihnen reich geworden waren –, die so spät noch sorgenvoll Konferenzen abhielten. Sie entwickelten eine Strategie, wie sie der Anklagejury erklären wollten, warum das Gerichtsgebäude, das ursprünglich 1858 geplant und auf 250000 Dollar veranschlagt worden war, dreizehn Jahre Bauzeit gebraucht und 12 Millionen Dollar verschlungen hatte.

An der Seite des Gerichtsgebäudes stand eine Reihe von Hansomdroschken, und die drei ersten hatten ihre Laternen an. Harp klopfte sich den Schnee vom Hut, als er in die erste stieg und dem Fahrer sein Ziel nannte. Er zündete sich eine schlanke Zigarre an, lehnte sich zurück und rauchte während der Fahrt. Der Schnee bedeckte die Straßen und Gehsteige wie ein schönes weißes Tuch. Doch die Pferdehufe und die Räder der Droschken schnitten ihre Spuren hinein, während sie geräuschvoll über die Pflastersteine klapperten. Die New Yorker mußten sich an diesen Lärm gewöhnen oder sich damit abfinden, keine ungestörte Nachtruhe zu finden.

Harp ließ den Fahrer an der Ecke Greene und Bleecker Street halten. Er warf die Zigarre in den Schnee und ging den letzten halben Häuserblock zu Fuß, beide Seiten der Straße automatisch mit den Blicken absuchend, während er sich seinem Haus näherte. Ein Fenster im ersten Stockwerk gegenüber wurde aufgerissen, und eine Frau lehnte sich heraus und machte ihm mit den Händen Zeichen. Hilda Shaler, eine Bordsteinschwalbe, die hier in der Nachbarschaft arbeitete und ihr Zimmer für das Gewerbe und zum Wohnen nutzte. Harp betrat ihr Haus und stieg die Treppen hoch.

Hilda kam ihm entgegen und traf ihn auf halbem Wege. »Ein Mann ist in Ihrer Wohnung«, sagte sie ihm. »Ich hab ihn in Ihr Haus gehen sehen, und dann ging das Licht in Ihrer Wohnung an. Ich konnte durch die Gardinen sehen, wie er dort herumging. Dann hat er sich hingesetzt, und nach 'ner Weile hat er das Licht ausgemacht. Aber er ist nicht wieder rausgekommen. Also sitzt er da im Dunkeln.«

»Wann ist er hineingegangen?« fragte Harp sie.

»Na, so vor zwei Stunden etwa. Ich hatte sonst nichts zu tun. Bei dem Wetter ist auf der Straße nichts zu holen, und ich hab sowieso jetzt meine Tage gekriegt. So hab ich am Fenster gesessen und Tee getrunken – mit 'nem bißchen Gin drin – und dem Schnee zugeschaut. Macht alles so hübsch, auch wenn's schlecht fürs Geschäft ist.«

»Wie lange war er schon drinnen, bevor er das Licht ausgemacht hat?«

Hilda überlegte. »Na, so 'ne halbe Stunde, glaub ich. Vielleicht 'n bißchen länger.«

Das sagte Harp so gut wie alles, was er wissen mußte. Doch zur Sicherheit fragte er noch: »Wie sieht er aus?«

»Groß. Größer sogar als Sie. Und schlank. Aber feine Klamotten, wie 'n reicher Pinkel. Geht wie 'n alter Mann – mußte sogar stehenbleiben und Luft holen, als er die Stufen der Vorderveranda hochgegangen war und reinwollte. Aber er ist nicht so alt. Ich hab sein Gesicht gesehen, wie er unter der Straßenlaterne vorbeigekommen ist. Nicht älter als Sie.«

Harp gab ihr drei Dollar. »Danke, Hilda.«

»Danke gleichfalls. So ist die Nacht kein reiner Verlust.« Hilda schenkte ihm ein dankbares Lächeln, als sie das Geld in ihr Mieder steckte. »Was werden Sie denn jetzt machen, 'nen Bullen holen oder was?«

»Mach dir keine Gedanken darüber«, sagte Harp und küßte sie auf die Wange, bevor er die Treppe wieder hinunterstieg.

Er überquerte die Straße, ging über die Vorderveranda in sein Haus und stieg die Treppe zu seiner Wohnung hinauf.

KAPITEL 12

Harp schloß die Tür unbesorgt auf und trat ein. Er zündete mit einem Streichholz die Gaslampe an der Wand im kleinen Eingangsbereich an, bevor er einen Blick in den vorderen Wohnraum warf.

Es war natürlich Leland Van Tromp. Leland war der einzige andere Mensch, der einen Schlüssel zu Harps Wohnung besaß. Jeder, der das Schloß aufgebrochen hätte und in die Wohnung eingedrungen wäre, um ihm aufzulauern, hätte nicht die Lampe auf dem Wohnzimmertisch angezündet und damit seine Anwesenheit verraten. Oder sie eine halbe Stunde brennen lassen, um sie dann auszumachen. Harp zündete sie erneut an, bevor er die Wandlampe löschte. Er hängte seinen Hut und Mantel an einem Kleiderständer auf und stellte seinen Hickorystock ab.

Leland saß zusammengesunken im Schaukelstuhl, in tiefem Schlaf, Harps Brandy-Karaffe und ein Glas auf dem Tisch neben sich. Es war für ihn eine so gute Schlafstelle wie jede andere. Eine Kugel hatte einen von Lelands Lungenflügeln zerfetzt. Die Feuchtigkeit und Kälte, das schlechte Essen und die unzureichende medizinische Versorgung im Libby-Gefängnis hatten dazu geführt, daß der unverletzte, überlastete Lungenflügel auf kaum die Hälfte seines normalen Umfangs zusammenschrumpfte. Damit bekam er nicht genug Luft, wenn er im Liegen zu schlafen versuchte. Es war nicht bequem, im Sitzen zu schlafen, aber wenigstens konnte er so atmen.

Er hatte seinen Kragen geöffnet, Jacke und Weste aufgeknöpft, die Stiefel ausgezogen und seine Füße auf eine Ottomane gelegt, bevor er eingeschlafen war. Sein Stock, Schlips und Hut lagen auf dem Tisch in der Nähe der Karaffe. Ebenso ein aufgeschlagenes Buch – *Der Monddiamant* von Wilkie

Collins –, das Leland aus Harps Bücherschrank geholt und gelesen hatte, bevor er die Lampe löschte.

Gespräche über Bücher, die sie früher gelesen hatten – sowie Schachspielen, das Leland Harp beibrachte –, hatte ihre Freundschaft in Libby begründet. Leland, der seine Bildung auf Privatschulen und der Universität erhalten hatte, fand es faszinierend, daß Harp seinen Buchgeschmack Privatlehrern verdankte, die eine Bordellbesitzerin für ihn angestellt hatte.

Harp bemerkte, daß Leland, wie es seine Gewohnheit war, eine Passage, die ihn interessierte, auf einer der aufgeschlagenen Seiten im *Monddiamant* unterstrichen hatte:

»Die feinen Leute haben im allgemeinen eine sehr schwere Hypothek in ihrem Leben zu tragen – die Hypothek ihrer eigenen Faulheit. Ihr Leben geht großenteils damit hin, daß sie irgendeine Beschäftigung suchen... Die armen Seelen müssen die Zeit herumbringen, verstehen Sie – sie müssen sie herumbringen.«

Harp betrachtete Lelands Mantel, der neben den Stiefeln auf dem Boden lag. Leland war von Kindesbeinen an dazu erzogen worden, seine Kleidungsstücke auf den Boden fallen zu lassen, damit die Diener sie dort auflasen und sich darum kümmerten. Das war die Aufgabe der Diener, und wenn man sich selbst darum kümmerte, beraubte man sie eines Teils ihrer Daseinsberechtigung im Hause. Leland hatte schon lange keine Diener mehr, aber er war nicht fähig, seine frühe Erziehung gänzlich abzuschütteln.

Wie Hilda Shaler festgestellt hatte, waren Lelands Kleider von feiner Qualität und immer noch recht elegant. Seine gesamte Kleidung stammte aus der Zeit vor dem Krieg: Bevor sein Vater bankrott gegangen war, hatten Londoner Modeschneider eine umfangreiche Garderobe für ihn genäht. Aus den besten Stoffen, die auch nach Jahren keine Abnutzung zeigen würden; und die Männermode veränderte sich nicht so schnell und stark wie die der Frauen. Ein Billigschneider von der Lower East Side hatte perfekte Arbeit geleistet, indem er alle Kleidungsstücke so in Paßform brachte, als ob sie für Lelands jetzt stark abgemagerten Körper zugeschnitten worden wären.

Wie Hilda ebenfalls beobachtet hatte, war Leland in Harps Alter. Wegen der Dunkelheit und der Entfernung hatte sie seine eingesunkenen Augen und die tief eingegrabenen Linien in seinem schönen Gesicht nicht erkennen können. Harp betrachtete dieses Gesicht mit düsterem Blick. Entweder hatte er vergessen, wie schlecht Leland bei ihrer letzten Begegnung vor drei Wochen ausgesehen hatte, oder aber Leland hatte sich in dieser kurzen Zeit beträchtlich zu seinem Nachteil verändert.

Harp zog seine Stiefel aus, ging ins Badezimmer und hängte seine Sachen zum Trocknen auf. Er kehrte in einem dicken Wollbademantel und mit Schafspelz gefütterten Pantoffeln ins Zimmer zurück. Leland schlief noch auf dem Schaukelstuhl. Harp hob seinen Mantel auf und brachte ihn an den Ständer im kleinen Flur.

Der Vorderraum kühlte zu sehr aus: Wenn Leland sich nicht bewegte, war es besser für ihn, warme Luft zu atmen. Leland hatte in dem Bullerofen Feuer gemacht, aber es war nun zu Glutasche heruntergebrannt. Harp schüttelte die Asche herunter und verteilte frische Kohle auf der Glut. Als er sich umdrehte, sah er, daß Leland die Augen geöffnet hatte und lächelte. Leland konnte manchmal inmitten des größten Lärms ungerührt schlafen; aber immer, wenn er aufwachte, war er vollkommen wach, ohne eine Spur von Schläfrigkeit.

»Guten Abend, Leutnant«, begrüßte Leland ihn.

Harp erwiderte sein Lächeln. »Guten Abend, Hauptmann.«

Libby war ein Lagerhaus in Richmond, der Hauptstadt der Südstaaten, gewesen, das in ein Gefängnis für Offiziere der Nordstaatenarmee umgewandelt worden war. Harp war erst seit zehn Tagen Offizier, als er in Gefangenschaft geriet. Die Schlachtfeldbeförderung zum zeitweiligen Leutnant war ihm zufällig widerfahren – und hauptsächlich aus dem gleichen Grund, warum er kurz zuvor zum Feldwebel aufgestiegen war. Zu viele Feldwebel und Offiziere waren gefallen. Die Erste Kompanie der 81. Freiwilligen New Yorker Infanterie hatte nicht mehr genug qualifizierte Anwärter, um ihren Platz zu besetzen.

Leland schenkte sich Brandy nach, nahm einen kleinen Schluck und seufzte dankbar. »Guter Stoff. Nett, daß du die Karaffe immer für mich gefüllt hältst.«

»Das ist nur recht und billig«, sagte Harp. »Brandy ist das Getränk der Gentlemen, und du bist ein Gentleman, wie er im Buche steht.«

»Gewiß bin ich das«, stimmte Leland zu und beobachtete Harp, wie er eine Flasche Whiskey und ein Glas aus dem Schnapsschrank holte. »Du dagegen tust dich an diesem Fusel gütlich. Was natürlich auch recht und billig ist, denn du bist kein Gentleman.«

»Gewiß nicht«, stimmte Harp zu und goß sich eine beträchtliche Menge ins Glas. Er hob es und prostete Leland stumm zu, bevor er einen Schluck nahm.

Leland trank von seinem Brandy und sagte: »Ich habe auch deinen Küchenschrank geplündert. Ich bekomme in letzter Zeit immer öfter Hunger.«

»Du hast einfach einen gesunden Appetit«, sagte Harp. »Wie ich.«

»Jedesmal, wenn ich mich vollstopfe«, sagte Leland, »überkommt mich die Erinnerung an Libby. Geht's dir auch so?«

Harp trank von seinem Whiskey. »Ich denke nicht viel an Libby, wenn ich nicht muß.«

Leland, ein Hauptmann der 73. New Yorker Freiwilligen, war schon acht Monate in Libby, als Harp mit dem letzten Schub von Yankee-Offizieren ankam und in das schrecklich überfüllte Gefängnisprovisorium geworfen wurde. Harp war in elendem Zustand angekommen. Nach einem Säbelhieb quer über seine Stirn litt er an rasenden Kopfschmerzen und an gelegentlichen Ohnmachtsanfällen. Die Entzündung seines zerfetzten und gebrochenen Beins verursachte hohes Fieber. Ein Südstaatenarzt wollte das Bein amputieren, um zu verhindern, daß er an Wundbrand starb. Harp hatte daraufhin geschworen, daß er, wenn er ohne das Bein überleben würde, nach dem Krieg auf Krücken zurückkehren, den Arzt ausfindig machen und ihn töten würde. Der überarbeitete Arzt hatte mit den Achseln gezuckt, die Kopfwunde genäht, den gebrochenen Knochen gerichtet und geschient und sich zu weniger schwierigen Verwundeten begeben, Rebellen und Yankees.

Es war Nacht gewesen, und die Fußböden im oberen wie im unteren Geschoß waren mit schlafenden Gefangenen bedeckt, als die Wachen Harp hereintrugen. Die Wachen bugsierten zwei Schläfer mit Fußtritten zur Seite, um für Harp eine schmale Schlafstelle zu schaffen, und legten ihn zwischen Leland und einem Hauptmann aus Pennsylvania nieder, der zwei Tage später gehängt wurde, weil er bei einem Fluchtversuch eine Wache getötet hatte.

Leland hatte sich mit Hilfe eines ebenfalls inhaftierten Nordstaatenarztes während der ersten schweren Wochen um Harp gekümmert. Als Harp dann soweit wiederhergestellt war, daß er herumhumpeln konnte – mit Unterstützung einer handgefertigten Krücke, die einer der Wächter, der im Zivilleben Schreiner war, aus purer Freundlichkeit gefertigt hatte –, befand sich Lelands verbliebener Lungenflügel im Niedergang. Nun war es an Harp, sich um Leland zu kümmern, und zweimal schlug er sich mit einem anderen Häftling, damit Leland die ihm zustehende Essensportion bekam.

Nie gab es genug zu essen. Den Südstaaten konnte man daraus keinen allzu großen Vorwurf machen. Ihre Häfen waren eingenommen oder blockiert, Shermans Armee brannte eine weite Schneise quer durch das Farmland von Georgia, und Grants Armee verschlang alles, dessen sie auf ihrem mühseligen Marsch durch Virginia nach Richmond habhaft werden konnten. Daher hatten die Zivilisten und Soldaten des Südens nicht genug für sich selbst zu essen und konnten nur wenig für Kriegsgefangene erübrigen.

Zur Unterernährung kamen noch die unbeschreiblichen sanitären Verhältnisse in Libby, eine Floh-, Läuse- und Wanzenplage, die Unmöglichkeit, einmal draußen etwas Bewegung und frische Luft zu bekommen, der Mangel an medizinischer Versorgung. Die Lage des Warenhauses verschlimmerte die Sache noch. Neben den Gaswerken und nur einen halben Häuserblock vom James River entfernt, nahm es Rauch von dem einen und ständig Feuchtigkeit von dem anderen auf.

Viele waren gestorben, bevor der beharrliche Vormarsch von Grants Armee die Konföderierten veranlaßte, die überlebenden Gefangenen weiter in den Süden zu verlegen. Mit Ausnahme derjenigen, die dem Tod so nah waren, daß es sich nicht mehr zu lohnen schien. Zu ihnen gehörten Harp und Leland. Aber sie waren immer noch da und immer noch am Leben, als ihre letzten Wächter flohen und die Nordstaatentruppen in die Hauptstadt des Südens einmarschierten.

»Ich habe einen kleinen Job für dich«, sagte Harp zu Leland. »Es macht nicht viel Mühe, und die Kohle stimmt.«

»Ein leichter Job, bei dem gutes Geld herausspringt«, sagte Leland, »wäre zur Zeit ziemlich willkommen.«

Harp erzählte ihm, was Louise Vedder von Uriah Gibbon über Daniel Drews Projekt einer neuen Eisenbahnlinie zu den westlichen Catskills erfahren hatte. »Ich hätte gern, daß du unter deinen Raubritter-Bekannten etwas vorfühlst. Mach genügend Andeutungen, daß ihnen der Mund wäßrig wird – aber sag ihnen nichts, womit sie etwas anfangen können, bevor sie von uns Genaueres erfahren. Finde heraus, wer von ihnen das meiste für Vorausinformationen über solche Details bezahlen würde.«

Leland überlegte und nickte. »Ich glaube, das läßt sich ohne allzu große Schwierigkeiten machen. Willst du, daß ich mit dem, der das meiste bietet, das Geschäft gleich abschließe? Oder willst du das lieber selbst aushandeln?«

»Das überlasse ich dir. Tycoons werden Tycoons dadurch, daß sie ein doppeltes Spiel treiben. Wenn ich jemandem die

Information verkaufe, kann er behaupten, mein Tip sei die vereinbarte Summe nicht wert, auf die er sich ahnungsloserweise eingelassen habe, und mir dafür zahlen, was *ihm* paßt. Keiner wird das bei einem Van Tromp tun. Nicht, nachdem er dir sein Ehrenwort gegeben hat.«

»Zumindest keiner, mit dem ich reden werde«, sagte Leland.

»Du bekommst zwanzig Prozent von dem, was du aushandelst«, erklärte Harp. »Von meinem Anteil.«

»Natürlich«, sagte Leland trocken. »Die Dame muß in dieser Situation ihre vollen fünfzig Prozent erhalten. Für jemanden, der gewiß kein Gentleman ist, hast du eine beunruhigende Neigung, dich wie einer zu verhalten.«

Leland trank von seinem Brandy. »Ich habe gesehen, daß du noch immer ihr Bild als Schrein in deinem Schlafzimmer stehen hast. Die Neugier hat mich getrieben, hineinzugehen und mich davon zu überzeugen.«

»Und?«

»Du hast ihr immer noch nicht gesagt, welche Gefühle du für sie hegst?«

»Was, glaubst du, soll ich ihr sagen?« fragte Harp. »Daß ich mich in ihr Bild verliebt habe und mein Leben mit ihr verbringen will – und übrigens ihren Mann umgebracht habe?«

»Dein äußerst wählerisches Ehrgefühl hat nie aufgehört, mich in Erstaunen zu setzen, insbesondere bei einem von Grund auf amoralischen Mann wie dir. Alles, was du zu tun brauchst, ist nur, bei dem zu bleiben, was du ihr schon gesagt hast: Offensichtlich ist ihr Mann ein hinreißender Bursche gewesen, aber du bist ihm nie begegnet. Warum ihr also irgend etwas anderes erzählen?«

»Und was dann? Darauf warten, daß jemand vorbeikommt – in einem Jahr oder in zehn Jahren –, der die Wahrheit kennt und es ihr sagt?«

»Du könntest dich da herausreden«, meinte Leland. »Bei Gott, du bist der beste Lügner, den ich kenne.«

Harp leerte sein Whiskeyglas und erhob sich. »Mein Problem, Hauptmann. Hör auf, es zu deinem zu machen. Bleibst du über Nacht, oder gehst du nach Hause?«

Leland lehnte sich in seinem Schaukelstuhl zurück und schloß die Augen. »Mir steht der Sinn nicht nach Aufstehen und Losmarschieren. Und ich hatte einen so angenehmen Traum. Ich weiß, daß er angenehm war, aber ich erinnere mich nicht mehr, wovon er handelte. Vielleicht kommt er wieder.«

Als Harp mehr Kohle nachgelegt hatte, war Leland schon wieder eingeschlafen. Harp blies die Lampe aus und ging in sein Schlafzimmer. Dort setzte er sich im Dunkeln auf die Bettkante und betrachtete Louise Vedders Bild. Er brauchte keine Beleuchtung, um ihr Gesicht zu sehen. Er kannte es besser als sein eigenes. Er hatte es mindestens einmal pro Tag angeschaut, seit er in Libby gewesen war.

Anfang jenes Jahres hatte einer der anderen Kriegsgefangenen über Harps Schulter das Bild angesehen und voller Bewunderung bemerkt, wie anmutig und schön die Frau auf dem Bild sei. Dann hatte er gefragt, ob sie Harps Frau sei.

Harp hatte ja gesagt. Vielleicht hatte er damals, als er noch von seinen Wunden geschwächt war, das dringende Bedürfnis empfunden, so zu tun, als ob es jemanden gab, zu dem er gehörte.

Danach nahm jeder in Libby seine Lüge für bare Münze. Viele hüteten ähnliche Bilder von ihren Geliebten. Leland war der einzige aus jener Zeit, dem Harp einige Monate nach dem Krieg die Wahrheit erzählte.

Auf der Hälfte des Weges zwischen Washington und Richmond schickte General Grant seine Armee über den Rapidan River und in die Deckung eines Waldes, der als »die Wildnis« bekannt war. Seine Absicht war, die Truppen unbemerkt durch die Wildnis zu bringen, auf der anderen Seite General Lees kleinere Armee im offenen Feld zu überraschen und die Streitkräfte der Südstaaten zum Rückzug zu zwingen, um die nächste Umgebung der Konföderierten-Hauptstadt zu verteidigen. Doch Lee durchschaute Grants Plan ziemlich früh. Er sandte seine eigenen Truppen in die Wildnis, um Grants Armee dort aufzulauern. Die Dichte des Waldes würde der überlegenen Artillerie der Unionsarmee die Sicht nehmen. Zugleich würde sich die größere Zahl der Einheiten in Splittergruppen auflösen müssen, unfähig, einem massiven Angriff standzuhalten, und verwundbar für versteckte Scharfschützen.

Harp wußte damals nichts von diesen großen Plänen und Gegenplänen. Die kämpfenden Truppen waren selten unterrichtet. Sie erfuhren von dem Hergang der Schlacht immer erst hinterher, wenn sie überlebten; aus den Berichten der Reporter, die sich in der Umgebung des Generals aufhielten.

Alles, was Harp wußte, war, daß er sich allein inmitten eines dichten Walddickichts befand, umgeben von unsichtbaren Feinden. Der Rest seiner 1. Kompanie war fünf Minuten zuvor von Scharfschützen auseinandergetrieben worden, die hinter Bäumen und umgestürzten Baumstämmen hervor- oder oben aus dem Geäst herabfeuerten. Zu seiner Rechten hörte er das Geschrei der Rebellen, aber zwischen den kugelzerfetzten Nadelhölzern und Hartriegeln konnte er keine Bewegung außerhalb eines Umkreises von zwanzig Fuß sehen. Kanonen der Unionisten, die von weit hinten ihre Salven auf mutmaßliche Stellungen der Konföderierten abfeuerten, hatten den Wald in Brand gesetzt. Der Wind blies von den brennenden Bäumen und Büschen Rauchwolken in Harps Richtung und verdunkelte zusätzlich das dämmerige Licht unter dem Blattwerk, das den Himmel verbarg. Er hatte seine letzten Patronen aufgebraucht. Wenn er einem Rebellen in die Arme lief, bevor er zurück an einen Munitionswagen kam, hatte er keine andere Waffe als den Gewehrkolben und das Bajonett.

Doch er steckte fest, wo er war: Sein rechter Fuß wurde von irgend etwas unter dem kniehohen Gewirr von Kletterpflanzen und Dornengebüsch festgehalten.

Fluchend hieb er mit dem Bajonett auf das Dickicht ein, bis er es von seinem Bein entfernt hatte. Und dann sah er in einem langen Moment des Entsetzens an sich hinunter. Sein Stiefel war in den Brustkorb eines alten Skeletts eingebrochen. Überbleibsel einer Schlacht vom vorigen Jahr, als Lee eine andere überlegene Unionsarmee in den Hinterhalt gelockt hatte. Harps Fuß und Fußgelenk waren zwischen den gebrochenen Rippen des Skeletts eingeklemmt.

Er überwand seinen Schrecken und schlug mit seinem Gewehrkolben auf den Brustkasten ein. Dabei war es ihm völlig gleich, ob das Skelett von einem Reb oder Yankee stammte: Es war sein Feind. Die Knochen brachen und zersplitterten, als ein junger Südstaatenoffizier aus den nahen Bäumen stolperte, einen Kavallerie-Revolver in der einen und einen Säbel in der anderen Hand. Harp löste sein Bein mit einem Ruck, als der Revolver sich auf ihn richtete und der Hahn gespannt wurde. Ein trockenes Klick: keine Patronen mehr. Harp stürmte los, mit dem Bajonett voraus. Sah, wie der Feind den Revolver fallen ließ und seinen Säbel gegen ihn schwang. Versuchte, sich darunter wegzuducken, doch ein furchtbarer Schlag erschütterte seinen Kopf und benahm ihm die Sinne. Blut rann ihm in die Augen und machte ihn blind, er taumelte vorwärts und stieß sein Bajonett in Fleisch. Trieb es tiefer hinein und drehte und bog es mit letzter Kraft.

Das Gewehr wurde ihm aus der Hand gerissen, er fiel auf die Knie und sah nun nichts mehr als sein eigenes Blut. Er wischte es sich aus den Augen und konnte wieder sehen. Der Südstaatenoffizier lag auf dem Rücken, Harps Bajonett steckte tief in seinem Bauch, das Gewehr ragte in die Höhe und schwang hin und her, da sein ganzes Gewicht nur an der eingegrabenen Klinge hing. Weiter floß Blut in Harps Augen, sie brannten. Er riß sich das Halstuch vom Nacken, wischte sich die Augen damit und band es stramm um seine triefende Stirn. Er begann zu husten, weil er zuviel Rauch von dem näher kommenden Feuer einatmete. Auf den Husten folgte eine Woge der Benommenheit. Er bemühte sich, aufrecht auf seinen Knien zu bleiben, und als der Schwindelanfall nachließ, hörte er ein Wispern.

Es war der sterbende Reb. Er deutete kraftlos auf eine Tasche seiner Uniformjacke. »Bitte ...«, flüsterte er, »... meine Frau ... Brief ... schick ihn ... bitte ...«

Dann war er tot.

Harp ertappte sich dabei, wie er in die Tasche griff, wenngleich er sich später nie sicher war, ob dies aus eigenem Antrieb geschah. Er war zu betäubt, um einen klaren Gedanken fassen zu können. Er wußte nur noch, daß vier Gefreite der Kompanie I aus den Bäumen brachen, in panischem Rückzug zur Nachhut der Unionisten, als er einen adressierten Umschlag und ein Foto auf Zinkblech aus der Tasche des toten Offiziers zog. Als sie Harp erblickten, kamen sie stolpernd zum Stehen, keuchten und sahen im gleichen Augenblick wie er auf das Bild in seiner Hand.

»Feines Mädchen«, sagte einer von ihnen. »Aber's ist jetzt keine Zeit, um Souvenire zu sammeln, Leutnant.«

»Das Feuer kommt hier lang«, stieß der andere hervor. »Und die Rebs auch, verdammt viele davon. Besser, wir machen, daß wir wegkommen.«

Harp stopfte den Brief und das Zinkblechfoto in seine Tasche, dann rappelte er sich auf die Füße und stellte sich breitbeinig hin, um das Gleichgewicht nicht zu verlieren. Er hörte jetzt das Knistern der Flammen, ganze Nadelbäume brannten wie Feuerwerkskörper, und die Hitze schlug durch den Rauch hindurch. Er schwankte mit den vier Gefreiten vorwärts, aber nicht weit. Sie überquerten eine kleine Lichtung, als Musketenschüsse aus dem Unterholz zu ihrer Linken hervorbrachen.

Sein Bein gab unter ihm nach, und er fiel in einen Brombeerstrauch, wo er sich Hände und Gesicht zerkratzte. Als er den Kopf hob, sah er einen seiner Männer neben sich zusammenbrechen, ihm waren ein Ohr und ein Teil seines Schädels weggeschossen worden. Die anderen drei rannten über die Lichtung und verschwanden im Wald. Er sah nach seinem

Bein. Es tat jetzt nicht sehr weh, aber er wußte, daß er keinen Schritt weitergehen konnte.

Er saß auf dem Boden, beide Hände zum Zeichen der Aufgabe erhoben, als sechs Rebellen zwischen den Bäumen hervorkamen und ihn gefangennahmen.

Er hatte den Brief des konföderierten Offiziers unbemerkt unter den Brombeerstrauch gelegt. Für den Fall, daß seine Fänger ihn durchsuchten, wollte er verhindern, daß sie – wie seine eigenen Leute – glaubten, er hätte den gefallenen Rebellen zwecks eines Souvenirs ausgeraubt.

Doch es stand nichts auf der Rückseite des Zinkblechabzugs, was darauf hingewiesen hätte, wo er angefertigt worden war oder wem er gehörte. Nachdem Harp ihr Gesicht noch einmal einen kurzen Moment angeschaut hatte, behielt er das Bild bei sich, ohne sich Gedanken zu machen, warum.

KAPITEL 13

Am nächsten Morgen, als er mit einer Droschke zum Haus von Monmouth Fuller fuhr, blätterte Harp die New Yorker *Tribune* von diesem Tag durch. Es gab keine Neuigkeiten über Alice Curry oder den Lagerhauseinbruch – und nichts über den Mord an Moe Saul. So verbrachte er einen Teil der Fahrt mit der Lektüre einer Glosse von einem Reporter, der gelegentlich für die *Tribune* arbeitete und meistens sehr witzig schrieb. Diese handelte von dem Ausmaß der politischen Korruption, die die New Yorker in ihrer Stadt entdeckten:

»EIN REVIDIERTER KATECHISMUS von Mark Twain

Frage. Was ist das Hauptziel des Menschen? **Antwort.** Reich zu werden.

F. Auf welche Weise? **A.** Unehrlich, wenn wir können, ehrlich, wenn wir müssen.

F. Wer ist unser einziger und wahrer Gott? **A.** Geld ist unser Gott.

F. Wie soll ein Mensch das Hauptziel des Lebens erreichen? **A.** Indem er imaginäre Teppiche im Gerichtsgebäude auslegt, apokryphe Stühle dem Zeughaus und unsichtbare Druckkunst der Stadt vermacht.

F. Welche Werke waren in früheren Zeiten am meisten geschätzt, um junge Menschen zu bilden? **A.** Der *Almanach des armen Richard*, *Die Pilgerreise* und die Unabhängigkeitserklärung.

F. Welches sind die besonders geschätzten Werke der Sonntagsschule in unserer aufgeklärten Zeit? A. *St. Halls gefälschte Berichte, St. Fisks geniale Raubzüge, St. Gold über das Verwässern des Aktienkapitals, St. Tweeds Handbuch der Moral* und die Gerichtsedition vom *Heiligen Kreuzzug der vierzig Diebe.*
F. Machen wir Fortschritte? A. Da kannst du drauf wetten.«

In der Nacht hatte es aufgehört zu schneien. Unter den tiefhängenden Morgenwolken war es so kalt, daß der gefallene Schnee nicht taute, aber nicht kalt genug, daß er festfror. Der dichte morgendliche Verkehr, der über die Pflastersteine der Fifth Avenue donnerte, hatte die dünne Eisschicht aufgebrochen und den Schnee in schmutzigen Matsch verwandelt. Aber da sich Harps Droschke jenseits der 59. Straße Richtung Norden bewegte, ließ sie den Verkehr hinter sich. Es gab nur wenige Wagenspuren im Schnee, die anzeigten, daß Menschen jenseits dieser Grenze lebten.

Monmouth Fuller gehörte zu den wenigen exzentrischen Millionären, die sich »außerhalb der Stadt« neue Häuser gebaut hatten: an der oberen Fifth Avenue mit Blick auf die Ostseite des Central Park. Fuller hatte sein Haus wegen des Parks hier erbaut. Er gehörte zu einer vermögenden Gruppe sportbegeisterter Gentlemen, deren Leidenschaft es war, mit Vierspännern in halsbrecherischem Tempo über lange Strecken zu rasen. Es war nicht mehr möglich, sich in der überfüllten Stadt unterhalb der 59. Straße eines schnellen Ritts zu erfreuen, außer manchmal des Nachts. Doch die Meilen von Kutschenstraßen im Park, besonders in seinem nördlichen Teil, gaben Fuller Gelegenheit zu einem täglichen Training. So konnte er sichergehen, daß weder er noch seine Pferde die Ausdauer und den Biß verloren, die für längere Rennen zu so entfernten Orten wie Philadelphia oder Boston vonnöten waren.

Harp betrachtete Fullers Villa, als sich seine Droschke dem Anwesen näherte. Sie stand allein auf sonst unbebautem Land, wie die anderen Häuser hier am oberen Ende der Fifth Avenue. Ein ansehnlicher Stall aus rotem Backstein mit Hof und Übungskoppel für die Pferde schlossen sich der Villa an. Das Wohnhaus selbst war eine plumpe Mischung aus verschiedenen Architekturstilen: neomaurischer Stil, französische Renaissance und Neugotik. Es schien groß genug, um mehrere wohlhabende Familien zu beherbergen. Doch Monmouth Fuller war ein Junggeselle, der sein Haus nur mit seinen Dienern und ausgewählten Gästen teilte.

Als er noch jünger war, hatten alle Eltern der Gesellschaft mit einer heiratsfähigen Tochter ihre Hoffnungen auf ihn gerichtet. Er war ihren Fallen regelmäßig ausgewichen. Doch mittlerweile hatte keine angesehene Familie mehr Interesse daran, ihre Tochter mit einem Mann von seinem Ruf zu verheiraten. Seine stürmische Karriere als ein zu Streichen aufgelegter Lebemann sowie sein schockierendes Benehmen in feiner Gesellschaft, wenn er zuviel getrunken hatte, bewogen die würdevollen Damen der Gesellschaft dazu, ihm den Zutritt zu ihren Häusern zu verwehren.

Soviel Harp gehört hatte, bekümmerte Fuller dieser Ausschluß nur wenig. Die endlosen steifen Gesellschaften hatten ihn zu Tode gelangweilt; und er besaß zuviel Geld, um fürchten zu müssen, daß es ihm je an Einladungen aus lustbetonteren Kreisen mangeln würde. Was männliche Gesellschaft betraf, zog er fröhliche Besäufnisse im Union und Jockey Club vor. Was weibliche Begleitung betraf, bevorzugte er junge Schauspielerinnen und Frauen, die zu den »oberen Zehn« der New Yorker Liebestempel gehörten. Sein Ruf, verbunden mit seiner Verachtung für die Meinung der Gesellschaft, schützte ihn vor erpresserischen, mit Skandal drohenden Briefen. Sogar Howe & Hummel hatten ihn nie mit einer ihrer Klagen wegen gebrochenem Heiratsversprechen verfolgt. Keine Frau konnte behaupten, nicht zu wissen, daß Monmouth Fuller ein notorischer Schürzenjäger war, dem nichts ferner lag, als seine Eroberungen zu ehelichen. Und niemand wollte ihm Anlaß geben, Vergeltung zu üben.

Harp ließ den Droschkenkutscher warten, stieg die Stufen hinauf und betätigte den schweren, eisernen Türklopfer. Dieser erzeugte drinnen ein dumpfes Echo, als ob das Haus eine riesige Trommel wäre. Die Tür wurde von einem Butler geöffnet, wie man ihn in Manhattan häufig traf: britisch, mit einem Anflug von Überlegenheit gegenüber den Leuten, in deren Dienst er stand, jedoch zu zurückhaltend, um auch nur mit der geringsten Regung seines Gesichtsausdrucks Zustimmung oder Ablehnung gegenüber ihrem Lebenswandel zu zeigen. Er teilte Harp mit, daß Mr. Fuller unterwegs sei und, ja, zurückkehren würde, aber wenn Harp keine Verabredung mit ihm hätte…

In diesem Augenblick wurde die Aufmerksamkeit des Butlers von einem Hansom abgelenkt, der hinter Harp zum Stehen kam. Harp schaute in die gleiche Richtung und sah einen athletischen Mann mit unregelmäßigem Gesicht und einer dunkelroten Augenklappe aussteigen. Mike McKibbin: ein Berufsboxer, der auch bei Kämpfen ohne Regeln antrat und in seiner letzten Begegnung vor sieben Monaten, als sein Gegner auf ihm herumtrampelte, schwere innere Verletzungen davongetragen hatte. Er erweckte nicht den Anschein, als ob er seither am Hungertuch genagt hätte. Sein Bowler war neu, sein Mantel aus Biberpelz, und die rote Augenklappe, die die Höhle bedeckte, aus der ihm in einem früheren Kampf ohne Regeln ein Auge ausgedrückt worden war, schien aus Satin gemacht.

Mit einem breiten Grinsen, bei dem sich das Narbengewebe um seinen Mund verzog, stieg er die Stufen hinauf zu Harp. »He, was machst *du* denn hier?«

Harp stellte fest, daß McKibbin eine neue Garnitur falscher Zähne hatte.

»Bin gekommen, um Fuller zu sehen«, sagte er. »Aber offenbar ist er nicht da.«

»Wird gleich zurücksein«, versicherte McKibbin. »Wir haben 'ne Sparringstunde.«

»Hier?«

»Klar. Er hat oben 'nen großen Raum wie'n Turnsaal eingerichtet. Punchingbälle, Hanteln, 'n Ring für Box- und Ringkampf, und 'n Schießstand. Komm, raus aus der Kälte.« Zu dem Butler sagte McKibbin: »Is in Ordnung, Rodgers. Harp gehört zu mir.«

Der Butler akzeptierte das mit einem kaum merklichen, indifferenten Nicken und trat zur Seite, um sie hereinzulassen. Nachdem er die Tür geschlossen hatte, nahm er ihre Hüte, Mäntel und Spazierstöcke, ihre Handschuhe und Schals und verstaute sie in einem geräumigen Alkoven in der Eingangshalle. McKibbin hatte Harp inzwischen am Ellbogen gefaßt und führte ihn durch einen weitläufigen Korridor. »Wir können in der Bibliothek warten. Man hat da einen verdammt feinen Blick auf den Park. Wahrscheinlich is Mr. Fuller dort und trainiert die Pferde.«

Der Eingang der Bibliothek, deren Schiebetüren offenstanden, wurde von zwei Marmorstatuen flankiert. Eine stellte einen Jockey auf einem Pferd in vollem Galopp dar. Es sah aus, als versuchten sie, zu der Statue auf der anderen Seite des Eingangs zu gelangen: eine nackte, vollbusige Nymphe, die eine Vase auf der Schulter trug.

Der Raum, der »Bibliothek« hieß, wurde von einem kleinen Feuer in einem riesigen Kamin erwärmt. Durch große Erkerfenster drang das düstere Tageslicht herein. Dicke Perserteppiche bedeckten den größten Teil des Marmorbodens. Es gab Mahagoni- und Rosenholztische, ledergepolsterte Lehnsessel und Sofas sowie eine große Hausbar. Doch Harp sah kein einziges Buch. Die getäfelten Wände waren mit gerahmten Bildern behängt: Drucke von Pferderennen, Boxkämpfen und Segelbooten. Zwei große Ölgemälde – eine üppige Haremsszene und eine tanzende Salome, die bereits beim vorletzten Schleier angekommen war.

McKibbin deutete auf die Drucke. »Wie du siehst, Mr. Fuller mag Sport.«

Harp nickte zu den Ölbildern. »Und Frauenfleisch.«

»Er hat die Gemälde extra für sich anfertigen lassen.« McKibbin blickte mißbilligend auf eine leere Fläche an der Wand. »Das letzte, das er aufgehängt hat, is nich mehr da. Schande. Das hätte dich echt fertiggemacht. Wahnsinnsfrau war das. Mädchen mit 'ner tollen Figur, splitternackt, und auch nichts mit den Händen verdeckt.« McKibbin ging zur Hausbar. »Wenn du 'nen Drink willst, Mr. Fuller hat nichts dagegen, wenn wir uns selbst bedienen.«

Harp schüttelte den Kopf und trat näher an das Haremsbild heran; dann an die tanzende Salome. Sie sahen aus, als ob sie von demselben Maler stammten, aber keines der beiden war signiert.

»Weißt du, wer der Maler ist?«

McKibbin wußte es nicht. Harp wanderte hinüber zu den Erkerfenstern. Er schaute über die Fifth Avenue zum Park und fragte: »Wie oft hast du Sparringstunde mit Fuller?«

McKibbin kam mit einem vollen Glas Bourbon zu ihm herüber. »Meistens zweimal die Woche. Aber manchmal telegrafiert er mir wegen 'ner Extra-Stunde, wenn er zuviel auf Sauftour war und es ausschwitzen muß.«

»Ist er gut?«

»Er is stark und schnell. Kann dir weh tun, wenn er 'nen richtigen Schlag anbringt. Passiert aber nich oft, weil er immer wütend wird und wild in der Gegend rumschlägt. Hitziger Typ.«

»Hast du ihm auch schon eine versetzt?«

McKibbin zwinkerte mit seinem einen Auge. »Gerade genug, daß er nich merkt, daß ich ihn schone. Nich genug, um seine Gefühle zu verletzen. Er glaubt, er is fast 'n Profiboxer. Ich will nich, daß er jemand anders einstellt, der ihm das besser einreden kann.«

»Gut bezahlt?«

McKibbin nickte. »Und dann gibt's noch die Parties. Guten Alkohol und 'ne Menge leichte Mädchen. Was man so 'n gutes Leben nennt.« Er zeigte hinaus zum Park. »Was hab ich dir gesagt, da kommt er schon.«

Harp sah einen Vierspänner, der sich zwischen kahlen Bäumen schief in eine enge Kurve des Kutschenwegs legte. Die Räder rutschten seitlich im Schnee weg, und eines der vorderen Pferde glitt aus und wäre fast gestürzt, bremste aber nun die anderen. Fuller gebrauchte seine Peitsche unbarmherzig, schlug auf seine Pferde ein, so daß sie noch einmal mit äußerstem Tempo galoppierten. Harp konnte das angstvolle Gesicht von Fullers Kutscher erkennen, der sich mit beiden Händen an den Sitz neben seinem Brotherrn klammerte.

»Er bringt seine Pferde um«, sagte Harp ruhig, »wenn er sie so rücksichtslos über eine lange Strecke jagt.«

»Er hat schon 'n paar umgebracht. Aber solang es ihm nichts ausmacht, sich neue zu ...« McKibbin zuckte mit den Schultern.

Sekunden später brachte Fuller seine Pferde vor dem Haus abrupt zum Stehen, warf die Zügel dem Kutscher zu und sprang zu Boden. Die Pferde waren zum Umfallen erschöpft, ihre Brust hob und senkte sich, ihre Beine zitterten, Schaum trat aus ihren keuchenden Mäulern. Blut tropfte aus ihren Gebissen: ein Zeichen dafür, daß Fuller Gebißspitzen – Wulste, die mit scharfen Reißnägeln versehen waren – benutzte, die dafür sorgten, daß ein Pferd seinen Kopf attraktiv erhoben hielt und sich publikumswirksam vor Schmerz aufbäumte, wenn die Zügel strammgezogen wurden. Die kürzlich gegründete Gesellschaft zur Verhinderung von Tierquälerei hatte durchgesetzt, daß jeder, der Pferden Gebißspitzen anlegte und erwischt wurde, zehn Dollar Strafe zahlen mußte. Ein Klacks für jeden, der erstklassiges Pferdefleisch bezahlen konnte.

Fuller verschwand aus dem Blickfeld, als er zur Haustür stapfte. Er überließ es dem Kutscher, auf zitternden Beinen herunterzuklettern und die Pferde mit dem Wagen um das Haus zum Stall zu führen. Man hörte, wie die Eingangstür zuschlug. Eine Minute später kam Fuller in die Bibliothek, ohne Hut, Mantel und Handschuhe, mit geröteten Augen und noch immer heftig atmend von seiner Rennfahrt durch den Park.

KAPITEL 14

Monmouth Fuller war ein stämmiger, kräftiger Mann mit schweren Schultern, aber kleinen Händen, die Finger dick und plump, die Daumen ungewöhnlich kurz. Sein vom Wind gerötetes Gesicht war breit und muskulös und trug einen gereizten Ausdruck. Er würdigte McKibbin und Harp kaum eines Blickes, als er auf den größten Tisch des Raumes zuging. Auf halbem Wege hielt er inne, drehte sich herum und rief: »Rodgers! Wo zum Teufel ist mein heißer Rumpunsch?«

Eine Sekunde später trat der Butler mit einer silbernen dampfenden Schale herein. »Schon zur Stelle, Sir.«

»Verdammt, Rodgers! Sie wissen, daß er fertig zu sein hat, hier auf dem Tisch, wenn ich zurückkomme!«

»Jawohl, Sir«, sagte Rodgers gleichmütig. »Verzeihung, Sir.«

Es wäre leicht, dachte Harp, Monmouth Fuller schlicht und einfach als dreißigjährigen verwöhnten Balg abzutun. Aber wahrscheinlich verbarg sich mehr hinter all dem. Einige Unterwelt-Gangster aus Harps Bekanntschaft zeigten die gleichen Symptome. Mit irgendeinem Riß im Hirn, der sie auf gefährliche Weise unberechenbar machte. Wie Hoggy Corcoran. Der Riß war nicht groß genug, um sie in die Klapsmühle zu bringen, aber er war da.

Der Butler hatte die dampfende Schale mit dem Rumpunsch auf dem Tisch abgestellt. Fuller knurrte ihn an: »Das nächste Mal steht sie besser gleich da, oder du kannst dich nach einem anderen Job umsehen. Ohne eine Empfehlung von mir.«

»Jawohl, Sir.« Der Butler deutete wieder ein Nicken an und ging hinaus – vorbei an einem hübschen, jungen Dienstmädchen, das ein Silbertablett mit drei chinesischen Tassen hereinbrachte. Sie setzte es neben der dampfenden Schale ab und machte vor Fuller einen kleinen Knicks. Als sie sich zum Gehen wandte, gab er ihr einen lässigen Klaps auf den Hintern. Sie schenkte ihm ein schamloses Lächeln und verließ mit schwingenden Hüften den Raum.

»Sie ist neu«, bemerkte McKibbin mit einem ehrerbietigen Ton, den Harp noch nie bei ihm gehört hatte.

»Neu«, sagte Fuller leichthin, »aber schon im Training, kann man sagen.« Er bemühte sich jetzt, locker und witzig zu erscheinen, aber er war innerlich zu angespannt, um seine Gereiztheit vollkommen überspielen zu können. Er tauchte eine der Tassen in den Rumpunsch und trank sie mit einem Schluck halb leer.

Harp sah, wie Fuller zusammenzuckte, als der heiße Rum ihm Zunge und Rachen verbrannte, und wie er sich dann zwang, die Tasse ohne ein weiteres Zucken ganz auszutrinken.

Sein Großvater war ein hartgesottener Kerl gewesen, der ein Vermögen damit verdient hatte, daß er Fleisch und Getreide über den Erie-Kanal und den Hudson nach New York transportierte. Sein Vater, der dieses Vermögen vergrößert hatte, indem er ein Import-Export-Geschäft zwischen Europa und dem Mittleren Westen aufbaute, war dem Vernehmen nach ein ähnlich harter Mann gewesen. Monmouth Fuller, schätzte Harp, hatte die meiste Zeit seines dreißigjährigen Lebens zu beweisen versucht, daß er ein ebenso zäher Bursche wie sein Vater und Großvater war, schien aber immer noch in Sorge, daß manche Leute es nicht recht glauben wollten.

»Wir haben gerade darüber geredet«, sagte McKibbin zu Fuller in dem gleichen ehrerbietigen Ton wie zuvor, »daß Sie sich an so 'nem Tag ganz schön verletzen können, wenn Sie so schnell fahren. Gerade wenn's draußen so glatt is. Ihr Wagen kann sich überschlagen und Sie rausschleudern. Wie den Stadtverordneten vor 'n paar Monaten. Der is dabei umgekommen.«

»Gefahr ist gesund für einen Mann«, sagte Fuller und füllte seine Tasse neu. »Für eine Frau auch, wenn man's bedenkt.

Eine andere Sorte von Gefahr.« Er lächelte bei diesem Gedanken.

McKibbin lachte und wies auf die kahle Stelle an der Wand. »Von wegen gefährliche Frauen: Was is mit dem scharfen Bild geworden, das Sie vor 'n paar Wochen da aufgehängt ham?«

Fuller trank von seiner Tasse, diesmal einen behutsamen Schluck. »Habe ich einem Freund gegeben. Geburtstagsgeschenk.«

»Na, ich hoffe, ihm gefällt's genauso gut wie mir«, sagte McKibbin. »War echt 'ne Wucht.«

Fuller trank erneut von seiner Tasse und sah Harp an. »Und wer ist das?« fragte er McKibbin. »Ein Freund, den du als Ersatz-Sparringspartner für mich mitgebracht hast? Habe ich dich beim letzten Mal zu oft und zu hart getroffen?«

»Sie schlagen immer besser und härter, Mr. Fuller, das muß ich zugeben. Aber Harp is nur 'n Freund, hab ihn zufällig draußen getroffen. Wir kennen uns von den Kämpfen. Ist 'n Kumpel von vielen Jungs, die damit zu tun haben.«

Fuller musterte Harp eine Weile. »Sie sehen zäh genug aus, und Sie sind groß genug. Wollen Sie mit mir ein paar kleine Runden kämpfen?«

Harp schüttelte den Kopf. »Ich bin kein Boxer.«

Fuller bemerkte eine Tasse in McKibbins Hand und winkte Harp, seinem Beispiel zu folgen. »Trinken Sie ein paar Gläser von dem Punsch. Vielleicht überlegen Sie es sich dann noch mal. Es ist genug Rum da, um ein bißchen Kampfgeist in Ihnen zu erwecken.«

»Zu früh am Tag für mich«, erklärte Harp.

Fuller musterte ihn mit einem kalten, gelangweilten Blick. »Sie boxen nicht, und Sie trinken nicht so früh. Was wollen Sie also hier?«

»Ich suche nach Informationen über Alice Curry.«

Fuller schwieg eine Sekunde. »Wer ist das?«

»Die Frau, die vorgestern nacht in Ihrem Lagerhaus ermordet wurde.«

»Wer hat Ihnen gesagt, daß es mein Lagerhaus ist?« fragte Fuller.

»Ich habe ein paar Freunde bei der Polizei«, sagte Harp.

»Captain Redpath?«

»Redpath hat es mir nicht gesagt. Aber ich nehme an, daß Sie Redpath getroffen haben.«

»Gestern. Was für eine Enttäuschung. Ich war darauf gespannt, ihn kennenzulernen. Jemand mit seinem Ruf, dachte ich, wird ein richtiger Mann sein. Aber er wollte noch nicht einmal, daß ich ihm einen Drink bezahle. Entpuppte sich als einer von diesen abstinenten Windbeuteln.«

»Er hat seiner Frau geschworen, daß er nicht mehr trinkt.«

»Macht es noch schlimmer«, schnaubte Fuller verächtlich. »Ein Mann, der sich von seiner Frau herumkommandieren läßt, ist kein Mann.« Er leerte seine Tasse und füllte sie erneut.

»Was sind Sie, ein Journalist?«

»Nein. Ich bin von einer Anwaltskanzlei engagiert worden. Sie haben einen Kunden, der etwas über Alice Currys Hintergrund erfahren will.«

»Wer ist dieser Kunde?« fragte Fuller gleichgültig.

»Das haben sie mir nicht gesagt«, antwortete Harp. »Hat Captain Redpath Ihnen die Leiche gezeigt?«

»Wenn das der Name von der Hure ist, die auf meinem Grund ums Leben kam, dann ja. Der Name ist mir nicht geläufig, auch wenn Redpath ihn wahrscheinlich irgendwann erwähnt hat, als er mich ins Leichenschauhaus mitnahm. Die Sache hat mir keinen sonderlichen Spaß gemacht.«

»Haben Sie sie wiedererkannt?«

»Wie soll ich jemanden wiedererkennen, den ich nie zuvor gesehen habe?«

»Sie wurde in Ihrem Lagerhaus ermordet.«

Fuller sah aus, als fühle er sich belästigt. »Wahrscheinlich von den Einbrechern, die mich bestohlen haben. Und ich weiß natürlich auch nicht, wer *die* sind. Nicht mehr als ich von der toten Hure weiß.«

Harp zog eine Fotografie aus seiner Tasche. Es war eine Kopie des besten Bildes, das Ferguson in der letzten Nacht im Leichenschauhaus gemacht hatte. Ferguson hatte Harp erzählt, daß er die Frau nicht kannte. Harp hatte bereits weitere Kopien unter seinen Gehilfen verteilt, auch wenn er sich wenig Hilfe davon versprach.

Er zeigte seine Kopie Monmouth Fuller. »Ist sie das?«

Alice Currys Gesicht war vom Blut und Make-up gereinigt worden, bevor das Foto gemacht wurde. Aber das war sicher schon geschehen, bevor Redpath Fuller zu ihr brachte.

Fuller warf einen kurzen Blick auf das Bild. »Kann sein. Ich glaube, ja.« Er wandte sich mit einer Miene des Abscheus ab. Man hatte sie zwar gereinigt, aber der Schnitt durch ihren Hals war deutlich sichtbar. »Um die Wahrheit zu sagen, ich habe sie mir nicht allzu genau angesehen.« Er lächelte plötzlich und entblößte große, starke Zähne. »Tote Frauen interessieren mich nicht. Ich bevorzuge sie ein bißchen lebendiger.«

Mike McKibbin kam dicht heran und betrachtete das Bild und runzelte nachdenklich die Stirn. »Kennst du sie?« fragte Harp.

»Warum sollte er?« fragte Fuller verdrießlich. »Es ist nicht sein Lagerhaus, wo die Nutte sich den Tod geholt hat.«

McKibbin studierte das Bild eingehend. »Glaube, ich hab sie schon mal irgendwo gesehen. Aber ich kann mich auch irren.« Er schüttelte den Kopf. »Ist vielleicht die Art, wie sie hier aussieht. Könnte eines von vielen Mädchen sein, die hier rumlaufen.«

Das war das Problem mit Totenbildern, besonders wenn ein Tag oder mehr vergangen waren. Sofern man die Person nicht gut gekannt hatte oder einem gesagt wurde, um wen es sich handelte, war es manchmal schwer, eine Verbindung herzustellen. Noch eher entdeckte man bei Totenmasken eine Ähnlichkeit mit dem oder der Lebenden; aber nicht auf Fotos, die von einem Menschen mehr als dreißig Stunden nach seinem Tod gemacht wurden.

»Sagt dir der Name Alice Curry irgend etwas?« fragte Harp McKibbin.

»Nein.« Dessen war sich McKibbin wesentlich sicherer als bei dem Foto.

Harp steckte das Bild wieder ein und wandte sich Fuller zu. »Um wieviel Uhr wurde Ihr Lagerhaus in der Nacht abgeschlossen, als sie dort ermordet wurde?«

»Ich kümmere mich nicht jeden Tag persönlich um das verdammte Gebäude«, sagte Fuller. »Ich habe natürlich einen Verwalter, der das macht.«

»Ich habe mit ihm heute morgen gesprochen. Er sagte mir, daß ich Sie hier finden kann. Nach seiner Auskunft waren Sie am Abend bei dem Lagerhaus. Und sind dort geblieben, als er seine Arbeit beendet hatte und ging.«

Fullers Stirnrunzeln war mit McKibbins nicht zu vergleichen. Es war voll unterdrücktem Zorn. »Ich habe wie jeden Monat die Bücher des Lagerhauses kontrolliert und war damit noch nicht fertig, als er nach Hause ging. Ich sah keinen Grund, ihn aufzuhalten, nur damit er mir Gesellschaft leistet.«

»Wann haben Sie abgeschlossen und das Haus verlassen?«

»Ich habe, verdammt noch mal, nicht auf die Uhr geguckt. Zehn oder halb elf, nehme ich an.«

»Alice Curry kam nicht zufällig vorbei, allein, als Sie noch dort waren? Sie haben sie nicht hereingelassen?«

Fuller starrte ihn an. »Warum in aller Welt hätte ich das tun sollen?«

Harp bemühte sich, ein versöhnliches Lächeln aufzusetzen. »Man sagt, daß Sie die Damen mögen. Die freizügige und leichte Sorte.«

»Natürlich. Ich bin ein Mann. Nicht wie diese Gesellschaftsfatzken, die nichts unterhalb des Hosenbunds haben oder sich fürchten, daß jemand da etwas entdecken könnte. Das heißt aber noch lange nicht, daß ich eine Schlampe, die ich noch nie gesehen habe, mitten in der Nacht in eines meiner Lagerhäuser einlade.«

»Sie haben sie nicht *gekannt*, aber hatten Sie vielleicht von ihr schon einmal gehört?«

Fuller ließ seine Wut an McKibbin aus. »Ich mag diesen Freund nicht, den du da mitgebracht hast. Ich bin gutmütig genug, seine dämlichen Fragen zu beantworten – die zu stellen er nicht das mindeste Recht hat. Und dann stellt er sie noch einmal. Als ob er mir beim ersten Mal nicht geglaubt hätte!«

»Ich hab ihn nich hergebracht, Mr. Fuller«, erklärte McKibbin voller Unbehagen und vermied es, Harp dabei anzusehen. »Er stand vor der Tür, als ich ankam, und wir sind irgendwie zusammen reingegangen.«

Harp hatte gesehen, wie Mike McKibbin achtmal zu Boden ging in einem Vierzig-Runden-Kampf gegen John Morrissey, und jedesmal war er wieder aufgestanden, und dann schlug er Morrissey in der letzten Runde eiskalt k. o. Er hatte mit angesehen, wie Bill Poole McKibbin zu einem blutigen, wankenden Klumpen geprügelt hatte, und McKibbin hatte nicht mit der Wimper gezuckt, die gebrochenen Zähne ausgespuckt und die Niederlage mit einem Grinsen in seinem zerschlagenen Gesicht hingenommen, das Kinn in unerschütterlichem Stolz gereckt.

Aber vor Monmouth Fuller kroch er geradezu. Dies erinnerte Harp an Twains *Revidierten Katechismus*: »Geld ist unser Gott.«

Für Mike McKibbin war Fuller jetzt der Mann, der Gottes Segen spendete oder vorenthielt. Harp dachte deshalb nicht schlechter von McKibbin. Menschen, die kein Geld hatten, taten, was immer sie mußten, um an welches zu kommen. Ihn erbosten eher die Leute, die mehr Geld hatten, als sie brauchten, und die keine sinnvolle Art und Weise fanden, sich daran zu erfreuen.

Harp sagte beiden Männern Lebewohl, schüttelte herzlich McKibbins Hand, auch wenn der eingeschüchterte Boxer ihm immer noch nicht ins Gesicht sehen wollte, und ging hinaus. Er hatte soviel erfahren, wie es hier vorläufig zu erfahren gab. Mehr, als er erwartet hatte.

KAPITEL 15

Draußen vor Fullers Haus stieg er in seine wartende Droschke und wies den Kutscher an, den Park zu durchqueren und den Ausgang von Hunters Gate zur Upper West Side zu nehmen. Während er durch den Park fuhr, nahm Harp die beiden Fotografien heraus.

Die eine von Olivia Walburton: eine hübsche, junge Frau mit dunklem Haar, das in einem strengen Knoten zurückgebunden war. Der hohe Kragen ihres Kleides verbarg das meiste von ihrem Hals; ihre Lippen sahen voll und wollüstig aus, doch ihre dunklen Augen blickten scheu und unsicher in die Kamera.

Und das Foto der toten Alice Curry: hellblonde Haare, die ausgebreitet lagen und ein schön geformtes Gesicht umrahmten, das aber ohne jeden Ausdruck war, ohne jeden Hinweis, was sie im Leben gewesen sein mochte.

In jeder Hand ein Bild, ließ Harp den Blick vom einen zum anderen wandern und wartete darauf, daß sie ihm irgend etwas sagten. Aber sie sagten ihm nichts, was er nicht schon wußte. Es gab Spiritisten, die behaupteten, daß sie Fotografien Verstorbener benutzen konnten, um mit ihnen in Verbindung zu treten. Das Phänomen wurde Psychometrie genannt. Doch Harp war kein Spiritist, und er wußte, daß die meisten berufsmäßigen Spiritisten Scharlatane waren. Er hatte nichts gegen die derzeitige Spiritismus-Manie oder gegen die Betrüger, die davon profitierten. Es war, alles in allem, eine Form des Broterwerbs, die nicht viel Schaden anrichtete. Aber selbst die ehrlichen Spiritisten – jene, die aufrichtig daran glaubten, daß sie übernatürliche Kräfte besaßen – nahmen für seinen Geschmack ihre Arbeit zu ernst, als daß er ihre Gesellschaft gesucht hätte.

Mit Ausnahme natürlich von Tennessee Claflin. Tennessee war eine junge, bildschöne Frau mit hinreißenden Kurven, einem kessen Witz und – wie nicht nur Harp bezeugen konnten – eine tolle Nummer im Bett. Ihr Aussehen und ihr Verhalten entsprachen also nicht jedermanns Vorstellung von einer Spiritistin. Dennoch gab es Männer und Frauen, die glaubten, daß sie von ihr durch bloße Berührung geheilt worden waren, durch Handauflegen. Andere wiederum schworen, daß sie dank ihrer Hilfe mit geliebten Verstorbenen in Verbindung getreten waren. Wie Harp wußte, war Tennessee selbst fest überzeugt davon, daß sie solche Kräfte besaß.

Beim Gedanken an sie mußte Harp lächeln. Doch dann wurde er wieder ernst und betrachtete die beiden Bilder – während er den Überlegungen nachhing, die der Gedanke an Tennessee in ihm ausgelöst hatte.

Einerseits war da Olivia Walburton, die vor und nach ihrer Eheschließung an der Spitze der gesellschaftlichen Hierarchie gestanden hatte.

Andererseits war da Alice Curry, eine ermordete Prostituierte.

Die Kluft zwischen ihnen war zu Alice Currys Lebzeiten kaum kleiner gewesen als jetzt, da sie tot war.

Abgesehen von der plausibelsten Erklärung, daß jemand ein paar Sachen von Olivia Walburton gestohlen und sie an Alice Curry weitergegeben oder verkauft hatte, gab es noch andere Möglichkeiten. Olivia Walburton hatte in ihrem letzten Brief an ihren Mann geschrieben, daß sie ein neues Leben beginnen wolle. Möglicherweise hatte ja auch Alice Curry nach einem neuem Leben gesucht.

Wenn man die Entwicklungen betrachtete, die neuerdings die amerikanische Gesellschaft bewegten, so gab es zwei wichtige Strömungen, die diese beiden Frauen über die gewaltige Kluft hinweg zusammenführen konnten.

Eine war die Spiritismusmode, die sehr viel mehr Frauen als Männer anzog – und zwar Frauen aus den verschiedensten Schichten. Die andere war die Suffragettenbewegung: der Kampf einer wachsenden Zahl von Frauen für das Recht, wählen zu dürfen, für die Gleichheit von Mann und Frau, für das Recht auf ein selbstbestimmtes Leben.

Und diese Strömungen waren in vielen Fällen miteinander verbunden. Weil viele der Frauen, die nach Selbstbestimmung suchten, im Spiritismus eine natürliche Kraft sahen, die Frauen besaßen und Männer nicht.

Im Vergleich zur Anhängerschaft der spiritistischen Mode war die Frauenbewegung noch relativ klein; aber sie machte sich immer deutlicher bemerkbar. Zu ihren Anführerinnen gehörten mittlerweile einige der vornehmsten Damen der Gesellschaft. Und sie erhielten Zulauf von immer mehr Frauen aus den unteren Gesellschaftsschichten.

Sogar von einigen Frauen, die manche in die gleiche Kategorie einstufen würden wie Alice Curry.

Etwa dem neuen Feuerkopf der Bewegung: Tennessees ältere Schwester Victoria Woodhull – die Harp beinahe so gut kannte wie Tennessee.

Tennessee und Victoria – die beiden unterstützten sich gegenseitig, waren seit ihrer Kindheit in einem Überlebenskampf zusammengeschweißt, um sich ungeachtet aller Benachteiligungen zu behaupten. Tennessee war immer die hübschere gewesen. Ihr Bild prangte auf den Etiketten des Allheilmittels, das ihre Eltern in den Städten des Mittleren Westens feilboten, als die Mädchen noch klein waren. Victoria war nur eine gutaussehende Frau mit kräftiger Statur – bis sie einen ansah und mit einem redete. Ihre Leidenschaftlichkeit, ihre animalische und geistige Ausstrahlung waren faszinierend, für viele unwiderstehlich.

Harp mochte und schätzte sie, aber er sah sie nicht so oft wie ihre Schwester. Er ließ sich nicht gern hypnotisieren.

Doch je länger er über Victoria nachdachte, desto mehr fand er in ihrer Geschichte, was für so verschiedene Frauen wie Olivia Walburton und Alice Curry hätte anziehend sein können.

Victoria hatte die New Yorker Bühne mit einem Paukenschlag betreten: indem sie ihr eigenes Maklergeschäft an der

Wall Street eröffnete und eine wöchentlich erscheinende Zeitschrift herausgab, in der neben Nachrichten aus der Finanzwelt Artikel zu Politik, Spiritismus, Frauenwahlrecht und Plädoyers für die freie Liebe erschienen. Ihre Schwester war dabei ihre rechte Hand. Obwohl Tennessee im Grunde wenig für Wirtschaft, Journalismus und Politik übrig hatte, unterstützte sie ihre Schwester gutmütig bei allen ihren Unternehmungen.

Die Tatsache, daß es nun weibliche Börsenmakler gab, die obendrein eine Zeitschrift mit höchst undamenhaften Ansichten herausbrachten, war so skandalös, daß man Reporter beauftragte, andere Skandale aus dem Leben und Vorleben der Schwestern auszugraben.

Der erste, der ans Licht kam: Es war der reiche, alte Kommodore Vanderbilt, der den Einstieg der Schwestern in die Finanzwelt und ins Zeitungswesen ermöglicht hatte – aus Dankbarkeit, weil sie ihn vom Totenbett errettet hatten, indem sie sich mit ihm in eben dieses Bett legten und allnächtlich ihre Version des Handauflegens an ihm vollzogen.

Weitere Skandale wurden aus anderen Teilen des Landes zusammengetragen. Von Victoria, und später auch von Tennessee, hieß es, sie seien als Kinder auf den Strich gegangen, wenn ihre Eltern zuwenig von ihrer Patentmedizin verkauften, um die Familie ernähren zu können.

Eben dieser Geldmangel hatte Victoria bewogen, mit fünfzehn Dr. Woodhull, einen Alkoholiker mittleren Alters, zu heiraten. Sie hatte sich früh von ihm wieder scheiden lassen – ein weiterer Skandal – und einen zweiten Mann geehelicht: einen vielfach verwundeten Kriegsveteranen, Oberst Blood. Was noch empörender war: Sie behielt nicht nur den Namen ihres ersten Ehemannes bei, sondern lebte offenbar mit ihrem ersten und ihrem zweiten Gatten unter einem Dach zusammen. Victorias Erklärung, sie hätte den entkräfteten Dr. Woodhull nicht vor die Tür setzen und sich selbst überlassen können, verminderte keineswegs die Empörung, die die entzückte Presse über diese Enthüllung äußerte.

Eine gute Weile vor ihrer Ankunft in New York hatten die Schwestern ihr Glück mit der Spiritismus-Mode versucht. Sie boten ihre Dienste als junge Mystikerinnen an, die Séancen veranstalteten und Verbindungen zur jenseitigen Welt herstellten. Bis sie und ihre Familie das Weite suchen mußten, da sie wegen Prostitution und Betrug an Kranken, die zu ihnen zur Behandlung gekommen waren, gerichtlich verfolgt wurden.

Inzwischen war Tennessee zu einer überzeugten Spiritistin geworden. Harp fragte sich immer wieder, ob auch Victoria wirklich daran glaubte. Sie schwor allerdings, daß es ein Geist gewesen sei, der sie nach New York City führte – und dort zu dem reichsten Mann in dieser Stadt, dem alten, kränklichen Kommodore Vanderbilt.

Sie hatten ihn, zu ihrem eigenen Schaden, nur zu gründlich geheilt. Er fühlte sich schließlich so munter, daß er erneut heiratete: eine Dame, die den Schwestern den Zugang zu Vanderbilts Haus – und Geldbörse – verwehrte. Infolgedessen ging das Maklerbüro bankrott, und Victorias Zeitschrift geriet in Schwierigkeiten.

Doch zu dieser Zeit war sie bereits dabei, sich von beidem zu trennen und sich mit ihrer ganzen leidenschaftlichen Energie und Eloquenz in der Frauenbewegung zu engagieren. Die Presse war schnell bei der Hand, um die Widersinnigkeit herauszustellen: Eine gefallene Frau maßte sich an, im Namen einer ehrbaren Gruppe von angesehenen – wenn auch mißgeleiteten – Suffragetten zu sprechen. Und zunächst zeigten sich die Damen der Upper Class, welche die Bewegung anführten, entsetzt darüber, eine so übel beleumundete Frau in ihren Reihen zu finden. Aber die meisten nahmen sie schließlich mit Freuden auf, nachdem sie in Washington den Kongreßabgeordneten Butler bezirzt hatte, ihr zu helfen, und sie schließlich, als erste Frau, vor einem Kongreßausschuß die Sache des Frauenwahlrechts vertreten durfte. Bei der nächsten Zusammenkunft der Frauenbewegung saß sie oben auf dem Podium neben den anderen Anführerinnen.

Die Presse fand dies unerhört: »Ihre Karriere als Wunderheilerin, ihre aufdringliche Unbescheidenheit als Börsenspekulantin und die offene, schamlose Frechheit, mit der sie ihren Namen auf dem Kopf ihrer Zeitschrift zur Schau stellte – all das hat sie als eine eitle, schamlose, unweibliche Frau entlarvt, mit der sich ehrbare Menschen so wenig wie irgend möglich abgeben sollten.«

Dessenungeachtet hatte sich Victoria im Frühsommer des Jahres zur zentralen Figur im Kampf um das Frauenwahlrecht aufgeschwungen – mit einer aufrüttelnden Ansprache vor der *Woman's Suffrage Association*, die in Schlagzeilen die »Große Abspaltungsrede« genannt wurde:

»Wenn der nächste Kongreß weiterhin den Frauen alle bürgerlichen Rechte verweigert, so werden wir eine andere Versammlung einberufen, ausdrücklich um eine neue Verfassung zu erarbeiten und eine neue Regierung zu bilden. Wir reden von Verrat! Wir reden von Abspaltung – und dies in einem tausendmal größeren Maßstab als bei den Südstaaten. Wir planen eine Revolution! Wir werden diese heuchlerische Republik zerschlagen und an ihre Stelle eine Regierung des Rechts und der Gerechtigkeit setzen.«

Ein Reporter war so beeindruckt, daß er es schwarz auf weiß eingestand: »Mrs. Woodhull erinnert einen an die Naturkräfte, die einen Sturm entfesseln, oder an einen kleinen Splitter des Unzerstörbaren.«

Andere jedoch konterten, indem sie Victoria als »Königin der Prostituierten« bezeichneten.

Worauf eine der vornehmsten Damen in der Führungsriege der Bewegung, Mrs. Elizabeth Cady Stanton, mit einer Verteidigungsrede für Victoria antwortete, die viele Angehörige der Oberschicht der Stadt erstaunte: »Nehmen wir nur einmal rein theoretisch an, daß, was alle Männer über sie sagen, wahr ist – daß sie ihrer Gesinnung und ihrem Lebenswandel nach eine Kurtisane war oder ist. Wenn eine Frau aus dieser Klasse sich plötzlich den ernsten Problemen des Lebens widmet, veranlaßt durch tiefes Nachdenken oder traurige Erfahrungen, und wenn sie mit neuem Glauben und neuer Hoffnung darum kämpft, die Irrtümer der Vergangenheit zu sühnen, werden wir ihr nicht gerne den würdigeren Platz einräumen, den sie sich wünscht?«

Angesichts dieser Vorgänge war es durchaus möglich, daß eine Hure namens Alice Curry sich der Frauenbewegung angeschlossen hatte. Und wenn Olivia Walburton ebenfalls davon angezogen worden war, durch…

Harp hielt mit ärgerlichem Gesicht in seinen Gedanken inne. Er gab sich Vermutungen hin, ohne eine einzige erwiesene Tatsache, die sie hätte stützen können.

Gleichwohl *würde* er Tennessee und Victoria aufsuchen und mit ihnen darüber sprechen. Mochte es sich um reine Vermutungen oder scharfsichtige Spekulationen handeln, vielleicht konnten ihm die beiden doch weiterhelfen.

Er betrachtete erneut die Bilder in seinen Händen. Das Grundproblem war, daß er von beiden Frauen so gut wie nichts wußte. Wenn er aus Vance Walburton mehr herausbekommen konnte als Howe und Hummel, wäre dies hilfreich. Ebenso wie eine Fotografie von Alice Curry, zu ihren Lebzeiten aufgenommen. Bis dahin…

Harp steckte die Bilder ein, als seine Droschke den noch ungepflasterten oberen Teil der Fifth Avenue (später in Central Park West umbenannt) kreuzte, den Park verließ und das unbebaute Ödland der Upper West Side erreichte.

Stadtpläne zeigten zahlreiche gepflasterte Seitenstraßen, die die Upper West zwischen Park Side und Hudson River wie ein dichtes Gitter durchzogen. Jedermann wußte, daß der erwartete Bauboom nicht ohne solche verbindenden Straßen einsetzen konnte. Aber bei nur wenigen war der Bau tatsächlich begonnen, geschweige denn fertiggestellt worden. Vorsintflutliche Gletscher hatten die Gegend in ein zerfurchtes Gelände aus Hügeln, Klippen und hohen Steilhängen verwandelt, alle aus hartem Felsgestein. Zwischen ihnen befanden sich Schluchten, Höhlen und enge kleine Talsohlen mit zahllosen Tümpeln und gewundenen Wasserläufen. So weit war die Stadt mit den notwendigen Vorarbeiten – Sprengen, Auffüllen, Planieren und Entwässern – noch nicht gediehen, und vorher konnten keine Straßen gelegt werden. Eine große Zahl von Spekulanten, die hier in Land investiert hatten, hatte die Schwierigkeiten und Kosten, die Stadt nordwärts auf solch einem zerklüfteten Gelände auszudehnen, vollkommen unterschätzt.

Harps Droschke wich auf verschlungenen Pfaden den Hindernissen aus. Der Schnee war zu braunem Matsch zertrampelt worden, von Tausenden von Siedlern, deren Baracken, Ziegengehege und Hühnerställe sich über das Gebiet ausbreiteten, wo sich ehedem Wald oder holländische Farmen befunden hatten. Diese Kleinbauern waren nicht reicher als die Mietshausbewohner in den unteren Teilen von Manhattan, aber in gewisser Hinsicht lebten sie besser: Sie hatten ihre Tiere und Eier und Gemüsegärten im Sommer, reinere Luft – und mußten keine Miete zahlen.

Es gab aber auch gewisse Nachteile. So brachen immer wieder Malaria, Gelbfieber und Cholera aus, verursacht durch Überschwemmungen, die jeden Frühling und Sommer die Teiche und Bäche aus dem Sumpfland über die Ufer treten ließen. Doch solche Epidemien traten in den Slums von Lower Manhattan noch häufiger auf, wo aus Abwasserkanälen ungesunde Gase in die Wohnhäuser gelangten und der Müll auf die Straßen und Gassen geworfen wurde, wo er verrottete.

Der andere Nachteil war, daß die Siedler jederzeit ohne viel Federlesens vertrieben werden konnten, wenn der erwartete Bauboom einsetzte. Doch die Siedler glaubten weniger als die Stadtplaner und Spekulanten an diesen bevorstehenden Boom. Das erklärte, warum es unter ihnen so viele Neuankömmlinge gab: jene, die aus ihrer alten Siedlung auf Dutch Hill, in den östlichen Vierziger-Straßen, durch Bauarbeiten verdrängt worden waren. Harp hatte einige bei ihrem Umzug gesehen. Sie hatten einfach ihre Tiere genommen, ihre Hütten abgerissen, die Bretter, Teerpappe und

Blechverkleidung mit Handkarren durch den Central Park befördert und sie hier oben wieder aufgebaut.

Seine Droschke kam an keinem einzigen Baum vorbei, der von den ehemals bewaldeten Gebieten stehengeblieben wäre. Die Siedler hatten die letzten zu Brennholz gemacht. Einige der alten holländischen Farmhäuser gab es noch; sie waren aber in Tavernen oder Pensionen umgewandelt worden. Harp ließ seinen Kutscher bei einem dieser Häuser anhalten, um sich eine genauere Beschreibung des Weges zu Ruyters Pension geben zu lassen. Doch schließlich kam die Droschke nicht mehr weiter: Ein steiler, felsiger Hang mit einem weitläufigen Weiher auf der einen und mächtigen Felsblöcken auf der anderen Seite versperrte ihr den Weg.

Harp kam zu dem Schluß, daß er besser die lange Umgehung genommen hätte. Hinunter zur 59. Straße, dann in westlicher Richtung wieder hinauf, weiter auf der Fortsetzung des Broadway, Grand Boulevard genannt (wo nur ein Pferdeomnibus verkehrte), den ganzen Weg in nördlicher Richtung hinauf nach Washington Heights.

Der Kutscher hatte die Droschke gewendet und suchte nach einem Weg, um den Weiher zu umfahren. Da entdeckte Harp zwei Kinder, die zwischen den Felsblöcken hindurch auf sie zukamen. Ein Junge und ein Mädchen, etwa zehn Jahre alt, die drei wütend knurrende Hunde an einem zweirädrigen Karren festgebunden hatten und hinter sich herzogen. Der Wagen war mit Kohle beladen, die sie unterwegs an Eisenbahngeleisen aufgelesen oder von einem Kohlenwagen südlich der 59. Straße gestohlen hatten. Harp ließ die Droschke halten und stieg aus, um sie zu fragen.

Ruyters Haus, sagten sie ihm, sei nicht weit hinter der Spitze der Berghangs. Harp wies seinen Fahrer an, auf ihn zu warten, und stieg den Hang zu Fuß hinauf.

Auf der Kuppe erhob sich ein mit Holzschindeln verkleideter Bier-Saloon, den er bereits von unten gesehen hatte. Das Dach bestand aus rostigem Blech und Teerpappe. Rauch stieg aus einem Kamin, der wie ein ehemaliges Drainagerohr aussah. Hundert Meter weiter lag Ruyters Pension: ein großes, einstöckiges Haus mit einer Veranda an drei Seiten. Dahinter und darunter öffnete sich die Aussicht bis weit hinunter zum Fluß und zu den Wäldern von New Jersey auf der anderen Seite. Zwischen dem Fluß und dieser ausgedehnten Hügelkuppe konnte Harp den Grand Boulevard sehen, von dem sich ein leicht zu gehender Fußpfad hier heraufwand.

Er nickte und ging weiter zu der Pension. Auf der langen Umgehung hätte er länger gebraucht, aber leichter sein Ziel erreicht.

Im Saloon saßen zwei Männer an einem dreibeinigen, brandnarbigen Tisch vor dem rußverschmierten Fenster. Der eine, dessen linkes Ohr zum Teil ausgefranst war, war ein vierschrötiger Mann, der auf den ersten Blick ebenso groß wie dick schien. Der andere war deutlich größer, und Körper und Arme waren ebenso massig wie bei dem untersetzten Mann. Ihr Beruf ließ sich ohne große Mühe erraten. Sie waren berufsmäßige Verbrecher und Straßenschläger – gewöhnlich auch Rowdies oder Rohlinge genannt. Starke Muskeln, brutale Gesichter, primitive Köpfe.

»Das ist er«, sagte der untersetzte Mann, als sie Harp vorübergehen sahen.

»Sicher?« fragte der größere.

»Todsicher. Das ist Harp, keine Frage.«

Der größere drehte seinen Kopf, um zu beobachten, wie Harp die Stufen zur Veranda hinaufging. »Wir holen ihn uns, wenn er wieder runterkommt«, sagte er. »Vorher sorgen wir dafür, daß sein Fahrer sich nicht einmischt.«

Sie warteten, bis Harp in der Pension verschwand. Dann erst verließen sie den Saloon und gingen den Hang hinunter zu der wartenden Droschke.

KAPITEL 16

»Nein, ich glaube nicht, daß ich sie kenne«, sagte Tom Costello. »Sollte ich das?«

»Sie haben sie erkannt, als Sie sie vor ein paar Nächten sahen. Sie lag tot im Büro eines Lagerhauses.«

»Alice Curry?« Costello warf einen genaueren Blick auf das Leichenschauhaus-Foto, das Harp ihm hinhielt, den Schnitt durch die Kehle mit seinem Daumen verdeckend. »Ach, na klar, jetzt, wo Sie's mir sagen, erkenne ich sie. Das ist ihr Gesicht. Aber ...«

»Aber Sie hätten sie nicht erkannt, wenn ich Ihnen nicht den Namen genannt hätte.«

Costello hob die Schultern. »Vielleicht bin ich nicht ganz klar heute morgen – aber ich glaub, das hätte niemand gekonnt. Ich hab ein verdammt gutes Gedächtnis für Gesichter, und der Coroner hat gesagt, daß sie nicht länger als 'ne Stunde tot war, als ich sie fand. Verstehn Sie, was ich meine? Sie sah noch aus wie sie selbst, sogar mit dem ganzen Blut, das ihre Kriegsbemalung verschmierte. Doch auf diesem Foto ...« Er zuckte erneut mit den Schultern.

Sie saßen auf Schaukelstühlen allein in einem abgeteilten Bereich der Veranda, der mit Wänden eingefaßt war. Die großen Fenster, die nach Westen gingen, hielten die Winterkälte außen vor; und eine gewisse Wärme kam von hinten aus dem Wohnzimmerkamin. Doch Costellos Mutter und die Pensionsgäste hielten sich im Innern des Hauses auf, wo es deutlich wärmer war.

Harp steckte das Bild ein. Er hätte es ebensogut zerreißen können. Der Auftrag an den Fotografen war eine Verschwendung von seinem Geld und von Fergusons Zeit gewesen. Das kam nicht völlig unerwartet; aber man durfte einfach nichts unversucht lassen.

Er musterte erneut den jungen Polizisten. Costello mochte etwa vierundzwanzig sein. Er hatte die übliche Größe und die kräftige Statur eines New Yorker Bullen, aber er hatte noch nicht den üblichen Schneid entwickelt. Blaue Augen mit einer wachen Intelligenz beherrschten ein sommersprossiges, sehr irisches Gesicht, das immer noch etwas an einen Chorknaben erinnerte.

»Ich habe Sie schon mal irgendwo gesehen«, sagte Harp, »aber ich weiß nicht mehr, wo. Ich hatte den Eindruck, daß Sie mich wiedererkannt haben, als ich mich Ihnen vorstellte. Und daß Sie wissen, womit ich mein Geld verdiene. Also waren Sie nicht überrascht, als ich sagte, daß ich ein paar Dinge von Ihnen wissen wollte. Sie hatten keine Furcht, daß ich von der Zeitung oder von der Anklagejury sein könnte.«

»Oh, ich weiß, was Sie sind.« Costello grinste. »Wie gesagt, ich hab ein gutes Gedächtnis für Gesichter. Wenigstens für lebendige. Ich hab Sie mal in meinem alten Polizeirevier gesehen. Sie sind mit Jenkins weggegangen, als der noch Captain des Bezirks war. Einer von den Kollegen hat mir gesagt, was Sie machen. Und danach hat mir Captain Jenkins erzählt, daß Sie und er als Kinder in derselben Straßen-Gang waren. Sagte, daß Sie und er und ein ziemlich hohes Tier von Tammany die einzigen drei waren, die nicht als reine Galgenvögel geendet sind.«

»Klingt, als ob Jenkins ziemlich viel Vertrauen zu Ihnen gehabt hätte.«

»Vertraute mir genug, daß ich für ihn die Schmiergelder aus den billigeren Läden im Bezirk kassieren durfte. Sie wissen, wie's läuft. Ich nehme meinen kleinen Teil von dem, was ich eintreibe, und gebe den Rest dem Wachtmeister. Der nimmt seinen Teil und gibt den Rest dem Captain.«

»Der seinen Teil nimmt«, sagte Harp, »bevor er den dicken Batzen, der noch übrig ist, hinüber zur Tammany Hall schiebt.«

»Richtig. Es hat mich aus dem Anzug gehauen, wie Jenkins sich plötzlich zurückzieht und aufs Altenteil setzt. Er wußte, daß ich nie krumme Touren dreh. Aber der neue Captain hat behauptet, mein Anteil von dem, was ich eintrieb, wär nicht korrekt. Sagte, ich würde mehr nehmen, als mir zusteht, bevor ich's weitergebe. Was reiner Quatsch ist. Er wollte mich nur weghaben, weil er den Job 'nem Kumpel zuschustern wollte.«

Costello starrte wütend durch die Verandafenster. Harp war sich sicher, daß er über das Unrecht, das man ihm angetan hatte, und nicht über den Ausblick nachsann.

Es war eine weite Aussicht, die die Irrenanstalt von Bloomingdale umfaßte, mit ihrem großen, landschaftlich genutzten Gelände, auf dem die Bürgerwehr ihre Übungen abhielt. Weiter südlich sah man die öffentliche Müllkippe am Bogen des Hudson. Harp konnte winzige Figuren sehen, die sich langsam durch den Müll bewegten. Lumpensammler, die dort lebten und ihre Tage mit der Suche nach irgendwie brauchbaren oder verkäuflichen Schrottgegenständen zubrachten, bevor die Lastkähne den Rest zur äußeren Bay transportierten. Und Kinder der Siedler, die Abfälle aufklaubten, um ihre Schweine zu füttern.

»So haben sie Sie in den 13. Bezirk abgeschoben«, sagte Harp behutsam zu Costello, der in gekränktem Schweigen verharrte. »Die Beute dort ist aber auch nicht schlecht.«

»Schon, aber ich bin kein Spezi von Captain Redpath, also krieg ich wenig davon ab.«

»Das kann sich für Sie als vorteilhaft erweisen, fürs erste. Bis die ganzen Untersuchungen der Anklagejury abgeschlossen sind.«

»Schon möglich, aber das Problem ist, daß die Pension hier nicht billig ist. Und ich zahle extra, damit sie sich um Mom besonders kümmern. Manchmal geht's ihr gut, aber manchmal vergißt sie zu essen oder weiß nicht mal, wer sie ist.«

Harp holte ein Fünf-Dollar-Goldstück heraus und hielt es in der offenen Hand. »Ich interessiere mich für alles, was Sie mir über Alice Curry erzählen können.«

»Ich helf Ihnen gern«, sagte Costello, betrachtete die glänzende Münze und bezwang seine Begierde. »Sie waren mit

Captain Jenkins und den anderen befreundet. Aber ich will ehrlich zu Ihnen sein. Ich bin nicht sicher, ob meine Informationen soviel wert sind.«

»Sie können mir zwei Dollar als Wechselgeld zurückgeben, wenn wir beide zu der Ansicht kommen, daß das nicht der Fall ist.«

»Fairer Vorschlag.« Costello nahm die Goldmünze und steckte sie in seine Brusttasche. »Das Wichtigste, was ich von ihr weiß, ist, daß sie in einem feinen Club arbeitete, der Emma Wells gehört. Er ist auf der 28. Straße, zwischen Fifth und Sixth Avenue. Näher an der Sixth, aber ich erinnere mich nicht mehr an die genaue Adresse.«

»Ich kenne den Club«, sagte Harp. Er fand, daß Costello seine fünf Dollar schon verdient hatte.

»Dann wissen Sie auch, daß es ein wirklich feudaler Laden ist. Nur piekfeine Herren als Kunden. Müssen Abendanzüge tragen und nüchtern genug sein, um sich nicht danebenzubenehmen. Emma läßt keinen rein, der nicht zu den regulären Kunden gehört, oder er braucht 'ne Empfehlung von jemand, den sie kennt. Sie läßt nie mehr als sieben Mädchen für sich arbeiten. Und immer nur erste Wahl, natürlich. Das müssen sie auch sein, bei den Preisen.

Jedenfalls hab ich irgendwann diese Alice Curry in den Club gehen oder rauskommen sehen. Ehrlich gesagt, ich hab sie mir immer besonders genau angesehen, wenn ich ihr zufällig begegnet bin. War immer elegant, ob am Tag oder abends. War so schön, daß man heulen konnte, und hatte eine phantastische Figur.«

Harp war überrascht, als Costello plötzlich errötete und seinem Blick auswich. »Einmal hab ich sogar in der Beichte dem Priester erzählt, daß ich solche sündigen Gedanken wegen 'ner Hure habe. Wünschte mir, ich hätte das Geld und die Kleidung, um mit ihr eine Stunde im Haus von Emma Wells zu verbringen.«

Durch die Verandafenster sah Harp einen Omnibus, der in nördlicher Richtung den Grand Boulevard entlangfuhr und am Fuß des Pfads anhielt, der zur Kuppe des Hügels hinaufführte.

Costello war wieder verstummt. Harp sagte: »Je den Mut gehabt, sie anzusprechen?«

»Ja, zum Schluß. Ich hatte einen freien Tag und ging in eine Eisdiele Ecke Fifth Avenue und 30. Straße. Sie saß drin, bei Tee und Keksen. Na ja, wie Sie gesagt haben, ich nahm meinen Mut zusammen. Ging zu ihr und stellte mich vor. Habe das wirklich auf die richtige Art und respektvoll gemacht, wie sich's gehört. Sie sagte, sie hätte mich schon mal gesehen, so wie ich sie. Was äußerst schmeichelhaft war, daß sie mich wahrnahm und sich an mich erinnerte. Und sie sagte mir ihren Namen, Alice Curry. Weil ich ihr meinen sagte, da war es eben nur höflich. Ja, höflich, das war sie. Nicht unbedingt freundlich, aber auch nicht unfreundlich. Gutes Benehmen, aber auf nette Art, verstehen Sie? Also fragte ich sie, ob ich mich zu ihr setzen könne, und sie war zu taktvoll, um nein zu sagen.«

Die Gestalt, die den Pfad heraufgetrottet kam, war nun nah genug, daß Harp erkennen konnte, wer es war. Billy Doyle. Der Straßenjunge, der für Howe & Hummel arbeitete – und neuerdings für Harp. An seiner zerlumpten Armeejacke waren die Knöpfe abgerissen, und sie flatterte hinter Billys kleiner, knochiger Gestalt im Wind. Harp erinnerte sich an die Zeit, als er selbst noch den ganzen Weg den Hügel hinaufrennen konnte, ohne zum Atemholen anhalten zu müssen.

»Ich kann Ihnen eine Sache über Alice Curry sagen«, fuhr Costello fort. »So vornehm, wie sie sich bewegte und redete, das konnte man nicht einfach nur spielen. Sie kam nicht aus der Gosse nach oben, wie einige andere. Sie war heruntergekommen, aus besseren Verhältnissen.«

»Hat sie was darüber gesagt?« fragte Harp.

»Kein Sterbenswort. Und ich konnte sie nicht danach fragen. Wo sie so nett und höflich war. Wäre wie eine Ohrfeige für sie gewesen, wenn ich gefragt hätte, wie sie eine Hure geworden war.«

»Worüber hat sie gesprochen?«

»Das Wetter. Wie schrecklich der Verkehr auf den Straßen war.« Costello hob wieder einmal seine Schultern. »Am meisten hat sie mich ausgefragt. Über meine Arbeit als Polizist und über meine Mom, nachdem ich ihr über sie erzählt hatte. Das einzige, was sie mir über sich sagte, war, daß sie nicht länger für Emma Wells arbeiten wollte. Sagte, sie hätte einen Job als Schauspielerin bekommen.«

»Wo?«

»Hat sie nicht gesagt. Und ich habe nicht weiter nachgebohrt. Sie wissen ja, wie die Huren sind, die edlen und die einfachen. So viele tun so, als ob sie in Wahrheit Schauspielerinnen sind. Also wußte ich nicht, ob es in ihrem Fall stimmte oder nicht.«

Billy war nun draußen vor der Veranda angelangt und klopfte leise. Er hatte Harp durch die Fenster entdeckt und gesehen, daß er mit jemandem zusammensaß. Harp hatte ihm kein Zeichen gegeben, hereinzukommen, und so stand er nun draußen und wartete.

»Als sie gehen wollte«, sagte Costello, »fragte ich sie, ob ich ihren Tee bezahlen dürfe, und sie erlaubte es. Wir verabschiedeten uns auf der Straße vor der Eisdiele, und das war das letztemal, daß ich sie gesehen habe – lebendig.«

»Wie lange ist das her?«

Costello rechnete seine freien Tage nach. »Ein bißchen länger als drei Monate, schätze ich.«

Harp beobachtete Costellos Gesichtsausdruck: »Kennen Sie Moe Saul?«

Costello wirkte etwas irritiert durch den plötzlichen Themenwechsel. »Hab von ihm gehört, mehr nicht. Habe ihn nie getroffen. Ich weiß, daß er ein Hehler ist, das ist alles. Warum?«

Harp kehrte wieder zu seinem Thema zurück. »Gibt es sonst noch etwas, das Sie über Alice Curry wissen? Freunde, Verwandte, irgend etwas?«

»Nicht das Geringste. Mehr kann ich Ihnen nicht bieten. Ich habe Ihnen ja gesagt, daß es keine fünf Dollar wert ist.«

Costello klopfte auf die Tasche, in die er das Goldstück gesteckt hatte. »Wollen Sie zwei zurück?«

»Behalten Sie's.« Harp erhob sich aus dem Schaukelstuhl. »Vielleicht ergibt sich noch mal eine Gelegenheit, wo Sie mir helfen können.«

Costello grinste, als er aufstand und Harp die Hand schüttelte. »Jederzeit. Sie waren ein Freund von Captain Jenkins.«

Er verschwand im Inneren des Hauses, während Harp die Verandastufen zu Billy Doyle hinunterging.

Er hatte Billy beauftragt, sich heute in der Nähe des *Suze la Rousse* aufzuhalten. Viele von Harps Informanten wußten, daß er das Restaurant unter seiner Wohnung als Anlaufstelle für Botschaften benutzte. Er hatte Billy gesagt, daß er irgendwann im Laufe des Morgens in Ruyters Pension sein würde, und eine Reihe anderer Orte genannt, wo man ihn später am Nachmittag antreffen konnte, falls eine Nachricht eintraf.

Billy hatte zwei für ihn. Eine befand sich in einem Briefumschlag und kam von Carson, dem alten Ex-Zuhälter, der Satan's Circus nach Spuren von Alice Curry durchkämmte. Er schrieb: *Das Curryweibchen hat in einem Bordell 62 West an der 28. Straße gearbeitet. Ich habe da nach ihr gefragt, doch die Puffmutter, Emma Wells, hat natürlich nie was von ihr gehört und die Tür nicht aufgemacht.*

Damit schuldete Harp Carson fünf Dollar. Zwar hatte er diese Summe bereits an Costello für die gleiche Information gezahlt, aber Fairneß ging über alles.

Die andere Nachricht stand auf einem gefalteten Stück Papier. Harp faltete es auseinander und las: *Millies Pier nach Dunkelheit.*

Eine Unterschrift fehlte, aber es mußte von Hoggy Corcorans rechter Hand, Ambrose McGowan, stammen. Millie war Mildred Hertz gewesen, eine minderjährige Prostituierte, die ihre Gunst an Harp, Ambrose und die anderen Jungs aus der alten Gang zu einem Sonderpreis von zehn

Cent für fünf Minuten verkauft hatte. Wenn sie nicht die Seemannsspelunken am Hafen abklapperte, lebte Millie auf einem ausgewrackten Schlepper, der fest an einem Pier an der Lower West Side vertäut war, und betrieb dort ihr Gewerbe. Der verlassene Schlepper wurde seinerseits abgeschleppt, und Millie hatte sich vor Jahren im Hudson ertränkt, aber den Pier gab es noch. Und »nach Dunkelheit« hieß, daß Harp den ganzen restlichen Tag Zeit hatte, um andere Spuren zu verfolgen, bevor er Ambrose treffen würde.

Harp gab Billy zwei Dollar für die Überbringung der Nachricht. Und einen weiteren Dollar: »Der ist dafür, daß du eine Nachricht von mir überbringst. Wir fahren zusammen in die Stadt zurück, und ich schreibe sie unterwegs.«

Billy sagte: »Danke«, freilich ohne den geringsten Anflug eines freudigen Lächelns. Er lächelte selten. Wie Harp stammte er aus einer der härtesten Gegenden in den Slums, wo ein finsterer Blick als der vorteilhafteste Gesichtsausdruck, ein Lächeln hingegen als Zeichen von Schwäche galt.

Er stopfte die drei Dollar in seine Hosentasche und eilte neben Harp her, vorbei an der Saloonbaracke und den Hügel hinunter zu der wartenden Hansom-Droschke.

KAPITEL 17

Der Droschkenfahrer wartete nicht oben auf seinem Kutschkasten und war auch sonst nirgendwo zu sehen. Harp hatte keinen Grund, hier oben Schwierigkeiten zu vermuten. Er nahm an, daß der Fahrer in der Kutsche ein Nickerchen machte. So schritt er auf die Droschke zu, während der kurzbeinige Billy ein bißchen zurückblieb, und im selben Augenblick traten die beiden Schläger zwischen den Felsblöcken hervor. Einer vor und einer hinter ihm.

Harp erkannte den Dickleibigen vor sich. Ein Knochenbrecher namens Jake Roach, der sich dingen ließ. Er trug einen Schlagring an seiner linken Faust. In seiner Rechten hielt er ein Schleudergeschoß – die längere und schwerere Version eines Totschlägers – und holte damit gegen Harps Kopf aus.

Auch wenn Harp nicht darauf gefaßt war: Eine Kindheit in den Gassen um Five Points überlebte man nur, wenn man blitzschnelle Reflexe entwickelte, und seither hatte er keinen Grund gehabt, diese Reflexe zu verlernen. Das Geschoß flog aus Roachs Hand, als sein Handgelenk unter der Wucht von Harps Hickorystock brach.

Im gleichen Moment ertönte Billys Warnruf. Harp tauchte zur Seite, behielt Roach im Auge, während er sich gerade genug drehte, um zu sehen, wie der riesige Schlägertyp Billy niedermähte. Der Junge lag ausgestreckt im braunen Schneematsch, vor Schreck gelähmt oder bewußtlos. Der Riese kam auf Harp zu und schwang ein Brecheisen.

Harp überraschte ihn, indem er ihn angriff. Überraschte ihn ein zweites Mal, indem er auswich und einen Bogen um ihn schlug. Er ging in Stellung, um den Riesen abzuwehren, und beobachtete zugleich Roach, der sein Schleudergeschoß holte, das gebrochene Handgelenk an die Brust gepreßt. Der

Riese wirbelte herum zu Harp und schwang mit beiden Händen das Brecheisen wie einen Baseballschläger.

Harp warf sich auf ein Knie. Das Brecheisen sauste über ihn hinweg und lüpfte ihm den Hut vom Kopf. Harp schlug mit dem Stockknauf auf die linke Kniescheibe des Riesen und zertrümmerte sie. Der Riese fiel auf ihn, verlor seine Brechstange und stöhnte vor Schmerz, gab aber nicht auf. Seine Finger tasteten nach Harps Augen.

Der dicke Jake Roach ergriff das Schleudergeschoß mit der intakten Hand, die den Schlagring trug, und schleppte sich, so schnell er konnte, zurück zu ihnen. Harp war zu sehr mit dem größeren Mann verkeilt, um seinen Stock zu gebrauchen. Er ließ den Stock fallen, packte zwei der tastenden Finger, brach sie und hieb seine Faust mit voller Wucht in die Kehle des Riesen. Dieser gab ein würgendes Geräusch von sich und rollte von ihm herunter. Harp sprang auf die Füße und trat mit dem genagelten Absatz seines Stiefels gegen seinen Kopf. Der Kopf hüpfte noch einmal hoch, dann lag er so reglos da wie der große Körper, an dem er hing.

Roach war jetzt schon fast bei ihnen. Harp duckte sich und richtete sich dann ruckartig auf. Roach hielt abrupt an, atmete schwer und blickte über den bewußtlosen Körper seines Partners zu Harp, der mit seinem Stock in der einen Hand und mit der Brechstange in der anderen dastand und wartete.

Jake Roach war kein Feigling, aber die Erfahrung lehrte ihn, daß bei einer Schlägerei manchmal ein Punkt kam, an dem man keine Chance mehr hatte. Er hatte über Harp Dinge gehört, die gerade eben bestätigt worden waren. Und ohne seinen Partner war er ganz auf sich allein gestellt. Roach drehte sich um und rannte.

Harp gab dem Kopf des Bewußtlosen erneut einen Tritt, um sicherzugehen, daß er sich nicht mehr einmischte, warf die Brechstange beiseite und machte sich an die Verfolgung von Roach. Roach war nicht für Verfolgungsjagden geschaffen. Harp holte ihn ein und brachte ihn mit dem Stock zu Fall. Roach stürzte auf die Knie, drehte sich auf ihnen herum und versuchte mit dem Schleudergeschoß in seiner linken Hand Harps Beine zu treffen. Harp lenkte den Stoß ab und trat gegen Roachs gebrochenen Arm.

Roach heulte auf. Die Waffe fiel aus seiner linken Hand, als er mit dieser sein schmerzendes rechtes Handgelenk ergriff. Harp rammte ihm sein Knie gegen das Kinn, so daß er flach hintenüber kippte. Den rechten Fuß auf dem Boden, bohrte Harp sein linkes Knie mit seinem ganzen Gewicht in Roachs Bauch. Roachs Gesicht verzerrte sich, und die Luft kam keuchend aus dem aufgerissenen Mund heraus. Aber abgebrühte Schläger gaben nicht auf, nur weil sie verletzt waren. Roach hatte immer noch genug primitive Unbeugsamkeit in sich, um sein gebrochenes Handgelenk loszulassen und mit der Schlagringfaust gegen Harps Gesicht auszuholen.

Harp fing das Handgelenk dieser Faust mit seiner freien Hand ab, packte es und zwang es zurück. Roach war bärenstark, doch Harp war ihm auch in dieser Hinsicht deutlich überlegen. Roach konnte sich aus seinem Griff nicht befreien; und als er versuchte, Harp abzuschütteln, glitt der Hickorystock über seine Kehle und hielt ihn am Boden niedergedrückt. Harp fuhr fort, Roachs gesunden Arm herunterzudrücken, bis der Ellbogen gegen das aufragende Knie zurückgebogen war.

»Noch eine Bewegung«, sagte er zu Roach, »und dein Ellbogen bricht. Dann läufst du mit zwei nutzlosen Armen herum, leichte Beute für alle, die dich nicht mögen. Ein paar Monate lang, vielleicht länger.«

Er unterstrich seine Absicht mit einem etwas größeren Druck auf den festgespannten Ellbogen.

»Sei kein Schwein.« Roach mußte seine Worte durch die Einschnürung seiner Kehle hervorpressen. »Dir is doch nix passiert, warum willst du also sauer werden? Wir hatten eh nich die große Sache mit dir vor, verdammt.«

»Was hattet ihr denn mit mir vor?« fragte Harp und hielt den Druck auf Roachs Ellbogen aufrecht.

»Nur dein Gesicht 'n bißchen polieren. Und 'n Bein brechen.«

»Wieviel habt ihr dafür gekriegt?«

»Dreißig Möpse. Drück nicht so auf meinen Arm.«

Das kam hin. Die gegenwärtigen Preise für berufsmäßige Schläger wie Roach waren zehn Dollar; wenn jemandem Nase und Kiefer gebrochen werden sollte, zwanzig Dollar für jeden Arm und jedes Bein. Die »große Sache« – jemanden umbringen – kostete hundert Dollar und mehr. Wieviel mehr, hing von den Schwierigkeiten ab, die mit der Ausführung des Mords verbunden waren, und den Problemen, die der Tod eines Opfers nach sich ziehen würde. Aber wenn man Roach und seinen Partner dafür gedungen hätte, dann wären sie mit Pistolen oder Dolchen auf ihn losgegangen.

»Wer hat euch bezahlt?« fragte Harp. Er erhöhte seinen Druck auf den Ellbogen nicht mehr. Dieser war nah daran zu brechen.

»Ein Buckaroo, heißt Smuts Coon.« Buckaroos waren Gangster, die sich darauf spezialisiert hatten, wie Matrosen herumzulaufen, so daß sie richtige Matrosen an Orte locken konnten, wo sie unter Drogen gesetzt oder niedergeschlagen und ausgeraubt wurden.

»Nie von ihm gehört«, sagte Harp.

»Er aber dafür von dir«, sage Roach. »Und er hat gewußt, daß ich dich vom Sehen kenne. Ich und Andy, die große Schlafmütze da drüben, waren in *Little Becky's*, und da kam Smuts rein und hat uns das Angebot gemacht.«

»Wann war das?«

»Heut früh, so um vier rum, schätze ich. Würdest du jetzt mal, um Himmels willen, meinen Arm loslassen?«

»Wenn du mir alles erzählt hast und ich das Gefühl habe, daß es die Wahrheit ist. Woher habt ihr gewußt, daß ich diesen Morgen hier oben bin?«

»Smuts Coon hat's gewußt. Er wußte nicht die genaue Zeit, wann du hier oben bist, aber er hat geglaubt, daß du irgendwann heute zu der Pension da gehst. Hat uns gesagt, wir sollen früh hierherkommen und warten, bis du aufkreuzt.«

»Hat er irgendwas gesagt, warum ihr mir das Gesicht polieren sollt?«

»Ne, das sagen sie einem nie. Hat nur gesagt, was er wollte, und dafür bezahlt.«

»Wo treibt sich dieser Smuts Coon herum?«

»In der Nähe der South Street Docks«, sagte Roach. »Aber er kommt ins *Little Becky's*, um zu sehen, ob wir den Job ordentlich erledigt haben.«

Harp schaute über die Gestalt des schlafenden Riesen hinweg. Billy hatte sich auf die Knie hochgerappelt und bewegte langsam seinen Kopf hin und her. Harp sah, wie er sich mit beiden Händen an einen Fels klammerte, um auf die Füße zu kommen.

»Was habt ihr mit meinem Fahrer gemacht?« fragte er Roach.

»Is in der Kutsche. Haben ihm nich viel getan. Nur so viel, daß wir 'n fesseln und knebeln konnten. Komm, Mann, laß meinen verfluchten Arm endlich los.«

Harp ließ von ihm ab und stand auf. Roach setzte sich auf und bewegte wimmernd seinen Arm. Dann hob er fürsorglich sein gebrochenes Handgelenk wieder an die Brust und wiegte es. Harp gab ihm mit seinem Stock einen Hieb hinter das Ohr. Nicht so heftig wie bei dem Großen; aber heftig genug, um ihn außer Gefecht zu setzen, bis die Droschke abgefahren war.

Billy Doyle hatte einen geschwollenen Kiefer und war immer noch benommen. Aber sein Kopf wurde zunehmend klarer; für jeden Straßenjungen gehörte es zur Normalität des Alltags, hin und wieder verprügelt zu werden. Was den Kutscher betraf, hatte Coach die Wahrheit gesagt. Als sie den Knebel aus seinem Mund und die Fesseln von seinen Händen und Füßen entfernt hatten, blieb nur noch die Schwellung an seiner Stirn und ein starkes Kopfweh. Aber er war von alledem zu mitgenommen, um die Droschke in die Stadt zu fahren. So lenkte Harp sie zu dem Mietstall, für den der Kutscher arbeitete. Dort zahlte er ihm eine kleine Zulage und schrieb eine Nachricht, die Billy überbringen sollte.

Sie war für Cavalucci, den ehemaligen Tenor, bestimmt. Die meisten Theateragenten hatten ihre Büros um den Union Square, wo auch die meisten Kneipen lagen, in denen sich die Schauspieler trafen. Wenn Cavalucci unter ihnen noch keinen gefunden hatte, der Alice Curry kannte, so war die Sache damit erledigt. Er sollte sich jetzt bei bildenden Künstlern umhören und herausfinden, wer die erotischen Bilder für Monmouth Fuller malte.

Billy nahm einen Pferdewagen nach Süden, um Cavalucci zu suchen. Harp ging in einen hauptsächlich von Geschäftsleuten besuchten Saloon am Broadway, setzte sich an einen Tisch in einer ruhigen Ecke, trank Whiskey und rauchte eine Zigarre, während er die ganze Sache überdachte:

Jemand hatte Alice Curry in Fullers Lagerhaus ermordet. Und jemand hatte Moe Saul in derselben Nacht getötet. Der gestohlene Alkohol, der in dieser Nacht vom Lagerhaus zu Moe transportiert wurde, machte es mehr als wahrscheinlich, daß derselbe Jemand die beiden Morde begangen hatte.

Und jemand hatte diesen Smuts Coon dazu bewegt, zwei Schläger anzuheuern, um ihn zu überfallen. Jemand, der offenbar wußte, daß er sich voraussichtlich da oben mit Costello treffen würde. Costello wußte nicht so viel über Alice Curry, um diesen Jemand in Bedrängnis bringen zu können. Wer immer es war, er hatte ein ziemlich großes Interesse daran, daß Harp in einen Zustand versetzt wurde, der es ihm für eine ganze Weile unmöglich machte, seine Nachforschungen fortzusetzen.

Derselbe, der Moe und Alice Curry umgebracht hatte?

Harp schnipste seine Zigarre in einen Spucknapf, leerte sein Glas und fand eine Droschke, die ihn zur Lower East Side bringen sollte.

Little Becky's war eine kleine Kellerkneipe, einen halben Block entfernt vom *Croton Temperance Lunchroom*, Ecke Division Street und Bowery. Da es kein Fenster gab, durch das Tageslicht hereindrang, brannten pausenlos die beiden Kerosinlampen an der splittrigen Balkendecke und an der Bar. Die Tür am Ende einer verrottenden Holztreppe war der einzige Zu- und Ausgang für die Luft, so daß immerzu Kerosingeruch, vermischt mit dem Gestank von billigen Zigarren und Groschenbier – *Little Becky's* Seelentröster –, den Raum erfüllte. Die Bar bestand aus zwei zusammengeschobenen Küchentischen. Überall standen Hocker herum, aber es gab keine anderen Tische. Little Becky wollte nicht, daß ihre Gäste die Köpfe darauf sinken ließen.

Es war kurz vor Mittag, als Harp die Kellertreppe hinunterging. Nur drei Besucher waren da, sie saßen auf Hockern an der Rückwand, so daß sie etwas zum Anlehnen hatten, während sie sich ihrem Bier widmeten. Die frühmorgendlichen Säufer waren gegangen, und die Nachmittagssäufer waren noch nicht erschienen. Little Becky nutzte die Pause, um ihre geschwollenen Beine auszuruhen. Sie saß auf einem gepolsterten Armlehnstuhl hinter der Bar, ihren Holzhammer und die abgesägte Flinte griffbereit. Ihre Gäste hatten gelernt, besser keinen Ärger zu machen.

Sie war eine massige schwarze Frau, die ihre Haare und Augenbrauen rot färbte. Als Harp auf einem Hocker gegenüber von ihr Platz nahm, füllte sie ein Gläschen mit Whiskey und schob es ihm herüber. Kein Getränk, das sie ihren Gästen normalerweise ausschenkte. Sie hatte eine Flasche mit gutem Whiskey für sich und gute Bekannte.

Little Becky empfand den meisten Männern gegenüber einen kalten Haß. Harp war eine der wenigen Ausnahmen. Das hatte seinen Grund in einer Geschichte, die ein paar Jahre zurücklag. Ihre Nichte, ein sehr schönes, hellhäutiges Mädchen von siebzehn Jahren, hatte sich mit dem Sohn eines wohlhabenden Tabakhändlers eingelassen. Als der Vater davon erfuhr, war er äußerst aufgebracht und warnte seinen

Sohn, daß diese Verbindung mit dem farbigen Mädchen seine ganze Zukunft zerstören würde. Doch der Junge war ihr zu sehr verfallen, um sie aufzugeben. Der Vater tat schließlich, was, wie er glaubte, jeder fürsorgende Vater unter diesen Umständen getan hätte. Er schickte seinen Sohn auf eine Reise nach Europa und bezahlte einen berufsmäßigen Knochenbrecher, damit er ihr Säure ins Gesicht schüttete.

Little Becky hatte Harp davon erzählt. Mittlerweile war der Verbrecher, der das Säure-Attentat verübt hatte, tot und mit zerkleinerten Knochen in der Gosse gefunden worden. Little Becky konnte kaum ihr glühendes Verlangen im Zaum halten, dem Tabakhändler, der den Verbrecher gedungen hatte, das gleiche anzutun. Doch zunächst mußte die Zukunft ihrer Nichte, oder was davon übrig war, gesichert werden, hatte sie Harp erklärt. Er hatte dem Händler einen Besuch abgestattet. Der Händler hatte sich schriftlich verpflichtet, dem Mädchen eine monatliche Summe zukommen zu lassen: genug, damit sie in einer Wohnung in Hoboken gut leben konnte, mit einer festangestellten Frau, die sich um sie kümmerte und sie draußen begleitete. Die Vereinbarung, die von dem Anwalt und Bankier des Händlers bezeugt wurde, setzte fest, daß diese Zahlungen nach seinem Tod aus seinem Vermögen fortgeführt werden sollten.

Little Becky fragte Harp nie, wie er den Mann dazu gebracht hatte, dem zuzustimmen.

Und auch er stellte ihr nie Fragen, als ein paar Monate später der Händler eines Nachts im ersten Stock seines Hauses stolperte oder ausrutschte, die Treppe hinunterstürzte, und sich das Genick brach.

»War Smuts Coon heute schon da?« fragte Harp nach einem Schluck von dem Whiskey, den Little Becky ihm gegeben hatte.

»Ich bedien jeden, der hier reinkommt«, sagte sie ihm. »Aber keine Gespenster.«

Er nahm einen zweiten Schluck und wartete, was noch kommen würde.

»Du kommst genau zur rechten Zeit«, sagte sie. »Ich hab's grad erst selbst gehört, ist nicht mal 'ne Stunde her. Sie haben Smuts 'ne Stunde vorher unterm Pier von der Christopher-Street-Fähre rausgefischt. Ertrunken. Man kann sich nur wundern, wie einer so blöd sein kann, zu dieser Jahreszeit im Fluß schwimmen zu gehen.«

Harp trank den Rest von seinem Whiskey.

Jemand verwischte die Spuren, bevor man ihnen zu weit folgen konnte.

Von *Little Becky's* ging er direkt zu seiner Wohnung in der Greene Street. Er wollte noch bei Tageslicht holen, was er brauchte – bevor derjenige, der dafür bezahlt hatte, daß man ihn zusammenschlug, vom Scheitern des Überfalls erfuhr. Der Tod von Smuts Coon machte es unwahrscheinlich, daß dies vor den nächsten Stunden geschah. Doch Harp wollte nicht in einen zweiten, besser vorbereiteten Hinterhalt geraten, ohne dafür gerüstet zu sein.

Er verließ seine Wohnung mit dem Le-Mat-Revolver in seinem Armeemantel und umkreiste zwei Straßenblocks zu Fuß, bis er sicher war, daß er nicht verfolgt wurde.

Dann machte er sich auf den Weg zu Emma Wells.

KAPITEL 18

Es gibt einige erstklassige Häuser von schlechtem Ruf in der Stadt, und sie befinden sich in den besten Gegenden. Ihre Bewohnerinnen wurden wegen ihrer Schönheit und ihres Charmes ausgewählt, und oft sind es obendrein gebildete, kultivierte Frauen…, durchaus in der Lage, in den besseren Kreisen der Gesellschaft zu verkehren. Bei den Besuchern dieser Häuser handelt es sich um begüterte Männer. Niemand sonst kann sich einen regelmäßigen Besuch dort leisten. Gouverneure, Kongreßabgeordnete, Anwälte, Richter, Ärzte und – leider muß es gesagt werden – auch Geistliche gehören zu den Gästen.

James D. McCabe, 1868

Nachdem McCabe diese zutreffenden Beobachtungen über Manhattans vornehme Bordelle in einem seiner hinter die Kulissen leuchtenden Bücher niedergeschrieben hatte, mag er sich gefragt haben, ob die Moralapostel der Stadt ihm nicht vorwerfen würden, er schildere das Leben einer Edelhure zu anziehend für unbescholtene Frauen und Mädchen. Jedenfalls nutzte er die nächsten Seiten, um schwankende Frauen vor einem solchen Weg zu warnen, da sie nicht erwarten konnten, lange in einem solchen erstklassigen Bordell zu bleiben. Sobald ihre Jugendfrische im Schwinden begriffen war, begann innerhalb von fünf Jahren ihr unwiderruflicher Abstieg durch zweit- und drittklassige Puffs, um mit Elend und Krankheit und dem Tod in irgendeiner Hafenabsteige zu enden.

Dies traf sicher für die Mehrheit der Prostituierten zu. Doch McCabe und andere Autoren, die sich mit dem Thema befaßten, machten oft einen Bogen um eine Reihe von eng damit zusammenhängenden Faktoren.

Denn für eine junge Frau, die in vollkommener Armut geboren war oder nach dem geschäftlichen Mißerfolg ihres Vaters oder Mannes in Armut geriet, konnte der Lohn der Tugend ebenfalls ein kurzes und hartes Leben sein, das mit Krankheit und einem elenden Tod endete. McCabes Warnung bedeutete wenig für die Näherin, die, um ihre Pfennige zu sparen, fünfzehn bis zwanzig Häuserblocks durch Wintersturm und Regen zu ihrer Fabrik lief, wo sie dann zwölf Stunden in durchnäßten Kleidern in einer ungeheizten Halle arbeiten mußte. Sie mochte ihr Leben nicht weniger entwürdigend und entkräftend empfinden als das Schicksal einer Hure – und fand vielleicht, daß ein paar Jahre in Wärme und Komfort, mit gutem Essen und in fröhlicher Gesellschaft, mit Fahrten im Pferdewagen oder sogar in der Droschke, wenn es regnete, mehr sein konnten, als sie je in ihrem anständigen und sittsamen Leben zu erwarten hatte.

Der zweite meist übersehene Umstand war, daß man wie in allen Berufen unten anfing und die meisten es nie weiter nach oben schafften. Nur eine Minderheit von Prostituierten – solche mit scharfem Verstand, unbeugsamem Ehrgeiz und Glück – konnte damit ihre Existenz sichern. Einige ersparten dabei genug, um in einem anderen Teil des Landes ein neues Leben zu beginnen, sie eröffneten einen Laden und heirateten einen ehrbaren Mann. Ganz wenigen erging es noch besser: wie Victoria Woodhull, die in dritter Ehe einen wohlhabenden Bankier geheiratet hatte; und ihrer Schwester Tennessee, die ihr Leben als Gattin eines englischen Lords beschließen sollte. Andere blieben ihrem Gewerbe treu und steckten ihr erspartes Geld in ein eigenes Bordell – so wie ein Metallarbeiter, der seine eigene Gießerei aufmacht.

Emma Wells gehörte zu der letzteren Gruppe. Das Haus an der 28. Straße war ihr Eigentum. Es lag von der Straße zurückgesetzt, hinter einem immergrünen Garten, und sah von außen nicht anders aus als das Haus einer beliebigen wohlhabenden Mittelklassefamilie in New York. Das Interieur dagegen war eher anspruchsvoller und luxuriöser.

In dem großen Speisezimmer, in dem Harp mit Emma Wells ein Mahl mit gerösteter Ente, gekochten Kartoffeln und Champagner eingenommen hatte – für ihn das Mittagessen, für sie das Frühstück –, hing ein wunderschöner Kronleuchter, der aus Venedig importiert war. Der lange Rosenholztisch stammte aus England, der geblümte Teppich aus Persien, die Tapeten und Vorhänge kamen aus Frankreich. Hier in diesem Raum fand monatlich einmal ein Dinner statt, an dem eine auserlesene Gruppe von Herren und Emmas Damen teilnahmen, alle in formeller Abendgarderobe.

Doch zu dieser Tageszeit hatten Harp und Emma Wells den Raum für sich allein. Sie empfing zahlende Kundschaft nie vor dem Abend. Ihr Butler und ihr Koch hielten sich in einem anderen Teil des Hauses auf, wo sie aber nach ihnen klingeln konnte. Ihre Damen, die sich den Gästen bis in die frühen Morgenstunden gewidmet hatten, schliefen noch. Emma, die erst zu Bett ging, wenn der letzte Besucher das Haus verlassen hatte, brauchte nicht mehr so viel Schlaf. Obwohl sie kurz vor Harps Ankunft aufgewacht war, verrieten weder ihre Augen noch ihre Stimme noch ihr Appetit eine Spur von Müdigkeit.

»War Alice Curry ihr richtiger Name?« fragte Harp, nachdem er ein saftiges Stück Ente mit einem Schluck Champagner nachgespült hatte.

Emma überlegte, während sie zwei weitere Scheiben von der Ente abschnitt, von denen sie eine auf Harps und die andere auf ihren Teller legte. »Ich hatte immer das Gefühl, daß er das nicht war«, sagte sie, »aber ich weiß es nicht. Die meisten Mädchen wählen andere Namen, wenn sie in dieses Gewerbe einsteigen. Wenn Alice das auch getan hat, dann hat sie es nie erzählt, und ich habe nie danach gefragt. Die Vergangenheit meiner Damen ist ihre Sache, es sei denn, sie wollen mit mir darüber reden. Manche wollen es, andere nicht. Das einzige, was mich zu interessieren hat, ist, ob sie gut erzogen und gesund sind und ob sie den Herren, die hierherkommen, gefallen.«

Emma aß mit unverhohlenem Behagen eine weitere Gabel voll soßengetränkter Kartoffel. Sie war gekleidet wie jede würdevolle ältere Dame: schwarzes Musselinkleid, die Ärmel gerade oberhalb der Fingerknöchel geknöpft, der hohe Fischbeinkragen so eng, daß eine Fettrolle zwischen ihm und ihrem Doppelkinn hervorquoll. Wenn sie ein Korsett trug, so war es weiter gemacht worden, um genügend Raum für ihre zunehmende Körpermitte zu schaffen. Harp erinnerte sich an die Zeit, als ihre Taille im Korsett so schlank aussah, als ob ein Mann sie mit den Händen umfangen könnte.

»Sie hat dir nie etwas über ihre Vergangenheit erzählt?« fragte er.

»So ein bißchen dies und das. Einmal hat sie erwähnt, daß sie aus Concord, oben in New Hampshire, stammt. Was wahrscheinlich stimmte. Sie hatte einen besonderen neuenglischen Akzent, der recht charmant wirkte. Ein anderes Mal erzählte sie mir, daß ihr Vater eine Baumwollspinnerei besaß, aber bankrott ging, als im Krieg die Baumwolle ausblieb. Als Alice – oder wie immer sie wirklich hieß – eines Morgens aufwachte, sahen sie und ihre Mutter, daß er sich an einem Baum vor ihrem Haus aufgehängt hatte. Anscheinend spekulierte er auf dem Aktienmarkt mit Geld, das er nicht hatte. Er hinterließ nur Schulden, die nicht bezahlt werden konnten – noch nicht einmal mit dem Geld, das durch den Verkauf des Hauses und des ganzen Hausrats hereinkam. Ihrem Verlobten tat es schrecklich leid, aber er konnte den Namen seiner Familie nicht beflecken, indem er ein Mädchen heiratete, dessen Vater unter solch skandalösen Umständen gestorben war – und ohne seiner Tochter auch nur eine Mitgift zu hinterlassen.«

»Eine alltägliche Geschichte«, sagte Harp.

»Allerdings. Ich höre in meinem Gewerbe eine Menge solcher Geschichten.« Emma zuckte mit den Achseln. »Manchmal kommen sie der Wahrheit wohl ziemlich nahe.«

»Und in diesem Fall?«

»Wer weiß, Schätzchen? Ich hab schon vor langer Zeit aufgehört, 'nen Pfifferling drum zu geben, ob die Geschichten, die die Mädchen erzählen, wirklich passiert oder Märchen sind.« Emmas Lachen war sanft und melodiös. »Manchmal weiß ich nicht mal mehr, was von meinen eigenen Geschichten wahr ist.« Sie trank ihr Glas leer und wandte sich wieder ihrem Essen zu.

Sie hatte Alice Curry sofort auf dem Foto vom Leichenschauhaus wiedererkannt. Das lag aber an der aufgeschnittenen Kehle – sie hatte immerfort an sie denken müssen, seit sie in der Zeitung von ihrer Ermordung gelesen hatte.

Dabei legte sie sich auch die entsprechenden Antworten zurecht, falls die Polizei oder jemand wie Carson vorbeikam, um Fragen zu stellen.

Harp fragte nicht, warum Emma es versäumt hatte, zur Polizei zu gehen und alles zu sagen, was sie wußte, nachdem sie vom Mord an Alice Curry gelesen hatte. Niemand, der zur Unterwelt der Stadt gehörte, hätte dies getan. Es hätte unerwünschte Aufmerksamkeit auf ihre Unternehmungen gelenkt. Emmas Haus sicherte seinen Gästen angenehme weibliche Unterhaltung, aber auch den Schutz der Privatsphäre zu. Zeitungsberichte hätten die prominenten Herren abgeschreckt, die zu ihren Kunden gehörten – und von denen bisher auch niemand der Polizei oder Reportern mitgeteilt hatte, daß der Name Alice Curry ihnen durch Besuche in einem Bordell bekannt war.

Harp schenkte Emma Champagner nach. »Ich brauche ein Bild, das sie lebend zeigt. Eines aus dem Album, das du neuen Kunden zeigst, wäre wunderbar.«

»Ich habe von ihr keins mehr«, sagte Emma. »Wenn eine meiner Damen hier weggeht, gebe ich ihr die Fotografien mit, und sie kann sie behalten oder vernichten. Das habe ich mir zur Regel gemacht. Ich behalte nichts, was ihr später schaden könnte. Sie braucht sich darüber keine Sorgen zu machen, nicht wegen mir. Ich finde, ihre Vergangenheit ist ihre Privatangelegenheit – und ihre Zukunft auch.«

Das war eine Enttäuschung; aber die Erfahrung hatte Harp gelehrt, sich durch solche Rückschläge nicht entmutigen zu lassen. »Glaubst du, daß dies das erste Haus war, in dem sie gearbeitet hat?«

»Da bin ich mir sicher. Weil ich ihr alles erklären mußte. Sie war keine Jungfrau, hatte aber noch wenig Erfahrung. Ich vermute, daß sie diesen kleinen Schatz zu Geld gemacht hat, um damit die Reise nach New York zu bezahlen und noch eine kurze Weile davon leben zu können, während sie nach einer Arbeit suchte, die ihr ein Auskommen sichern sollte. Als sie keine finden konnte und zufällig die Bekanntschaft einer meiner Damen machte, kam sie zu mir.«

»Fiel es ihr schwer, sich auf die Anforderungen in deinem Haus einzustellen?«

»Überhaupt nicht«, sagte Emma. »Sie war reif dafür. Sogar begierig danach. Man hatte das Gefühl, sie wollte eine Rechnung mit der Gesellschaft oder dem Schicksal begleichen – für das, was sie ihr angetan hatten. Ich erlebe das auch bei anderen neuen Mädchen aus diesen Verhältnissen.«

»Wann kam sie zu dir?«

»Ist vielleicht bald ein Jahr her. Ein paar Wochen vor Weihnachten.«

»Wann ging sie von dir fort?«

»Vor ein paar Monaten«, erwiderte sie, nicht anders als Costello.

»Jemand, der sie zufällig kannte, hat mir erzählt, daß sie hier aufhörte, um am Theater zu arbeiten.«

»Das wäre möglich«, sagte Emma. »Aber wenn es so war, hat sie darüber kein Wort verloren, als sie ging. Mir hat sie gesagt, daß ihr Vater bei einer Séance zu ihr gesprochen hätte. Er bat sie, ihm zu vergeben und dieses Gewerbe aufzugeben.«

Harp schwieg eine längere Zeit. Dann sagte er: »Sie hatte also mit Spiritismus zu tun?«

»Scheint so. Auch wenn es das erste Mal war, daß sie mir davon erzählte. Offensichtlich glaubte sie wirklich daran, daß sie mit ihrem Vater in Verbindung getreten war.«

»Weißt du, wohin sie ging, um mit der Geisterwelt in Verbindung zu treten?« fragte Harp. »Oder den Namen des Mediums?«

Emma schüttelte den Kopf. »Ich habe nicht die geringste Ahnung.«

Es war merkwürdig, wie oft er bei seiner Arbeit diese Antwort erhielt, in dieser oder jener Variante. Er bat Emma, ihm Alice Curry so genau zu beschreiben, wie sie es vermochte.

»Naturblondes Haar, große blaue Augen, auffällig hübsches Gesicht. Wunderbare Figur – schmale Taille, volle Brüste und Hüften. Nichts Besonderes, was sie von anderen schönen Mädchen unterschieden hätte, wenn du so willst.«

»Das wäre natürlich hilfreich«, sagte Harp. Er zog das Bild von Olivia Walburton hervor und zeigte es Emma. »Hast du die je gesehen?«

Emma betrachtete das Foto eingehend. »Nein. Ist sie vom Gewerbe?«

»Das weiß ich nicht.« Er steckte das Bild wieder in seine Tasche. »Möglicherweise.«

Sie hatten unterdessen ihre Mahlzeit beendet. Emma zog an der Klingelschnur, um ihren Koch zu rufen. Er räumte den Tisch ab und ging, um Kaffee für sie zu bereiten. Emma öffnete für Harp eine Kiste mit ihren besten Zigarren, und er wählte eine aus. Sie entzündete ein Streichholz und rauchte mit einer altgelernten Kunst und Koketterie die Zigarre für ihn an.

Als sie beim Kaffee saßen, sagte sie unvermittelt: »Ich frage mich, ob die alte Kouwenhoven noch lebt.«

Polly Kouwenhoven war die Bordellbesitzerin, die ihn inoffiziell adoptiert hatte, als er dreizehn gewesen war – weil sie fand, daß er ihrem Sohn ähnelte, der in diesem Alter gestorben war. Emma Wells hatte für sie zu arbeiten begonnen, als Harp vierzehn war. Ein Jahr später hatte er sich wieder auf die eigenen Beine gestellt.

»Als ich sie das letzte Mal besucht habe, lebte sie noch«, sagte Harp. »Das war vor einem Monat. Sie hat jetzt ein kleines Haus in Patterson, New Jersey. Und es lebt eine Frau bei ihr, die sich um sie kümmert.«

Emma starrte ihn überrascht an. »Du fährst den ganzen Weg dahin, um sie zu besuchen?«

»Hin und wieder.«

»Es gibt immer wieder Wunder! Du hast eine sentimentale Beziehung zu ihr.«

»Ich habe ihr einiges zu verdanken.«

»Sentimental«, wiederholte sie. »Das sind natürlich die meisten Männer. Verantwortungslos, aber sentimental. Aber das hätte ich von dir nicht erwartet. Na, wie geht es der alten Harpyie?«

»Sie wird älter. So, wie du dicker wirst.«

Emma lachte erneut. Sie tatschte auf ihren umfangreichen Bauch und sagte: »Du hast keine Vorstellung, wie herrlich es ist, sich nicht mehr zuschnüren zu müssen, damit der Busen schön herauskommt.« Sie musterte Harp mit einem durchdringenden Blick. »Ich habe mich früher manchmal gefragt, ob sie dich mit ins Bett genommen hat – wie wir es manchmal gemacht haben.«

»Das gehörte nicht zu ihren Gefühlen für mich«, sagte Harp und lenkte das Gespräch wieder auf Alice Curry.

Emmas Erinnerungen gaben nichts Nützliches mehr her. Aber sie hatte ihm bereits zwei Hinweise geliefert, die die letzten Lebensmonate der Ermordeten betrafen und denen er nachgehen konnte. Daß keiner von beiden ihn auch nur einen Schritt näher an Olivia Walburton heranbrachte, kümmerte ihn jetzt wenig. Die Suche nach der Frau von Vance Walburton stand für ihn nicht mehr an erster Stelle. Er war sich sicher, daß die Morde an Alice Curry und Moe Saul zusammenhingen. Und am wichtigsten war es für ihn jetzt, Moes Mörder zu finden.

Daß er Walburtons Geld für eine Suche gebrauchte, von der Walburton nichts wußte, kümmerte Harp wenig.

Die Überprüfung von Emma Wells' Hinweis kostete ihn nur einen kurzen Besuch bei einer der führenden Abendzeitungen von New York: der Redaktion des *Telegram* an der Ecke Broadway und Ann Street. Ein altgedienter Reporter dieser Zeitung, Jack Goodhue, schuldete Harp noch sechsundfünfzig Dollar von einer Pokerrunde, die wenige Wochen zurücklag.

In einem Handel, der die Schuld auf fünfunddreißig Dollar senkte, willigte Goodhue ein, einem Kollegen in Concord, New Hampshire, zu telegrafieren. Er bat ihn, in den Ausgaben seiner eigenen Zeitung nach dem Besitzer einer Baumwollspinnerei zu recherchieren, der vor etwas mehr als einem Jahr bankrott gegangen war und sich an einem Baum vor seinem Haus erhängt hatte.

Wenn dem tatsächlich so war, wollte Harp den Namen der Tochter des Besitzers wissen und in Erfahrung bringen, ob man ihre Mutter oder sonst irgendeinen Verwandten sprechen konnte. Er bot eine Zwanzig-Dollar-Prämie für den Fall an, daß der Journalist in Concord ein Foto der Tochter fand. Goodhue versprach, daß er Harp sofort per Boten verständigen werde, wenn er aus Concord positiven oder abschlägigen Bescheid erhielt.

Um Emmas zweitem Hinweis nachzugehen, der Alice Currys Besuche bei einem spiritistischen Medium betraf, fuhr Harp mit einer Droschke zur Kreuzung der 15. Straße Ost und der 38. Straße. Dort befand sich die Wohnung, die Tennessee Claflin mit ihrer Schwester Victoria und verschiedenen Anverwandten teilte, die die beiden von Kindesbeinen an ernährten.

KAPITEL 19

Wie erklären wir die erstaunliche Verbreitung des Spiritismus in den Vereinigten Staaten während der zweiten Hälfte des 19. Jahrhunderts, einer Bewegung, die zahlenmäßig und in ihrer Organisation so sehr anwuchs, daß sie eine Herausforderung für die überkommenen Religionsgemeinschaften wie für die allgemein anerkannten Dogmen der Wissenschaften darstellte?

Viele sahen darin eine Reaktion auf eine zunehmend materialistische Gesellschaft, in der Reichtum und soziale Stellung die einzigen Werte waren, die zählten. Die beiden Jahrzehnte nach dem Bürgerkrieg wurden das Zeitalter des Prunks genannt. Prunk in der prahlerischen Selbstdarstellung und aufwendigen Lebenshaltung. Die Männer trampelten sich gegenseitig zu Boden, um politischen oder geschäftlichen Erfolg zu erringen, und zeigten Verachtung für alles, was diesem Zweck nicht diente. Die alte Garde gab vor, die neureichen Emporkömmlinge und Parvenüs keines Blicks zu würdigen, dabei gründete sich ihr eigener Stolz auch nur auf die materiellen Erfolge ihrer Vorfahren.

Ob dies nun das Phänomen erklärte oder nicht, die Tatsache blieb bestehen: Es gab Millionen von Anhängern des Spiritismus; ihre Zahl wuchs, sie organisierten sich in beachtlichem Umfang, veranstalteten gutbesuchte regelmäßige Treffen in Städten aller Größenordnungen.

Die spiritistische Bewegung teilte mit den überkommenen Religionen den Glauben an ein Leben nach dem körperlichen Tod und an bestimmte übernatürliche Phänomene, die von den traditionellen Glaubensrichtungen Wunder genannt wurden. Aber sie unterschied sich drastisch von ihnen in der Einschätzung des Wesens und der Ursachen dieser Phänomene. Ihre Anhänger gehörten verschiedensten Richtun-

gen und Gruppierungen an: Hellseherei und Telepathie; tierischer Magnetismus und Geistheilerei; Mesmerismus und Hypnotik; Telekinese und Psychometrie; automatisches Schreiben und Wiedergeburt. Doch beinahe alle gründeten ihren Glauben darauf, daß ein begabtes oder »sensitives« Medium in der Lage war, mit den Toten in Verbindung zu treten. Und beinahe alle glaubten, daß es Frauen waren, die diese übernatürlichen Fähigkeiten besaßen.

Unter den Anführern der Bewegung fanden sich bekannte Intellektuelle: Ärzte, Wissenschaftler, Lehrer, Philosophen, Sozialreformer. Sie hielten sich an die alte Begriffsbestimmung des Spiritismus als »Spiritualismus« – und damit an die Gewißheit, daß die letztgültige Wirklichkeit des Universums mehr sein mußte als die feste Materie aus Fleisch und Gold. Ihr Ziel war es, die überkommene Gesellschaft von ihren erstarrten Ideen zu befreien und ein besseres Leben für alle zu erreichen.

Dieses Ziel brachte sie in große Nähe zu einer anderen wachsenden Bewegung, die das gleiche anstrebte: die Frauenrechtsbewegung. In einigen Fällen führten dieselben Personen beide Bewegungen an. Ein herausragendes Beispiel dafür war im Jahre 1871 Victoria Woodhull, über die in den Zeitungen mehr berichtet wurde als über jeden anderen Vertreter der einen oder anderen Bewegung.

»Die wunderbare Botschaft des Spiritismus«, erklärte sie dem Publikum, das auf ihren Lesereisen kam, um sie zu sehen und sprechen zu hören, »ist die sexuelle Befreiung der Frau und ihre Rückkehr zur Selbstbestimmung.«

Als Kind war sie wie ihre Schwester Tennessee von ihren betrügerischen Eltern für die Durchführung von Séancen und Wunderheilungen benutzt worden. Doch schon damals hatte Tennessee mehr Begabung gezeigt. Seit Victoria in der Welt der Finanzen, des Journalismus und der Politik mitmischte, hatte sie die Séancen und Heilungen hinter sich gelassen. Es gab aber eine Verbindung zu den übernatürlichen Mächten, die sie stets hervorhob: »Alles, was ich bin, verdanke ich der

Bildung und steten Führung durch den Einfluß des Geistigen.«

Der Geist, der ihr diese Führung über eine Kluft von über zweitausend Jahren, die sie von ihm trennte, zuteil werden ließ, war der griechische Redner Demosthenes. Wenn er sie unterrichten wollte, so sagte sie, pflegte sie in einen Zustand der Trance zu fallen, aus der sie durchdrungen von seiner Weisheit wieder erwachte.

Harp, der gesehen hatte, wie sie in Trance fiel und wieder daraus erwachte, hielt es für eine Form der Selbsthypnose, der sie sich hingab, wann immer sie wollte, und deren Dauer sie selbst bestimmen konnte. Er vermutete, daß Victoria, die so gut wie keine Bildung, dafür aber eine rasche Auffassungsgabe besaß, in diesem Zustand besser aufnehmen und in eigene Worte fassen konnte, was sie von den gelehrten Männern erfuhr, die sich dieser vitalen, im Rampenlicht der Öffentlichkeit stehenden Persönlichkeit angeschlossen hatten. Ob der Geist des Demosthenes zu diesen Ratgebern gehörte, war eine Frage, über die Harp nicht allzu lange nachsann.

»Ich *bin* eine Hellseherin«, hatte sie Harp gesagt – und obwohl sie damals auf seinem Schoß gesessen hatte, ihre weichen, vom Korsett befreiten Rundungen an ihn gedrückt und mit einem fröhlichen Lächeln auf den Lippen, gab es keinen Zweifel, daß sie dies ernst meinte. »Ich habe Leute betrogen, das gebe ich zu. Aber ich habe es getan, um für meine Eltern und die anderen Trottel in unserer Familie Geld zu verdienen. Ich glaube an den Spiritismus. Ich besitze geistige Macht, und ich kenne meine Macht.«

Außer Dr. Woodhull, Victorias erstem Ehemann, und ihren beiden Kindern war niemand in dem Haus an der 38. Straße, als Harp dort eintraf. Übermäßiges Trinken hatte aus Woodhull einen kranken Mann gemacht, der vorzeitig gealtert war. Aber er war ein würdevoller Alkoholiker, der sich immer in der Gewalt hatte, wenn er auf die Kinder achtgab.

»Vicky ist in die Steinway Hall gefahren«, sagte er. »Sie hält dort in ungefähr einer halben Stunde einen Vortrag. Der Rest der Familie treibt sich Gott weiß wo herum – wenn Gott sich um so etwas kümmert.«

Aus der säuerlichen Betonung des Worts Familie wurde klar, daß er damit weder Tennessee meinte, die er sehr mochte, noch Victorias gegenwärtigen Ehemann, Oberst Blood, den er als seinen besten Freund schätzen gelernt hatte.

»Ist Tennie mit Vicky gegangen?« fragte Harp. Sie pflegte ihrer Schwester bei öffentlichen Auftritten moralische Unterstützung zu geben, selbst wenn sie sich für das jeweilige Thema nicht interessierte. Denn Victoria war für sie der wichtigste Mensch auf der Welt.

»Nein. Vicky plant für nächste Woche Vorträge in Albany, dann in Hartford und Boston. Tennie ist vorausgefahren und kümmert sich um die Örtlichkeiten und die Werbung.«

Oft wurden Tennessee, die keine Hemmungen kannte, diese unangenehmen Aufgaben überlassen, denn sie war geschickt im Herunterhandeln von Saalmieten und Werbekosten. »Was bleibt einem Mann mittleren Alters mit normalen Reaktionen schon übrig«, sagte einmal ein Zeitungsbesitzer aus Ohio während eines kurzen Besuchs in Manhattan zu Harp, »wenn eine so frische, so offene und liebenswürdige junge Frau sein einsames Büro mit ihrem Glanz erfüllt? Wenn sie gegangen ist, merkt man erst zu spät, daß man ihr alles, was sie wollte, gegeben hat, zu einem ruinösen Preis.«

»Wann wird sie zurück sein?« fragte Harp.

»Das weiß ich wirklich nicht. Der Oberst könnte es Ihnen wahrscheinlich sagen. Er ist mit Vicky in der Steinway Hall. Mrs. Vedder hat sie in ihrem Landauer hingebracht.«

Harp hatte Victoria mit Louise Vedder bekannt gemacht. Er hatte angenommen, daß sie aneinander Gefallen finden würden, und so war es. Louise engagierte sich nicht aktiv in der Frauenrechtsbewegung. Aber sie bewunderte Victorias unerschrockenen Einsatz und ihren leidenschaftlichen Geist.

Und Victoria, die unter der steten Verachtung vieler gebildeter Frauen zu leiden hatte, empfand es als wohltuend, mit einer kultivierten Frau, die sie achtete, vorbehaltlos sprechen zu können.

Harp dankte Woodhull, schüttelte ihm die Hand und machte sich auf den Weg zur Steinway Hall.

Als Harp in der östlichen 14. Straße ankam, stiegen immer noch Nachzügler die Treppen von den Verkaufsräumen der Steinway-Klaviere nach oben. Harp steckte seine Handschuhe in die Taschen des Militärmantels und legte diesen über den Arm, als er den obersten Treppenabsatz erreichte. Mit seinem Hickory-Stock und seinem Hut in der linken Hand ging er zu Oberst James Blood, der am Eingang des Saales stand, um sicherzugehen, daß niemand von Bedeutung unbemerkt in letzter Minute eintraf.

Blood war ein hochgewachsener, gutaussehender Mann mit einem kurzen Bart und athletischer Figur. Ein Held der Unionsarmee, der fünfmal verwundet worden war, als er das 6. Missouri-Regiment in die Schlacht führte. Nach dem Krieg – und bevor er Victoria kennengelernt und geheiratet hatte – war er Stadtkämmerer von St. Louis und Präsident der dortigen spiritistischen Gesellschaft gewesen.

Seitdem hatte er genug Zeit in New York zugebracht, daß er wahrscheinlich mehr von den hiesigen Medien wußte als sogar Tennessee.

Harp ergriff Bloods ausgestreckte Hand und sagte: »Ich muß mit Ihnen reden.«

»Nicht jetzt«, sagte Blood. »Vicky wird jeden Moment anfangen.«

»Dann danach.«

»Gern, aber ich werde höchstens eine halbe Stunde für Sie Zeit haben. Ich muß packen und den Zug kriegen, um zu Tennessee nach Boston zu fahren. Der Gouverneur von Massachusetts hat angedroht, Vickys Auftritt dort zu untersagen.«

Harp nickte und folgte Blood in den Saal, wo Charles Dickens im Winter vor drei Jahren siebzehnmal hintereinander vor ausverkauftem Haus gelesen hatte.

Er war zu mehr als Dreiviertel gefüllt. Die meisten Zuhörer waren Frauen, aber hier und da sah man auch vereinzelt Männer. Harp erkannte vier Reporter. Einige waren immer zugegen, wenn Victoria öffentlich sprach. Fast alles, was sie von sich aus sagte oder was man ihr entlocken konnte, verlieh der Ausgabe einer Zeitung eine saftig-pikante Note.

Oberst Blood setzte sich in die erste Reihe neben Stephen Pearl Andrews, einen älteren Herrn mit langem, weißem Bart. Der Verfasser des hochangesehenen Buchs *Die Wissenschaft der Gesellschaft* war ein radikaler Philosoph, dessen Freundschaft von so berühmten Persönlichkeiten wie Henry James und Horace Greeley geschätzt wurde. Er und Blood schrieben die meisten von Victorias Reden und Artikeln.

Das machte sie noch lange nicht zu ihrem Sprachrohr, wie manche meinten. Sie hörte sich an, was die beiden zu sagen hatten, teilte ihnen daraufhin mit, was sie sagen wollte, und ließ sie oft Texte umschreiben, bis diese ihr genehm waren. Und keiner der Männer hatte die geringste Macht über sie, wenn sie Feuer fing und von einer vorbereiteten Rede abwich. Dann trat die unverwechselbare echte Victoria Woodhull zutage – mit einer Wortgewalt, die alles in den Schatten stellte, was Blood oder Andrews ihr vorlegen konnten.

Harp ging durch den Mittelgang, bis er Louise Vedder in der dritten Reihe von vorn entdeckte. Die meisten Frauen im Saal waren in Quäker-Grau, Lavendel oder Braun gekleidet, ihre Haare waren zu Knoten zurückgebunden, darüber trugen sie schlichte Hüte mit offenem Schleier. Unter ihnen wirkte Louise wie ein Frühlingsquell. Ihr festes, kastanienbraunes Haar wurde von einer kleinen Krone aus Perlen und Maiglöckchen zusammengehalten. Sie trug eine enganliegende, rosenfarbene Weste über einem hellgrünen, spitzenbesetzten Seidenkleid, dessen hoher Kragen von einer Jadebrosche verschlossen wurde und dessen Gürtel eine Kette aus getriebenem Silber schmückte.

Eine junge Frau, die neben ihr saß, schaute sich unbehaglich um, als sei ihr plötzlich klargeworden, daß sie so weit vorne allzu vielen Blicken ausgesetzt war. Harp fragte sie, ob sie etwas dagegen hätte, ihm den Platz neben seiner Schwester abzutreten. Sie willigte eilfertig ein, erleichtert über diese Gelegenheit, sich woanders hinzusetzen, und hastete in den hinteren Teil des Saals. Harp nahm auf dem Sitz Platz, den sie verlassen hatte.

Louise lächelte ihn an. »Dann sind Sie also jetzt mein Bruder.«

»Jeder sollte irgendwo in der Familie ein schwarzes Schaf haben.«

»Ich hätte nicht gedacht, daß Sie an solchen Veranstaltungen teilnehmen.«

»Ich bin beruflich hier«, sagte er.

»Sie scheinen meistens beruflich unterwegs zu sein.« Louise hielt kurz inne und fragte dann: »Kommen Sie morgen abend? Heute abend nehme ich nämlich von Uriah Abschied. Danach wäre ich froh, wenn Sie zu dem Abendessen kämen, über das wir im Park gesprochen haben.«

Er schüttelte den Kopf. »Ich habe in den nächsten zwei, drei Tagen zuviel zu tun. Zuviel Dinge gleichzeitig. Zu viele Leute, die ich finden muß, um ihnen allen die gleiche Frage zu stellen.«

Sie sah ihn einen Augenblick lang an. »Kann ich Ihnen vielleicht etwas davon abnehmen?«

Er wollte schon nein sagen, überlegte es sich aber anders und dachte darüber nach. Es war keinerlei Gefahr damit verbunden, Dutzende von spiritistischen Medien zu befragen, um herauszufinden, welche von ihnen Alice Curry aufgesucht hatte. Und Louise würde keine Droschken suchen müssen – und für jede zahlen. Sie konnte zwischen ihren eigenen zwei Wagen wählen und schnell von einem Medium zum anderen fahren. Es würde ihn entlasten, so daß er anderen Hinweisen nachgehen konnte.

Er erwiderte ihren Blick mit einem leichten Lächeln. »Für mich zu arbeiten bringt nicht das, was Sie gutes Geld nennen würden. Und es wäre zeitaufwendig.«

»Ab heute abend habe ich mehr Zeit, als mir lieb ist – für eine Weile. Und ich erwarte kein Geld. Schließlich sind wir schon im Geschäft miteinander.«

Harp dachte noch einmal darüber nach, nickte und unterbrach so den Augenkontakt, der die Luft zwischen ihnen zum Knistern gebracht hatte. »Ich erkläre es Ihnen später, nach Vickys Ansprache, wenn wir mit ihr und dem Oberst zusammen sind.«

Leute im Publikum begannen zu applaudieren. Victoria war vorn erschienen und ging zum Podium.

KAPITEL 20

Sie nahm ihren Platz auf dem Podium ein, eine gutaussehende Frau Mitte Dreißig, mit ins Auge springender Figur und aufrechter Haltung. Nicht wenige hielten sie für die Inkarnation einer archaischen Erdgöttin. Ein Lächeln lag auf ihrem blassen Gesicht, während sie darauf wartete, daß der Applaus nachließ. In diesem Lächeln lagen Wärme und gezügelte Energie, aber auch eine Spur gedämpfter Trauer – als ob sie Einblick in Dinge hätte, die anderen verschlossen blieben und die es unmöglich machten, das Leben als etwas Fröhliches anzusehen.

Sie trug ein Straßenkleid aus steifer schwarzer Seide ohne die üblichen modischen Besätze. Das Oberteil betonte ihre starken Rundungen, während der nachschleppende Rock um so weiter war. Ihr Markenzeichen, eine weiße Rose, war links über ihrer üppigen linken Brust befestigt. Ihr Haar war zu kurzen Locken geschnitten, ungeachtet der Mode, die im Haar die Krönung der Frau sah, das lang wachsen und in einen Knoten oder eine griechische Haarrolle zusammengebunden werden mußte. Die Frau durfte es nur in intimen Momenten lösen – vor niemandem als ihrem Ehemann oder ihrer Zofe.

Sie begann, wie sie es immer vor Publikum tat, mit leiser Stimme, langsam und etwas stockend zu sprechen. Aber die Stimmstärke und Sicherheit nahmen im weiteren Verlauf zu. Sie führte einen Angriff gegen die heiligste Institution von allen und ihre, wie Victoria fand, zerstörerischen Auswirkungen: die Rolle der Frau als Anhängsel ihres Mannes.

Harp schenkte der Rede nicht viel Aufmerksamkeit. Er hatte das meiste von Victoria schon bei früheren Gelegenheiten gehört. Und sein Empfinden für die Nähe von Louise war zu stark. Der berauschende Duft ihres ausgesuchten Parfums. Das Rascheln der Seide unter ihrem Kleid, wann immer sie sich ein wenig auf dem Stuhl bewegte. Das sanfte Wogen und Sinken ihrer Brüste. Die Wärme ihres Körpers schien in sein Fleisch einzudringen und weckte eine zu starke Reaktion, als daß er sie hätte übergehen können. Seine Hand zuckte vor Verlangen, die wenigen Zentimeter zwischen ihnen zu überwinden und sie zu berühren. Er mußte seine Hand zur Ruhe zwingen, indem er den Hut und Spazierstock fester umklammerte.

Victoria war bereits über die Hälfte ihrer Rede hinaus, als seine Aufmerksamkeit sich wieder dem Geschehen im Saal zuwandte. Ein Reporter war aufgestanden, Stift und Notizblock in der Hand, und unterbrach sie: »Mrs. Woodhull, wollen Sie sagen, daß es vollkommen in *Ordnung* ist, wenn eine Frau ihren Mann verläßt?«

Victoria zögerte kurz und antwortete dann bestimmt: »Wenn ihr Wille sie von ihrem Mann forttreibt, sollte sie besser gehen. Ich behaupte, daß jeder Mann und jede Frau, ob verheiratet oder unverheiratet, die aus anderen Gründen als aus Liebe miteinander verkehren, Prostituierte sind.«

Ein weiterer Reporter sprang auf, er witterte Blut. »Da Sie selbst das Thema Prostitution angesprochen haben, Madame: Einige Leute haben den Vorwurf erhoben, daß *Sie* sich bei Gelegenheit prostituiert haben, um Ihre Stellung in der Welt zu verbessern. Ist an diesem Vorwurf etwas dran oder nicht?«

Im Saal wurde es plötzlich sehr still. Harp beobachtete etwas, das er schon kannte. Victorias Gesicht wurde ausdruckslos, als ob ihr Geist ihren Körper verlassen und einen beliebigen anderen Ort aufgesucht hätte. Das dauerte nicht mehr als sieben oder acht Sekunden. Als ihre Augen wieder den Frager anblickten, ging ein rötlicher Schimmer über ihre Wangen, und ihre Stimme klang noch entschiedener:

»Die Geister haben mich mit einer Mission betraut, und ich habe alles getan und werde alles tun, was nötig ist, um sie zu erfüllen. Ich habe jedes mir zu Gebot stehende Mittel eingesetzt, um das Geld für meine Arbeit zusammenzubekommen, und das ist meine Sache und nicht die Ihre. Und wenn ich meinen Körper in den Dienst meiner Arbeit gestellt habe, so wie ich meine Seele in den Dienst Gottes stelle, dann ist das meine Sache und nicht Ihre.«

Der Reporter wirkte etwas verdutzt, aber er blieb stehen. »Dieser Ausdruck, den Sie da gebraucht haben, Madame – *Ihren Körper in den Dienst stellen* –, sollen wir darunter... Geschlechtsverkehr verstehen?«

»*Geschlechtsverkehr*«, wiederholte Victoria langsam und sah den Reporter an, als sei er ein Steinblock, an dem sie schwere Bildhauerarbeit zu verrichten hätte. »Dieser Ausdruck scheint Ihnen nicht zu behagen. Wir können die Sache mit dem Geschlechtsverkehr aber gerne jetzt besprechen – so lange besprechen, bis Sie mit Ihren Geschlechtsorganen so vertraut sind, daß eine Erwähnung Sie nicht länger und nicht mehr erröten läßt als die Erwähnung eines anderen Ihrer Körperteile.«

Der Reporter versuchte zu unterbrechen, aber nun gab es kein Halten mehr. »Nichts«, sagte Victoria, »ist so zerstörerisch wie gewohnheitsmäßiger Verkehr ohne Rücksicht auf gegenseitige Erfüllung. Ich brauche keiner Frau die Folgen unerfüllten Verkehrs zu erläutern. Aber den meisten Männern muß man es eintrichtern, daß ihnen die Ohren dröhnen. Eine Frau erwartet ein Äquivalent für das, was der Mann von ihr erhält. Sie erwartet, daß er sich nicht auf ihre Kosten bereichert. Erwartet, daß er nicht, ob aus Unwissenheit oder Selbstsucht, ihr Empfinden aufstachelt, um es vor Vollendung in eine Leere zurückzustoßen, die Nervenschwäche und nervöse Reizbarkeit bis hin zur sexuellen Entmutigung hervorruft. Und das, mein lieber Herr, umfaßt eine ganze Wissenschaft und eine schöne Kunst, die heute in verbrecherischer Weise unterdrückt wird.«

Der Reporter hatte sich mittlerweile hingesetzt. Er sah aus wie ein begossener Pudel, während er sich emsig Notizen machte – doch ein Dritter hatte sich mit einer neuen Frage erhoben: »Madame, da sie die heutige Ehe so sehr angreifen, glauben Sie wirklich, daß die Praxis der freien Liebe für die Gesellschaft besser wäre?«

Sie nickte. »Ich verteidige die freie Liebe. In ihrem höchsten und reinsten Sinn. Als das einzige Heilmittel gegen die Unmoral, die heutzutage die sexuellen Beziehungen korrumpiert – wo Männer öffentlich gegen freie Liebe predigen und sie heimlich praktizieren.«

»Zum Thema Unmoral, Madame: Sie verteidigen die freie Liebe – aber *praktizieren* Sie sie auch?«

»Mir gefällt Ihr lüsterner Ton nicht, mein Herr«, sagte Victoria hitzig. »Viele von euch Reportern machen diesen schweren Fehler, wenn sie unabhängige Frauen nach freier Liebe fragen. Ich mußte mich des öfteren gegen ihre lasziven Anspielungen und ihr aufdringliches Benehmen zur Wehr setzen. Und sie, die zurückgewiesen wurden, schreiben dann keusche Artikel gegen die freie Liebe.«

»Das ist keine Antwort auf meine Frage, Mrs. Woodhull.«

»Oh, ich werde sie beantworten, nur keine Bange.« Victoria holte tief Atem, und dann gab sie ihm, was er wissen wollte. »Jawohl! Ich bin eine frei Liebende. Ich habe ein unveräußerliches, verfassungsmäßiges und natürliches Recht, zu lieben, wen immer ich mag, eine so lange oder so kurze Zeit zu lieben, wie es mir beliebt, die Liebesbeziehung an jedem Tag zu beenden, wenn es mir paßt, und weder Sie noch irgendein Gesetz, das Sie ersinnen mögen, haben das Recht, sich da einzumischen.«

Als Victoria die Veranstaltung beendete, waren eine Anzahl von Frauen und auch ein paar Männer bereits aus dem Saal geflüchtet. Nun folgten die anderen eilends nach, manche mit gesenkten Köpfen, in der Hoffnung, daß sie so nicht erkannt würden. Doch als Harp und Louise hinter die Bühne gingen, sahen sie eine Gruppe von Frauen, die Victoria vor ihrer Garderobe ehrfürchtig umringten.

Sie löste sich von ihnen, um Louise auf die Wange zu küssen. Dann legte sie die Arme um Harps Nacken, stellte sich auf die Zehenspitzen und küßte ihn auf den Mund. Zurück bei den Frauen dankte sie ihnen herzlich für ihre freundlichen Worte und guten Wünsche, verabschiedete sich von ihnen und winkte Louise und Harp in ihre kleine Garderobe.

»Na, wie war ich da draußen, was meint ihr?« fragte sie, als sie die Tür hinter sich zugezogen hatte.

»Niemand kann behaupten, daß Sie nicht gesagt hätten, was Sie denken«, sagte Louise schmunzelnd. »Vielleicht nicht klug, aber sehr gut.«

»Es gibt keine Zeitung in diesem unserem Land, die den Mut hätte, dich wörtlich zu zitieren«, meinte Harp mit trockenem Lächeln. »Aber sie werden genügend Hinweise darauf geben, um einige von deinen Anhängerinnen zu verscheuchen. Aber vielleicht werden auch ein paar neue davon angezogen – wer weiß?«

»Wer sich vor einem offenen Wort fürchtet und davonläuft«, sagte Victoria, »hat in meiner Bewegung sowieso nichts verloren.«

Harp verkniff sich eine Bemerkung darüber, daß sie von der Frauenbewegung als *ihrer* Bewegung sprach. Er hatte sie erst kürzlich davor gewarnt, daß sie den kürzeren ziehen würde, wenn sie die Führung den Damen wegzunehmen versuchte, die zur Zeit an der Spitze standen.

Oberst Blood trat ein und sagte: »Vicky, wenn wir nicht gleich gehen, muß ich mit leerem Kleidersack in den Zug.«

»Schenken Sie mir erst zwei Minuten«, sagte Harp und zog das Foto von Olivia Walburton hervor. »Kennt irgend jemand von Ihnen diese Frau?«

Blood betrachtete das Bild und schüttelte den Kopf. Louise folgte seinem Beispiel. Victoria warf einen längeren Blick darauf, bevor sie sagte: »Nein. Wer ist sie?«

»Spielt keine Rolle.« Harp steckte das Bild weg und zeigte ihnen das andere von Alice Curry. Keiner von ihnen erkannte sie. Alle drei erinnerten sich an ihren Namen, als er ihn nannte – doch sie kannten ihn nur aus den Zeitungsberichten über ihren Mord.

Victoria schaute ihn wissend an. »Du versuchst, das Ungeheuer zu finden, das sie umgebracht hat.«

»Unter anderem.«

Colonel Blood zog eine silberne Uhr aus seiner Westentasche und klappte den Deckel auf, um nach der Zeit zu sehen. »Harp, wenn es noch mehr gibt, worüber Sie sprechen wollen, warum kommen Sie nicht mit in Louises Wagen? Dann können wir auf dem Weg nach Hause die Dinge bereden.«

»Ich bin selbst in Eile«, sagte Harp. »Zum einen muß ich ein Medium finden, dessen Namen ich nicht kenne. Alice Curry war dort, bevor sie ermordet wurde.« Er blickte Louise fragend an. Da sie nickte, erzählte er Blood: »Louise hat angeboten, mir bei dieser Sache zu helfen. Ich wäre Ihnen verbunden, wenn Sie und Vicky ihr die Namen und Adressen von allen Medien geben könnten, die Sie in New York kennen.«

»Sie werden eine vielbeschäftigte Frau sein«, sagte Victoria zu Louise. »Es gibt so viele – wenn man die Schwindler mitzählt. Wenn wir nach Hause kommen, nenne ich Ihnen die, die ich kenne.«

»Nicht nötig«, sagte Blood. »Ich habe eine ziemlich vollständige Liste von ihnen in meinem Schreibtisch.« Er sah Harp an. »Louise kann anfangen, sie abzuschreiben, nachdem ich zum Bahnhof aufgebrochen bin. Einverstanden?«

»Vortrefflich.«

»Dann machen wir es so.«

Blood half Louise in ihr bis zu den Fußknöcheln reichendes Cape. Harp half Victoria. Die beiden Frauen legten sich Schals um und knoteten sie unter dem Kinn, während Harp und Blood selbst ihre Mäntel und Hüte anzogen.

Harp gab Louise eine Kopie des Fotos von Alice Curry, bevor er die drei nach draußen zu ihrem Wagen begleitete. Als er Louise die Hand zum Einstieg reichte, sagte er: »Wenn Sie das Medium, zu dem sie ging, ausfindig gemacht haben, stellen Sie selbst keine weiteren Fragen. Nehmen Sie nur auf die übliche Art mit mir Verbindung auf.«

Dann merkte er, daß er immer noch ihre Hand hielt. Er ließ sie langsam los. Als die Kutsche losfuhr, starrte er ihr hinterher und verfluchte sich und das schmutzige Spiel, das ein boshaftes Schicksal mit seinem Leben spielte.

Er wandte sich unvermittelt ab, ging auf der 14. Straße einen Block in westlicher Richtung und betrat den Salon eines Nobelrestaurants, dessen Fenster auf das südöstliche Ende des Union Square gingen. Er brauchte einen Drink.

Oder, noch besser, mehr als einen.

KAPITEL 21

Kaum hatte er an einem Fenstertisch Platz genommen, bestellte er seinen ersten Whiskey. Einen doppelten. Die Hälfte davon leerte er in einem Zug, und er mußte sich bezwingen, den Rest nicht ebenso schnell hinterherzuschütten. Ein Kellner brachte ihm die Speisekarte. Harp studierte sie. Ein frühes Abendessen würde von Vorteil sein, bevor er sich mit Ambrose McGowan an Millies Pier traf. Man konnte nie wissen, wozu ein solches Treffen führte und ob es danach noch die Möglichkeit gab, etwas zu essen.

Aber er hatte keinen Appetit. Sein Verlangen nach Louise war zu groß. Und die komplizierte Frage, was er ihrethalben tun konnte oder sollte, beschäftigte ihn zu sehr.

Er legte die Karte zur Seite und bestellte statt dessen einen weiteren doppelten Whiskey.

Leland hatte recht: Sein Widerwille, Louise schlicht und einfach zu belügen, war lächerlich. Vielleicht würde er ihr nicht einmal eine Lüge erzählen müssen. Nur die Wahrheit verschweigen. Und sich so lange daran erfreuen, mit ihr zusammenzusein – bis ihr jemand die Wahrheit eröffnete. Das, wußte er, war jedoch eher unwahrscheinlich. Zwar waren die Männer, die gesehen hatten, wie er ihr Bild ihrem sterbenden Mann weggenommen hatte, New Yorker gewesen, aber vielleicht hatten sie den Krieg nicht überlebt. Das gleiche galt für alle anderen im 81. New Yorker Freiwilligen Infanterie-Regiment, die von der Geschichte gehört hatten. Wenn es noch welche gab, so war Harp ihnen nie über den Weg gelaufen. Die Möglichkeit, daß Louise einen von ihnen kennenlernte, war verschwindend gering.

Aber diese untypische Zögerlichkeit, die Harp plagte, reichte tiefer. Zu sehr hatte der Gedanke an Louise von seinem Wesen Besitz ergriffen, schon damals, als er gar nicht damit rechnen konnte, ihr je zu begegnen. Ihr Abbild war eine Ikone für ihn geworden. Doch sie war keine Ikone. Sie war als Frau aus Fleisch und Blut in sein Leben getreten, und er war verliebt in sie; und zugleich unfähig, zu nehmen, was er begehrte.

Er litt an einer zu lebhaften Einbildungskraft. Das war das Problem. Er sah den entsetzten Ausdruck in ihrem Gesicht vor sich, wenn sie erfuhr, daß er ihren Ehemann getötet hatte. Ein Entsetzen, das sich nie mehr überwinden ließ. Dieses Bild brannte in ihm.

Sein zweiter Doppelter wurde gebracht. Er nahm kleine Schlucke und sah zum Fenster hinaus. Ein Versuch, das Problem beiseite zu schieben, indem er das Geschehen draußen beobachtete.

Es gab eine Menge zu sehen. Die *Ladies Mile* begann hier. Der Union Square mit seinen Theatern, Drei-Sterne-Hotels und teuren Restaurants, seinen Theaterschneidern, Vorführräumen für Klaviere und Konzertflügel und einigen der besten Geschäfte der Stadt war eines der beiden pulsierenden Zentren des mondänen Manhattan. Das andere lag beim Madison Square, wo die *Ladies Mile* auf dem Broadway die 23. Straße kreuzte.

Die Straßen um den Union Square waren überfüllt mit Kutschen, Droschken und Pferdewagen. Es war einer der wenigen Plätze in New York City, wo ein Polizist mit einem Stab postiert war, um den zähen Verkehrsfluß in geordnete Bahnen zu lenken. Wo die Straßen von Schnee und Matsch freigeräumt waren und wo tagsüber regelmäßig der Pferdedung beseitigt wurde.

Eine große Anzahl von Frauen, modisch und warm gekleidet, pendelte zwischen den eleganten Geschäften hin und her. Aus dem eingezäunten Park in der Mitte des Platzes kamen Spaziergänger sowie Mütter und Kindermädchen, die ihre Kinder hinter sich herzogen und Kinderwagen schoben. Sie alle eilten heimwärts, da sich der düstere Wintertag dem Abend zuneigte. Fliegende Händler und Straßenmusikanten gaben ihr Bestes, um 5- oder 10-Cent-Stücke von den Passanten zu ergattern. Verkäufer von Luftballons und warmen Doughnuts, Streichhölzern und Zahnstochern, künstlichen Blumen und Hündchen. Ein italienischer Drehorgelspieler mit einem Affen auf der Schulter. Ein Schotte im Kilt, der Dudelsack spielte und dessen Knie von der Kälte blau angelaufen waren. Ein Mädchen in Lumpen, das Geige spielte. Eine dreiköpfige deutsche Blaskapelle.

Unter den Käuferinnen entdeckte Harp eine Frau, die er kannte. Georgiana Judson, eine gutgekleidete Frau mittleren Alters, die einen energischen Gang hatte und flott ausschritt. Für das unwissende Auge war sie von den vielen anderen Frauen nicht zu unterscheiden. Sie kam aus dem Tiffany-Gebäude und folgte einer jüngeren Frau, von deren behandschuhter Hand eine perlenbesetzte Handtasche baumelte. Georgianas Hände trugen keine Handschuhe.

Sie war eine der geschicktesten Taschendiebinnen, die Harp kannte. Sie hatte sich auf die reichen Käuferinnen spezialisiert, die gewöhnlich beträchtliche Summen Geld bei sich trugen. Kein männlicher Dieb konnte nah genug an eine dieser Frauen herankommen, ohne daß sie sich über seine schlechten Manieren empört hätte. Daher fielen diese Frauen zumeist Taschendiebinnen wie Georgiana zum Opfer. Auch wenn sie es eigentlich auf Bargeld abgesehen hatte, erwischte sie nicht selten auch Schmuck und teure Damenuhren. Wenn sie genug davon zusammen hatte, fuhr sie mit dem Zug nach Philadelphia, wo sie einen Hehler kannte, der ihr einen guten Preis zahlte, da sie regelmäßig lieferte.

Sie besaß ein schönes Haus in Trenton, New Jersey, wo sie ein untadeliges Leben mit ihrem Mann und ihren Kindern führte, die sie mit ihrer Kunstfertigkeit ernährte. Sie kam nur alle paar Wochen nach New York oder wenn sie Geld brauchte. Brachte ihr der erste Tag auf der *Ladies Mile* nicht genug ein, stieg sie über Nacht im *St. Bernard Hotel* an der Ecke Prince und Wooster Street ab, um am nächsten Tag erneut auf Beutezug zu gehen.

Das *St. Bernard Hotel* war ein bevorzugter Aufenthaltsort für besserverdienende Taschendiebe. Die Polizei wußte das natürlich. Also nahm das Hotel seinen Kunden viel Geld ab, um die Behörden mit Bestechungsgeldern ruhigstellen zu können. Ein Arrangement – nahm Harp an –, das jetzt, da die Tage der Tammany-Clique gezählt waren, zeitweise außer Kraft gesetzt werden würde.

Harp sah Georgiana und ihr Opfer um eine Ecke verschwinden. Er nahm einen neuen Schluck Whiskey und spürte, wie seine Wärme ihn zu entspannen begann. Er wendete sich vom Fenster ab. Die Tische im Restaurant füllten sich langsam. Die Frauen waren alle elegant gekleidet, in den Zwanzigern oder Anfang Dreißig. Die Männer, die sie begleiteten – in keinem gehobenen Restaurant wurde eine Frau ohne Begleitung bedient –, schienen nicht ihre Ehemänner zu sein, nach der Art ihres versteckt komplizenhaften Verhaltens zu urteilen. Einige der Männer wirkten reich, die anderen vorzeigbar. Harp kannte einige von ihnen, Schauspieler, die sich gern von einer Dame zu einem teuren Essen einladen ließen, während sie auf ein neues Engagement warteten.

Harp kannte auch zwei der Frauen: Sie gehörten zur Halbwelt und wohnten in nahegelegenen Pensionen. Sonntags besuchten sie regelmäßig die Kirche. Die anderen Frauen gehörten offensichtlich der Creme der Gesellschaft oder dem vermögenden Bürgertum an. Sie wirkten gelangweilt – wahrscheinlich, weil sie zu Hause nichts anderes zu tun hatten, als Bedienstete zu beaufsichtigen, die keine Aufsicht brauchten, und weil es außerhalb des Hauses ebenfalls keine angemessene Beschäftigung für sie gab.

Ein Beobachter des städtischen Sündenbabels hatte unlängst diese Frauen, die teure Restaurants um den Union Square mit Männern besuchten, die nicht *ihre* Männer waren, mit einem scharfen Tadel bedacht: »Abendliche Menüs und teure Weine, gedämpfte Stimmen und süße Schmeicheleien sind gefährlich, meine verehrten Damen, auch wenn Sie es nicht wahrhaben wollen.«

Harp hatte nicht den Eindruck, daß die Geschäfte an diesen Orten schlechter gingen, nachdem dieser Artikel erschienen war.

Neben ihm lag ein Stapel mit Zeitungen und Magazinen. Er zog eine Nummer von *Leslie's Weekly* heraus und blätterte darin herum. Das einzige, was sein Interesse erregte, war ein Artikel von dem Journalisten, der sich mit wissenschaftlichen und medizinischen Entdeckungen beschäftigte:

> MITEINANDER SCHLAFEN. – Zwischen Eheleuten entsteht mehr Streit und Ungemach durch den Austausch elektrischer Nervenströme, wie er Nacht für Nacht beim Zusammenliegen unter dem gleichen Bettzeug stattfindet, als durch jeden anderen störenden Grund. Es gibt nichts, was das Nervensystem eines nervenschwachen Menschen mehr zerrüttet als das allnächtliche Zusammenliegen im Bett mit einer anderen Person, deren Nervenstärke fast alle Energien um sich her aufsaugt. Der Nervenstarke legt sich hin und schläft, während der Schwache sich unruhig und mit erregten Nerven hin und her wälzt. Er wird am nächsten Morgen gereizt, übellaunig und bedrückt aufwachen. Keine zwei Personen, unabhängig davon, wer sie sind, sollten gewohnheitsmäßig zusammen schlafen.

Harp lachte leise und warf das Magazin auf den Stapel zurück. Das war es, was er brauchte, um das Problem mit Louise Vedder aus seinem Kopf zu bekommen: eine Nacht, in der sein Nervensystem von einer anderen Frau zerrüttet wurde. Er sah sich erneut unter den Frauen im Restaurant um. Einige waren hübsch, und einige wenige waren schön. Er kannte Frauen, die nicht minder anziehend waren und mit denen er diese Nacht verbringen könnte, wenn er sich bei ihnen meldete. Gewöhnlich klappte das. Wenigstens für die eine Nacht...

Er trank den Rest von seinem Whiskey und spürte, wie sich die besänftigende Glut in ihm ausbreitete. Das war die zweite Möglichkeit – und eine ohne Komplikationen. Sich einfach betrinken. Und nach ein paar Tagen aus dem Rausch erwachen mit nichts anderem im Kopf als starken Schmerzen, ausgetrocknetem Mund und Rachen und Übelkeit im Magen.

Und Ambrose konnte ihm den Buckel runterrutschen.

Harp gab dem Kellner ein Zeichen, ihm einen dritten doppelten Whiskey zu bringen.

Doch als er auf den Tisch gestellt wurde, erinnerte Harp sich daran, wie er Moe Saul zuletzt gesehen hatte. Ordentlich auf seinem Bett liegend, den Schädel auf der einen Seite eingeschlagen.

Er zahlte und gab dem Kellner Trinkgeld, setzte seinen Hut auf, zog Mantel und Handschuhe an und ließ das neue Glas unberührt stehen. Draußen holte er tief Luft und ging zu Fuß in Richtung Millies Pier. Das war eine dritte Möglichkeit, um sich von einer mißlichen Lage abzulenken, aus der er keinen Ausweg wußte.

Ein langer, belebender Marsch durch die frostige Abendluft der Stadt.

KAPITEL 22

Es gab jetzt ein großes Mietshaus neben den Ställen der Frachtkompanie, wo Harp oft zusammen mit anderen Kindern auf den Heuböden geschlafen und die Körperwärme geteilt hatte – in dem bitterkalten Winter, als er zehn Jahre alt geworden war. Das Schlachthaus auf der anderen Straßenseite war ebenfalls in ein Mietshaus umgewandelt worden. Nach Klagen über den Gestank, der auch in wohlhabendere Gegenden getragen wurde, mußten die Schlachthöfe von Manhattans West Side über den Strom nach Communipaw in New Jersey übersiedeln.

Als er nun dort entlangging, hatte Harp eine plötzliche, bedrängend nahe Erinnerung: der Geschmack der Suppe, die die Bande aus den Innereien kochte – gestohlen von dem Ort im Schlachthaus, wo das Fett abgestellt wurde, aus dem man Schmalz machte. Ihm fiel auch wieder ein, wie er aus einem Versteck zugesehen hatte, wie zwei der Diebe die Borsten von geschlachteten Hausschweinen abschabten, in Streit gerieten, miteinander rangen und in den großen Siedebottich fielen. Sie stießen abgerissene Schreie aus, als sie herauskrochen, und schrien weiter, bis sie starben.

Harp ging an einer Reihe von Lagerschuppen vorbei, in Richtung des North River: die offizielle Bezeichnung des Abschnitts vom Hudson, der an New York vorüberfloß. Die Sonne war noch nicht untergegangen, aber eine dicke Wolkenschicht verhinderte, daß auch nur die geringste Wärme zur Stadt hindurchdrang. Die Haufen von Müll und Abfall, die auf die Straßen geworfen und liegengelassen worden waren, wo sie verrotteten, stanken nicht wie im Sommer. Sie waren von Schnee und Eis überfroren und bildeten harte, ungleiche Hügel. Die Pferdewagen holperten und schlitterten über sie hinweg, als sie auf ihrem Weg von den Docks an Harp vorbeifuhren.

Eine Gruppe von kleinen Jungen und Mädchen in Lumpen, aus deren löchrigen Schuhen die bloßen Füße hervorschauten, röstete in der Einfahrt einer Wagenstraße zwischen den Schuppen Fleischstücke und einen Laib Brot über einem Feuer. Das vermutlich altbackene Brot mochte von einer Bäckerei erbettelt worden sein. Das Holz für das Feuer hatten sie wohl auf einer Plünderungstour über die Docks mitgehen lassen. Und das Fleisch war aller Wahrscheinlichkeit nach von einem Lieferwagen gestohlen worden, während der Fahrer damit beschäftigt war, ein Kind zu verfluchen, das vor den Hufen seines Pferdes auf die Straße gefallen war.

Harp kannte das. Er war einst eines dieser Kinder gewesen. Ein Teil von ihm fühlte sich ihnen immer noch zugehörig.

Rauhes Lachen ertönte, als sie über das Feuer sprangen, dessen Flammen ihre zerfransten Röcke und Hosen ansengte. Die Straßenkinder waren kaum für ein Lächeln zu haben, aber sie lachten viel. Lachen war ein Beweis dafür, daß einen nichts umhauen konnte.

Weiter in westlicher Richtung überquerte Harp den Teil der Tenth Avenue, der Misery Row genannt wurde. Bettelarme irische Familien wohnten hier zusammengepfercht in den alten, einstöckigen Mansardenhäusern. Häuser ohne Gas oder Wasser, die sich bedenklich neigten, da sie über einem aufgefüllten Sumpfgelände erbaut worden waren und der Grund sich immer noch setzte.

Dann kam die Eleventh Avenue – die auch Death Avenue genannt wurde, weil nachts Betrunkene auf den Schienen durch die Lokomotiven zu Tode kamen.

In diese Gegend war Harp geflohen, als er aus dem Waisenhaus auf Randalls Island im East River ausgerissen war. Vorher hatte er in der Lower East Side gelebt, und er hatte sich überlegt, daß die Polizei sicher zunächst dort nach ihm suchen und nicht den ganzen Weg quer durch Manhattan zur

West Side zurücklegen würde. Er war damals gerade erst neun Jahre alt gewesen. Doch sein Verstand – wie der der anderen Straßenkinder, die ein Beobachter mit einem Schwarm Kakerlaken verglich – war messerscharf, wenn es um Überleben und Freiheit ging.

Es war nicht so schwierig gewesen, in der hiesigen Bande aus vagabundierenden Jugendlichen aufgenommen zu werden – nach den unvermeidlichen Faustkämpfen und einer Vorführung seiner Talente als Taschendieb. Jede Bande konnte einen kräftigen Neuzugang mit besonderen Fertigkeiten gebrauchen. Und Harp war nicht der einzige, der aus einer anderen Gegend kam. Die meisten stammten zuvor aus der Umgebung der Misery Row, aber es gab sogar welche, die aus dem Mittleren Westen kamen. Sie waren auf Kanalbooten gekommen, die immer noch mehr Güter zwischen den Großen Seen und New York transportierten als die Eisenbahnen. Aber wo immer sie auch herkamen, die Kinder hatten viel gemeinsam. Sie waren Waisen oder ungewollte Kinder, die man fortgegeben hatte, oder Kinder, die abgehauen waren, weil sie es an ihrer Arbeitsstelle nicht mehr aushielten. Gemeinsam mit anderen Kindern durch die Straßen und Gassen zu ziehen war für sie ein besseres Leben.

Als Harp dann das Gefühl hatte, daß es nicht mehr gefährlich sei, sich wieder seiner alten Gang an der East Side anzuschließen, war ihm eine Idee gekommen. Er wollte ein Bündnis zwischen seiner neuen Bande von der West Side und seiner alten von der East Side schmieden. Sie waren zu weit voneinander entfernt, als daß es territoriale Meinungsverschiedenheiten zwischen ihnen hätte geben können. Und die eine Bande konnte als eine Art Ersatzfamilie für die andere dienen. Immer, wenn die Polizei einem Bandenmitglied zu dicht auf den Fersen war, konnte es sich auf die gegenüberliegende Seite der Stadt flüchten und in der anderen Bande untertauchen, so wie Harp es getan hatte.

Beiden Banden hatte die Idee gefallen, und sie war so oft in die Tat umgesetzt worden, bis sie schließlich selbstverständlich geübte Praxis war. Auf diese Weise hatten Ambrose McGowan und andere Jungen von der East Side Millie kennengelernt. Sie war ein nicht allzu helles Straßenmädchen gewesen, die mit den Jungen die West Side durchstreifte. Bis sie alt genug war, um mehr Geld zu verdienen, als die Jungen je verdienen oder zusammenstehlen konnten, indem sie ihren Körper verkaufte. Sie war sehr stolz darauf gewesen, eine Zeitlang. Harp hatte ihr Alter auf etwas unter siebzehn geschätzt, als sie sich ertränkte...

Der Lärm vor ihm, der beim Näherkommen zunahm, wuchs zu einem gewaltigen, ohrenbetäubenden Getöse an, als er die Docks an der West Street erreichte. Klirren und Kreischen von Eisenrädern und eisenbeschlagenen Hufen auf den Pflastersteinen von der Unmenge der Frachtwagen, die dort herumfuhren. Dampfpfeifen, Glocken und Hupen. Fuhr- und Schauermänner schrien, um den Krach zu übertönen. Die Nacht brach herein, doch das Laden und Entladen der angedockten Schiffe ging unvermindert im gelben Lichtschein der Gaslaternen am Kai weiter.

Millies Pier und die vielen anderen, die sich nördlich und südlich davon erstreckten, wirkten wie weit auseinanderliegende Zähne in einem endlosen Kamm. Sie waren aus Holz erbaut und zeigten die Verschleißspuren von Jahrzehnten starker Nutzung. Beamte sprachen davon, die Docks zu modernisieren, aber nichts geschah. Jede Verbesserungsmaßnahme kostete Geld, welche man aus Gewinnen hätte nehmen müssen, die bereits für die Taschen von Geschäftsleuten und Politikern bestimmt waren. Harp ging davon aus, daß nichts geschehen würde, bis die Piers zusammenbrachen; und vielleicht würde dies dann das Ende von New York als einem der großen Handelshäfen in der Welt sein.

An dem Ende von Millies Pier, das der Kaiseite zu lag, stand eine Austern- und Kaffeebude. Harp nahm dort ein frühes Abendbrot – ein krosses langes Brot mit dickem Austernbelag – zu sich und stellte sich so hin, daß Ambrose oder wen immer er schickte, ihn sehen konnte. Während er sein Sandwich aß, betrachtete er das Treiben auf Millies Pier.

An einer Seite hatte ein holländisches Segel-und-Dampfschiff festgemacht, ein Frachter, der Büffelhäute und Biberpelze lud. Weiter draußen auf derselben Seite wurden von zwei Kähnen, die soeben von den Eisfabriken in Barrytown oben am Hudson gekommen waren, Eisblöcke auf Lastwagen getragen. Und noch weiter draußen holte ein schwimmender Getreideheber Korn aus einem Kanalschiff und pustete es in eine dreimastige spanische Barke. Näher zum Kai hin luden Dockarbeiter Zuckerfässer und große Säcke mit Kaffeebohnen von einem Rahsegler aus der Karibik.

Harp entdeckte vier Jungen im Alter von vielleicht etwas mehr als zehn Jahren, die im zunehmenden Dunkel in der Durchfahrt zwischen zwei Schuppen kauerten. Er brauchte ihre Augen nicht zu sehen, um zu wissen, daß sie jeden Dockarbeiter verfolgten, der seine Ladung vom Rahsegler zu den Lastwagen am Kai schleppte. Mit gespannter Erregung, Blechbüchsen in der Hand, warteten sie darauf, daß ein Faß oder Sack auf den Boden fiel und aufriß oder zerbrach, so daß sie vorpreschen und soviel wie möglich zusammenraffen konnten, bevor der Knüppel eines Dockwächters oder die Peitsche eines Lastwagenfahrers sie vertrieb.

Harp wollte nicht, daß sie ihn für einen argwöhnischen Wächter hielten und darum ihre Jagd aufgaben. Er schaute weg: hinaus zu den Segel- und Dampfschiffen, die über den dunkelnden Fluß kreuzten. Schlepper und Lastkähne, Schaluppen und Schoner, Barkassen und Kanalschiffe. Ein Transatlantik-Klipper mit einer Nixe als Galionsfigur glitt in der Mitte des Stroms dem Meer zu. Ein Nachtlinienschiff des Hudson River dampfte in entgegengesetzter Richtung vorbei, seine Räder erzeugten schäumende Streifen im Wasser. Der lange Salon und die drei Kabinenreihen erstrahlten in festlichem Licht und sahen aus wie ein mehrschichtiger, von Kerzen erleuchteter Hochzeitskuchen. Rechts und links davon überquerten Fährschiffe den Fluß, die zwischen New

Jersey und Manhattan pendelten, begleitet von Scharen von Möwen.

Das war eines der großen Vergnügen im Leben eines Straßenkinds gewesen. Die Docks entlanglaufen ohne Ende. Sich hineinbegeben in das Gedränge und Getreibe, während man ein Auge offenhielt für Sachen, die man mitgehen lassen konnte. Am Ende des Piers sitzen und dem Flußverkehr zuschauen und von weit entfernten, geheimnisvollen Ländern träumen. Um die Piers schwimmen im Sommer.

Das Leben auf den Straßen hielt für die Kinder tatsächlich echte Freuden bereit. Sie konnten nach Lust und Laune durch die ganze Stadt streifen, mußten niemandem Rechenschaft ablegen und zu keiner festgesetzten Stunde irgendwo erscheinen. Sie konnten sich hinten an einen Wagen hängen und auf große Fahrt gehen. Abspringen, um die Gegenden der Reichen zu erforschen und die elegant gekleideten Damen und prachtvoll ausstaffierten Huren zu begutachten. Pfennige von Einkaufenden erbetteln. Nachts vor den besseren Hotels und Theatern herumlungern und auf gutgefüllte Geldbeutel oder auf reiche Betrunkene warten, die sich ausnehmen ließen.

Es konnte auch Spaß machen, kurzfristig einen Job anzunehmen: denn man mußte nicht, wenn man nicht wollte. Ställe auskehren, Schuhe putzen und Kutschen polieren; beim Reinigen von Brauereien helfen und Botengänge machen. Und unverzüglich das Geld, das man durch Arbeit oder beim Stehlen verdient hatte, für andere Freuden ausgeben. Für Glücksspiele oder unzüchtige Shows in den Theatern der Bowery. Oder man haute es in einer Winternacht für ein bequemes Bett und warmes Zimmer in einem halbwegs ordentlichen Hotel auf den Kopf. Oder man lud seine Kumpels zu einem großen Gelage in einem billigen Restaurant ein, wo man schmutzige Witze erzählte, Zigarren rauchte und den lieben Gott einen guten Mann sein ließ.

Harp aß sein Austern-Sandwich auf und bestellte einen Becher Kaffee. Er hatte seine Handschuhe ausgezogen und sie in eine hintere Tasche gesteckt, so daß sie ihn nicht behinderten, wenn er schnell seine Waffe ziehen mußte. Er umschloß den dampfenden Becher mit beiden Händen, hielt seine Finger warm und elastisch. Er leerte den Becher und wollte ihn nachfüllen lassen, als plötzlich ein Kopf über der Kante des Piers auftauchte. Das Gesicht unter dem Bowler gehörte Ambrose McGowan. Sowie Ambrose sah, daß Harp ihn entdeckt hatte, tauchte sein Kopf wieder nach unten und verschwand.

Harp stellte den leeren Becher ab, schlenderte hinüber zu der Stelle, wo der Kopf gewesen war, und sah hinunter. Ambrose war nicht da, aber eine Leiter. Harp stieg hinab und ließ seinen Blick zwischen den geteerten Pfeilern umherschweifen, die den Pier trugen. Ambrose befand sich im tiefen Schatten unter dem Pier, er saß an den Rudern eines kleinen Boots und hielt das Boot an Ort und Stelle, indem er sich mit einer Hand an einem Pfeiler abstützte. Harp schwang sich in das Boot und nahm ihm gegenüber Platz.

Ambrose hatte ein kleines, feingeschnittenes Gesicht und dunkelblaue Augen, die von langen schwarzen Wimpern umrandet waren. Sein Gesicht war beinahe mädchenhaft hübsch, abgesehen von den Pockennarben, die es überzogen. Sein Körper war kurz und schmal, ohne die rohe Kraft der meisten Bandenmitglieder. Aber er hatte eine Fertigkeit ausgebildet, die dies wettmachte. Er war ein Messerwerfer von geradezu unheimlicher Treffsicherheit. Eine seltene Kunst, mit der er sich gleich als einer von Hoggy Corcorans besten Leuten Achtung verschafft hatte.

Harp erinnerte sich noch, wie Ambrose als Junge, der kleiner als die meisten anderen war, Stunde um Stunde mit dem Messer geübt hatte, bis er seine Technik vervollkommnet hatte.

»Bist du sicher, daß dir niemand gefolgt ist?« fragte er Harp.

»Wann hast du zum letzten Mal davon gehört, daß ich beschattet wurde, ohne daß ich's gemerkt habe?«

»Okay«, sagte Ambrose und fuhr fort, bevor Harp ihn fragen konnte, was er von ihm wollte: »Hoggy will dich sprechen. Dann kannst du ihm gleich erzählen, was die Nachricht auf dem Zettel für mich zu bedeuten hat. Daß wir in größeren Schwierigkeiten stecken, als uns klar ist.«

Damit hatte Harp nicht gerechnet, und er war auch keineswegs begeistert von dem Gedanken. »Es ist mir vollkommen egal, in was für Schwierigkeiten Hoggy und der Rest stecken«, sagte er. »Du bist der einzige, dem zu helfen ich Grund habe. Und helfen kann ich nicht, bevor du nicht mit mir offen über die Nacht redest, in der eure Gang die Alkoholkisten aus dem Lagerhaus geklaut hat.«

Ambrose blinzelte. »Wieso glaubst du, daß wir es waren?«

»Ich weiß es. Und die Polizei weiß es inzwischen auch. Wir müssen miteinander reden, bevor sie euch ausfindig macht.«

Ambrose schüttelte den Kopf. »Das kann ich nicht. Hoggy hat mir gesagt, daß ich mit dir über *nichts* reden soll. Ich soll dich nur zu ihm bringen. Er ist derjenige, mit dem du reden mußt.«

Harp schmeckte das gar nicht. Die Aussicht auf ein Treffen mit Hoggy Corcoran verursachte ihm eine Gänsehaut. Hoggy war intelligenter als die meisten Gangster, und er zeigte manchmal sogar Verstand. Aber er war ebenso ein massiges Nervenbündel voll unberechenbarer Wildheit – und daher imstande, wegen irgendeiner eingebildeten Beleidigung oder auch einfach nur in einem Ausbruch schlechter Laune jemanden tot oder zum Krüppel zu schlagen.

»Ich hab anderes zu tun«, sagte Harp. »Wir beide tauschen unsere Informationen hier und jetzt aus. Du kannst Hoggy danach davon berichten.«

»Das kann ich nicht«, wiederholte Ambrose. »Er hat gesagt, ich soll dich zu ihm bringen, und was andres bleibt mir nicht übrig.«

Das war keine Hartnäckigkeit, die sich ausräumen ließ. Ambrose hatte, wie alle anderen Mitglieder der Gang, schlicht und einfach zuviel Angst vor Hoggy Corcoran, um dessen Anweisungen nicht zu befolgen. Harp mußte sich entweder fügen oder ohne die Information seiner Wege gehen. Seine Nerven beruhigten sich in dem Moment, in dem er sich damit abfand. Er spürte, wie sein Blut und Kopf kühler wurden. Das geschah immer, wenn er im Begriff stand, mit dem Feuer zu spielen.

»Okay«, sagte er, »fahren wir los.«

KAPITEL 23

Ambrose ruderte in südlicher Richtung, blieb unter den Piers, wo dies möglich war, und steuerte zwischen den angedockten Schiffen hindurch. Als sie den schwimmenden Austern-Großmarkt erreichten, mußte er weiter hinaus auf den dunklen Fluß ausweichen. Dort lagen die flachen Flußboote – mit Salzwasserbehältern für die Austern, die von Schaluppen von Long Island gebracht wurden – ohne Zwischenräume fest vertäut. Doch sowie sie diesen Teil des Hafens hinter sich gelassen hatten, schwenkte Ambrose zurück in die schützende Deckung der Piers und vertäuten Schiffe. Nicht weit vor dem Depot der Fähren von und nach Hoboken an der Canal Street bog er scharf nach links unter einem der Piers ein.

Er hallte von dem Brüllen verängstigter Rinder und dem Donnern ihrer Hufe wider: Die Tiere wurden über eine breite Gangway auf einen Ozeandampfer von Liverpool hinaufgetrieben. Im spärlichen Licht der Gaslaternen, das von den Docks oben herabsickerte, warfen die Pfeiler ein grobes Schattennetz. Harp mußte blinzeln, um genau zu erkennen, was Ambrose tat: Er befestigte das Bootstau an einem rostigen Ringbolzen in der Backsteinmauer unter dem Kai. Daneben befanden sich gleichfalls verrostete Eisengitter, die ineinandergeschoben waren und eine Schranke vor einem Abflußrohr von etwa sechs Fuß Durchmesser bildeten.

Ein Jahrhundert zuvor war das untere Manhattan voll von offenen Wasserläufen, Teichen und Sümpfen gewesen. Als die Stadt sich nördlich von der Battery ausdehnte, hatte man sie aufgefüllt und Kanäle gegraben, um sie in den East River und in den Hudson abfließen zu lassen. Anfang des 19. Jahrhunderts verschwanden die Kanäle unter neugebauten Straßen. Die erste war Broad Street, unten im Bankendistrikt; die längste und bekannteste war die Canal Street, die die Flüsse miteinander verband. Aber es gab Dutzend andere, durch unzählige Abflußvorrichtungen verbunden, die von Keller-Senkgruben zu den überbauten Kanälen führten, erbaut von den im Viertel ansässigen Baufirmen oder auch von einzelnen Hauseigentümern.

Nachdem die Stadt schließlich ein funktionierendes System der Wasserversorgung und Entwässerung geschaffen hatte, trockneten die überbauten Kanäle und Abflußtunnel mehr oder weniger aus. Dies änderte sich nur bei schweren, anhaltenden Regenfällen. Um 1871 waren viele der ehemaligen Abflußvorrichtungen bei den Behörden in Vergessenheit geraten. Aber nicht bei den ärmeren Bewohnern in Lower Manhattan. Viele benutzten die unterirdischen Tunnels, um bei Regen oder Schneesturm von einem Ort zum anderen zu gelangen. Und für Kriminelle aus der Gegend boten sie gute Verstecke für ihre Beute und stellten ideale Fluchtwege dar, wenn die Polizei hinter ihnen her war. Einige der größeren Banden hatten sogar eigene unterirdische Gänge gegraben, die mehrere dieser vergessenen Entwässerungssysteme miteinander verbanden.

Niemand hatte einen vollständigen Überblick über die vielen zusammenhängenden Wegenetze. Harp kannte eine Menge davon. Aber diesen Tunnel hier kannte er nicht.

Ambrose griff durch die Gitter und drehte an etwas dahinter. Dann schob er beide Gitter auf, die offenbar in ziemlich neuen und gutgeölten Türangeln hingen. Wenn sie überhaupt quietschten, so konnte es Harp jedenfalls durch den Lärm des Viehs, das oben über den Pier trampelte, nicht hören. Ambrose gab ihm ein Zeichen und kletterte in die Öffnung. Als Harp ebenfalls drin war, schob er die Gitter wieder zu.

In der vollkommenen Dunkelheit war die Flamme eines Streichholzes hell genug, um Harp zu blenden. Ambrose zündete eine Laterne an, eine von zweien, die an Nägeln an der Wand des Abflußtunnels hingen. Er bewegte einen Hebel an der gegenüberliegenden Wand, um die Gitter zu arretieren. Erst danach ergriff er die leuchtende Laterne und ging den Weg im Tunnel voraus. Ambrose war so klein, daß er aufrecht gehen konnte, Harp hingegen mußte den Kopf einziehen und folgte in gebeugter Haltung.

In der letzten Zeit war hier kaum Wasser geflossen. Der Boden war dick mit einer Schicht von teilweise verfestigtem Schlamm bedeckt, der unter den Schuhen nur wenig nachgab und das Geräusch ihrer Schritte verschluckte. Links und rechts öffneten sich Abflußrohre in den Hauptkanal. Manche aus zerbröckelndem Backstein, andere aus Gußeisen oder gebranntem Ton. Einige sehr alte Rohre waren aus ausgehöhlten Baumstämmen gemacht. Aus ihnen kam nichts als Jauchegestank und das Scharren und Schreien von Ratten. Der Tunnel folgte den Windungen eines ausgetrockneten Bachs, zweimal gabelte er sich. Beim ersten Mal nahm Ambrose die rechte Abbiegung, danach die linke. Es war schwierig, die Entfernungen genau abzuschätzen. Harp schätzte, daß sie unter drei oder vier Straßenzügen hindurchgegangen waren, als Ambrose bei einem Hügel Backsteinschutt stehenblieb. Die Steine waren oben von der Tunneldecke abgeschlagen worden. In der frei gewordenen Fläche beschien die Laterne eine massive, neue Falltür, die in sehr viel ältere Dielenbretter eingefügt war. Ambrose erklomm den Hügel, langte mit seiner freien Hand nach oben und klopfte an die Unterseite der Falltür. Zwei Schläge, Pause, einen Schlag, Pause, zwei Schläge. Die Falltür wurde geöffnet und gab ein schwarzes Loch frei. Ambrose hob die Laterne, um dem Mann dort oben sein Gesicht zu zeigen. Eine Leiter wurde herabgelassen. Harp kletterte hinter Ambrose her, und sie kamen in einen kellerartigen Raum, der ursprünglich vielleicht als Lagerraum oder Kohlenverschlag gedient hatte. Das Licht von Ambroses Laterne fiel auf zwei stämmige finstere Gestalten, die ihre Revolver zurück in die Manteltasche steckten. Harp kannte die beiden flüchtig: Dutch Duffy und Sheeny Max Cohen, Veteranen in Hoggy Corcorans Gang.

Duffy nahm eine gewölbte Abdeckung von einer großen Eisenpfanne, die auf der Mitte des Dielenbodens stand. Die Pfanne enthielt glühende Kohlen, die dem Raum etwas Wärme und ein wenig Helligkeit schenkten. Ansonsten gab es hier nur noch zwei altersschwache Sessel, der eine gegenüber der Falltür und der andere an einem schmalen, glaslosen Fenster, durch das Harp nur die schwarze Nacht draußen erkennen konnte.

Cohen zog die Leiter hoch, als Ambrose fragte: »Hoggy oben?«

Cohen schloß die Falltür und spie Tabaksaft auf den Boden, bevor er antwortete: »Ist grad rüber ins andre Haus gegangen.«

Ambrose und Harp stiegen ein paar Steinstufen hinauf, öffneten die schräge Kellertür am Ende und traten in einen ummauerten Hof hinaus. Das einzige Licht kam von Ambroses Laterne; und das meiste davon wurde von der Dunkelheit verschluckt. Schemenhaft tauchten von überall her verwischte Umrisse auf. Die Rückseiten halb erkennbarer Gebäude, die in der Düsternis wie zerfallene Ruinen aussahen. Schiefe Mauern, durchhängende Dächer, sich neigende Giebel, zusammenstürzende Türmchen, windschiefe Schornsteine. Harp sah keinen Weg aus dem Hof, es sei denn geradewegs durch eines dieser Gebäude.

Er hielt sich nah an Ambrose und dessen Laterne, als sie den Hof überquerten. Ihre Stiefel brachen durch dünne Schichten von Eis in einen saugenden Morast von Schlamm, Abfall und halbgefrorenem Schnee. Vier ausgetretene Holzstufen führten zur Hintertür eines Hauses, dessen Fenster mit Rolläden verschlossen waren. Ambrose klopfte in der gleichen Abfolge wie an der Falltür. Sie hörten, wie drinnen die Riegel zurückgeschoben wurden.

Der Türöffner war Harp unbekannt. Jung, bullig, gepanzert. Der übliche Straßenschläger. In seiner Rechten hielt er eine der Vielzweck-Handfeuerwaffen, die im Krieg von Büchsenmachern produziert wurden: ein sechsschüssiger

Schlagring-Revolver mit Messingringen als Griff und einem Dolch mit Wellenschliff, dessen Klinge an der linken Seite des Eisenlaufs hervorsproß. Er zeigte mit seinem linken Daumen kurz über seine Schulter und verriegelte die Tür wieder. Harp sah, daß sie innen mit Eisen beschichtet war und daß der Riegel lange und schwere Bolzen hatte. Ambrose löschte die Laterne, stellte sie am Boden ab und führte ihn in den vorderen Teil des Hauses. Sie gingen durch einen kalten, kahlen Flur, der einen muffigen Geruch von Schimmel und Fäulnis ausströmte. Eine einzelne Kerze in einem Wandhalter beleuchtete ihren Weg. Splittrige Holzdielen bogen sich unter ihrem Gewicht.

Sie betraten ein nach vorne gelegenes Zimmer mit dem Geruch von sanfter Kohlenglut in einem Kanonenofen und von Zigarrenstummeln, die in drei mit Tabaksaft angefüllten Spucknäpfen dümpelten. Das schwankende Licht einer Öllampe, deren Docht heruntergedreht war, drang nicht bis in die dunklen Winkel und ließ die Schatten im Raum wie Gespenster erscheinen, die sich im Schlaf leicht bewegten. Schwere Samtvorhänge hingen vor den beiden Fenstern zur Straße, so daß kein Funke des schwachen Lichts durch die vorgelegten Läden nach draußen dringen konnte.

Geblümte Tapeten, vor allem riesige Rosen, hingen in Fetzen von den Wänden und Decken und ließen größere Flecken von abbröckelndem Putz und dem darunterliegenden Lattengerüst sehen. Das splittrige Parkett war größtenteils mit Teppichen überdeckt. Einige davon waren zerschlissen, die meisten aber wirkten teuer: Beute aus verschiedenen Einbrüchen. Die Möbel waren ebenso unterschiedlich: Gerümpel und Diebesgut. Die Öllampe stand neben einem beinahe leeren Bierkrug und einigen Gläsern auf einem imposanten Schreibtisch, möglicherweise *Louis quatorze*. Weitere Gläser und eine leere Whiskeyflasche standen auf einem improvisierten Tisch, der aus einer großen Bierkiste bestand. Einer der so ausgiebig gebrauchten Spucknäpfe war ein Emailletopf mit Golddekor, die anderen waren rostige Blechkannen.

Ein hochgewachsener, ausgezehrter Kerl namens August Smoky »Puster« Poole saß auf einem neuen Ledersofa, gekleidet wie ein Leichenbestatter. Er hatte neben seinem linken Bein einen halbgefüllten Bierkrug und ein Glas am Boden stehen und hielt auf seinem rechten Oberschenkel eine Pistole, die er ein wenig hob, um Harp ins Visier zu bekommen.

Harp trat zur Seite und stellte sich mit dem Rücken zur Wand.

»Lauf hier nicht rum«, riet Smoky ihm mit einer weinerlichen Stimme, die zu seiner Kleidung und körperlichen Erscheinung paßte. »Du willst mich nicht nervös machen, oder?«

Er brauchte darauf keinen größeren Nachdruck zu legen. »Puster« galt als Todesschütze. Es gab Mitglieder rivalisierender Gangs, die seinen Ruf hätten bestätigen können, wenn sie noch gelebt hätten. Sein Spitzname rührte daher, daß er eine beträchtliche Anzahl »weggepustet« hatte.

»Wo ist Hoggy?« fragte Ambrose.

»Oben. Weckt ein paar Jungs auf, damit sie ihre Wache draußen auf der Straße antreten.«

»Warte hier«, sagte Ambrose zu Harp und verließ den Raum.

Harp blieb mit dem Rücken zur Wand stehen; er stützte sich dabei nicht eigentlich auf den Stock in seiner linken Hand, und seine Rechte steckte in der Manteltasche, bei dem Le-Mat-Revolver. Smoky lehnte sich im Sofa zurück, seine Augen und die Pistole auf Harp gerichtet.

Die Pistole hatte einen kurzen Lauf, nicht länger als sieben Zentimeter. Ihr Griff und Schaft waren aus gemustertem und poliertem Hartholz, das dicke Ende geschwungen wie ein Vogelkopf. Harp schätzte, daß es eine der Taschenpistolen war, die Derringer in Philadelphia herstellte.

»Ist das eines von den Modellen aus der Lincoln-Mord-Serie?« fragte er Puster.

»Eines davon, Teufel«, sagte Puster. »Das *ist* es. Die Pistole, mit der er erschossen wurde.«

Harp bezweifelte, daß Puster das ernsthaft glaubte. Die Pistole, die John Wilkes Booth benutzt hatte, um Präsident Lincoln zu töten, befand sich aller Wahrscheinlichkeit nach in der Asservatenkammer der Regierung. Betrüger verkauften genaue Kopien für aberwitzige Preise an reiche Sammler und behaupteten, daß es sich um Booths Waffe handelte. Doch Smoky fiel auf so etwas gewiß nicht herein. Er hatte sich selbst zeitweise als Betrüger versucht, wenn auch nie sonderlich erfolgreich, bevor er seine Begabung als Revolverheld entdeckte.

»Puster« hatte einen sehr viel niedrigeren Rang in der Verbrecherhierarchie eingenommen, als Harp ihn kennenlernte. Damals wurde er noch Augy genannt, und er war Haardieb gewesen. Eine üppige Haarpracht war die Krönung einer Frau, und viele Frauen hatten nicht genug davon, um einen großen Nackenknoten binden zu können. Die es sich leisten konnten, kauften sich daher falsches Haar, um den Fehler der Natur zu korrigieren. Die sich noch mehr leisten konnten, zahlten ungleich größere Summen für echtes Haar, das zu ihrem eigenen paßte oder sich damit mischen ließ.

»Puster« – damals Augy – trieb sich bei Castle Garden herum und beobachtete die letzten Schiffsladungen von armen Einwanderern, die in die Stadt kamen. Wenn er unter ihnen eine Frau mit verschwenderischer Haarfülle entdeckte, folgte er ihr und versuchte sie zu erwischen, bevor sie herausfand, daß sie einen gefragten Handelsartikel besaß. Mit dem Versprechen einer Arbeitsstelle lockte er sie irgendwohin, wo er sie betäuben oder bewußtlos schlagen konnte. Wenn sie wieder zur Besinnung kam, war ihr Haar größtenteils fort.

Das Stehlen von Haar war immer noch ein recht lukratives Betätigungsfeld der unteren Kriminellenschicht. Freilich verdiente man als Killer mit einer Handfeuerwaffe deutlich mehr; und man erntete zugleich sehr viel mehr Respekt in der Unterwelt.

Harp hörte auf, über »Pusters« Geschichte nachzudenken, als er ein polterndes *Tack-tack-tack* die Treppe herunterkommen und sich über den Flur nähern hörte.

Hoggy Corcoran – er verkündete seine Ankunft mit jedem zweiten Schritt. Er hatte seine Beinprothese mit einem geschliffenen Eisenwinkel beschlagen lassen, der, wenn Hoggy einen gestürzten Mann trat, mühelos durch die Eingeweide bis zur Wirbelsäule drang.

Harp bewegte die Schultern ein wenig, um seine innere Spannung zu verringern. Es gelang ihm, gelassen auszusehen, beinahe schläfrig, als Hoggy in das Zimmer stampfte.

KAPITEL 24

Hoggy war sehr kräftig gebaut. Ein schwerer Klotz von den Schultern bis zu den Hüften. Die Dielen bebten, und Staub stieg von ihnen auf, wenn sein beschlagenes Holzbein mit dem ganzen Gewicht aufstampfte. Harp wußte, daß der Stumpf des Beines immerfort an der Stelle schmerzte, wo er mit dem Knie an das Holz geschnallt war; und dies war der Grund für einige von Hoggys Zornausbrüchen. Es war nun annähernd neun Jahre her, seit ein Rivale, der ihm die Gunst einer Hure von der Water Street nicht gönnte, seinen Unterschenkel mit einem Gewehr zertrümmert hatte. Hoggy war danach über ein Jahr lang aus der Stadt verschwunden. Das erste, was man von seiner Rückkehr erfuhr, war, daß der Rivale in einer Gasse aufgefunden wurde, die Hände mit Stacheldraht auf dem Rücken zusammengebunden und verblutet. Seine beiden Beine waren ihm mit einer Axt abgehackt worden.

Ambrose kam hinter Hoggy herein und setzte sich auf die Kante eines abblätternden Küchenstuhls. Pusters Blick und Pistole blieben auf Harp gerichtet.

Hoggy räumte mit einer Armbewegung die leere Flasche und die Gläser von der Bierkiste ab und ließ sich mit seinem breiten Gesäß darauf nieder, gegenüber von Harp. Sein flaches, stupsnasiges Gesicht war von einem Netz von Schmerzfalten durchzogen. Sein Kopf war kahlgeschoren, damit man die dort befindlichen Narben sah: Souvenirs aus den Tagen, als er in Kopfstoß-Wettkämpfen gewonnen hatte. Das hatte er aufgegeben, nachdem er einen Teil seines Beins verloren hatte. Man brauchte mehr als nur einen unnatürlich dicken Schädel, um Köpfe zu stoßen. Man brauchte zwei feste Beine unter sich, um den Kopf mit genügend Kraft gegen den des Gegners zu rammen, so daß der die Besinnung verlor.

»Warum setzt du dich nicht«, schlug Hoggy vor. Seine Stimme war so massiv wie der Rest von ihm, sogar wenn er flüsterte.

»Ich habe heute schon zuviel gesessen«, sagte Harp. »Mir ist es recht so.«

»Wie du willst«, sagte Hoggy. Und dann: »Zu kalt für dich hier drin?«

»Nein.«

»Warum hast du dann die Hand in der Tasche?«

Harp lächelte ihn nur an. Hoggy lächelte zurück. Harp wandte den Blick nicht von ihm ab, und so sah er nicht, ob sich Pusters Gesichtsausdruck verändert hatte.

»Ambrose sagt, du glaubst, daß wir den Stoff aus dem Lagerhaus geholt haben«, sagte Hoggy. »Wie kommst 'n darauf?«

»Das ist kein Geheimnis«, antwortete Harp. »Ich weiß nicht, wie es dazu kam, aber die Spatzen pfeifen es von den Dächern. Ich habe es gehört – und die Polizei auch.«

Hoggy griff hinter den Bierkasten und zog eine braune Papiertüte hervor. Er nahm eine Walnuß und knackte sie zwischen Daumen und Finger. Die Schale ließ er auf den Boden fallen und aß die Nuß, während er Harp die Tüte anbot.

Harp schüttelte den Kopf und entspannte sich ein wenig. Hoggy wollte etwas von ihm; mehr als nur eine Information. Seine geduldige Art zeigte dies. Und das hieß, daß Hoggy seine gewalttätige Ader zügeln würde. Wenn er dazu in der Lage war.

Hoggy knackte und aß eine weitere Walnuß. »Das ist nix Neues. Was soll also das Gerede von den großen Schwierigkeiten, von denen wir nix wissen?«

»Die erste«, sagte Harp, »ist, daß Moe Saul in derselben Nacht bei sich zu Hause umgebracht wurde wie Alice Curry, und die Polizei dürfte mittlerweile seine Leiche gefunden haben. Und sie werden annehmen, daß ihr es getan habt, so wie sie glauben, daß ihr Alice Curry auf dem Gewissen habt.«

»Moe?« Hoggys Überraschung war nicht gemimt. Harp kannte ihn gut genug, um dessen sicher zu sein. »Warum sollten wir Moe töten, verflucht? Und diese Hure, die sie im Lagerhaus gefunden haben, von der haben wir nix gewußt, bis wir aus der Zeitung davon erfahren haben.«

»Ich habe mit Schläger Redpath gesprochen«, sagte Harp. »Für ihn ist es die klarste Sache von der Welt, daß ihr sie umgebracht haben müßt, während ihr das Lagerhaus ausgeräumt habt. Und was ihr gestohlen habt, steht immer noch bei Moe. Also wird Redpath davon ausgehen, daß beide Morde auf ein Konto gehen.«

Hoggy machte eine wegwerfende Geste. »Redpath gehört zur East Side. Wir haben uns alle hier verkrochen, weit weg von seinem Bezirk. Sein Arm reicht nich bis hierher.«

»Falsch«, sagte Harp. »Die zweite schlechte Nachricht, die ich für euch habe, ist, daß er sich mit den Captains der anderen Bezirke getroffen hat. Damit sie mit ihm zusammenarbeiten und er an die verschiedenen Informanten rankommt. Es gibt Leute hier in der Gegend, die wissen, daß ihr hier steckt. Bei all dem Druck, den sie bei dieser Sache machen, wird euch auf jeden Fall irgendwann jemand verpfeifen. Das ist keine Frage. Es ist nur eine Frage der Zeit, wann Redpath euch erwischt. Und es gibt nur eine Möglichkeit, da rauszukommen.«

Hoggys Lachen ließ einen frösteln. Eine Warnung für Harp, sich in dieser Umgebung nicht allzu sehr zu entspannen. »Du meinst, raus aus der Stadt und nich wieder zurückkommen.«

»Oder du schaffst den Druck von dir weg. Hilf mir, diejenigen zu finden, die Moe und Alice Curry ermordet haben. Erzähl mir alles über die Nacht, als ihr ins Lagerhaus eingestiegen seid – ohne etwas zurückzuhalten.«

Hoggy aß eine Walnuß, während er Harp musterte, dann stellte er fast die gleiche Frage wie Redpath: »Was ist dein Interesse an der Sache?«

»Ich war mit Moe befreundet, von Kindesbeinen an. Ich will seinen Mörder.«

»Sicher, daß ich's nicht war?«

»Ziemlich sicher«, antwortete Harp. »Wie du gesagt hast, warum solltest du ihn umbringen? Du brauchst doch einen Hehler, dem du vertrauen kannst. Und Moe war immer ehrlich zu Leuten wie dir. Er war zu klug, um es anders zu halten.«

»Und die Hure im Lagerhaus?«

»Wenn du sie ermordet hättest, dann hättest du sie da nicht liegen lassen. Du weißt doch, daß es immer irgend jemanden geben kann, der einen beim Einbruch rein- oder rausgehen sieht. Du hättest ihre Leiche mitgenommen und irgendwo anders gelassen.«

»Verdammt, und ob ich das getan hätte.«

»Also, dann erzähl mir die Sache von deiner Seite aus.«

Hoggy war im Begriff, sich eine neue Walnuß aus der Tüte zu holen. Dann überlegte er es sich anders und stellte die Tüte beiseite. »Ich hab gehört, daß du mit Bill Howe und Abe Hummel zusammensteckst.«

»Ich erledige hin und wieder was für sie.«

»Ich will«, sagte Hoggy, »daß du mit ihnen über die Scheiße redest, in der ich und meine Jungs jetzt stecken. Wir haben nur das Gesöff geklaut. Nix sonst. Okay, da haben sie keine Probleme mit. Ein bißchen Geld für den richtigen Richter, und wir sind außen vor. Sag ihnen, ich bezahle soviel sie wollen, wenn sie den andern Dreck von uns weghalten können.«

»Sie können nichts tun, ohne deine Version von der Nacht zu kennen – in allen Einzelheiten. Ich kann ihnen nichts sagen, solange du mir nichts sagst.«

Hoggy nickte und runzelte die Stirn. Er schien im Begriff, etwas zu sagen. Was immer es war, Harp sollte es nie erfahren.

Ein krachendes Splittern ertönte, als die Läden von der Straße her aufgerissen wurden. Gleich darauf wurden die Fenster eingeschlagen. Hoggys Wachtposten draußen mußten zuvor ausgeschaltet worden sein. Die Glasscherben spritzten über den Boden, als die Vorhänge mit langen Stahlhaken heruntergerissen wurden.

Ambrose war als erster auf den Füßen, er riß seine Pistole aus der Tasche und schoß blind auf die schwarze Straße. Ihm antwortete eine Feuersalve von Gewehr- und Pistolenschüssen. Harp warf sich flach auf den Boden. Ambrose taumelte, und sein Bowler flog quer durchs Zimmer. Er brach neben Harp zusammen. Eine Furche lief quer über seinen Kopf, wo eine Kugel Haar und Kopfhaut weggemeißelt hatte; sie hatte seinen Schädel mit solcher Wucht gestreift, daß er bewußtlos wurde. Harp wußte nicht, ob sie Schlimmeres angerichtet hatte. Blut quoll aus der Furche; aber viel mehr sickerte durch den linken Mantelärmel, wo eine Kugel ihn im Oberarm gleich unter der Schulter getroffen hatte. Der massige Hoggy war von dem Bierkasten aufgesprungen und wandte sich zur Öllampe, um sie zu löschen, als eine Kugel dumpf in die Seite seines Schädels einschlug. Er kreiselte auf seinem Holzbein und stürzte der Länge nach schwer mit dem Rücken auf den Boden. Sein Kopf rollte schlaff herum und sah zu Harp. Im Gesicht, wo das rechte Auge gewesen war, klaffte jetzt ein Loch, aus dem ein Blutrinnsal floß.

Es war unglaublich und irgendwie widernatürlich, daß eine solche vor animalischer Kraft und Wildheit strotzende Gestalt so plötzlich umgeblasen werden konnte.

Smoky »Puster« Poole war langsam zu einem der Fenster gekrochen und lugte nach draußen. Er hatte seine kurzläufige Pistole in die linke Hand genommen und hielt in der rechten einen Revolver mit langem Lauf, offenbar das Offiziersmodell eines fünfschüssigen Colts. Er hatte beide Waffen schußbereit, aber er wartete, bis er ein Ziel auf der dunklen Straße sehen konnte.

Die Salven von draußen nahmen an Heftigkeit zu, die Kugeln zersiebten Wände und Decke, die bloßliegenden Latten zersplitterten, und der Verputz fiel in Stücken herab.

»Polizei!« rief eine schrille Stimme von draußen durch den Lärm. »Kommt raus mit erhobenen Händen und ohne Waffen!«

Es klang sehr nach Schläger Redpath.

Harp kroch flach am Boden zu dem Küchenstuhl, auf dem Ambrose gesessen hatte. Er packte ihn an einem Bein und schleuderte ihn auf die Öllampe, die vom Tisch flog. Sie fiel auf den Boden und erlosch. Der Raum war in Dunkel getaucht.

»Puster« begann, in Abständen aus dem Fenster zu schießen. Andere von der Gang schossen aus einem anderen ebenerdigen Zimmer und aus dem oberen Stockwerk. Das Gewehrfeuer von draußen ließ nach. Harp las seinen Hickorystock auf, kroch zu Ambrose, umfaßte eines seiner Handgelenke und schleifte ihn aus dem Raum hinaus in den Flur.

Nahebei begann eine schwere Axt in die Außenseite der Vordertür zu hacken. Doch die Innenseite dieser Tür war wie die der hinteren mit Eisen beschlagen und nicht leicht aufzubrechen. Die Angreifer würden sich auch nicht beeilen, durch die Fenster zu klettern, die von Mitgliedern der Gang mit Schußwaffen verteidigt wurden. Zum Hinterhof des Hauses zu gelangen, indem sie sich durch oder über andere Häuser einen Weg bahnten, kostete ebenfalls Zeit. Aber dort hinten waren keine Schüsse zu hören, was dafür sprach, daß die Angreifer noch nichts dergleichen unternahmen.

Harp richtete sich auf, hob den bewußtlosen Ambrose vom Boden auf und nahm ihn über die Schulter. Er war leicht zu tragen. Harp ging in gebeugter Haltung, so daß er Ambroses schlanken Körper nicht festhalten mußte und die Hände frei behielt. So erreichten sie den hinteren Teil des Hauses.

Die Tür stand weit offen. Der junge Schläger hatte sich aus dem Staub gemacht. Kluger Bursche. Harp schnappte sich die Laterne, die Ambrose dort hatte stehenlassen, zündete sie aber nicht an. Er ging durch den dunklen Hinterhof, achtete auf Löcher im Boden und Unrat, über den er stolpern konnte. Er unterdrückte den starken Wunsch, sich zu beeilen. Hier schnell wegzukommen war lebenswichtig; aber mit einem gebrochenen oder verstauchten Fußgelenk hätte er erst recht keine Chance dazu gehabt.

Die schräge Kellertür im anderen Haus stand offen. Die glühenden Kohlen in der Eisenpfanne unten leuchteten ihm, als er die Steinstufen hinabstieg. Niemand befand sich mehr in dem Kellerraum. Die Falltür war ebenfalls offen. Der Türwächter des anderen Hauses war geflohen, ebenso Dutch Duffy und Sheeny Max Cohen und alle anderen der Gang, die oben in diesem Haus gewesen waren.

Die Leiter lehnte noch im Abwassertunnel. Harp kletterte mit seiner bewußtlosen Last hinunter. Als er den Boden erreichte, zündete er mit einem Streichholz die Laterne an, die er trug. Es hatte keinen Sinn, den Weg zurückzugehen, auf dem Ambrose ihn hergeführt hatte. Die anderen Flüchtigen hatten ihn genommen. Das Boot würde nicht mehr unter dem Pier liegen, wenn er hinkam. Und zu dieser Jahreszeit war die Aussicht, mit Ambrose neben sich im Fluß zu schwimmen, nicht sonderlich anziehend.

Harp schlug die entgegengesetzte Richtung ein, beleuchtete den Weg vor sich mit seiner Laterne und ging schnell. Diese unterirdischen Wegenetze hatten immer mehrere Ein- und Ausgänge. Er mußte nur einen davon finden, bevor die Polizei den Tunnel entdeckte, darin ausschwärmte und ihn zu fassen kriegte.

KAPITEL 25

Auf die Unterseite einer Falltür war ein leuchtendes ZWEI-DOLLAR-Zeichen gemalt.

Da war etwas in der Falltür, das wie ein Astloch aussah, und daneben hing eine kurze, dünne Kette herunter. Zunächst drückte Harp nur versuchsweise seine Stockspitze gegen die Falltür. Sie gab nicht nach. Er zog an der Kette. Ein fernes schwaches Klingeln ertönte irgendwo oben. Er zog zwei Silberdollar aus der Tasche, während er wartete.

Etwa dreißig Sekunden später zeigte sich ein Licht im Astloch. Eine Sekunde später verschwand es wieder: offenbar verdeckt durch den Kopf von jemandem, der sich herunterbeugte und ihn durch das Loch musterte. Er hielt die zwei Dollar ins Licht seiner eigenen Laterne. Darauf zeigte sich auch im Guckloch wieder Licht, irgend etwas scharrte über die Oberfläche der Falltür. Sie wurde aufgezogen, und eine Leiter wurde heruntergelassen. Harp trug den bewußtlosen Ambrose die Leiter hinauf in ein fensterloses Gelaß, nicht viel größer als ein Schrank.

Eine stämmige, grauhaarige Frau in einem alten Baumwollkleid wartete dort mit ausgestreckter offener Hand. Einen Schritt schräg hinter ihr stand eine magere Frau mit dünnem weißem Haar und in einem ähnlichen Kleid. In der einen Hand hielt sie eine Laterne und in der anderen eine sechsschüssige Sprague & Marston-»Pfefferbüchse«, die auf ihn gerichtet war.

Das einzige Möbelstück in dem kleinen Raum war ein Armeefeldbett mit einer dünnen Flickendecke als Überzug. Durch die offene Tür sah Harp Holzstufen, die ins Haus führten. Er ließ die zwei Silbermünzen in die Hand der stämmigen Frau fallen, dann löschte er seine Lampe und legte sie und Ambrose am Boden ab.

Der von der Kugel aufgerissene Ärmel von Ambrose troff vor Blut, das auch auf Harps Mantel geflossen war. Ambrose atmete noch. Harp hoffte, daß er damit nicht aufhören möge – wenigstens bis er erzählen konnte, wozu Hoggy nicht mehr gekommen war.

Die stämmige Frau betrachtete Harp nachdenklich, als sie die Münzen in ihre Rocktasche steckte. »Wenn er sterben muß, dann nicht hier. Ich hab genug Kranke, die in meinem Haus Betten belegen. Da brauche ich nicht noch einen, der bei mir stirbt.«

»Wir sind nur auf der Durchreise«, sagte Harp und begann, Ambrose den Mantel auszuziehen. »Ist ein Droschkenstand in der Nähe?«

»Das Fährendepot an der Christopher Street ist nur zwei Blocks entfernt. Stehen immer 'ne Menge herum.«

Harp wies mit dem Kopf auf die Laterne, die er abgestellt hatte. »Die können Sie haben und einen Extradollar, wenn Sie mir eine Droschke besorgen. Sagen Sie dem Fahrer, daß ich einen Freund dabeihabe, der sturzbetrunken und ohnmächtig ist. Ich zahle ihm einen Dollar zusätzlich, wenn er uns nach Norden fährt.«

»Sturzbetrunken ist er?« Sie lachte trocken und kurz. »Eher blutgetränkt würde ich sagen. Dem Fahrer wird das nicht gefallen.«

»Er wird es in der Dunkelheit nicht sehen.« Harp war sich dessen allerdings nicht ganz sicher. Wenn der Fahrer etwas merkte, würde Harp mehr als nur einen Dollar extra bezahlen müssen.

Die stämmige Frau zuckte die Achseln und streckte erneut ihre Hand aus. Harp gab ihr noch einen Dollar. Sie steckte ihn zu den beiden anderen und zog dann die Leiter hoch, schloß die Falltür und schob einen Eisenriegel vor. Sie hob die Laterne, die er ihr angeboten hatte, vom Boden auf und stapfte über die Stufen hinaus. Die weißhaarige Frau, die kein Wort gesprochen hatte, folgte mit ihrer Laterne und Pfefferbüchse nach.

Harp zog Ambrose den Mantel ganz aus. Der linke Ärmel und die ganze Seite des Hemds waren blutdurchtränkt. Harp riß den Ärmel an der Schulter auf und schälte ihn von Ambroses drahtigem Arm. Die Kugel hatte den Bizeps auseinandergerissen, und die Wunde blutete noch. Harp verwendete den blutigen Ärmel als Druckverband und band ihn gleich unter der Schulter fest zusammen. Er trennte den anderen Ärmel ab, rollte ihn zusammen und preßte ihn gegen die Wunde. Mit seinem eigenen Halstuch band er ihn dort stramm fest.

Die Kopfwunde von Ambrose hatte aufgehört zu bluten, aber sein Atem ging beunruhigend flach. Im Moment ließ sich nichts dagegen unternehmen. Harp zog ihm den Mantel wieder über und knöpfte ihn zu, als die stämmige Frau zurückkam und ihm zunickte.

Er schulterte Ambrose wieder und folgte ihr die Stufen hoch. Hinter ihnen ging die weißhaarige Frau. Er mußte sich tief bücken, um durch die niedrige Tür zu gelangen. Sie führte in eine Nische unter einer weiteren Treppe. Sie bewegten sich mühsam zwischen Kisten und Körben, die dort gelagert waren, hindurch und gingen durch einen Flur, der mit Staub und Schimmel bedeckt war. Das Haus roch wie eine Gruft für Wesen zwischen Leben und Tod, ohne einen Hauch von frischer Luft. Sie gingen durch Räume, die einmal ein Speise- und ein Wohnzimmer gewesen waren. Beide düsteren Räume waren dicht mit Liegen vollgestellt, auf denen kaum kenntliche Gestalten sich regten, schnarchten und ächzten.

Es gab Dutzende solcher Übernachtungshäuser in Lower Manhattan. Die stämmige Frau verdiente wohl manchmal zwei Dollar nebenbei, wenn einer, der vor der Polizei ausriß, ihren Fluchtweg vom oder zum Tunnel benutzte. Aber ihr Haupteinkommen verdankte sie Leuten, die kein Zuhause hatten, aber nicht bei der Polizei in einer der Obdachlosenunterkünfte schlafen wollten. Fünfzehn oder zwanzig Cents mußten sie für ein Bett in der Nacht bezahlen können.

Die Droschke stand am Bordstein vor dem Haus. Es war keine Straßenlaterne in der Nähe, und der Fahrer blieb oben auf seinem Sitz hocken, als Harp Ambrose über die Veranda zur Straße hinuntertrug. Er sah das Blut nicht; und er zeigte auch kein Interesse an dem bewußtlosen Ambrose. Es war nicht das erste Mal, daß er einen Betrunkenen fuhr, der nicht mehr bei sich war. Droschkenfahrer zogen einen bewußtlosen Betrunkenen einem wachen vor. Mit einem Betrunkenen, der noch bei Sinnen war, lief man Gefahr, daß die Droschke während der Fahrt vollgekotzt wurde.

Harp hob Ambrose in den Wagen und nannte dem Kutscher eine Adresse, bevor er selbst einstieg. Der Kutscher ruckte die Zügel und ließ sein Pferd lostraben, Richtung Satan's Circus im Norden.

Das Viertel, das der Polizei und den vergnügungssüchtigen Damen und Herren als Satan's Circus bekannt war, erstreckte sich kaum einen Häuserblock weit östlich und westlich von der Sixth Avenue, zwischen der 24. bis zur 36. Straße. Es war eine Gegend mit vielen hübschen Einfamilienhäusern aus Sandstein und mit kleinen Gärten, baumgesäumten Straßen, einfachen Läden, Restaurants und Büros. Doch am Abend schlossen die Läden und Büros, und ehrbare Frauen zogen sich von den Straßen zurück.

Zu dieser Zeit übernahmen andere Elemente die Herrschaft: die etwas teureren Bordells und Liebeshotels. Die schickeren Tanzsaloons und Spielhöllen. Schwärme von eleganteren Straßendirnen. Die Sixth Avenue war die Hauptstraße von Satan's Circus, und sie erwachte gerade zu grellem, lärmendem Leben, als die Droschke Harp und Ambrose durch die noch junge Nacht kutschierte. Große, kugelförmige Gaslampen und Leuchtreklamen vor den florierenden Etablissements warfen rotes, goldenes und blaues Licht auf die Gehwege. Pferde zogen Droschken, Kutscher und Einspänner die Avenue hinauf und hinab zu ihren nächtlichen Vergnügungszielen. Kostbar gekleidete Frauen und Männer mit Seidenzylindern und goldbeknauften Spazierstöcken schlenderten auf dem Trottoir aneinander vorbei; die Frauen verlangsamten manchmal ihren Schritt, so daß die Männer umkehren, sie genauer betrachten und ein wenig mit ihnen flirten konnten.

Harp ließ seine Droschke westlich in die 30. Straße einbiegen und vor dem Eingang einer Gasse halten. Eine zehnköpfige deutsche Straßenkapelle spielte am fernen Ende des Häuserblocks. Um vieles näher ließen zwei Schönheiten zufällig ihre Pelze sich öffnen und zeigten nackte Schultern und juwelengeschmückte Dekolletés, während sie fröhlich mit zwei nervösen jungen Lebemännern verhandelten, die samtbesetzte Capes trugen. Ihre Unterhaltung brach kurz ab, als sie sahen, wie Harp Ambrose aus der Droschke hob und ihn dann an ihnen vorbei durch die Gasse trug.

Die Hintertür von Quincy Coynes Spielcasino war während der Geschäftsstunden nie abgeschlossen. Die Küchenhilfe benutzte sie zu oft, um Abfall und leere Flaschen in die großen Müllkübel zu werfen, die täglich bei Tagesanbruch von einer privaten Müllsammelfirma entleert wurden. Harp öffnete die Tür und schleppte Ambrose hinein.

Die meisten Küchenangestellten wandten sich von ihrer Arbeit ab, um Harp und seine schlaffe, blutige Last anzustarren. Doch der Küchenchef kannte Harp. Er kam mit unsicherem Lächeln herüber und sah zu, wie Harp Ambrose auf den Boden legte und gegen eine Wand abstützte.

»Das ist der falsche Ort, Harp. Das Leichenschauhaus ist drüben in der Bellevue, und noch hab ich nicht vor, Steaks für Kannibalen zu machen.«

»Er ist nicht tot.« Harp prüfte, ob dies noch zutraf. Der Arm von Ambrose schien kein weiteres Blut mehr zu verlieren. Aber sein Atem war noch abgerissener als zuvor. Der Schädel an beiden Seiten der Furche nahm eine scheußliche Färbung an. Sein Gesicht war aschfahl.

»Ist Mrs. Honeyman jetzt vorne?« fragte er den Koch und richtete sich auf.

Der Koch nickte. »Als ich sie vorhin zum letzten Mal sah, kam sie gerade mit texanischen Viehzüchtern herein.«

Mary Honeyman verbrachte häufig einen Teil des späten Abends – in bezahlter Begleitung – bei einem Abendessen oder einer Karaffe Sherry in einem von New Yorks besten Hotels. Es war selten, daß sie nicht irgendwelche abenteuerlustigen Geschäftsleute von auswärts in dieses Haus des Glücksspiels lockte.

Harp zog seinen blutbefleckten Mantel aus und ließ ihn neben Ambrose liegen, zusammen mit seinem Hut und Stock. Der Küchenchef klatschte in die Hände und sorgte dafür, daß seine Leute wieder an ihre Arbeit gingen. Harp verließ die Küche durch die Schwingtüren, die zum Eßraum des Hauses führten. Der dort stehende Rausschmeißer hatte einen Körperbau, der die Nähte seines Abendanzugs fast zum Platzen brachte. Er nickte Harp zum Zeichen des Wiedererkennens zu.

Der Speisesaal wurde von einem gewaltigen Gaskandelaber mit Mattglasschirmen erleuchtet. Für die Wärme sorgten Holzscheite, die in einem großen marmorgetäfelten Kamin brannten. Der Teppich, der den ganzen Fußboden bedeckte, zeigte ein kompliziertes Muster ineinander verwobener Blumen und Weinranken. An den mahagonigetäfelten Wänden hingen Spiegel und Ölgemälde in verzierten Goldrahmen. Hinter einem langen Buffettisch arbeiteten drei schwarze Kellner in weißen Smokingjacken. Auf dem Tisch standen Kristallschalen mit geeistem Hummer, Krabben und Garnelen, dampfende Silberterrinen mit Fleischeintopf sowie geheizte Platten mit Steaks und Eiern.

Männer, die sich aus den Spielzimmern zurückgezogen hatten, regenerierten ihre Energie und ihr Vertrauen in ihr Glück an der Bar bei Champagner, Brandy und Whiskeypunsch. Hübsche Frauen in tief ausgeschnittenen Abendkleidern und mit glitzerndem Schmuck saßen an kleinen Tischen, vor sich das feinste Silberbesteck und Porzellangeschirr auf den bestickten Leinendecken. Manche der Frauen saßen mit den Männern zusammen, die sie mitgebracht hatten. Andere saßen allein, verbrachten die Zeit mit Essen und Trinken und warteten darauf, daß ihre männliche Begleitung zurückkehrte: erhitzt vom Sieg oder betäubt von der Niederlage.

Die Frau, die Harp suchte, war nicht dort. Harp ging durch die Spielzimmer im Erdgeschoß. Wie der Eßraum hatten auch die Spielzimmer wunderschöne Kandelaber, reiche Teppiche, marmorne Kaminsimse, Fresken an den Decken. An den vertäfelten Wänden hingen weitere goldgerahmte Bilder, aber keine Spiegel.

Quincy Coyne, der vor dem Krieg ein Spieler auf den Mississippi-Dampfern gewesen war, hatte in dem Hauptraum ein wachsames Auge auf die Spieler, die Geber und die Bewegung der Chips über die Roulettetische. Er war ein großer, schlanker Mann Mitte Sechzig mit einem aristokratischen Gesicht, weißem Haar und einem grauen Spitzbart.

Obwohl das Casino seinen Namen trug, war Quincy Coyne nur der wichtigste Angestellte im Haus: ein zuverlässiger stellvertretender Geschäftsführer.

Einige der Stammkunden des Casinos wußten, daß Mary Honeyman die Besitzerin war. Nur sehr wenige hingegen wußten, daß sie es auch leitete und jede wichtige Entscheidung selbst traf. Es war nichts Außergewöhnliches für eine Frau, ein Geschäft zu besitzen. Schließlich erbten viele Witwen von ihren dahingeschiedenen Gatten komplexe und florierende Unternehmen. Das war weiter kein Problem – solange die Frau einen Mann mit der Geschäftsführung beauftragte und sich nicht selbst in diese geheiligte Materie einmischte.

Mary Honeyman war die Geliebte eines der erfolgreichsten Bankräuber Amerikas gewesen. Er hatte sie geheiratet, kurz bevor die Polizei ihn erschoß, als er aus seiner letzten Bank kam. Sie gab ein Drittel des Geldes, das er beiseite geschafft hatte, verschiedenen Tammany-Politikern, und mit dem Rest eröffnete sie ein Spielcasino – und benutzte Quincy als ihren Strohmann. Am Anfang hatte sie sich gern seiner Erfahrung gebeugt und die meisten seiner Ratschläge befolgt. Doch mittlerweile verstand sie ebensoviel vom Glücksspiel wie er. Und sie erwies sich als die Geschäftstüchtigere.

Harp schüttelte Quincy die Hand und fragte: »Wo ist Mary?«

»Oben. Sorgt dafür, daß ein paar Texaner, die sie aufgegabelt hat, schön einen sitzen haben.«

Harp folgte einem Kellner, der ein Tablett mit Bourbonflaschen und Gläsern eine schwarze Marmortreppe hinauftrug. Im ersten Stock kamen sie durch einen Raum, in dem *vingt-et-un* gespielt wurde, ein Kartenspiel für wohlhabende Gentlemen, das später unter dem Namen Blackjack weltberühmt wurde. Der Kellner betrat das nächste Zimmer: Hier spielten die Leute *Bluff* – später Poker genannt –, das Lieblingsspiel reicher Besucher aus dem Westen und Süden. Harp blieb in der Tür stehen.

An jedem der großen Tische befand sich ein Geber, der zum Haus gehörte und ein Kästchen neben sich hatte, in das die Spieler vor jedem neuen Spiel einen Dollar einzahlen mußten. Mary Honeyman stand an dem Tisch, um den sich die texanischen Viehzüchter niedergelassen hatten, und plauderte kokett mit ihnen, während der Kellner die Flaschen und Gläser verteilte und der Geber einen neuen Packen Karten öffnete. Sie zog die gesamte Aufmerksamkeit der Viehzüchter auf sich. Und nicht nur deren Aufmerksamkeit. Auch Spieler an den anderen beiden Tischen hielten im Spiel inne, um sie anzustarren.

Mary Honeyman zwar zweifellos eine Frau zum Anstarren. Sie war, was in der schicken Szene »ein fabelhaftes Exemplar junger Weiblichkeit« genannt wurde. Groß und königlich, in einem dunkelroten Kleid, an dem Pailletten wie winzige Rubine glitzerten und das ihre prächtigen Arme und Schultern sowie ein gewagtes Dekolleté zur Schau stellte.

Vor zehn Jahren, mit sechzehn, hatte sie als Straßendirne angefangen. Dann brach der Krieg aus, und sie hatte sich freiwillig als Krankenschwester bei der Nordstaatenarmee gemeldet. Wie sie Harp später erklärte, hatte sie diesen Beruf mit Ehrfurcht betrachtet, seit ihr Bruder, der in den Hudson gefallen und schon für tot gehalten worden war, von einem

Krankenpfleger wieder zum Leben erweckt wurde. Neunundneunzig Prozent des Pflegepersonals bestand aus Männern. Frauen als Krankenpflegerinnen waren eine Seltenheit – und das Militär hatte sich zunächst mit Händen und Füßen dagegen gesträubt, überhaupt welche zu akzeptieren. Sie hatten sich sogar gegen ausgebildete Krankenschwestern gewehrt, ganz zu schweigen von Frauen wie Mary Honeyman, die das nicht waren.

Doch als der Krieg sich immer weiterwälzte und Opfer in einer unfaßbaren Menge hinterließ, waren die Sanitätskorps beider Armeen dankbar für jede Hilfe, die sie bekommen konnten. Sogar von unerfahrenen Frauen. Am Ende des Krieges hatte Mary beträchtliche Erfahrungen auf medizinischem Gebiet gewonnen – und einen Traum. Sie wollte Ärztin werden. Aber Ärztinnen waren noch sehr viel seltener als Krankenpflegerinnen. Die beiden, die sie ausfindig gemacht hatte, erzählten ihr von Respektlosigkeiten und davon, daß man sie hinderte, den Beruf, den sie erlernt hatten, in seiner ganzen Bandbreite auszuüben. Dies hatte sie letztendlich entmutigt.

Statt dessen war sie Jack Honeymans Geliebte geworden – dann seine Frau und Witwe. Aber ihren Traum hatte sie nie ganz aufgegeben. Es gab Leute, die einen richtigen Arzt nicht bezahlen konnten; und andere, die ihn bezahlen konnten, aber nicht der Polizei gemeldet werden wollten. Und heute konnte sich Mary die ganzen medizinischen Geräte und Materialien leisten, die sie brauchte, um ihre im Krieg erlernten Künste zu praktizieren – und auch die Bestechungsgelder für die Behörden, die wegschauten, solange sie ihrer Beschäftigung so diskret nachging.

Als sie Harp in der Türöffnung stehen sah, hob sie fragend die Augenbrauen. Er nickte und trat zurück in den Flur, wo er außer Sicht war.

Er hörte ihre Stimme drinnen sagen: »Entschuldigen Sie mich ein Weilchen, meine Herren. Es tut mir leid, aber der Chef scheint etwas von mir zu wollen.«

Sie kam zu Harp heraus, und er sagte ihr leise: »Ich habe einen Freund in deiner Küche liegen. Er hat einen Kopf- und einen Armschuß abbekommen.«

»Wie schlimm?«

»Sein Schädel hat einen Streifschuß, ich weiß nicht, ob er gebrochen ist. Im Arm steckt die Kugel nicht mehr, aber sie hat ihn scheußlich aufgerissen. Er ist bewußtlos und hat eine Menge Blut verloren.

»Trag ihn über die Gasse und warte im Garten hinter dem Haus«, sagte sie. »Ich komme zu dir, sowie ich Quincy benachrichtigt habe. Dann zieh ich mir noch schnell einen Mantel über und sage den Leuten in der Küche, daß sie weder dich noch deinen Freund gesehen haben.«

KAPITEL 26

Harp brachte auf dem Ofen einen Kessel mit frischem Wasser zum Kochen, während Mary Honeyman den Kopf von Ambrose McGowan verband. Der Raum, der sich im Keller ihres Reihenhauses hinter dem Spielcasino befand, war wie eine Mischung aus Operationssaal, Krankenzimmer und Apotheke ausgestattet. In der Mitte stand ein gepolsterter Operationstisch mit einem quadratischen Metalltisch daneben; ansonsten gab es mehrere Krankenhausstühle und zwei weiß emaillierte Mülleimer mit Deckel. Ein Spülbecken und eine Schlafstelle mit sauberem Bettzeug befanden sich an einer Wand. An der gegenüberliegenden Wand erstreckten sich Schränke mit Glastüren, die voll von ärztlichen Instrumenten, Arzneien, Verbandszeug und anderen medizinischen Hilfsmitteln waren.

Die Läden und Vorhänge des einzigen, hohen Fensters waren zugezogen. Gaslampen an den Wänden und eine Petroleumlampe auf dem quadratischen Tisch sorgten für die nötige Beleuchtung. Harp hatte Ambrose oberhalb der Taille entkleidet, ihm die Stiefel ausgezogen und ihn auf den Operationstisch gelegt, während Mary ihr rotes Kleid abgelegt und einen weißen Kittel angezogen hatte, der stark an eine Mönchskutte ohne Kapuze erinnerte. Nun waren nasse Blutflecken auf den Ärmeln.

Sie hatte Ambrose gesäubert und untersucht und festgestellt, daß sein Schädel keinen Bruch davongetragen hatte. Aber er mußte eine schwere Gehirnerschütterung erlitten haben, sonst wäre er inzwischen aufgewacht. Beinahe hätte der Schmerz ihn aufgeschreckt, als Mary seinen zerfetzten Arm ausätzte und nähte. Harp hielt ihn mit einem chloroformgetränkten Wattebausch bewußtlos.

Harp schüttete die Hälfte des kochenden Wassers in ein Becken neben dem Ofen und machte einen Breiumschlag; er goß Leinsamenöl hinzu, verrührte es mit einem Holzspatel und ließ die Mixtur schließlich von einem dicken Baumwollgewebe aufsaugen. Den Rest des Wassers goß er in eine Schale auf dem Metalltisch. Mary hatte Ambrose gerade den Kopfverband angelegt. Sie tauchte ein Stück Watte in das heiße Wasser und wischte seinen Arm ab, wo während des Nähens ein bißchen Blut aus der ausgeätzten Wunde gelaufen war.

»Er hat Glück gehabt«, sagte sie, »daß die Kugel ihm nicht den Knochen zersplittert hat. Aber Pech, daß sie die Muskeln so zerrissen hat. Ich glaube nicht, daß er seinen Arm je wieder so bewegen kann wie vorher.«

»Das wird er verschmerzen«, meinte Harp. »Es ist sein linker Arm. Die Messer wirft er mit rechts.«

Mary tauchte ein weiteres Stück Watte in das heiße Wasser, um das Blut von ihren Händen zu wischen. »Okay, der Breiumschlag müßte jetzt gut sein.«

Harp holte das dicke Baumwollgewebe mit dem Spatel aus der Mixtur von heißem Wasser und Leinsamenöl, wrang überflüssige Nässe aus und reichte es Mary. Sie bedeckte die genähte Wunde an Ambroses Oberarm damit und begann, große Streifen Gaze darum herumzuwickeln. Als der Verband fest und dick genug war, verknotete sie ihn und trat zurück, um ihr Werk zu begutachten.

»Gute Arbeit«, sagte Harp. »Danke.«

Sie errötete vor Stolz und neigte ihren Kopf wie ein kleines Mädchen, das gelobt wurde. Dann, wieder ganz Ärztin, hielt sie zwei Finger an Ambroses Kehle und legte eine Hand flach auf seine nackte Brust. Nach einer Minute richtete sie sich auf und nickte. »Sein Puls ist stetig, und er atmet ein bißchen besser. Wenn er sich die nächsten paar Tage schont, müßte er sich erholen.«

»Was schulde ich dir?« fragte Harp.

»Unter alten Liebesleuten? Das geht natürlich auf Rechnung des Hauses.«

»Nochmals danke.«

»Schon gut.« Sie sammelte die gebrauchte Watte ein und warf sie in die Mülleimer. »Ich muß zurück an die Arbeit. Bis wir dichtmachen. Das ist zwischen drei und vier, je nachdem. Du willst wahrscheinlich hier bei deinem Freund bleiben?«

»Bis kurz vor Sonnenaufgang. Ich möchte ihn mit einer der ersten Fähren am Morgen wegbringen. Kann ich ihn dann schon bewegen?«

»Wahrscheinlich. Solange du ihn nicht zu heftig schüttelst. Wenn du willst, schicke ich Quincy, damit er dir hilft und meine Kutsche anspannt.«

»Das wäre wunderbar.«

»Ich sag's Quincy.«

Sie zog ihren blutbefleckten Kittel aus und tat ihn in den anderen Eimer. So stand sie nur noch in Hemd und Höschen da, beide rosa und durchsichtig, dazu trug sie ein Korsett aus schwarzem Seidensatin, schwarze Strümpfe mit roten Strapsen und perlgraue, mit roten Quasten geschmückte Stiefeletten. Sie ging zum Waschbecken und beugte sich darüber, um die Hände zu waschen. Es war ein so erotischer Anblick, daß Harp von einer heftigen Begierde nach reiner Lust ergriffen wurde.

Als sie sich umdrehte und ihre Hände abtrocknete, sah sie, wie er sie anschaute. Sie neigte den Kopf leicht zur Seite und erwiderte lächelnd seinen Blick. »Wenn du bleiben willst, um noch etwas Aufregenderes zu tun, als bei deinem kranken Freund Wache zu halten, könnte Quincy ihn auch fortbringen, wohin du willst. Und ich könnte es arrangieren, daß ich vor drei Uhr wieder hier bin.«

Harp dachte darüber nach. Er und Mary Honeyman hatten eine Reihe recht erfreulicher Nächte miteinander verbracht. Aber das war zu einer Zeit gewesen, als er lediglich von einem Zinkblechfoto verhext war. Auch als das Bild lebendig wurde, behielt es etwas Unwirkliches. Louise war die Geliebte eines anderen Mannes, und Harp konnte sich sagen, daß sie für ihn unerreichbar war. Jetzt hatte sich das geändert. Nun war sie erreichbar geworden. Wenn er sich nur hätte entscheiden können, ob er auf der Grundlage einer Lüge mit ihr leben oder ihr die Wahrheit sagen wollte – und Gefahr lief, sie für immer zu verlieren.

Und damit war er zu belastet – jedenfalls im Moment –, um einer Frau wie Mary die Leidenschaft und Zuneigung entgegenzubringen, die sie verdiente. Daß er sich selbst einen Dummkopf nannte, änderte daran nichts.

»Ich muß bei Ambrose bleiben«, sagte er mit Bedauern, »damit ich ihn ausfragen kann, wenn er zu Bewußtsein kommt.«

In Marys Lächeln trat ein wissender Zug, sie war aber keineswegs gekränkt. Sie hatte schon andere Männer erlebt, die in der Illusion, eine einzige Frau zu lieben, befangen waren, und sie erkannte die Symptome wieder. Es gab Männer, die auch ihr gegenüber solche Gefühle hegten – aber es waren nie die richtigen.

»Er wird starke Schmerzen haben, wenn er aufwacht«, sagte sie und ging hinüber zu einem der Schränke. Sie holte eine Flasche Laudanum heraus – eine Opiumtinktur – und gab sie Harp. »Tu fünfzehn Tropfen in ein volles Glas mit Wasser, rühre es gut um, und gib's ihm zu trinken. Wenn das nicht hilft, gib ihm die gleiche Dosis noch einmal. Aber nicht zu oft.«

Harp stellte das Laudanum auf den Tisch, legte seine Hände auf ihre nackten Schultern, zog sie an sich und küßte sie. Nicht mit dem Feuer, das sie an ihm kannte, aber sie wußte, daß er es gut meinte. Sie erwiderte seinen Kuß, tätschelte ihm die Wange und sagte: »Muß jetzt gehen. Du weißt, wo was zu trinken ist.«

Und damit verließ sie den Raum, um wieder in ihre Unterröcke und ihr Kleid zu schlüpfen und in das Casino jenseits der Gasse zurückzukehren.

Harp erwachte zusammengesackt auf einem Stuhl neben Ambrose und dem Operationstisch, die Stiefel ausgezogen und seine Beine auf einem anderen Stuhl ausgestreckt. Er stand auf, dehnte seine Schultern, um einen Krampf im oberen Rücken zu lösen, und betrachtete Ambrose. Er war immer noch bewußtlos, aber sein Atem hatte sich schon gebessert: Jetzt war es der tiefe, regelmäßige Atem eines Schlafenden. Durch die Verbände um seinen Kopf und Arm war kein neues Blut gedrungen. Harp zog seine Uhr aus der Westentasche. Er hatte mehr als eine Stunde geschlafen.

Er stieg in Strümpfen die Treppe hinauf ins Erdgeschoß und schenkte sich in der Speisekammer einen Whiskey ein. Er nahm einen guten Schluck und ging dann mit dem Glas zurück in den Kellerraum. Ambrose lag da wie zuvor. Harp setzte sich, trank erneut von seinem Whiskey und stellte das Glas auf den Metalltisch neben die Laudanumflasche, legte seine Beine wieder auf den anderen Stuhl und sank wieder in Schlaf. Er wußte, daß der leiseste Laut von Ambrose ihn wecken würde.

Als er die Augen öffnete, war es kurz nach drei. Mary betrat in ihrem roten Paillettenkleid den Raum. Ambrose war immer noch bewußtlos. Sie kontrollierte seinen Pulsschlag, hörte seinen Atem ab und fühlte ihm die Stirn. Harp erhob sich von seinem Stuhl, reckte sich und sah zu.

»Er hat Temperatur«, sagte sie, »aber nicht soviel, daß man beunruhigt sein müßte. Sonst scheint sein Zustand ganz in Ordnung zu sein, den Umständen entsprechend. Ist er mal aufgewacht?«

»Bisher nicht.«

»Er wird bald wach werden – wenn er sich nicht doch eine Verletzung im Gehirn zugezogen hat.« Kurz erschien eine Sorgenfalte zwischen ihren Augenbrauen. »Quincy ist oben und legt sich in meinem Gästeschlafzimmer hin. Er sagt, du kannst ihn jederzeit wecken, damit er mein Pferd und den Wagen aus dem Stall holt.«

Sie gaben sich Gutenachtküsse – in diesem Augenblick nur wie vertraute Freunde –, dann ging sie hinauf in ihr Bett. Harp trank von seinem Whiskey, ließ sich auf seinem Stuhl nieder und schlief wieder ein.

Ein Wimmern schreckte ihn auf. Es kam von Ambrose. Er war noch nicht bei Bewußtsein, aber seine Sinne begannen sich vorzutasten und kamen der Oberfläche nah genug, um auf die Schmerzen in seinem Kopf und Arm zu reagieren. Seine Beine regten sich ziellos. Seine Hände zitterten. Das Wimmern war eine unterbewußte Auflehnung.

Harp holte ein Glas Wasser, gab fünfzehn Tropfen vom Laudanum hinzu und stellte es auf dem Metalltisch bereit. Ambrose atmete jetzt durch den offenen Mund, sog ruckartig Luft in die Lungen. Sein Wimmern ließ nach, dafür traten vom Schmerz Schweißperlen auf sein pockennarbiges Gesicht und seine bloße Brust. Harp ging zurück zum Waschbecken, befeuchtete ein Handtuch mit kaltem Wasser und wischte damit Ambroses Gesicht, Nacken und Brust ab.

Ambrose rollte seinen Kopf hin und her. Seine rechte Hand erhob sich über den Operationstisch und langte nach dem linken Arm hinüber. Harp ergriff die Hand, zog sie von dem Verband weg und drückte sie auf den Tisch. Ambroses Augen öffneten sich weit und starrten glasig zu Harp hinauf.

»Entspann dich, Ambrose«, sagte Harp, wobei er jedes Wort deutlich abgesetzt aussprach. »Sie haben auf dich geschossen, aber ich habe mich darum gekümmert. Du wirst wieder auf die Beine kommen. Verstehst du, was ich sage?«

Ambroses Augen begannen Harp zu fixieren. »Harp …? Was'n los?«

»Die Polizei hat euer Versteck hochgehen lassen. Erinnerst du dich?«

»Ja … und … Hoggy …?«

»Hoggy ist tot.«

»Das is … Wie hast du mich da raus …« Der Rest von dem, was Ambrose zu sagen versuchte, ging in einem wilden Stöhnen unter, als er von einem heftigen Schmerz geschüttelt wurde. Seine Hände ballten sich zu Fäusten, seine Gesichts- und Nackenmuskeln spannten sich, seine Augen verengten sich zu Schlitzen. Er atmete in einem Schauder und keuchte: »*Jesus!*«

Harp stützte seinen Kopf und hielt das Glas Wasser mit dem Laudanum an seine Lippen. »Trink das. Trink's leer. Es ist gegen die Schmerzen.«

Etwas davon lief Ambrose an den Mundwinkeln heraus, aber Harp konnte ihm das meiste einflößen. Er stellte das leere Glas ab und wartete, während Ambrose sich allmählich beruhigte – sein kurzes, stoßendes Atmen wurde langsam und stetig, seine Lider sanken über die Augen, als sein Gesicht sich entspannte.

Harp wartete weiter, aber er wußte, daß er sich ein zu langes Warten nicht leisten konnte. Die Opiumtinktur wirkte sich gewöhnlich in drei fortschreitenden Phasen aus. Zuerst löschte sie Schmerz und Angst. Dann, wenn der Patient davon befreit war, konnte sie als geistiges Stimulans wirken. Schließlich ließ sie ihn in einen tranceähnlichen Schlaf sinken. Harp brauchte jedoch ein paar Antworten, bevor diese letzte Phase einsetzte.

Nach einigen Minuten hielt er Ambroses Nasenflügel zu und nahm ihm damit die Luft. Ambrose gab Laute des Erstickens von sich und riß die Augen wieder weit auf. Harp ließ ihn los, so daß er tief Atem holen konnte.

»Hoggy wollte mir von der Nacht erzählen, als ihr den Alkohol aus dem Lagerhaus gestohlen habt«, sagte er. »Erinnerst du dich?«

Ambrose brauchte ein paar Augenblicke der Besinnung, dann sagte er: »Ja ...«

»Aber er war tot, bevor er darüber reden konnte. Und der Rest von deiner Gang ist entweder im Knast oder auf der Flucht. Bleibst nur noch du – und du schuldest mir was. Ich habe dich vor der Polizei und wahrscheinlich vor dem Tod gerettet. Die Bullen sind hinter dir und den anderen, die sich aus dem Staub gemacht haben, her. Ich kann dich aus der Stadt bringen, an einen Ort, wo sie dich nicht finden. Wenn du mir alles erzählst, was ich über die Nacht wissen will.«

Es brauchte Zeit und gutes Zureden durch Harp, aber Ambrose erzählte – alles, was er wußte.

KAPITEL 27

»Es war Moe Saul, der uns den Job mit den Alkoholkisten besorgt hat«, sagte Ambrose. »Er hat Hoggy gesagt, er hätte 'ne Bestellung von 'nem feinen Hotel für importierten Brandy und Champagner. Und Moe wußte, daß in dem Lagerhaus gerade 'ne große Schiffsladung von dem Zeug aus Frankreich angekommen war.«

»Woher hat Moe das gewußt?«

»Frag mich was Leichteres. Er hat immer solche Tips von irgendwoher gehabt. Deswegen war er auch so 'n erstklassiger Hehler. Er hat Hoggy sogar gesagt, wann an dem Abend das Lagerhaus abgeschlossen wird. Und wann die Polizeiwache ihre Streife macht und die Türen kontrolliert. Es war nicht viel Zeit dazwischen – gerade genug, um das Zeug rauszuholen und zu verschwinden, bevor der Schutzmann kam.«

»Moe hat Hoggy gegenüber nichts angedeutet, wo er diese Informationen her hatte?«

»Wenn er's getan hat«, sagte Ambrose, »dann hat Hoggy uns nichts davon gesagt. Ist ja auch egal, das ging uns nichts an. Für uns war nur wichtig, daß das Zeug da war und wir es fix rausholen konnten – und daß Moe uns 'nen fairen Anteil gibt. Dreißig Prozent von dem, was das Hotel ihm dafür bezahlen würde.«

»Dann seid ihr mit einem Wagen hingefahren«, sagte Harp, »und habt ihn in der kurzen Zeit vollgeladen, die Moe euch gesagt hat.«

»Ja. Fünfzehn Kisten Brandy und zwölf Kisten Champagner. Soviel war zwischen Moe und dem Hotel vereinbart.«

»War die tote Frau schon da?«

»Wenn sie da war, haben wir sie nicht gesehen. In den Zeitungen am nächsten Tag stand, daß sie im Büro des Lagerhauses gefunden wurde. Moe hat Hoggy gesagt, daß es im Büro und im Safe nichts zu holen gibt. Also sollten wir schnell rein und raus und uns nicht damit aufhalten, dort nachzuschauen. Und das haben wir auch nicht gemacht.«

Harp brauchte einen Augenblick, um diese schmerzhafte Enthüllung zu verdauen. »Moe hat verdammt viel gewußt«, sagte er langsam.

»Das war bei ihm so. Ich weiß nicht, von wem er seine Tips bekam, aber sie waren immer gut.«

»Dann habt ihr die Kisten zu Moe gebracht, und er hat euch dafür bezahlt. Er war völlig okay, als ihr ihn verlassen habt.«

«Er hat uns nicht bezahlt«, sagte Ambrose. »Es war abgemacht, daß er uns bezahlt, wenn das Hotel ihn bezahlt hat.«

»Welches Hotel?«

»Keine Ahnung...« Ambroses Stimme wurde jetzt etwas schleppend.

»Er hatte eine Verabredung mit jemandem, kurz nachdem ihr gegangen seid«, sagte Harp. »Hast du eine Ahnung, mit wem?«

»Nein.« Ambroses Augenlider fielen wieder zu. »Vielleicht jemand vom Hotel?«

»Vielleicht.« Doch Harp bezweifelte es. Er ging noch einmal in Gedanken durch, was Ambrose ihm über die verhängnisvolle Nacht berichtet hatte. Noch interessanter waren indessen die Fragen, auf die er keine Antwort wußte. Wer hatte Moses Saul den Tip gegeben, daß in der Nacht viele Kisten mit Brandy und Champagner in dem Lagerhaus waren? Wer konnte wissen, wann das Lagerhaus abgeschlossen wurde und wieviel Zeit sie hatten, bis der Schutzmann – Tommy Costello – auf seiner Runde vorbeikam? Die gleiche Person, die dafür sorgte, daß die Gang nicht im Büro herumschnüffelte – was mit ziemlicher Sicherheit bedeutete, daß Alice Curry schon tot dort lag.

Wenn Hoggy Corcoran eine Antwort auf diese Fragen gewußt hatte, dann hatte er sie mit ins Grab genommen. Wie Moe Saul.

Harp war überzeugt, daß Ambrose keine dieser Antworten kannte, er hatte alles gesagt, was er wußte. Was dankenswert war, denn Ambrose sank nun mit einem friedlichen Lächeln in Schlaf. Und es war schwierig, klare Antworten von jemandem zu bekommen, der aus einer Opiumtrance gerissen wurde.

Harp ging zum Waschbecken und schüttete sich kaltes Wasser über die Hände, das Gesicht und den Nacken. Er zog seine Stiefel an und stand, die Hände in den Taschen, neben dem Operationstisch, betrachtete die Medizinschränke und grübelte über das nach, was er von Ambrose gehört hatte. Überlegte, was das alles zu bedeuten hatte.

Um halb sechs am Morgen, als es draußen noch stockfinster war, ging er die Treppe hinauf und weckte Quincy Coyne.

Quincy fuhr die Kutsche. Es war ein gedeckter Landauer, in dem vier Leute bequem, sechs beengt Platz hatten. Ambrose lag auf dem Rücksitz, die Füße mit den Stiefeln am Boden. Harp saß auf dem anderen Sitz und paßte auf, daß Ambrose nicht zu sehr herumgeworfen wurde, wenn die Kutsche in den dunklen Straßen über ein Loch fuhr. Es gab kaum anderen Verkehr. Kohle- und Milchkarren. Einige leere Wagen mit Planen, die zu den Docks unterwegs waren. Ein vereinzelter Wagen mit Arbeitern, die zur Frühschicht fuhren.

Die Kutsche hielt vor dem Haus mit der Adresse, die Harp Quincy gegeben hatte: Nr. 3 Hudson Street. Es gehörte zu einem Block von dreistöckigen Reihenhäusern, die zum größten Teil jetzt kleinen Händlern gehörten. An den Fassaden waren an jedem Geschoß Schilder angebracht, die für die Waren und Gewerbe im Inneren der Häuser warben. Das Erdgeschoß des Nachbarhauses der Nr. 3 war ein Arzneimittelladen, und in den beiden darüberliegenden Stockwerken befand sich eine Druckerei für Karten und Geschäftsanzeigen. Das Haus auf der anderen Seite beherbergte die Werkstätten eines Sattel- und Geschirrmachers, eines Schildermalers und eines Reparateurs von Fischbeinkorsetts.

Die beiden unteren Etagen von Nr. 3 gehörten zu einer Zimmermannswerkstatt. Das oberste Stockwerk hatte ein großes Schild, das von der Dachkante bis zu den Fenstern reichte:

GEBRAUCHTE KLEIDUNG
Hemden, Unterwäsche, Überzieher
Karren- & Wagenverdecke

Aber der Besitzer dieses Geschäftes war vor fünf Monaten weggezogen, drei Wochen bevor Harp die Räume als seine derzeitige Zuflucht und Notunterkunft übernahm.

Jetzt, da Quincy die Adresse kannte, würde sich Harp nach einem neuen Versteck umsehen müssen. Ein Umstand, der nicht weiter ins Gewicht fiel: Er wechselte seinen Schlupfwinkel sowieso ständig. Ein solcher Rückzugsort wurde gefährlich, wenn man ihn zu lange nutzte.

Er lief hinauf und zog sich rasch um. Sein blutbefleckter Mantel wanderte, das Innere nach außen gekrempelt, in ein getarntes Versteck über den Dachsparren. Er zog einen anderen an, nahm einen weiteren Mantel, ein Hemd sowie einen Schlapphut und ging die Treppen wieder herunter. Kaum war er zurück in der Kutsche, schlug Quincy mit den Zügeln und fuhr zum Fährendepot am westlichen Ende der Christopher Street.

Harp zog Ambrose den blutigen und zerrissenen Mantel aus – wobei er auf den verwundeten Arm achtete – und zog ihm das Hemd und den Mantel an, die er mitgebracht hatte. Ambrose stöhnte ein paarmal und bewegte sich, ohne jedoch aus seinem Schlaf zu erwachen. Daß Harps Kleidungsstücke ihm zu groß waren, erleichterte die Sache. Da sein Kopf ebenfalls kleiner war, verschwand der Kopfverband unter dem Schlapphut. Als sie das Depot erreichten, leckte kaltes Dämmerlicht zwischen den schwarzen Wolken hervor, die tief und schwer über der Stadt hingen. Der Verkehr auf den Straßen nahm bereits zu; aber er bewegte sich im wesentlichen vom Depot weg. So früh am Morgen waren die Fähren voll mit Leuten, die nach Manhattan wollten, und fuhren so gut wie leer von dort weg. An Bord des Schaufelraddampfers, der den North River nach New Jersey hinaufkreuzte, stand Mary Honeymans Kutsche ganz allein auf dem Deck für Wagen und Pferde.

Fred Sigfried hatte seinen Drugstore in Hoboken. Zusammen mit seiner Frau und seinem verwitweten Bruder Paul, einem pensionierten Tierarzt, wohnte er in den beiden Stockwerken über dem Laden. Vor vier Jahren war Paul Sigfrieds achtzehnjährige Tochter verschwunden, als sie in Manhattan Besorgungen machte. Die Suche der Polizei war erfolglos geblieben, aber Harp hatte sie gefunden. Sie hatte den romantischen Fehler begangen, der Einladung eines gutaussehenden Fremden in einen Tearoom zu folgen. Er hatte ihr Tropfen verabreicht, die ihr die Besinnung raubten, und sie dann an ein berüchtigtes Hurenhaus in der Water Street verkauft, das seine gefangenen Mädchen so lange hungern ließ, bis sie sich gefügig zeigten.

Harp hatte sie dort aufgespürt, zur Familie zurückgebracht und dafür gesorgt, daß niemand erfuhr, was ihr widerfahren war. Mittlerweile war sie mit einem Wachstuchfabrikanten in Jersey City verheiratet und lebte in gesicherten Verhältnissen. Harp konnte auf die Dankbarkeit der Sigfrieds zählen.

Sie brachten Ambrose in ein kleines Gästezimmer hinter dem Laden. Paul Sigfried untersuchte ihn und erklärte, daß die Fahrt seinen Zustand nicht verschlimmert hätte. Harp wies die Sigfrieds an, Ambrose fortzuschicken, sowie er in der Lage wäre, zu reisen – und sie sollten ihm nahelegen, in einen anderen Teil des Landes zu gehen und nicht zurückzukehren.

Wenn Ambrose nicht genug Verstand hatte, diesen Rat zu befolgen, würde Harp keinen Pfifferling um sein Schicksal geben.

Auf der Rückfahrt saß Harp neben Quincy Coyne auf dem Kutschbock. Vor dem Depot von Hoboken mußten sie sich in eine lange Warteschlange von pferdegezogenen Wagen einreihen, die alle darauf warteten, mit der Fähre übergesetzt zu werden. Mit jeder Fähre, die ablegte, rückte die Reihe weiter vor.

Aus dem Depot kam ein Zeitungsjunge mit einer Sondernummer der New Yorker *Morning Sun*, der weitestverbreiteten Zeitung des Landes. Er zitterte in seiner abgerissenen Jacke und Hose vor Kälte, ging die Reihe entlang und rief: »Blutige Schießerei zwischen Gangstern und Polizei! Zig Tote! Lesen Sie alles darüber!«

Harp kaufte ihm eine Nummer ab und zahlte den doppelten Preis. Er las den Bericht, während sie warteten.

Der Reporter hatte die Polizei bei ihrem Angriff auf die Gang begleitet, die verdächtigt wurde, das Lagerhaus beraubt zu haben, in dem Alice Curry den Tod gefunden hatte, und sie ermordet zu haben. Laut Bericht hatte Captain John Redpath, Chef des 13. Polizeibezirks, die Aktion geleitet, an der neben seinen eigenen Leuten auch Polizeikräfte vom West-Side-Bezirk teilgenommen hatten, wo die Gang ihr Versteck hatte. Zunächst hatte die Gang sich geweigert, sich der Polizei zu ergeben, dann war es zu einer Schießerei gekommen. Der Gangführer Horace »Hoggy« Corcoran und zwei seiner Männer waren getötet, drei weitere verwundet worden, bevor der Rest schließlich aufgab. Vier Polizisten waren ebenfalls verwundet worden, einer schwer. Die verhafteten Gangmitglieder wurden von Captain Redpath wegen des Mordes an Alice Curry verhört.

Der Bericht enthielt uneingeschränktes Lob für die Entschlossenheit von Redpath, der ungewöhnliche Energie bewiesen hatte, indem er die Polizeihauptleute der anderen Bezirke zur Zusammenarbeit bewegte, um die Gang aufzuspüren und festzusetzen. Wenn diese anderen Captains in Zukunft seinem Beispiel folgen wollten, schrieb der Reporter, dann würde die New Yorker Polizei eine Ordnungskraft werden, auf die man stolz sein konnte.

Harp blätterte die Zeitung durch und fand keine Erwähnung von Moe Saul. Er gab sie Quincy zum Lesen und nahm die Zügel, während sie auf einen Platz in der Fähre warteten.

In den Hauptverkehrszeiten am Morgen und am Abend legten die Fähren alle zehn Minuten ab. Nach zwanzig Minuten Wartezeit erreichten sie einen Dampfer, der ihre Kutsche aufnehmen konnte. Während er durch den Fluß stampfte, erblickten sie die Kirchturmspitzen, die höchsten Bauten in New York, die glitzernd das frühe Sonnenlicht über der dunstigen Dunkelheit der Stadt reflektierten.

Als sie die Fähre verließen, nagte der Hunger an Harp, verstärkt durch die Nacht ohne Schlaf. Dieser Hunger war zu groß, um mit dem typischen französischen Frühstück aus Gebäck und Kaffee, wie es im *Suze la Rousse* serviert wurde, gestillt werden zu können. Harp ließ sich daher von Quincy Ecke 15. Straße und Fifth Avenue absetzen und ging ins *Delmonico's* für ein ausgiebiges amerikanisches Frühstück.

Hafergrütze und Spiegeleier mit weichen Brötchen. Gefolgt von Steak und geröstetem Schinken mit Maiskolben. Und zum Schluß Buchweizenpfannkuchen mit Honig. Alles mit mehreren Tassen Kaffee heruntergespült.

Harp verließ das *Delmonico's* rundum gesättigt und wiederbelebt, mit dem Bedürfnis nach einem Spaziergang. Dicke Schneeflocken sanken durch die windlose Luft; zu wattig und vereinzelt, um echten Schneefall anzukündigen. Er ging nach Süden zum *Suze la Rousse*, um zu schauen, ob Nachrichten für ihn eingetroffen waren.

Er sah keinen von seinen Aufpassern, als er seinen Häuserblock in der Greene Street erreichte. Die Kinder waren nicht auf der Straße. Wenn Hilda Shaler bei sich zu Hause war, so öffnete sie keine Fenster, um ihm ein beruhigendes oder warnendes Zeichen zu geben. Als er sich seinem Haus näherte, sah er, warum. Ein Polizist in Uniform stieg die Kellertreppen hinauf. Ein anderer trat auf der anderen Straßenseite aus einer Haustür.

Harp kannte beide. Tommy Costello und Dick Crowley. Sie kamen auf ihn zu, wirkten etwas verlegen, aber bereit, die ihnen aufgetragene Pflicht zu erfüllen. Harp blieb stehen und erwartete sie.

»Captain Redpath will mit Ihnen reden«, sagte Crowley befangen.

Harp nickte kühl. »Ich freue mich immer auf ein Gespräch mit dem Schläger.«

Costello zog ein Paar Handschellen hervor. »Es tut mir wirklich leid – aber der Captain will, daß wir Sie so zu ihm bringen. Hände auf dem Rücken.«

Harp hatte es vor langer Zeit aufgegeben, sich mit Polizisten anzulegen. Er sagte: »Von mir aus«, gab seinen Spazierstock und den Le-Mat-Revolver Crowley und legte die Hände auf den Rücken.

Castello legte die Handschellen um Harps Handgelenke, wobei er darauf achtete, daß er sie nicht zu eng schloß. Sie führten ihn um den Häuserblock herum zu einem schmalen, verlassenen Grundstück. Sie entschuldigten sich noch einmal, als sie ihn auf Redpaths Befehl in den Gefangenenwagen sperrten, der dort wartete.

KAPITEL 28

Sie brachten Harp zum Polizeirevier des 13. Bezirks. Ein pferdegezogener Ambulanzwagen von der Krankenhausabteilung der Grabkammern wartete davor. Als Costello und Crowley die Türen des Gefangenenwagens entriegelten und Harp hinaus halfen, öffnete sich die Hintertür des Polizeireviers. Zwei Wächter der Grabkammern traten heraus und trugen einen bewußtlosen Mann auf einer Bahre. Der Mann trug keinen Mantel, sein Hemd und Wollunterhemd waren zerrissen und gaben den Blick auf blaue Prellungen an seinem Rumpf und seinen Schultern frei. Sein Gesicht war bis zur Unkenntlichkeit entstellt. Aber ein nackter Arm hing von der Bahre und zeigte eine Tätowierung. Eine rote Rose in einem schwarzen Herzen. Harp hatte sie schon einmal gesehen, bei einem von Hoggys Jungen, dessen Namen er nicht kannte. Die herabbaumelnde Hand war entsetzlich geschwollen, und der Daumen sah aus wie gebrochen.

Captain Redpaths Verhörmethoden brachten gewöhnlich Ergebnisse, aber sie waren nicht schön anzusehen.

Die Wächter hoben die Tragbahre in den Ambulanzwagen. Harp wurde durch den Hintereingang in die Polizeiwache gebracht. Ein kahler Flur führte zu den anderen Räumen, und eine schmale Treppe führte links nach unten. Harp wurde die Treppe hinunter in einen fensterlosen Kellerraum gebracht, der von einer großen herabhängenden Kerosinlampe erleuchtet wurde.

Der Raum hatte schmutzige Steinwände und einen schmutzigen Steinboden. Auf einem zerkratzten Tisch lag ein Schlagstock neben einem Wasserkrug, einem leeren Glas und einem kleinen Stapel weißer Handtücher. Hinter dem Tisch befand sich ein Stuhl. In der Mitte des Raums, dem Tisch zugewandt, stand ein sehr viel größerer Lehnstuhl mit Ketten für Arme und Beine. Am Boden neben diesem Stuhl lagen drei blutige Handtücher, die aussahen, als ob sie einmal zu dem Stapel auf dem Tisch gehört hätten.

Redpath stand an einem Waschtisch mit einer Blechschüssel und einem weiteren Krug. Er hatte seine Uniformjacke ausgezogen, die Ärmel seines Hemds bis zu den Ellbogen aufgerollt und wusch sich Gesicht und Hände. Er nahm ein feuchtes Handtuch von einem Wandhaken, trocknete sich ab und hängte es an den Haken zurück. Dann drehte er sich langsam um und blickte Harp lange und ohne jede Gefühlsregung an.

Ein Teil seiner Stirn war vom Wasser ausgespart geblieben. Ein kleiner Fleck von getrocknetem Blut glänzte zwischen seiner linken Augenbraue und seinem Haaransatz. Dunkle Tränensäcke lagen unter seinen Augen, und seine Wangen waren hohl vor Erschöpfung. Wenn er die gefangenen Gangmitglieder seit der Razzia ununterbrochen in die Mangel genommen hatte, hatte er in der letzten Nacht keinen Schlaf gehabt. Er wurde langsam ein bißchen zu alt, um sich so zu verausgaben, auch wenn er immer noch die Kraft eines Ochsen hatte.

Crowley legte Harps Stock und Revolver auf den Tisch neben die weißen Handtücher. »Seine Waffen, Captain.«

Redpath deutete mit dickem Finger auf den Stuhl mit den Ketten. »Nehmt ihm die Handschellen ab«, sagte er zu seinen Polizeibeamten. »Und schnallt ihn an.« Seine Stimme hatte einen Ton rauher Müdigkeit.

»Sie machen einen großen Fehler«, sagte Harp und war erleichtert, daß seine Stimme ruhig und fest klang. »Es wird Sie nur in Schwierigkeiten bringen, aus denen Sie nicht mehr herauskommen.«

»Das glaube ich nicht«, sagte Redpath und knurrte seine Untergebenen an: »Seid ihr taub? Ich habe euch etwas gesagt!«

Sie gehorchten widerwillig. Harp bekam die Handschellen abgenommen; dann seinen Hut und Mantel. Sie setzten ihn auf den Folterstuhl.

Crowley kniete nieder, zog Harp die Stiefel aus und kettete Harps Fußgelenke an den Vorderbeinen des Stuhls fest. Costello kettete Harps Hände an die Hinterbeine.

»Raus mit euch«, sagte Redpath. »Sagt dem Sergeant, daß ich nicht gestört werden will. Keiner kommt runter, bevor ich es sage.«

Sie gingen, ohne noch einmal zu Harp hinzublicken, und schlossen die Tür hinter sich.

Redpath ließ sich auf den Stuhl hinter dem Tisch sinken, füllte das Glas mit Wasser aus dem Krug und trank es leer. Er wischte sich den Mund mit dem Handrücken, nahm den LeMat-Revolver in die Hand und roch daran.

»Ich habe fast ein Jahr nicht damit geschossen«, sagte Harp. »Und ich reinige ihn regelmäßig. Das letzte Mal vor weniger als zwei Wochen.«

»Vielleicht hast du ihn vor kürzerer Zeit gereinigt«, sagte Redpath. »Zum Beispiel gleich nachdem du ihn gegen uns eingesetzt hast, als wir Hoggys Versteck ausgehoben haben.«

»Ich war zu der Zeit überhaupt nicht in der Nähe.«

»Woher weißt du denn, wo und wann es war?«

»Es stand in einer Sondernummer der *Sun* heute morgen.«

Redpath legte den Revolver hin und faltete seine großen Hände darüber. »Smoky Poole hat mir gesagt, daß du da warst.«

Harp spürte, wie etwas in seiner Brust kalt und hart wurde. »Das ist nicht wahr«, sagte er gelassen. »Smoky würde noch nicht einmal den Namen seiner Mutter verraten, es sei denn, er wird so gefoltert, daß er alles sagt, was Sie von ihm hören wollen. Er wird es widerrufen, wenn es ihm wieder besser geht.«

»Das glaube ich kaum«, sagte Redpath. »Es war Teil seiner Sterbebeichte, könnte man sagen. Er hatte ein paar Kugeln abgekriegt. Und während er meine Fragen beantwortete, hat er den Arsch zugekniffen – waren wohl die Verletzungen, nehme ich an.«

»Das macht seine Aussage nicht wahrer. Mein Wort wiegt da mehr.«

Redpath überhörte das. »Außerdem hat Smoky gesagt, daß du Hoggy etwas vom Mord an Moe Saul erzählt hast. Er behauptete, es war das erste Mal, daß sie etwas davon gehört haben. Und er sagte, du hast gewußt, daß die Kisten Alkohol noch bei Moe herumstehen. Woher konntest du das wissen? Denn ich habe bis zu diesem Augenblick keine Informationen darüber und über den Mord an Moe an die Zeitungen gegeben.«

»Es gibt noch andere Polizisten, die davon gewußt haben«, erklärte Harp. »Mit einigen davon bin ich befreundet. Darunter ein paar mit höheren Dienstgraden als Sie. Etwas, worüber Sie nachdenken sollten, bevor Sie hier mit mir anfangen.«

Auch dies schien auf Redpath keinen Eindruck zu machen. »Du hast den Weg zu Hoggys Versteck vor mir gewußt. Du wußtest von der Sache mit Moe Saul und daß der gestohlene Alkohol bei ihm liegt. Du weißt ein paar Sachen über den Mord an dieser Hure, die du mir nicht verraten willst. Aber du wirst.«

Er wickelte ein sauberes weißes Handtuch um seinen Schlagstock, stand auf und kam damit um den Tisch herum.

Harp bezwang eine innere Panik. »Ich bin keiner von Hoggys Gang. Sie können mich nicht zusammenschlagen, oder es wird Ihnen leid tun. Ich mache dasselbe wie Sie. Ich versuche rauszukriegen, wer Alice Curry umgebracht hat – und warum.«

»Aber du weißt Sachen darüber, die du mir verschweigst, und ich muß rauskriegen, was es ist.«

Seine Stimme klang ruhig und vernünftig. Er bat Harp geradezu, sich ihm zu eröffnen. »Verstehst du, ich *muß* es wissen. Ich kann nichts dafür, daß eine Hure in meinem Bezirk ermordet wurde statt in einem anderen. Aber der ganze Druck, den Mörder zu finden, liegt auf *mir*.«

»Als ich Sie das letzte Mal sah«, sagte Harp, »waren Sie sich sicher, den Mordfall zu lösen, wenn Sie die Gang erwischten, die das Lagerhaus ausgeraubt hat. Nun, Sie haben die Räuber doch schon.«

»Ja, und jeder von ihnen gibt zu, daß sie den Einbruch begangen haben. Das Problem ist nur, daß sie alle schwören, mit dem Mord an der Hure nichts zu tun zu haben. Sagen, sie hätten sie nie gesehen, weder tot noch lebendig. Hätten nie von ihr gehört, bis sie in der Zeitung von ihr lasen. Und«, fügte Redpath widerstrebend hinzu, »ich fange an, ihnen zu glauben.«

»Ich glaube«, sagte Harp, »daß sie die Wahrheit sagen.«

»Wohin führt mich das also?« fragte Redpath mit grimmigem Blick. »In die Pferdescheiße, das ist es. Ich muß den Hurenmord aufklären, verdammt! Das würde einiges leichtermachen. Ich will einen sauberen Schreibtisch hinterlassen, wenn ich mich zur Ruhe setze. Und alles, was du weißt, kann mir vielleicht dabei helfen.«

»Bin bereit, Ihnen auf jede Weise zu helfen, Captain. Binden Sie mich von dem Stuhl los, und wir können wie zwei zivilisierte Menschen in Ruhe darüber reden. Aber ich bezweifle, daß ich irgend etwas Entscheidendes weiß, was Sie nicht wissen.«

»Doch, das tust du.« Der umwickelte Schlagstock in der Faust von Redpath schwang ein paar Zoll auf und ab, als hätte er Leben in sich und einen eigenen Willen. »Zunächst mal: Als wir uns gesprochen haben, wolltest du mir nicht sagen, wer dich dafür bezahlt, daß du Informationen über die tote Hure sammelst. Und wer immer das ist, er muß irgendeine Verbindung zu ihr gehabt haben. Und vielleicht mit dem Mord an ihr. Das kannst du verstehen, oder? Also sag mir, wer es ist. Okay?«

»Fragen Sie Howe oder Hummel«, sagte Harp. »Vielleicht können Sie sie dazu bewegen, den Namen ihres Klienten herauszurücken – mir haben sie ihn noch nicht verraten.«

Der Gesichtsausdruck von Redpath blieb unverändert. Er holte mit dem Knüppel aus, trat einen Schritt vor und schwang ihn gegen Harps Kopf.

Harp warf sich mit aller Kraft zur Seite und stürzte mitsamt dem Stuhl auf den Steinboden. Arm und Schulter taten ihm weh. Mehr als sein Schädel, der vom niedersausenden Knüppel gestreift worden war. Doch sein Ohr war davon taub, und in seinem benommenen Kopf drehte sich alles.

Er nahm dumpf wahr, wie Redpath um ihn herumging, sich hinter ihn stellte und sagte: »Ich habe nichts dagegen, daß du jedesmal umkippst und dich schlimmer verletzt, wenn ich dir einen Schlag verpasse. Ganz wie du willst.«

Mit einem leicht angestrengten Ächzen hievte Redpath den Stuhl mit Harp darin hoch und stellte ihn wieder hin. »Wichtig ist nur, daß du aufhörst, mir Lügen zu erzählen. Nach einer Weile.«

Er brachte seinen umwickelten Knüppel erneut in Position, um auf Harps Kopf einzuschlagen, als die Tür hinter ihm aufging und Sergeant Pat Quinn in den Kellerraum kam. »Entschuldigen Sie, Captain, aber ...«

Redpath drehte sich wütend zu ihm um. »Ich habe gesagt, daß mich niemand stören soll, Sergeant!«

»Ich weiß, Captain, aber da ist etwas, was Sie sofort wissen sollten.«

Quinn trat beiseite, so daß der Mann hinter ihm den Raum betreten konnte. Der große Bill Howe – mit seiner üblichen Yachtkappe schief auf dem Kopf, Diamanten am Revers seines Pelzmantels, an seinen Fingern und am Goldgriff seines Spazierstocks und mit einem überaus höflichen rosigen Lächeln unter seinem auffälligen weißen Schnurrbart.

»Wie geht es Ihnen, Captain?« sagte Howe freundlich und zog ein gefaltetes Blatt Papier aus seiner Manteltasche. »Ich habe hier eine richterliche Verfügung von Richter Bernard, die besagt, daß Sie meinen Mandanten in meine Obhut übergeben sollen – auf der Stelle.«

Er faltete das Blatt auseinander und legte es auf den Tisch. Dann zog er einen Umschlag hervor. »Und dies, Captain, ist ein persönlicher Brief an Sie von Richard Connolly. Ich habe ihn natürlich nicht gelesen, aber doch Anlaß anzunehmen, daß er von einer gewissen Dringlichkeit ist.«

Redpath stand einige Augenblicke wie versteinert, sein Gesicht ziegelrot von der Anstrengung, die es ihn kostete, seine Wut zu bezähmen. Dann ging er langsamen Schritts zu dem Tisch, als ob er irgendeine unsichtbare Sperre überwinden müsse, und legte seinen Schlagstock ab. Er würdigte die Verfügung von Richter Bernard keines Blicks. Dieser stand kurz vor der Anklage wegen Bestechlichkeit und parteilicher Urteile zugunsten der Tammany-Clique. Aber er öffnete den Brief von Richard Connolly.

Connolly, den Eingeweihte liebevoll den »schlüpfrigen Dicky« nannten, war der Rechnungsprüfer des städtischen Finanzamts. Wie andere hohe Tiere der Tammany-Clique lief er Gefahr, von den gegenwärtigen Untersuchungen der Anklagejury zu Fall gebracht zu werden. Doch solange es noch nicht soweit war, blieb er ein zu mächtiger und einflußreicher Politiker, als daß man ihn hätte übergehen dürfen.

Redpath wirkte äußerlich beherrscht, als er Connollys Botschaft zu Ende gelesen hatte und in seine hintere Hosentasche steckte.

Hinter ihm sagte Bill Howe mit rauher Stimme: »Ich hoffe, davon stammt nichts von meinem Mandanten.«

Redpath wandte sich um und sah, daß Howe die blutigen Handtücher am Boden um Harps Stuhl betrachtete. »Nein«, sagte er, »ich wollte Harp nur zeigen, wie wir die übelsten Verbrecher behandeln – die Sorte, die man sonst nicht zur Vernunft bringen kann.«

Harp äußerte sich nicht dazu. Sein Kopf wurde langsam wieder klar, sein Herzschlag war annähernd wieder normal – und niemand hatte etwas von Beschuldigungen, die sich nicht beweisen ließen.

»Ich hoffe«, sagte Howe, »daß die Demonstration vorüber ist. Denn Harp und ich haben eine Verabredung, bei der wir uns nicht verspäten wollen.«

»Gewiß.« Redpath warf den Schlüssel für die Ketten Sergeant Quinn zu.

Als Harps Hand- und Fußgelenke losgebunden waren, zog er die Stiefel an, stand auf und nahm seinen Hut und Mantel. Er war noch etwas zitterig, als er zum Tisch ging und seinen Hickorystock in die Hand nahm.

Redpath erhob keine Einwände, als Harp den Le-Mat-Revolver zurück in die Manteltasche steckte. »Nichts für ungut. Ich habe nur versucht, meine Pflicht zu tun.«

»Wie Sie sie interpretieren«, sagte Harp trocken. »Laut *Sun* verdienen Ihre Methoden höchste Bewunderung.«

Das Lachen von Redpath klang wie ein kurzes Bellen. »Na schön. Wenn Sie aber auf etwas stoßen sollten, was für die Ermittlungen wichtig sein könnte, dann möchte ich es immer noch gerne wissen.«

»Darauf können Sie sich verlassen«, sagte Harp.

Draußen hatte der Schneefall aufgehört, wie Harp erwartet hatte. Doch die Luft war bitter kalt, und die Wolkendecke über der Stadt blieb geschlossen. Bill Howes Kutsche war ein Brougham, ein vierrädriger, geschlossener Zweisitzer. Als sie in Richtung des Büros von Howe & Hummel losfuhren, sagte Howe zu Harp: »Sie haben Glück gehabt. Billy Doyle hat mit Nachrichten in dem französischen Restaurant in Ihrem Wohnhaus auf Sie gewartet, als die Polizei Sie verhaftete. Er kam zu uns gerannt und hat es uns erzählt.«

»Wenn nicht er«, sagte Harp, »dann hätte es ein anderer aus der Gegend getan.«

»Sie nehmen das Ganze ziemlich gelassen.«

»Jetzt schon. Vor einer Weile habe ich alles andere als Gelassenheit empfunden.«

Howe tätschelte mit seiner diamantenberingten Hand Harps Knie. »Vance Walburton ist heute morgen bei mir vorbeigekommen. Er will wissen, ob Sie in der Sache mit seiner Frau irgendwelche Fortschritte machen. Gibt es irgend etwas, das ich ihm sagen kann?«

»Ich werde selbst mit ihm reden«, sagte Harp. »Gleich nachdem ich nachgesehen habe, was Billy Doyle für mich hat.«

Seine persönlichen Prioritäten waren die gleichen geblieben. Er war hinter dem Mörder von Moe Saul her – nicht hinter Walburtons Frau. Aber um dies zu bewerkstelligen, mußte er herausfinden, warum Alice Curry ermordet worden war.

Denn er war sich mittlerweile sicher, daß Moe umgebracht worden war, damit er niemandem sagen konnte, von wem er den Tip mit Monmouth Fullers Lagerhaus bekommen hatte – und wer darauf Wert gelegt hatte, daß die Räuber nicht ins Büro gingen, wo die Tote lag.

Soviel hatte er bisher herausgefunden. Und ein bißchen von Alice Currys Biographie. Aber das war nicht genug.

Wenn nicht eine der Nachrichten, mit denen Billy bei Howe & Hummel auf ihn wartete, einen neuen Anhaltspunkt ergab, würde er sich etwas Neues einfallen lassen müssen.

Vielleicht – nur vielleicht – wußte Walburtons »entlaufene« Ehefrau etwas, das Alice Currys Tod erklären konnte. Und Moes Tod.

Aber um das zu klären, mußte er Olivia Walburton finden.

KAPITEL 29

Billy Doyle hatte drei Nachrichten für Harp. Die erste war eine kurze Botschaft in Lelands nachlässiger Kritzelschrift:

Ich habe ein Angebot für die Information der Dame betreffs Eisenbahnprojekt erhalten. Ich möchte sicher sein, daß Du zustimmst, bevor ich das Geschäft abschließe. Das Wetter ist ziemlich unerfreulich, Du findest mich also zu Hause, wo ich lese, ruhe und den Invaliden spiele.

Das erinnerte Harp daran, daß er bald in Erfahrung bringen mußte, ob Willem Jacobs schon die falschen Rubine in Louises Collier eingesetzt hatte.

Die zweite Nachricht kam von Ralph Cavalucci, den Harp losgeschickt hatte, nach Monmouth Fullers Maler von erotischen Gemälden zu suchen. Cavaluccis Handschrift war klein und eng, mit gelegentlichen Schnörkeln am Ende einiger Wörter:

Ich glaube, daß der Künstler, um den es Ihnen geht, ein Belgier mit Namen Philippe Preud'homme ist. Er ist noch keine zwei Jahre im Land, scheint bisher nicht sonderlich gut von seiner Malerei leben zu können, und sofern er nähere Freunde hat, habe ich sie bisher nicht gefunden. Er sitzt manchmal im Neal's, *einer Künstlerkneipe an der Ecke Grove und Bedford Street, und trinkt sich einen. Laut den Leuten dort ist er ein starker Trinker und ebenso leidenschaftlicher wie glückloser Spieler.*

Bei einem seiner Besäufnisse fing er eines Abends an zu klagen, daß er so dringend Geld brauche und deshalb so weit heruntergekommen sei, obszöne Gemälde für »einen saudummen, hemmungslosen jungen Millionär« zu malen.

Klingt das nicht nach Ihrem Mr. Fuller? Preud'homme hat einigen der Stammkunden bei Neal's erzählt, daß sein letzter Auftrag von dem Millionär ein Aktgemälde war, und das Modell war eine junge Dame, die der Millionär ihm schickte.

Philippe Preud'homme lebt und hat sein Atelier im Haus Nr. 55 in der 16. Straße West. Aber zur Zeit hält er sich dort nicht auf. Gestern nachmittag ist er mit einem einzigen Koffer fortgefahren, hat seinem Vermieter erzählt, er habe eine Erbschaft gemacht und würde nun auf eine längere Reise gehen. Der Vermieter war beeindruckt. Er hat mir gesagt, daß Preud'homme normalerweise mit seinen Mietzahlungen in Verzug geriet. Aber gestern, bevor er aufbrach, hat er nicht nur die noch ausstehende, sondern auch noch die Miete für die nächsten drei Monate im voraus bezahlt.

Der Vermieter weiß nicht, wohin Preud'homme verreist ist. Noch weiß es sonst jemand, mit dem ich gesprochen habe.

Harp mußte seine Phantasie nicht sonderlich anstrengen, damit ihm eine Quelle für diesen unverhofften Geldsegen einfiel – und eine Erklärung für des Künstlers plötzliche Abreise aus der Stadt, wenn nicht aus dem Land. Am gestrigen Nachmittag war es nur wenige Stunden her gewesen, daß Harp Monmouth Fuller mit Fragen über Alice Curry in Wut versetzt hatte. Und daß Mike McKibbin Fuller in Harps Anwesenheit nach dem Aktgemälde befragt hatte, das an Fullers Wand fehlte.

Es fügte sich in das Bild ein, das Harp sich bereits von Fuller gemacht hatte. Aber es war nichts, was Fuller nicht abstreiten konnte. Es war nicht genug, um ihn festnageln zu können.

Dazu brauchte Harp härtere Fakten.

Die dritte Nachricht stammte von Jack Goodhue, dem Reporter des *Telegram*, der für Harp einen Kollegen in New Hampshire antelegrafiert hatte:

Ihre Geschichte von dem Baumwollspinnerei-Besitzer in Concord, der sich an einem Baum vor seinem Haus erhängt hat, ist tatsächlich passiert. Vor knapp zwei Jahren. Sein Name war Elisha Willard Olcott. Er hatte nur eine Tochter. Ihr Name: Alice Olcott. War unverheiratet, als sie Concord verließ – manche sagen, sie wollte versuchen, in Boston oder New York ihr Glück zu machen. Ihre Mutter verließ Concord etwa um die gleiche Zeit. Vielleicht um mit einer oder einem entfernten Verwandten in Kansas oder einem anderen armseligen Ort im Westen zu leben.

Es gibt offenbar niemanden in Concord und Umgebung, der von Alice Olcott und ihrer Mutter seither etwas gehört hat, und mein Verbindungsmann in Concord kann kein Bild von Alice Olcott auftreiben.

Also, das ist alles. Verringert meine Schulden bei Ihnen auf 35 Dollar. Die ich zurückgewinnen werde, sowie wir das nächste Mal ein Spielchen miteinander machen. Kopf hoch...

Harp schrieb eine Notiz an Louise: »Alice Currys wirklicher Name war Alice Olcott. Versuchen Sie es zuerst mit diesem Namen. Wenn er den Spiritistinnen nichts sagt, versuchen Sie es mit Alice Curry. Und nochmals vielen Dank, daß Sie mir in dieser Sache helfen.«

Er las das Billett noch einmal durch und sah, wie steif und förmlich es war. Aber er änderte nichts davon. Er steckte es in einen Umschlag, schrieb ihren Namen und ihre Adresse darauf und gab ihn Billy, der ihr diese Botschaft überbringen sollte.

Dann ging er zum Washington Square, holte Leland aus seinen zwei Hinterzimmern heraus, die früher das Quartier der Hausangestellten gewesen waren, und nahm ihn mit zum Mittagessen in *Huber's Eating House*.

Sie bestellten ein umfangreiches Menü und sprachen dem Bier zu, während sie auf das Essen warteten. Harp musterte

Lelands eingefallenes Gesicht und sagte: »Du siehst jedes Mal schlechter aus, wenn wir uns treffen.«

»Komplimente hört man immer gern.«

»Du solltest zu einem Arzt gehen.«

»Wozu?« sagte Leland gleichgültig. »Die sagen mir immer das gleiche. Ich soll mit dem Trinken und Rauchen aufhören. Da ich in letzter Zeit immer weniger Lust auf fleischlichere Vergnügungen habe, was würde mir da noch bleiben? Mach dir keine Sorgen um mich, Leutnant. Jeder muß sterben, aus diesem oder jenem Grund, früher oder später.«

»Ich würde später vorziehen. Für uns beide.«

»Aber wir haben oft nicht die Wahl, stimmt's?« Leland betrachtete Harps aufgeschlagenes und geschwollenes Ohr. »Apropos schlimmer aussehen, wenn wir uns treffen – *das* ist auch kein besonders schöner Anblick.«

»Ich hatte einen kleinen Zusammenstoß mit dem Gesetz«, erklärte Harp.

»Das scheint dir mit einer gewissen Regelmäßigkeit von Zeit zu Zeit zu passieren.«

»Ja«, gab Harp zu. »Das ist wahr.«

Ihr Essen wurde gebracht. Erst als sie damit fertig waren, kam Leland auf das Geschäftliche zu sprechen.

»Das Angebot«, sagte er, als sie beim Kaffee saßen, »stammt von Collis Huntington. Er will dreißigtausend Dollar lockermachen – vorausgesetzt, mein Tip ist so interessant, wie ich ihm versichert habe. Da Mrs. Vedders Information über Drews Eisenbahnprojekt ihm sicher soviel wert ist, glaube ich, daß er soviel bezahlen wird. Und ich glaube nicht, daß ich von irgendwem ein besseres Angebot bekommen könnte.«

»Es gibt noch Gould und Fisk«, schlug Harp vor. »Die beiden Partner versuchen überall ihre Finger drinzuhaben.«

Leland nickte. »Stimmt. Aber Jay Gould ist ein sauertöpfischer Halunke. Und Jim Fisk, auch wenn du gut mit ihm stehst, ist ebenfalls ein Halunke, nur mit mehr Lebensfreude. Sie willigen vielleicht in eine größere Summe ein, um sie dann, wenn sie die Information haben, nur teilweise zu bezahlen. Keiner von diesen Schurken hegt die gleiche altmodische Verehrung für meinen Familiennamen wie Huntington.«

Harp ließ sich das durch den Kopf gehen. Er brauchte nicht lange, um sich zu entscheiden. »Du hast recht, mach's mit Huntington. Bringe sein Geld auf dein Bankkonto, und teile die Hälfte zwischen uns auf, wie ich gesagt habe. Und stelle über die andere Hälfte einen Scheck für Louise Vedder aus.«

Leland trank seinen Kaffee aus und fragte beiläufig: »Bist du zu einem Entschluß gekommen, was dich und sie anbelangt?«

»Nein.«

»Louise Vedder ist keine Frau, der es an Verehrern fehlt, Leutnant. Wenn du zu lang zauderst, kannst du dir deinen Entschluß sparen. Die Dame wird dann nicht mehr verfügbar sein.«

Das war für Harp kein neuer Gedanke.

»Leland«, sagte er düster, »bitte, kümmere dich um deine eigenen Angelegenheiten.«

In Vance Walburtons mit dunklem Holz getäfeltem innerem Büro war nichts neu oder modisch. Die Möbel waren um ein beträchtliches älter als Walburton selbst. Die Goldprägung auf den Lederbänden – Gesetzestexte und Schriften zum Finanzwesen, die in den Bücherschränken standen – hatte vor langer Zeit ihren Glanz verloren. Die Teppiche waren zwar von bester Qualität, aber abgetreten. Durch die Fenster, die über die Wall Street auf die Börse blickten, drang schummeriges Tageslicht herein, und der allgemeine Eindruck, den der Raum vermittelte, war der von einer in Würde gealterten Nüchternheit. Eine Erinnerung daran, daß dies hier eine traditionsreiche Anwaltspraxis im Dienste der besten Familien der Stadt war.

»In der Vergangenheit habe ich hin und wieder Privatdetektive in Anspruch genommen«, sagte Walburton. »Im Auftrag meiner Mandanten, selbstverständlich. Familien, die über die Verhältnisse eines Heiratskandidaten Bescheid wissen wollten. Unternehmen, bei denen vermutlich Veruntreuungen vorgekommen waren. Heutzutage scheint es Dutzende von diesen Detektivagenturen in New York zu geben. Die meisten reine Betrugsfirmen, wie ich recht gut weiß. So achte ich darauf, mich nur mit solchen einzulassen, die einen guten Ruf haben und für die Polizei arbeiten. Trotzdem betrachte ich sie mit durchaus gemischten Gefühlen. Aus der besonderen Natur des Berufs ergibt sich doch ein sehr zweifelhaftes Verhältnis zu Anstand und Sitte, denn ein Detektiv muß sich skrupelloser Methoden bedienen ...«

»Ich bin kein Detektiv, Mr. Walburton«, unterbrach Harp. »Weder privat noch sonstwie.«

Walburton runzelte die Stirn, und der ledergepolsterte Drehstuhl knarrte, als er sich leicht vorbeugte. »Was sind Sie *dann*? Verzeihen Sie, aber Mr. Howe hat sich darüber nur unbestimmt geäußert.«

»Ich bin einfach jemand, der versucht, Ihre Frau für Sie zu finden.«

»Nach Ihrem eigenen Eingeständnis haben Sie da wenig Fortschritte gemacht.« Walburton sagte es so höflich, wie er konnte. Gute Erziehung. Man sollte denen, die unter einem standen, keine Grobheit entgegenbringen. »Und ich weise darauf hin, daß ich für Ihre Bemühungen sehr viel mehr Geld bezahle, als ich je für die Dienste eines Detektivs in der Vergangenheit ausgegeben habe. Die besten von ihnen verlangen zehn Dollar am Tag plus Spesen.«

»Ich habe sehr wohl Fortschritte gemacht«, log Harp. »Aber wie ich Ihnen gesagt habe, bin ich nun an einem Punkt angelangt, wo ich mehr über Ihre Frau wissen muß, wenn ich weiterkommen soll.«

»Da gibt es nichts Ungewöhnliches zu berichten. Olivia ist eine normale, gebildete Frau aus gutem Haus. Klug, eine wunderbare Ehefrau ...«

»Aber sie ist Ihnen davongelaufen. Warum?«

»Wie ich Mr. Howe und Mr. Hummel erklärt habe, sind einige sehr persönliche und private Probleme zwischen uns entstanden – über die ich nicht sprechen möchte.«

Harp stand auf. »Dann können Sie einen der Privatdetektive, die Sie kennen, für die Suche nach Ihrer Frau engagieren. Und ich kann mir die weitere Arbeit ersparen. Denn was ich gesagt habe, meine ich ernst. Ohne genauere Informationen über Ihre Frau und die Probleme, die sie hatte, habe ich keine Chance, sie zu finden.«

»Warten Sie! Bitte, nehmen Sie Platz ...« Walburton wartete besorgt, bis Harp sich wieder gesetzt hatte. Dann drehte er seinen Stuhl zur Seite und blickte aus dem Fenster. Nach langem Schweigen und immer noch hinausschauend sagte er: »Ich möchte nicht, daß Sie aufhören. Ich will nur ...« Er schwieg wieder. Schließlich: »Unser Kind zu verlieren, einen Monat vor der Geburt, war für Olivia ein seelischer und körperlicher Schock. Sie wollte es nicht ... noch einmal versuchen und möglicherweise ein zweites Kind verlieren. Mr. Harp, das hier ist für mich äußerst schwer und unangenehm.«

»Ich weiß«, sagte Harp sanft. »Ich bin Ihnen dankbar, daß Sie es trotzdem versuchen. Lassen Sie sich Zeit.«

Walburton ließ sich Zeit, bevor er weitersprach. »Ich glaube, daß dies die Wurzel all unserer Probleme war. Wenn wir Kinder gehabt hätten, hätte sie ihre Energie darauf verwenden können, sich um sie zu kümmern. Olivia ist eine Frau mit sehr viel Energie, verstehen Sie. Die machte sie nervös – ruhelos. Sie hatte das Gefühl, sie müsse etwas finden, wo sie ihre Kraft einbringen könnte. Das Haus zu führen und die Bediensteten zu beaufsichtigen, das schien ihr nicht zu genügen.«

»Ist das nicht die Aufgabe Ihres Butlers?«

Walburton wandte seinen Kopf mit einem leichten Lächeln Harp zu. »Wir haben keinen Butler, Mr. Harp. Auf so großem Fuße leben wir nicht. Wir haben eine Haushälterin.«

»Sie trägt die Verantwortung für das Haus und die anderen Bediensteten?«

»Ja.«

»Ihre Frau fühlte sich nicht dadurch ausgelastet, daß sie der Haushälterin Anweisungen gab?«

»Richtig.«

»Was wollte sie also tun?«

»Weiß der Himmel!«

»Aber Sie wissen es nicht.«

»Nein, keine Ahnung.«

Vor dem Fenster landete ein kleiner Falke auf einem der Telegrafendrähte. Er bog seinen edlen Kopf nach unten und beobachtete das Treiben auf der Gasse. Man sah heutzutage nicht mehr viele von seinen Artgenossen. Als Harp ein Junge gewesen war, hatte es mehr Falken gegeben. Für einen Raubvogel war New York kein schlechteres Jagdrevier als das flache Land, es gab jede Menge Mäuse und Ratten. Doch möglicherweise schmeckten sie hier nicht mehr so gut.

»Sie haben Howe and Hummel berichtet«, sagte Harp, »daß Ihre Frau Bücher las, die Sie nicht schätzten. Sie meinten, daß diese Bücher für einen Teil der ... Ruhelosigkeit verantwortlich gewesen seien.«

»Romane«, sagte Walburton mit unverhohlenem Widerwillen, »in denen leidenschaftliche und willensstarke Frauen vorkommen, die sich auf eine Weise verhalten, welche sich mit der natürlichen Zurückhaltung und Bescheidenheit einer christlichen Frau nicht vereinbaren läßt. Die allen überlieferten Werten den Rücken kehren und Dinge tun, von denen kein gebildeter Mensch lesen möchte oder sollte.«

»Was für Dinge?«

»Ich habe keine Zeit, Romane zu lesen. Und ganz gewiß nicht solche Romane. Was ich *über* sie lese, genügt, um mich davon zu überzeugen, daß sie einem Geschmack huldigen, den ich für minderwertig halte. So hat es mich natürlich unangenehm berührt, daß meine eigene Frau, eine junge Frau von Bildung, für diese Art von Lektüre schwärmte.«

»Hat sie nicht den Versuch unternommen, Sie für eines der Bücher, das ihr vielleicht besonders am Herzen lag, zu interessieren?«

»Nie«, sagte Walburton. »Sie kannte meine Meinung – auch wenn sie sich hartnäckig weigerte, diese für sich zu akzeptieren.«

»Sind Sie nicht neugierig geworden und haben mal in den Büchern herumgeblättert, nachdem Ihre Frau Sie verlassen hatte? Auf die Möglichkeit hin, daß vielleicht etwas drinsteht, was die Gedanken Ihrer Frau erklären könnte?«

»Olivia hat ihre Bücher nicht im Haus herumliegen lassen, so daß man sie nach Belieben anschauen konnte. Die Bücher befinden sich in ihren Privaträumen. Sie weiß, daß ich ihre Privatsphäre achte und dort nie unaufgefordert eindringen würde. Schon gar nicht in ihrer Abwesenheit.«

»Ich schon«, sagte Harp. »Schreiben Sie ein paar Zeilen an Ihre Haushälterin, daß sie mich in die Räume Ihrer Frau führen und mich dann dort allein lassen soll.«

Walburton dreht seinen Stuhl herum und starrte Harp an. »Wie käme ich dazu!«

»Vielleicht gibt es dort, abgesehen von den Büchern, einen Hinweis darauf, wo sie sich jetzt befindet.«

»Mr. Harp, ich lege Wert auf gewisse Umgangsformen. Was Sie da vorschlagen, ist jenseits aller ...«

»Wenn Sie Ihre Frau zurückhaben wollen«, fiel Harp ihm ins Wort, »müssen Sie diese Formen für eine Weile außer acht lassen. Entweder das – oder ich höre auf, nach ihr zu suchen. Sie haben die Wahl.«

Am Ende gab Walburton grollend nach. »Aber wie, zum Teufel, soll ich das der Haushälterin erklären?«

»Schreiben Sie ihr, daß ich Innenarchitekt bin. Sie bereiten für die Heimkehr Ihrer Frau eine Überraschung vor und lassen ihre Räume neu gestalten. Und ich muß ein bißchen Zeit allein in den Räumen verbringen, um einen Plan für die neue Ausstattung zu entwerfen.«

Walburton machte weiterhin ein widerwilliges Gesicht. Aber er schrieb die Notiz.

KAPITEL 30

Während Harp sich in Walburtons Büro aufhielt, ging ein kurzer Schauer nieder. Kurz bevor er aufbrach, hatte der Regen aufgehört und war gefroren. Bei Waverly Place – einer der bevorzugten Wohngegenden der vornehmen Gesellschaft – waren die schlanken, blattlosen Äste der Bäume, die die Straßenseiten säumten, mit einer dünnen, durchsichtigen Eisschicht überzogen.

Das Haus von Walburton war aus Backstein mit Sandsteinverzierungen, es besaß ein Mansardendach und eine großzügige Veranda zur Straße hin. Es war kleiner als Monmouth Fullers Villa, doch geräumig genug, um eine große Familie mit ihren Bediensteten bequem unterzubringen. Die Haushälterin war eine in die Breite gegangene Frau mit gesunder Gesichtsfarbe und bayerischem Akzent. Sie las Walburtons Notiz und musterte Harp verwundert. Vielleicht entsprach Harp nicht ihrer Vorstellung von einem Innenarchitekten. Als sie ihm zeigte, wo er im Vestibül seinen Hut, Mantel und Stock ablegen konnte, fragte sie, ob er wisse, wann Mrs. Walburton zurückerwartet würde.

Er sagte, er wisse es nicht, und folgte dem Geraschel ihrer Unterröcke ins Innere des Hauses. In einer weiträumigen, düsteren Diele mit dunklen Tapeten hingen Bilder mit schweren Rahmen – Landschaften und vermutlich Familienahnen. Sie durchschritten zwei Wohn- und ein Damenzimmer voll großer Gummibäume und Farne. In einer kleineren Diele stiegen sie eine anmutig geschwungene, ausgelegte Treppe mit schwarzem Eichengeländer ins erste Stockwerk hinauf. Die Haushälterin blieb vor einer geschlossenen Tür stehen und sagte: »Das sind Mrs. Walburtons Räume.« Sie sah Harp unsicher lächelnd an, während sie einen Schlüsselbund von ihrem Gürtel nahm. »Mr. Walburton schreibt, daß Sie hier allein sein wollen. Aber falls ich Ihnen zeigen soll, wo was ist...«

»Nicht nötig, vielen Dank«, sagte Harp.

»Na dann...« Sie schloß die Tür auf und öffnete sie ihm. Er dankte ihr noch einmal, ging hinein und zog die Tür hinter sich zu.

Er befand sich in einem kleinen Vorzimmer, das von einem Oberlicht in der schrägen Decke schummerig erleuchtet wurde. Auf dem Boden lag ein weicher Smyrna-Teppich, und an der Wand stand ein Konsoltisch mit intarsierter Marmorplatte, auf dem, nebst einem Ebenholzkamm und einer Haarbürste mit Elfenbeinbesatz, ein Paar figürlicher Silberkandelaber stand. An der Wand gegenüber hing ein großer Spiegel in getriebenem Bronzerahmen, der vom Boden bis zu Harps Kopf reichte. Dies war der Ort, wo die Dame des Hauses letzte Hand an ihr Haar und ihre Kleidung legte, bevor sie sich der Welt stellte. Harp wandte sich von dem Spiegel ab und verließ das Vorzimmer. Er sah nicht gern, was Spiegel ihm zeigten. Seine Figur erschien ihm zu groß und grobschlächtig. Sein Gesicht war zu hart und sein Ausdruck zu beherrscht. Die verdammte Narbe auf seiner Stirn machte alles noch schlimmer. Von dem Augenblick an, als er Louise Vedder zum ersten Mal getroffen und erkannt hatte, daß sie die Frau von dem Zinkblechabzug war, den er einem toten Mann entwendet hatte, empfand er die Narbe wie ein Brandmal, von ihrem Mann hinterlassen, um ihr zu verraten, daß er sein Mörder war.

Das nächste Zimmer war Olivia Walburtons Boudoir. Es war ein ziemlich großer Raum mit zwei Fenstern, die auf den Garten hinter dem Haus blickten. Harp ging langsam darin umher, berührte Gegenstände und versuchte sich eine Vorstellung von Olivia Walburton zu machen.

Aber da war nichts, was zu ihm von einer eigenen Individualität sprach, die sich von anderen vornehmen Damen des »viktorianischen« New York unterschied. Es war ein behagliches Nest für ein verwöhntes und wohlbehütetes Statussymbol. Eine junge Frau, deren Hauptaufgabe darin bestand, anderen Leuten zu zeigen, daß ihr Mann sich eine Gattin leisten konnte, die sich um nichts sonst zu kümmern brauchte.

Die Decke war mit anspruchslosen Amoretten und sonnenbestrahlten Wolken bemalt. Die Tapete hatte das gewohnte üppige Dekor von Blüten und Ranken. Es gab ein luxuriöses Bett mit Seidenkissen und den überhängenden Falten eines blaßblauen Baldachins; antike Tische mit Polsterstühlen, die mit besticktem Chintz bezogen waren; Schränke und Kommoden voll teurer Kleidungsstücke, wie zu erwarten; einen kleinen Kamin mit einem Sims aus Marmor und Blattgold sowie einen großen Pfeilerspiegel in poliertem Goldrahmen; venezianische Aquarelle und japanische Drucke, kleine Sammlungen von französischer Keramik, Südseemuscheln und florentinischen Kameen.

Jedoch keine Bücher.

Harp verließ das Boudoir und betrat Olivia Walburtons Wohnzimmer.

Ihre Bücher befanden sich hier.

Zusammen mit den üblichen Sachen, die man in den Wohnräumen der meisten wohlhabenden Frauen fand. Ein Toilettentisch mit Frisierzubehör auf vergoldeten schlanken Beinen. Ein Spiegel darüber zwischen zwei Gas-Wandleuchten, die sich in lilienförmigen Halterungen befanden. Ein Sofa mit einem Bezug aus Atlasbrokat sowie ein Sessel mit Pferdehaarbezug und Fransen. Ein Fenster mit Spitzenvorhang, eingerahmt von rosa-goldenfarbener Draperie. Ein großer Überseekoffer und ein Waschtisch in der Ecke mit geblümtem Deckchen.

Ungewöhnlich war der schlichte Eichenholzschreibtisch mit Tintenfaß, Federhaltern und Stiften auf der an den Ecken mit Leder eingefaßten Schreibunterlage, davor ein geradlehniger Stuhl. Und die ganzen Bücher. Zwei Wände mit Regalen vom Boden bis zur Decke, vollgestopft mit Büchern.

So viele Bücher verrieten doch etwas von Olivia Walburtons Persönlichkeit. Sie lebte nicht nur in dem, was die meisten Menschen die wirkliche Welt nannten. Ein Teil ihres Lebens befand sich in diesen Büchern.

Oder hatte sich darin befunden, bevor sie ihr Heim und ihren Mann verließ. War sie jetzt irgendwo da draußen und versuchte, etwas aus diesen Büchern in der Wirklichkeit wiederzufinden?

Harp versuchte, die Titel zu entziffern. Doch das Licht von Norden, das durch die Fenstervorhänge hereinkam, war zu schwach. Er zündete mit einem Streichholz eine der Gasleuchten an, drehte die Flamme groß und versuchte es erneut.

Ihr Lesehunger schien alles zu umfassen. Geschichte, Wissenschaft und Reisen, Romane und Gedichte.

Plutarch, Shakespeare und Molière. Macaulays Essays und Andersens Märchen. *Mawes Gärtnerbuch. Städte und Grabstätten in Etrurien. Die Entdeckung Mexikos. Versuch über die Mechanik. Entstehung der Zivilisation.* Viele Romane von Balzac, Dickens und George Sand. Zwei von Wilkie Collins' Kriminalromanen, die in den Abgründen der viktorianischen Gesellschaft wühlten. Sie hatte die Bücher nicht nach Gebieten geordnet; noch nicht einmal Sachbücher von Literatur getrennt. Aber es war nicht schwer für Harp, inmitten des Durcheinanders einige der Bücher zu erkennen, die ihm geläufig waren und von denen er sich vorstellen konnte, daß sie Mr. Walburtons Mißfallen erregt hätten.

Lady Audley's Geheimnis – die Hauptfigur eine wunderschöne, anmutige Frau von Adel, die eine heimliche Bigamistin war und ihren ersten Ehemann umzubringen versuchte. Dickens' *Große Erwartungen* – mit dem jungen Helden, dessen Wohltäter ein brutaler, entflohener Häftling war, und mit den beiden Patrizierfrauen, denen jedes sadistische Mittel recht war, um Männer zu erniedrigen. Swinburnes *Gedichte und Balladen* – mit der starken Hervorkehrung des Masochismus. *East Lynne,* worin der Standpunkt vertreten wurde, daß man einer Ehebrecherin schließlich und endlich verzeihen könne. *Die Frau in Weiß* mit der selbstbewußten, »maskulinen« zweiten Heldin und den auf Perversion hindeutenden Zügen.

Die Übersetzungen französischer Romane waren schwerere Kost. Von Balzac *Das Mädchen mit den Goldaugen*, wo es um eine lesbische Liebesbeziehung ging, sowie *Glanz und Elend der Kurtisanen. Die Kameliendame* von Dumas dem Jüngeren, ebenfalls über eine Kurtisane. Gautiers *Mademoiselle de Maupin*, über eine bisexuelle Schauspielerin. Prévosts *Manon Lescaut*, wieder eine gewerbsmäßige Hure.

Und aus dem Italienischen: *Orlando Furioso* mit seinen unbesiegbaren Ritterinnen in Waffen, die jeden männlichen Herausforderer auf Turnieren und in Zweikämpfen besiegten.

Huren und Mörderinnen, Lesben und Kriegerinnen, Ehebruch und sexuelle Doppelveranlagung. War es dies, was Olivia Walburtons Bewußtsein bewegte? Oder war es nur ein weiteres Zeichen für das breite Spektrum ihrer literarischen Neugier?

Ein Buch im Regal fiel Harp auf, da es so gut wie keine Beziehung zu ihrer sonstigen Lektüre zu haben schien.

Häusliche Angelegenheiten – Teil einer populären Reihe von Ratgeberbüchern, die sich im Sinne des »gesunden Menschenverstands« an tugendhafte Frauen wandten. Er nahm es herunter und öffnete es. Auf der ersten Seite stand in großen, kraftvollen Buchstaben: *Meine liebste Livvy – Um Dir zu beweisen, daß ich mit meinen Ansichten nicht allein stehe, lies das Kapitel, das auf Seite 32 beginnt. Danach, so steht zu hoffen, wirst Du einsehen, daß ich von Herzen nur Dein Bestes will.* – Dein Dich liebender Gatte, Vance.

Das Kapitel, das auf Seite 32 begann, trug die Überschrift: »Unser Mädchen und zweifelhafte Bücher«. Ein paar Absätze waren dick unterstrichen:

In der zweifelhaften Unterhaltungsliteratur, die neuerdings den Markt überschwemmt, stößt man, ob man will oder nicht, oft auf Bücher, die einem die Röte ins Gesicht treiben. Du magst die Anschauungen eines schlechten Buches abscheulich finden, aber einmal gelesen, läßt sich die Erinnerung daran nicht mehr auslöschen – eine Versündigung gegen die Reinheit Deines Geistes. Mein liebes Mädchen! Du kannst das Risiko nicht eingehen, auch nur *ein einziges* Buch zu lesen, das den Versuch unternimmt, Deinen Glauben an die Reinheit und an die christliche Religion zu untergraben...

Und was sollte der Gewinn davon sein, ein unmoralisches Buch der Prüfung zu unterziehen? Kenntnis der Welt? Vielleicht. Es ist die gleiche Kenntnis, die Slumbewohner und *habitués* von Lasterhöhlen ergötzt. Wenn Du eine *Frau* bist, im nobelsten und wahrsten Sinn des Wortes, wird Dich Dein eigener Instinkt leiten, durch das Leben zu wandeln bis zur letzten Ruhestätte, unbefleckt von der Welt. Verschließe mit aller Entschiedenheit die Augen vor dieser sündigen Literatur... Unschuld und Reinheit sind so süß! Sie sind so selten in dieser unserer Welt! Lieber soll Dein Gesicht Narben tragen als Deine weiße Seele Male des Schmutzes.

Am Ende des Kapitels stand ein Kommentar, in einer engbuchstabigen, flotten Handschrift: *Die Autorin will einem Blinden weismachen, daß er sich glücklich schätzen soll, weil er nicht sehen kann, was um ihn herum geschieht. – O. B.*

O. B.? Dann fiel es Harp ein: Ihr Mädchenname war Bixby. Eine verstohlene Erklärung der Unabhängigkeit? Indem sie sich selbst damit sagte, daß sie ein Ich jenseits der Rolle besaß, welche die Gesellschaft ihr vorschrieb?

Harp zog beliebige weitere Bücher aus den Regalen, blätterte sie durch auf der Suche nach anderen Randbemerkungen von ihr. Aber er fand keine mehr: keine unterstrichenen

Passagen, keine hingekritzelten Kommentare. Er gab es auf und öffnete die Schublade ihres Schreibtisches.

Das erste, worauf sein Blick fiel, war ihr Tagebuch.

Warum hatte sie es zurückgelassen, so leicht zu finden?

Hatte sie gehofft, daß ihr Mann »in ihre Privatsphäre eindringen« würde – etwas von ihr erfahren und verstehen würde?

Harp setzte sich und schlug das Tagebuch auf. Es war eine Enttäuschung, zunächst. Es war kein Tagebuch, das ihr Leben festhielt, sondern es handelte von ihren Leseerlebnissen, enthielt Zitate aus Büchern, die sie gelesen hatte, und ihre Gedanken dazu.

Auf einer Seite, relativ zu Beginn, hatte sie geschrieben:

Viele von unseren sogenannten Literaturkritikern sind für mich Dummköpfe voller Vorurteile. Im letzten Harper's Monthly *steht eine Rezension über George Sands* Monsieur Sylvestre. *Der Kritiker schreibt, daß die Moral des Buches im letzten Satz zusammengefaßt ist: »Besser ungläubig als selbstsüchtig sein. Gott liebt keine Feiglinge.« Wozu der Kritiker schreibt, daß ein solcher Rat »vielleicht eine nützliche Wirkung für Frankreich hat. In Amerika haben wir keinen Bedarf dafür.«*

Was soll man angesichts einer solch törichten Dummheit sagen?

Beim Weiterlesen entdeckte Harp einige Kommentare von Olivia Bixby Walburton, die sich auf Persönlicheres bezogen:

Unser bedeutender amerikanischer Historiker, Mr. Francis Parkman, schreibt: »Unter den Frauen, die keinen Anteil an den Beschäftigungen und Pflichten ihres Geschlechts haben, finden wir häufig jene dekadente Verirrung, jene rastlose Sehnsucht, jenes unbestimmte und doch quälende Empfinden eines unerfüllten Lebens.« Jawohl, sehr wahr.

Aber was, in Gottes Namen, soll eine Frau mit sich anfangen, deren Mann sie nicht braucht, um den Lebensunterhalt zu verdienen, die keine Kinder hat, die fähige Hausangestellte hat, so daß sie im Haushalt nichts zu tun braucht, und die sich unerträglich langweilt, immer wieder und wieder die gleichen leeren sozialen Verpflichtungen auf steifen Gesellschaften hinter sich zu bringen?

Ein paar Seiten weiter:

Eine Rezension im Spectator *greift den Roman* Armadade *an, weil er »die Grenzen des Anstands überschreitet und sich gegen jedes menschliche Gefühl vergeht«. Im Gegensatz dazu finde ich viele der in diesem Buch ausgedrückten Gefühle in mir selbst wieder. So wie dieses: »In der schrecklichen Eintönigkeit … ist den Frauen alles willkommen, was ihnen nur irgendeine Flucht ermöglicht vor der allgemeinen Tyrannei des Grundsatzes, daß alles menschliche Glück in ihrem Haus beginnt und endet.« Wahr! Wahr! Wahr!*

Und später:

In ihrem Buch Cassandra *schreibt Florence Nightingale von den Krankheiten, zu denen Frauen von erfolgreichen Männern neigen. Ein Satz besonders trifft mich tief: »Die stete Ansammlung nervöser Energie, die sich am Tag nicht ausleben läßt, erfüllt sie jeden Abend, wenn sie ins Bett gehen, mit einem Gefühl, als ob sie wahnsinnig würden; und sie sind gezwungen, morgens lange im Bett liegen zu bleiben, um es sich verflüchtigen zu lassen und um es niederzuhalten.*

Auf einer der letzten Seiten des Tagebuchs, am Ende des letzten Absatzes, stieß Harp auf etwas, das ihn überraschte:

Selbst-Erziehung und Vervollkommnung des Charakters, *ein kürzlich wiederaufgelegtes Buch von O. S. Fowler, kommt mir vor wie ein Mischmasch aus lachhafter Phrenologie und rigidem Puritanismus. Doch in dem Teil über das Selbstbewußtsein – auch wenn mir der Buckel am Kopf fehlt, der nach seiner Beschreibung »geringes Selbstbewußtsein« verrät – kann ich die Symptome nicht verleugnen: »Es fehlen Selbstsicherheit und innere Unabhängigkeit; unterschätzt die eigenen Fähigkeiten und den eigenen Wert; und wird deswegen auch von anderen gern unterschätzt.«*

Aber wenn er über die Liebe schreibt, finden wir diesen unerträglichen Satz: »Wie gewaltig ist die Macht, die ein Mann über eine Frau ausübt, die ihn liebt.« Mr. Fowler vergleicht diese Macht mit derjenigen, die Eltern über ein Kind haben, und er findet sie großartig.

Wie Vicky sagt: Zu viele vorgeblich gebildete Männer glauben, daß eine Frau, wenn sie erst einmal »gut gebettet« ist, sich wie ein hilfloses kleines Mädchen verhalten soll, bis der Gang der Natur sie in eine blöde Alte verwandelt hat.

Vicky...

Harp besah die anderen Dinge in der Schublade. Da er sonst nichts von Interesse fand, ging er zu dem Überseekoffer über. Dieser war, anders als die Schreibtischschublade, abgeschlossen. Harp nahm zwei Haarnadeln von dem Toilettentisch und versuchte damit das Schloß zu öffnen. Sie erfüllten ihren Zweck ebenso gut wie der Dietrich, den er unten in seinem Mantel vergessen hatte.

Die Truhe enthielt Stapel sorgfältig zusammengelegter Sommerkleider. Doch deswegen hätte sie die Truhe nicht abgeschlossen. Er wühlte tiefer. Auf dem Boden entdeckte er etwas anderes als Kleider. Alte Ausgaben von Woodhull & Clafflins Wochenzeitschrift. Mit dem Motto auf der Titelseite: »Fortschritt! Freies Denken! Freies Leben! – Wir schaffen einen Pfad für zukünftige Generationen!«

Das erklärte, warum die Truhe abgeschlossen war. Männer, denen an der Unschuld ihrer Frauen gelegen war, verboten ihnen, Victoria Woodhulls Auftritte zu besuchen oder ihre Zeitschrift zu lesen. Erst im letzten Monat hatte Gouverneur Hawley aus Connecticut vor dem »verrufenen Wochenblatt« gewarnt, »das von einer Frau herausgegeben wird. Das Blatt wird von Frauen gekauft und gelesen, von Spiritistinnen und Suffragetten, die wohl die Augen vor der Unsittlichkeit des Inhalts verschlossen halten müssen, denn sie bringen es in ehrbare Häuser, wo tugendhafte Mädchen leben.«

Harp blätterte einige Nummern durch. Im zweiten Heft hatte Olivia Walburton einen Text von Victoria rot unterstrichen. Es war eine Antwort auf einen Richter, der sie als »willensstarke Frau« öffentlich angegriffen hatte. Victorias unterstrichene Antwort: »Ich empfinde dies als Kompliment, nicht als Beleidigung. Ich *hoffe*, daß ich eine willensstarke Frau bin – lieber als eines dieser Veilchen im Moose, die die Männer aus uns machen wollen. Der spöttische Ton des Herrn Richters schüchtert mich keineswegs ein. Frauen, die gegen die herrschenden Regeln der Gesellschaft ankämpfen und sich mit Dingen beschäftigen, die Männer als undamenhaft ansehen, müssen mit Hohn und Empfindlichkeiten rechnen – und sich nicht davon abschrecken lassen.«

In einer anderen Nummer waren weitere Zeilen rot unterstrichen. Es handelte sich um eine Stellungnahme der bekannten Suffragette Elizabeth Cady Stanton: »Victoria Woodhull hat für die Frauen etwas getan, was niemand von uns fertiggebracht hätte. Sie ist Männern entgegengetreten und hat sich Beschimpfungen von ihnen anhören müssen, die jede andere Frau bis ins Mark getroffen hätten, und gleichzeitig hat sie ihnen neue Grundsätze wie Medizin in die Kehlen eingeflößt.«

Dann, in der siebenten Nummer, die Harp durchsah, stieß er auf ein Vorwort der Herausgeberin, das Walburtons Frau wiederum unterstrichen hatte: »Zur Zeit ist der Beruf der Prostituierten ungesetzlich. Um dem Gefängnis zu entgehen, zweigt sie 3 $ bis 10 $ wöchentlich an den Straßenpolizisten ab, und er darf sie unentgeltlich besuchen. Captains und Sergeants erhalten zwischen 20 $ und 30 $. Wir müssen uns dieses Ausmaß an Erniedrigung und körperlicher Verwundung erst einmal vorstellen ... Prostitution ist eine Realität. Da niemand sie verhindern kann, müssen ihre üblen Begleiterscheinungen gemindert werden, indem man die Prostitution legalisiert.«

An den Rand daneben hatte Olivia Walburton geschrieben: »Mehr Informationen darüber von Vicky.«

Victoria hatte ihn belogen.

KAPITEL 31

Zu Hause in der 38. Straße traf er sie nicht an. Dr. Woodhull sagte, daß sie nach Boston gefahren sei, um dort Tennessee und Oberst Blood gegen die Behörden zu unterstützen, die ihren Auftritt verbieten wollten. Die drei, so sagte Woodhull, teilten dort zwei Zimmer im Hotel *Tremont House.*

Harp nahm einen Hansom den Broadway hinunter und ließ ihn vor einem Schreibwarenladen auf der *Ladies Mile* warten. Er kam mit einem Umschlag und drei Blatt Briefpapier wieder heraus, und die Kutsche brachte ihn den Rest des Weges zu Howe & Hummel. Dort traf er Ralph Cavalucci, der im Wartezimmer saß und nichts zu tun hatte. Cavalucci sagte Harp, daß er über Monmouth Fullers Maler, Philippe Preud'homme, nichts Neues herausgefunden habe.

Der trübe Tag neigte sich seinem Ende zu. Harp und Cavalucci gingen ins *Pontin's*, ein Restaurant an der Franklin Street, das bevorzugt von Anwälten und Richtern besucht wurde, die in den Kriminalgerichten nahe den Grabkammern zu tun hatten. Sie setzten sich an einen kleinen Tisch bei der Bar. Cavalucci bestellte ein Glas Rotwein und Harp eine Tasse schwarzen Kaffee. Als ihre Getränke kamen, fragte Harp: »Hast du dir Preud'hommes Wohnung ansehen können?«

»Nein«, sagte Cavalucci, »der Hauswirt wollte mich nur mit Preud'hommes Erlaubnis hereinlassen.«

»Wohnt der Hauswirt im selben Haus?«

Cavalucci schüttelte den Kopf. »Im Haus nebenan.«

»In welchem Stockwerk liegt Preud'hommes Wohnung?«

»Parterre.«

»Wohnt da sonst noch jemand?«

»Nein, er hat das Parterre für sich allein. Warum?«

»Ich mag genaue Beschreibungen.«

Insbesondere Beschreibungen, welche ihm bei Unternehmungen halfen, die er für eine spätere Zeit, wenn es dunkel war, plante.

»Hast du heute abend und morgen schon irgend etwas vor?« fragte er Cavalucci.

»Nicht, wenn du etwas Lukratives für mich hast.«

»Ich möchte, daß du den nächsten Zug nach Boston nimmst und einen Brief für mich überbringst«, sagte Harp. »Und mir die Antwort übermittelst, wenn es eine gibt. Ich bezahle dir zwanzig Dollar plus Hin- und Rückfahrt plus Essen und eine Übernachtung in einem *billigen* Hotel.«

»Ich fahre gern nach Boston«, sagte Cavalucci. »Aber kannst du nicht auf fünfundzwanzig Dollar raufgehen?«

»Nein.«

Cavalucci seufzte. »Kann ich noch ein Glas Wein haben?«

Harp bejahte und schrieb Victoria Woodhulls Namen und den Namen ihres Bostoner Hotels auf den Briefumschlag, den er gekauft hatte. Während Cavalucci sich seinem zweiten Glas Rotwein widmete, schrieb Harp seinen Brief an Victoria.

Ich verstehe, warum Du behauptet hast, Du würdest Olivia Bixby Walburton nicht kennen. Wahrscheinlich hast Du ihr schwören müssen, sie nicht zu verraten. Aber ich muß mit ihr reden. Und zwar bald. Wie Du weißt, bin ich auf der Suche nach dem Mörder von Alice Curry. Das ist, glaube ich, etwas, wobei mir eine Frau mit Olivia Walburtons Charakter helfen würde. Und vielleicht kann sie mir tatsächlich helfen. Ich habe Grund anzunehmen, daß sie die Ermordete kannte, wenn auch vielleicht unter einem anderen Namen: Alice Olcott. Wenn nicht, so weiß sie möglicherweise doch etwas über sie, das mir weiterhelfen könnte.

Wenn Du Olivia Walburtons Aufenthaltsort kennst, telegrafiere ihr und bitte sie, so bald wie möglich mit mir Verbindung aufzunehmen. Als ich Dir ihr Bild zeigte, hast Du natürlich geglaubt, daß ihr Mann mich auf sie angesetzt hat, damit ich sie zu ihm zurückbringe. Ich gebe Dir mein Wort, daß ich nicht die geringste Absicht habe, dies zu tun. Und daß ich ihrem Mann gegenüber kein Sterbenswörtchen darüber verlauten lasse, wo sie ist, wenn sie es nicht will.

Du weißt, daß ich manchmal lüge – aber Du weißt auch, daß ich mein gegebenes Wort immer halte.

Er steckte den Brief in den Umschlag, gab ihn Cavalucci und hoffte das Beste.

Er traf auf Hilda Shaler, als er seinen Häuserblock in der Greene Street erreichte. Sie befand sich auf dem Heimweg und sah aus, als ob sie einen nicht allzu erfolgreichen Tag auf dem Strich hinter sich hätte. Mit schuldbewußter Miene gestand sie Harp, daß sie die beiden Bullen gesehen hatte, die an jenem Morgen auf ihn warteten. Sie entschuldigte sich, daß sie ihm kein Warnzeichen gegeben hatte, bevor die Bullen ihn schnappten. Aber sie konnte keine Schwierigkeiten mit der Polizei gebrauchen, schon gar nicht mit Polizisten, die sie nicht kannte, sagte sie; sie hatte genug mit denen zu schaffen, denen sie Geld gab, um im Geschäft bleiben zu dürfen. Sowie sie Harp abgeführt hatten, war sie hinuntergerannt, um zu Howe & Hummel zu gehen. Aber da war Billy Doyle aufgetaucht und hatte ihr gesagt, daß er sich um die Sache kümmern würde.

Harp dankte ihr für ihre guten Absichten und ging ins *Suze la Rousse.* Es gab keine Nachricht für ihn, weder von Louise Vedder noch von sonst jemandem. Er ging hinauf in seine Wohnung, nahm ein ausgiebiges Bad und zog sich neue Sachen an. Aus einer Kommode im Vorderzimmer nahm er eine Blendlaterne. Es war ein Kompaktmodell, eine Sonderanfertigung für ihn von einem Metallarbeiter, der seine Werkstatt in der Hudson Street hatte. Sie paßte leicht in Harps Manteltasche und schuf ein schönes Gegengewicht zu dem Le-Mat-Revolver in der anderen Tasche.

Der Abend war dunkel genug für sein Vorhaben, als er aus der Wohnung nach unten kam. Aber es war noch nicht spät genug. Der Besitzer eines Zeitungs- und Tabakladens einen Häuserblock weiter schloß gerade, als Harp vorüberkam. Harp kaufte eine Nummer des *Evening Telegram* und kehrte ins *Suze la Rousse* zurück, um ein gemächliches Abendessen einzunehmen.

In der Zeitung stand ein Bericht über eine Pressekonferenz, die Captain Redpath am Nachmittag gegeben hatte, um über die Folgen der Razzia gegen Hoggy Corcorans Gang zu sprechen.

Auf drängende Fragen erzählte Redpath den Reportern, daß alle inhaftierten Bandenmitglieder den Alkoholdiebstahl aus dem Lagerhaus, in dem die Prostituierte Alice Curry tot aufgefunden worden war, gestanden hätten. Sie hatten ihm gesagt, wohin die Ware gebracht worden war: zu einem einschlägig bekannten Hehler mit Namen Moe Saul. Redpath hatte einen Hausdurchsuchungsbefehl erwirkt und war mit seinen Leuten bei Moe Saul eingedrungen, wo sie das Diebesgut sicherstellten. Dort fanden sie auch Moe Saul selbst, ermordet von unbekannter Hand.

Solange das Gegenteil nicht erwiesen sei, erklärte Redpath den Reportern, gebe es für ihn keine zwangsläufige Verbindung zwischen seinem Tod und dem Tod der Prostituierten. Männer wie Moe Saul, die mit Gewaltverbrechern unter einer Decke steckten, müßten damit rechnen, daß auch sie eines Tages die Gewalt zu spüren bekamen.

Redpath sagte, daß keiner der in Haft befindlichen Räuber zugegeben hätte, etwas von dem Tod der Alice Curry oder des Hehlers gewußt zu haben. Redpath räumte mit offenkundigem Bedauern ein, daß er nun selbst Zweifel daran hege, ob sie die Mörder seien. Aber er versicherte jedem, daß er weiterhin mit Hochdruck an dem Fall arbeiten werde. Er werde nicht rasten noch ruhen, bis er die Mörder gefunden habe.

Da die Zeitung nichts Neues über den Mord an Alice Curry zu berichten wußte, nahm sie die Geschichte zum

Anlaß für ein Grundsatzgespräch zwischen einem Arzt der städtischen Gesundheitsbehörde und einem Geistlichen. Die Frage, die sie erörterten, war so delikat, daß die meisten Vertreter der Öffentlichkeit davor zurückscheuten. Es ging darum, ob die Prostitution in den USA legalisiert – und damit öffentlicher Kontrolle zugänglich – werden sollte, wie dies in manchen europäischen Ländern der Fall war.

Der Arzt ging auf die Verbreitung von Syphilis in New York ein und erklärte dann:

> Sie wird sich weiter in dem gegenwärtigen alarmierenden Ausmaß verbreiten, solange unsere Gesetzgeber nicht einsehen, welche Konsequenzen das Verbot der Prostitution hat. Es hat wenig Sinn, die Existenz einer Sache abzuleugnen, von der jedermann weiß, daß es sie gibt. Ein Laster zur Kenntnis zu nehmen heißt nicht, es zu befürworten.
>
> Um die Gesellschaft vor den Verheerungen der Syphilis zu schützen, müssen alle Prostituierten und alle Freudenhäuser sich regelmäßigen medizinischen Kontrollen unterziehen. Das kann nicht geschehen, solange die Prostitution nicht legalisiert und damit unter die Aufsicht des Gesetzes gestellt worden ist.

Der Geistliche, dessen ernste Sorge um Fragen des Gemeinwohls Harp kannte, pflichtete dem Arzt in jedem Punkt bei:

> Wir geben zu, daß der Zustand des Ganzen, so wie er sich heute in New York darstellt, entsetzlich ist. Bedrohliche Krankheiten haben sich nicht nur unter den Prostituierten ausgebreitet, sondern sind mittlerweile auch zu den tugendhaft lebenden und unschuldigen Menschen vorgedrungen und beginnen die Gesundheit der Gesamtgesellschaft zu untergraben. Die Mediziner fordern fast alle Konzessionen für Prostituierte. Sie erkennen einzig und allein die bedrohlichen Folgen für die Gesellschaft und sehen, daß eine Legalisierung mit einem Schlag die Aus-

breitung dieser schrecklichen Krankheiten zum Stillstand bringen würde.

Auf der anderen Seite haben diejenigen unter uns, die sich mit den moralischen Aspekten der Sache befassen, große Furcht vor allem, was in den Augen junger Menschen wie eine Billigung der Prostitution erscheinen könnte. Ein weiser Gesetzgeber kann die körperliche Gesundheit nicht als einzigen Maßstab zugrunde legen. Ein Konzessionswesen würde schlicht und einfach diesen Angriff auf Anstand und Sitten als rechtmäßig oder erträglich erklären. Es würde uns der letzten Schutzdämme für die Tugend berauben.

Harp legte die Zeitung beiseite und bestellte einen starken schwarzen Kaffee.

Einer der französischen Schachspieler, der emigrierte Adelige, kam herein und hielt nach seinem Spielgegner, dem Anarchisten, Ausschau. Da er ihn nicht entdeckte, sah er Harp fragend an. Harp zog seine Uhr heraus, sah auf die Zeit und nickte. Der Franzose bestellte ein Glas Wein und brachte das hauseigene Schachbrett und die Figuren an Harps Tisch.

Harp verlor das erste Spiel in wenig mehr als einer Stunde. Das zweite Spiel ging er mit mehr Konzentration an, und es dauerte mindestens zwei Stunden. Am Ende gewann er es, indem er seine Dame und seinen verbliebenen Turm opferte, um den gegnerischen König dann mit zwei Läufern und einem Springer matt zu setzen.

Der Franzose wollte ein weiteres Spiel, um den Sieger aus drei Spielen zu ermitteln, doch Harp schaute noch einmal auf seine Uhr und sagte: »Tut mir leid, aber ich kann nicht länger. Ich habe eine Verabredung.«

»Noch zu dieser Stunde? Es ist schon spät.«

»Ja«, sagte Harp. »Das ist es.«

Die Nacht war drückend und feucht geworden, düstere Nebel kamen vom East und North River und krochen aufeinander zu. Niemand war mehr in diesem Teil der 16. Straße West unterwegs. Das einzige Geräusch rührte von dem Knakken des Eises auf den Ästen, die von Windböen geschüttelt wurden. Im Haus Nr. 55, wo Philippe Preud'homme wohnte, brannte kein Licht; auch nicht im Haus daneben, in dem sein Hauswirt lebte.

Zwischen Nr. 55 und einer Presbyterianerkirche verlief eine schmale Gasse. Das machte es einfacher. Harp verließ den Gehsteig und ging die Gasse entlang. Hinter dem Haus befand sich ein kleiner Garten mit Holzzaun, einer ungepflegten Hecke und einem alten Walnußbaum, der aussah, als ob er im vergangenen Jahrhundert abgestorben wäre. Harp brauchte kaum zwanzig Sekunden, um mit seinem Dietrich die Hintertür zu öffnen. Sie hatte kein Schloß, das Einbrechern Mühe machte. Er zog die Tür hinter sich zu und zündete seine Laterne an, hielt sie tief und leuchtete über den Boden.

Er befand sich in einer altmodischen Eßküche; der Boden aus zerbrochenen Steinfliesen war lange nicht mehr geschrubbt worden. In einer Ecke stand eine hölzerne Sitzwanne voll mit schmutzigem Geschirr, Besteck und Gläsern. Der Rest von Preud'hommes Wohnung war ein großes, unordentliches Atelier. Die zwei Fenster gingen zur 16. Straße, doch die Vorhänge waren vorgezogen.

Auf dem Holzfußboden befanden sich Klumpen getrockneter Ölfarben. Der Raum roch nach verrottenden Früchten von einem Arrangement überreifer Äpfel, Bananen und Pfirsiche auf einem Tisch zwischen einer Kupfervase und einer blauweißen Keramikschale. Ein angefangenes Ölbild stand auf einer Staffelei nahebei: ein Stilleben der Früchte auf dem Tisch.

Harp durchsuchte das Zimmer. Es gab keine erotischen Bilder. Vielmehr fand er drei aufgespannte Leinwände mit den schönsten Plätzen der Stadt – Washington, Union und Madison Square –, die in einer sehr ähnlichen Technik gemalt waren wie die Bilder an Monmouth Fullers Bibliothekswänden. Es gab zahlreiche Aquarelle und Kohle- und Bleistiftzeichnungen, offenbar Studien für geplante Ölbilder. In einem Skizzenbuch stieß Harp auf sechs Seiten mit Studien einer nackten Frau in verschiedenen Posen. Aber ihr Gesicht war immer nur angedeutet, so daß Harp nichts damit anfangen konnte. Sonst fand er nichts in dem Atelier oder in den anderen Zimmern, was von irgendeinem Nutzen für ihn gewesen wäre. Kein Hinweis darauf, wohin der Künstler entschwunden war. Nichts, was seine Verbindung mit Fuller belegte. Nichts über Alice Curry – oder Alice Olcott.

Er saß auf einer Steinbank in der eisigen Dunkelheit von Louise Vedders Hintergarten und blickte auf das einzige Fenster im Haus, das noch erleuchtet war.

Dieses Fenster gehörte zu ihrem Musik- und Lesezimmer. Harp wußte das von den beiden Malen, die er in dem Haus gewesen war. Beide Male als einer von mehreren Dinnergästen, während Uriah Gibbon außerhalb der Stadt geschäftlich unterwegs war.

Das Foto ihres toten Mannes stand in diesem Zimmer auf dem Klavier. Ein gutaussehender junger Mann mit sympathischem Lächeln. Harp konnte sich nicht daran erinnern, sein Gesicht gesehen zu haben, als er ihn tötete.

Das Licht, das er betrachtete, wurde schwächer und verschwand. Louise hatte die Lampe aus dem Zimmer getragen. Nach einer Weile tauchte das Licht in einem der oben gelegenen Fenster auf. Wahrscheinlich ihr Schlafzimmer. Harp war bei seinen Besuchen immer im Parterre geblieben.

Es begann zu schneien. Ein sanfter, stetiger Schneefall, der wohl die ganze Nacht hindurch anhalten würde. Doch Harp verließ den Garten nicht eher, bis die Lampe erloschen war.

Er spürte ein starkes Verlangen, sich zu betrinken. Stattdessen ging er den ganzen Weg zur Greene Street zu Fuß zurück: 32 Straßenzüge durch den fallenden Schnee.

KAPITEL 32

Der nächtliche Schneefall hatte ein weißes Tuch über New Yorks Straßen und Dächer gebreitet. Erst kurz vor Tagesanbruch hatte es aufgehört zu schneien. Die Wolkendecke war auseinandergerissen. Nur einzelne Wolken waren noch am klaren Himmel verstreut, der die Stadt erhellte, aber nicht genug Wärme gab, um den gefallenen Schnee zum Schmelzen zu bringen. Schlittenglocken klangen von der Straße herauf, als sich Harp an diesem Morgen zum Ausgehen bereit machte. Er schaute durch ein Vorderfenster hinaus. Ein Geschäftsmann in Pelzmantel und mit Ohrenschützern, die unter seinem Zylinder herauslugten, fuhr in einem einspännigen Schlitten statt in einer Kutsche vorbei, um sicherzugehen, daß er auf seinem Weg ins Büro nicht steckenblieb.

Madame Letessier hatte ein Telegramm für Harp, als er das *Suze la Rousse* zum Frühstück betrat. Es war letzten Abend gebracht worden, nachdem er das Restaurant verlassen hatte; und die Letessiers hatten bereits geschlossen, als er zu seiner Wohnung zurückgekehrt war.

Das Telegramm stammte von Louise Vedder: DAS MEDIUM, DAS SIE UNTER DEM NAMEN OLCOTT AUFSUCHTE, HEISST MARIE DEVOL. SIE WOHNT IN DER 46. STRASSE NR. 20 WEST. OBERST BLOOD FÜHRT SIE IN SEINER LISTE ALS SCHARLATAN.

Harp nahm schnell sein Frühstück ein und ging auf die Straße, um nach einem Hansom zu suchen, der ihn nach Norden fahren sollte. Aber inmitten von Schnee und dem Morgenverkehr, der noch nicht vorüber war, gab es keine freien Droschken. Zu ungeduldig, um länger zu warten, kaufte er sich einen Fahrschein für eine Pferdestraßenbahn auf der Sixth Avenue.

Keine der achthundert 6-Cent-Straßenbahnen, die auf einer von New Yorks sechzehn Linien fuhren, hatte irgendwelchen Komfort zu bieten. Selten fand man einen Sitzplatz auf einer der harten Holzbänke, meist stand man dichtgedrängt auf einem mit Stroh bestreuten Boden, der naß vom Regen oder Schnee war.

Wenn man Komfort wollte und es sich leisten konnte, gab es die seltener fahrenden »Palast«- und »Salon«-Pferdewagen. Hier bekam man für 20 Cent gepolsterte Sitze, Vorhänge an den Fenstern, Teppichboden und befand sich nicht unter übelriechendem Pöbel. Doch diese Wagen verkehrten auf der Sixth Avenue nicht.

Die Schienen waren am frühen Morgen von einem der riesigen städtischen Holzschneepflüge gereinigt worden, der von zehn Pferden gezogen wurde. Der Schnee lag zu beiden Seiten aufgetürmt. Gruppen von Arbeitern schaufelten nun die Haufen auf Lastwagen, die ihre Ladung dann in die Flüsse kippten. Es war eine schwere, langwierige, schlecht bezahlte Arbeit; doch bei so vielen Einwanderern brauchte New York nicht lange zu suchen, um die Hilfsarbeiter zu finden, die benötigt wurden.

Abgerechnet die Aufenthalte an den Stationen, wo neue Passagiere einstiegen, schaffte Harps Pferdewagen die üblichen fünf Meilen in einer Stunde, bis er den Union Square erreichte. Als er dort über die kreuzenden Schienen der Linie der 14. Straße rumpelte, sprang er aus seiner Spur.

Dies kam so oft vor, daß niemandem erläutert werden mußte, was nun zu tun war. Alle Passagiere stiegen aus. Während der Fahrer seine Pferde unter Kontrolle hielt, taten sich die kräftigen Männer, unter ihnen auch Harp, zusammen und hievten den Wagen wieder in die Schienen. Wonach alle wieder einstiegen und die Fahrt nach Norden weiterging.

Harp stieg an der 46. Straße aus und ging den halben Häuserblock in östlicher Richtung zur Adresse von Marie Devol.

Sie lebte im Souterrain einer Pension wenige Häuser von der Fifth Avenue entfernt, gegenüber von *Bull's Head Hotel* und *Hamilton's Markt für Zugpferde.* Sechs Steinstufen führten unter der kleinen Vorderveranda der Pension hinunter zu einer Tür. Daran war ein Pappschild befestigt:

MARIE DEVOL AUS PARIS
Spiritistin & Magie-Heilerin
1 $ pro Besuch

Sie war eine großgewachsene, hübsche Viertelnegerin, die ein formloses schwarzes Hängekleid und ein schwarzes Kopftuch trug, das mit silbernen Sternen benäht war. Ihre Fingernägel waren blutrot lackiert, ihre Augen mit Khol umrandet. Sie nahm Harps Silberdollar und führte ihn in ein kleines, fensterloses Zimmer, an dessen Wände mit hellen Kreidefarben astrologische Zeichen gemalt waren. Auf einem ovalen Tisch lag eine himmelblaue Decke, und darauf stand eine Kristallkugel. Marie Devol setzte sich und bat Harp mit anmutiger Gebärde, auf dem Stuhl ihr gegenüber Platz zu nehmen.

»Und jetzt«, sagte sie mit sanfter Stimme, »sagen Sie mir, was Sie suchen.«

Ihr Akzent klang mehr nach Boston als nach Frankreich und war verblüffend kultiviert.

Harp stellte ein Fünf-Dollar-Goldstück auf den Tisch und ließ ihr eine Sekunde Zeit, es zu betrachten, dann legte er es mit der Fingerspitze um. »Oberst James Blood hat mir empfohlen, Sie wegen einer jungen Frau namens Alice Olcott aufzusuchen.«

Marie Devols Lächeln wirkte sehr belustigt. »Offenbar hat der gute Oberst seine Meinung über mich geändert. Ich nehme an, Sie gehören zu der eleganten Dame, die gestern abend hier war und auch nach der jungen Frau gefragt hat.«

Harp nickte. Er hob seine Fingerspitze etwas und tippte damit auf die Goldmünze. »Ich verdopple die Summe, wenn Sie mir alles erzählen, was Sie über Alice Olcott wissen.«

Marie Devol schaute auf seinen Finger und die Münze, dann hob sie ihre dunkel umrandeten Augen. »Ihr Name ist Harp.«

»Sie haben mich schon einmal irgendwo gesehen«, sagte Harp.

»Ich könnte jetzt sagen, daß ich Ihren Geist lese, mit spiritistischer Hilfe. Aber Sie haben recht, es war letzten Sommer auf dem Madison Square. Ich war mit einer Freundin unterwegs, die Sie kannte und mir Ihren Namen sagte. Und Ihren Beruf.«

Harp tippte wieder auf die Goldmünze. »Das ändert nichts an meinem Angebot.«

Sie studierte sein Gesicht und überlegte. Dann zog sie den Silberdollar, den er ihr gegeben hatte, hervor und schnippte ihn über den Tisch. Er kreiselte und kam, die Goldmünze berührend, zur Ruhe. »Meine Freundin sagte mir auch, daß Sie eine Gefälligkeit immer erwidern. Es kann mal der Tag kommen, an dem ich eine Gefälligkeit brauche. Wenn ich das Geld nicht nehme, schulden Sie mir eine.«

Harp nahm die beiden Münzen, steckte sie zurück in seine Tasche und wartete.

»Wieso interessieren Sie sich so für Miss Olcott?« fragte Marie Devol. »Die elegante Dame gestern hat es mir nicht verraten, und Sie auch nicht.«

Harp schob eine Kopie des Fotos aus dem Leichenschauhaus über den Tisch zu ihr hin. »Erkennen Sie sie darauf wieder?«

Sie betrachtete das Bild und holte tief Atem. Es dauerte einige Augenblicke, bevor sie sprechen konnte. »Da Sie mir gesagt haben, daß sie es ist, ja. Armes Ding... Wer hat ihr das angetan?«

»Das weiß ich nicht«, sagte Harp. »Nicht wer und auch nicht, warum. Alles, was Sie dazu beitragen können, dies herauszufinden, wird mich Ihnen verpflichten.«

Marie Devol sah sich das Bild noch etwas länger an, dann schob sie es mit einem Schaudern zurück zu Harp. »Aber ich weiß nichts darüber.«

»Erzählen Sie mir, was Sie über sie wissen.«

»Sie kam vor ein paar Monaten zu mir. Ich weiß nicht mehr genau, wann, aber ich kann mich gut an sie erinnern. Sie war so schön. Und fein, beinahe wie Ihre Dame, die mich gestern besucht hat. Aber ich konnte spüren, daß sie in Schwierigkeiten steckte. Sie versuchte zu einer Entscheidung zu gelangen, die etwas Wichtiges in ihrem Leben, eine Veränderung, betraf.«

»Sie konnten es spüren«, sagte Harp, »oder hat sie etwas davon gesagt?«

»Ich konnte es spüren. Ich bin ungewöhnlich sensibel, was Menschen anbelangt. Wenn auch leider nicht so, wie manche Medien es sind. Die wenigen Glücklichen, die mit einer angeborenen Gabe ausgestattet sind. Aber ich kann Menschen verstehen und wahrnehmen, und ich versuche, ihnen zu helfen, wenn sie zu mir kommen. Sie sagte, daß sie sich Gedanken darüber machte, was ihr verstorbener Vater wohl von ihr und ihrem Leben hielt.«

»Sie glaubte, daß die Toten die Lebenden beobachten und mit ihnen sprechen können?«

»Natürlich.« Marie Devol sah ihn an, als ob er etwas Törichtes gesagt hätte. »Sie etwa nicht?«

Harp dachte an Louise Vedders toten Mann und sagte: »Ich hoffe, daß sie es nicht können.«

»Die Geister sind immer um uns herum«, sagte sie mit offenkundiger Überzeugung. »Manchmal spüre ich ihre Gegenwart. Manchmal kann ich fast einen Kontakt herstellen. Fast...« Sie schüttelte den Kopf, sah hinunter auf ihre Hände, die zu Fäusten geballt auf dem Tisch lagen. Seufzend öffnete sie sie.

Harp lehnte sich auf seinem Stuhl zurück und wartete.

»Ich habe ihr gesagt, daß der Dollar, den sie mir bezahlt hatte, nur für ein erstes Beratungsgespräch war. Ich erklärte ihr, daß ein Medium, um als Führung für den Schatten eines Verstorbenen zu dienen, große innere Kämpfe austragen und manchmal seine ganzen Lebenskräfte einsetzen muß.«

»Was mehr als einen Dollar kostet«, sagte Harp, bemüht, den Worten keine doppeldeutige Betonung zu geben.

»Ja«, sagte sie ohne Verlegenheit. »Zehn Dollar mehr ist mein normaler Preis. Sie zahlte ihn, und ich fragte sie nach ihrem Namen und dem Namen ihres Vaters, um den Kontakt zwischen ihnen herstellen zu können. Sie sagte, daß sie Alice Olcott hieß und ihr Vater Alisha Willard Olcott.«

»Sie haben ein außergewöhnlich gutes Erinnerungsvermögen.«

»Stimmt. Es hilft mir bei der Arbeit. Jedenfalls, als ich die Namen hatte, machte ich die Augen zu und fiel in Trance.«

»Oder taten so, als ob Sie darin seien.«

»Es ist nicht ein bloßes So-tun-als-ob. Ich verlasse meinen normalen Zustand und sinke in einen anderen Teil meines Bewußtseins. Ich weiß nicht, was das für ein Teil ist, aber es gibt ihn. Bei Frauen zumindest.«

»Aber Sie wissen dann nach wie vor, was Sie tun.«

»Teilweise. Und ich benutze dann, was ich meine spiritistische Stimme nenne. Sie ist völlig anders als meine normale Stimme. Sie ist aber auch nie so wie die Stimme der gestorbenen Person, natürlich. Aber das wird meistens auch nicht erwartet, da die Stimme mich ja über eine unendliche Strecke im Äther erreicht und daher verzerrt ist.«

»In diesem Fall die Stimme von Alice Olcotts totem Vater.«

»Ja.«

»Was ließen Sie ihn zu ihr sagen?«

»Nun«, sagte Marie Devol, »ich hatte bereits verstanden, daß sie dachte, ihr Vater wäre zornig über ihren jetzigen Lebenswandel. Das bedeutete, daß sie selbst damit unzufrieden war. Also sagte ich ihr – das heißt, ihr Vater tat es durch mich –, daß die Zeit gekommen sei, mit dem aufzuhören, was ihr solche Probleme bereitete. Ich ließ das zunächst so unbestimmt. Ein Medium muß seinen Weg langsam und stufenweise ertasten. Man muß der Klientin Zeit lassen, weitere Informationen über sich selbst zu geben, oft ohne daß sie es wahrnimmt.«

»Und sie hat das getan?«

»Ja, zuerst ziemlich wütend. Wütend auf ihren Vater. Sie sagte zu ihm, daß ein Mann, der die Sünde des Selbstmords auf sich geladen und seine Frau und sein Kind mittellos zurückgelassen hat, kein Recht hätte, ihr zu sagen, daß *sie* mit dem Sündigen aufhören sollte. Daß sie es nicht aus freier Wahl tat, sondern weil sie mußte. Ich – ihr Vater – hatte nicht von Sünde gesprochen. Aber sie tat es in ihrer Antwort an ihn. Da begriff ich natürlich, was sie so verstörte.«

»Daß sie eine Dirne war«, sagte Harp.

»Daß sie eine Sünderin war, in ihren eigenen Augen. Und daß sie eine Stufe erreicht hatte, wo es ihr Schwierigkeiten bereitete. Also sagte ich ihr, was ich für das Beste für sie hielt. Oder ihr Vater, durch mich. Bat sie, ihm zu verzeihen, was er getan hatte, und es nicht als Entschuldigung zu benutzen, um mit ihrem Tun fortzufahren. O Gott, ich hoffe, daß nichts von dem, was ich gesagt habe, sie zu diesem Tod geführt hat …«

»Das bezweifle ich«, sagte Harp, wenngleich er sich nicht sicher war, ob ihre Besorgnis begründet war oder nicht.

»Erzählen Sie mir, was sonst noch während der Séance geschah.«

»Sonst gibt es nichts zu erzählen«, sagte Marie Devol. »Sie hatte eine Art Zusammenbruch und weinte – und ich kam aus meiner Trance zurück.«

»Sie taten so, als ob Sie nicht wüßten, was inzwischen vorgegangen war.«

»Ja. Das Übliche. Das wird von einem Medium erwartet.«

»Sie hörte nach der Séance auf mit dem, was sie quälte«, sagte Harp ihr. »Zumindest ging sie aus dem Haus fort, wo sie es getan hatte. Vielleicht hatte sie einen Job im Theater bekommen. Wissen Sie etwas darüber?«

»Nein. Alles, was ich über das arme Ding weiß, habe ich Ihnen erzählt. Bevor sie mich verließ, habe ich sie gedrängt, wiederzukommen und mit ihrem Vater weiter Kontakt aufzunehmen. Aber sie kam nie mehr her.«

Harp konnte nichts weiter aus ihrer Erinnerung hervorlocken.

»Nach Ihrem Gesicht zu schließen«, sagte Marie Devol, »habe ich nicht viel getan, um eine Gefälligkeit von Ihnen erwarten zu können, stimmt's?«

Er riß ein Blatt aus seinem Notizbuch und notierte die Adresse des *Suze la Rousse* darauf. »Dort können Sie eine Nachricht für mich hinterlassen, wenn Sie diese Gefälligkeit brauchen.« Er zeigte ihr auf gut Glück das Foto von Olivia Walburton. Aber weder das Gesicht noch der Name sagten Marie Devol etwas.

Er verließ sie, ohne gefunden zu haben, worauf er gehofft hatte. Doch andererseits fand man das höchst selten.

KAPITEL 33

Als Harp die Stufen von Marie Devols Wohnung hinaufstieg, sah er einige Häuser weiter Louise Vedders Landauer am Straßenrand warten, ihr Lakai vor dem geschlossenen Wagenschlag. Louise lehnte sich aus dem offenen Fenster und winkte Harp mit einer Hand im Pelzhandschuh zu.

So spät am Morgen war der Schnee auf dem Gehsteig von den unzähligen Passanten zu einer harten Masse festgetrampelt worden. Er knirschte unter Harps Stiefeln, ohne allzu sehr nachzugeben. Der Lakai öffnete den Wagenschlag für Harp, schloß ihn wieder, nachdem dieser sich zu Louise hineingesetzt hatte, und stieg hinauf neben den Kutscher.

»Ich war im *Suze la Rousse*, um sicherzugehen, daß Sie mein Telegramm erhalten haben«, sagte Louise. »Man sagte mir, daß Sie es hätten, und so bin ich hergekommen. Aus Neugier. Haben Sie von Marie Devol etwas erfahren?«

»Nicht viel«, sagte Harp. »Nicht genug.«

»Ich würde gern etwas davon hören«, sagte sie. »Aber ich habe eine Verabredung im *Fifth Avenue Hotel.* Haben Sie Zeit, mich dahin zu begleiten?«

Harp nickte, und Louise klopfte mit dem Griff ihres kleinen Wintersonnenschirms gegen das Kutschendach. Während die Kutsche über den festgepreßten Schnee zum Madison Square fuhr, berichtete Harp von dem wenigen, das Marie Davol ihm mitgeteilt hatte. Er vertraute Louise auch den Rest von dem an, was er über Alice Curry-Olcott wußte. Dieses ungewöhnliche Nachlassen seiner Verschwiegenheit verwunderte ihn nicht minder als Louise. Er mußte sich selbst bremsen.

»Das arme Ding«, sagte Louise in einem unbewußten Echo von Marie Devol. »Das hätte ebensogut ich sein können – wenn Uriah nicht Gefallen an mir gefunden hätte.«

»Wenn nicht er«, sagte Harp, »dann hätte sich ein anderer reicher Beschützer erboten.«

»Das ist keineswegs so sicher. Ich glaube, daß der Unterschied zwischen ihrem und meinem Schicksal nur eine Frage von Glück ist. Glück oder Pech.«

»Das spielt in jedem Schicksal eine Rolle«, sagte Harp. »Es beginnt damit, ob Sie reich, arm oder irgendwo dazwischen auf die Welt kommen.«

»Ja. Übrigens, ich habe endlich in den sauren Apfel gebissen und Uriah gesagt, daß zwischen uns Schluß ist. Er ist nicht glücklich darüber, aber er sieht ein, daß meine Entscheidung unwiderruflich ist.« Sie fuhr unmittelbar fort, so daß Harp sich nicht dazu äußern konnte:

»Ich bin jetzt dabei, mich auf eine Zukunft ohne ihn vorzubereiten. Das ist der Grund für meine Verabredung im Hotel. Ich treffe mich dort mit Adam Kershaw – meinem Bankier. Er hat ein paar Ladenlokale an der *Ladies Mile* angeschaut, um zu sehen, ob sie für meine Boutique taugen. Verfügbare Läden, Miete und Kosten für die Neuherrichtung, wie ich sie mir wünsche.«

»Weiß er von Ihnen und Uriah Gibbon?«

»Ja, natürlich. Wie ich Ihnen mal gesagt habe, es ist einfach zu anstrengend, mit allem hinter dem Berg zu halten und immer darauf zu achten, was man sagt. Ich glaube nicht, daß es Adam zu sehr schockiert hat. Er ist ziemlich aufgeschlossen, für einen Bankier.«

Harp bemerkte, daß sie den Vornamen des Bankiers benutzte, ging aber nicht darauf ein.

»Er will mir sagen, was er bisher gefunden hat«, sagte Louise. »Bei einem frühen Abendessen, an dem auch seine Schwester teilnimmt.«

»Weiß *sie* von Ihnen und Gibbon?«

Louise sah Harp mit einem leichten, komplizenhaften Lächeln an. »Ich zweifle, daß Adam die Nerven hatte, es ihr zu erzählen. Ich denke, sie gehört eher zu der konventionellen Sorte von Frauen. Das ist einer der Gründe für dieses

Abendessen. Ich will sie kennenlernen und sehen, ob ich mich mit ihr verstehe. Eine Geldgeberin, die sich beteiligt, wäre von Vorteil, aber ich kann die Boutique auch allein auf die Beine stellen.«

Harp erzählte ihr dann von dem Angebot, das Leland von Collis Huntington bekommen hatte.

Louise nickte beifällig. »Mit diesen fünfzehntausend Dollar zusätzlich auf meinem Konto kann ich es mir wirklich leisten, wählerisch zu sein, was eine Partnerin anbelangt. Richten Sie Leland meinen Dank aus.«

Sie hatte Leland kennengelernt, als Harp ihn zu der zweiten Einladung in ihrem Haus mitgebracht hatte. Die beiden hatten sich einen guten Teil des Abends miteinander unterhalten, und zwar so ungezwungen, daß Harp eifersüchtig geworden war.

»Möglicherweise hätten wir anderswo ein besseres Angebot bekommen«, sagte er. »Aber Leland fand Huntington sicherer, und ich stimmte ihm zu.«

»Ich vertraue Lelands Urteil«, sagte Louise. »Wie steht es mit seiner Gesundheit?«

»Nicht gut«, sagte Harp und sah zum Wagenfenster hinaus.

Sie näherten sich Madison Square – der langsam den New Yorker Kutschenverkehr vom Union Square sieben Straßenzüge weiter südlich abzog. Ein weiteres Beispiel für den unaufhaltsamen Drang der Stadt nach Norden.

Nur fünfzig Jahre zuvor war dies hier Potter's Field gewesen, ein trostloses Hinterland, wohin New York die Gebeine von Menschen, um die sich niemand kümmerte oder die sich ein ordentliches Begräbnis nicht leisten konnten, verbrachte. Heute war es ein hübscher Park, wo modisch gekleidete Leute flanierten und wo teuer herausgeputzte Kinder unter der strengen Aufsicht von Kindermädchen spielten, Schneemänner bauten und Admiral Farraguts Standbild mit einem Artilleriefeuer von Schneebällen überzogen.

Um den Platz herum übernahmen Luxusgeschäfte die Wohnungen der Reichen, die mit ihren Familien weiter nach

Norden zogen. Sogar die Brüder Delmonico sprachen davon, ihr berühmtes Restaurant vom Union Square zum Madison Square zu verlegen. Eine Anzahl von Spitzenrestaurants war schon da. Zusammen mit eleganten Läden, Theatern und Herrenclubs.

Und die Hotels – wovon das fünfstöckige *Fifth Avenue Hotel* mit seiner Marmorfassade und seiner opulenten Inneneinrichtung als das führende der Stadt galt.

Harp begleitete Louise hinein – aus ritterlicher Höflichkeit und auch aus Neugier. Sie durchquerten die imposante Eingangshalle und fuhren mit einem der neuen wasserkraftgetriebenen Fahrstühle hinauf in einen verschwenderisch ausgestatteten Flur. Nachdem sie einen Speisesaal durchschritten hatten, von dem das Hotel behauptete, er könne dreihundert Leute aufnehmen, erreichten sie den weiten, von Samtvorhängen eingefaßten Eingang zum Damensalon. Dort, auf einem vergoldeten Plüschsofa, wartete Adam Kershaw mit seiner Schwester auf Louise.

Für einen Bankier sah Kershaw jung aus: nicht über vierzig, auch wenn er versuchte, seinem Alter mit einem respektablen Backenbart eine gewisse Würde zu verleihen. Seine Schwester war nicht sehr viel anders, als Louise geahnt hatte: prüde und schmallippig.

Kershaw stellte Louise seiner Schwester vor; Louise stellte den beiden Harp vor. Die Art, wie die Augen der Schwester über Louise hinwegglitten, verriet Harp einiges. Daß Kershaw entweder Junggeselle oder Witwer war. Daß sie ihren Bruder sowohl für außerordentlich begehrenswert wie für extrem gefährdet hielt. Und daß sie willens war, ihn zu beschützen, indem sie jede Frau genau taxierte, bei der sie ein Interesse an ihm argwöhnte.

Louises Bankier schüttelte Harp kurz die Hand und lächelte ihn höflich an. Doch als er, wie es die guten Manieren verlangten, fragte, ob Harp sie zum Essen begleiten wolle, lag eine gewisse Reserve in der Einladung. Sein Lächeln wurde freundlicher, als Harp bedauernd ablehnte.

Als er das Hotel verließ, fiel Harp ein, daß Louise auf der Fahrt hierher nicht mehr auf die Einladung zum Abendessen in ihrem Haus zurückgekommen war. In mancher Hinsicht war es eine Erleichterung. Aber es war auch beunruhigend.

An diesem Nachmittag, nachdem er in *Gallat's Oyster & Lunch Room* am Union Square gegessen und einem erneuten inneren Drang, zuviel zu trinken, widerstanden hatte, kehrte er zum *Suze la Rousse* zurück, um zu schauen, ob es Nachricht für ihn gab.

Es war ein Umschlag für ihn da, den ein Bote gebracht hatte. Darin befand sich eine kurze Mitteilung in der Handschrift, die er aus Olivia Walburtons Tagebuch kannte:

Vicky hat mir ein Telegramm geschickt und mich gebeten, Sie zu treffen. Sie hat mir mehrfach versichert, daß ich volles Vertrauen zu Ihnen haben kann, und sie ist jemand, dem ich glaube. Sie finden mich in Monroe Place Nr. 26 in Brooklyn City.

Die Zeilen waren unterschrieben mit *Olivia Bixby Walburton.*

KAPITEL 34

Es war das Jahr, in dem mit dem Bau der Brücke über den East River zwischen New York City und Brooklyn City begonnen wurde. Damals gab es auch Gerüchte, daß man eines Tages die beiden Städte durch einen Tunnel unter dem Fluß verbinden wolle; aber die meisten New Yorker hielten das für einen Scherz und meinten, dies sei wohl für Leute nützlich, die nach Brooklyn wollten, aber es vorzogen, nicht dabei gesehen zu werden. Noch bot die Fähre die einzige Möglichkeit hinüberzukommen. Harp bestieg eine am Ende der Wall Street. Sie brauchte länger als üblich, bis sie die Endstation an der Montague Street in Brooklyn erreichte, weil sie den großen Eisschollen ausweichen mußte, die von den starken Winterströmungen des Flusses mitgeführt wurden.

Brooklyns florierender Handel und seine Industrie waren das Spiegelbild von New Yorks Wirtschaftsleben. Sein Hafen hatte eine ebenso hohe Dichte von Schiffen, Docks und Lagerhäusern. Die Zahl der Bewohner ging auf dreihunderttausend zu. Einige von ihnen waren hierhergezogen, weil die Luft in Brooklyn besser als in New York sein sollte. Doch die meisten waren aus dem einfachen Grund hergekommen, weil Brooklyn nicht so übervölkert war wie Lower Manhattan; gute Häuser und Wohnungen waren erschwinglicher. Die Gegend, durch die Harp kam, nachdem er die Fährstation verlassen hatte, war durch und durch ein Wohngebiet der Mittelklasse.

Monroe Place war ein langer, hübscher Straßenzug, der auf beiden Seiten von zweistöckigen Reihenhäusern gesäumt wurde, die noch aus den 1830er Jahren stammten. Die Erlöserkirche erhob sich an dem einen Ende der Häuser, die Erretterkirche an dem anderen. Das Haus der Adresse, die sie ihm genannt hatte, befand sich etwa in der Mitte zwischen den Kirchen und machte einen etwas vernachlässigten Eindruck. Die Haustür und der Rahmen des Erkerfensters im ersten Stock brauchten frische Farbe. Der Eisenzaun um einen kleinen Steinhof vor dem Haus sowie das gewundene Ziergeländer auf der kleinen Vorderveranda waren verrostet. Eine der beiden eisernen Korb-Urnen, die sich auf Steinsockeln am Fuß der Veranda befanden, stand schief.

Ein stämmiger, vielleicht fünfzigjähriger Mann schippte Schnee von der Vordertreppe. Er hatte einen Stahlzwicker auf seiner Habichtsnase sitzen, trug eine Pelzmütze und Handschuhe sowie einen alten Schottenmantel. Harp sah ihm zu, wie er eine Schaufel voll Schnee von der untersten Stufe über den Gehweg zur Straße brachte, und begriff plötzlich, daß er ihn kannte.

Reverend Stephen Clay. Das letzte Mal, als Harp ihn gesehen hatte, hatte Reverend Clay gerade seine Anstellung als Leiter der *Mission der Christlichen Frauen zur sittlichen Besserung der Armen* im alten Bezirk von Five Points verloren. Die mildtätigen Damen, deren Gründung die Mission war, hatten ihn gefeuert. Sie hatten nämlich entdeckt, daß er mehr Zeit dafür aufwandte, den Armen Fertigkeiten für Anlernjobs beizubringen, als durch das Predigen der Evangelien und Warnungen vor dem Höllenfeuer ihre Seelen zu retten. Außerdem waren die Damen entsetzt, als sie erfuhren, daß er obdach- und mittellosen Frauen, die Straßendirnen gewesen waren, Unterkunft gewährte.

Reverend Clay kehrte, um mehr Schnee zu holen, zur Veranda zurück, als er Harp sah. Er blieb stehen und lächelte, zog einen Handschuh aus und reichte ihm die Hand. »Was in aller Welt machen *Sie* denn hier?«

»Das wollte ich Sie auch gerade fragen«, gab Harp zurück, als sie sich die Hände schüttelten.

»Ich? Ich bin hier angestellt, um Miss Bixby zu helfen.« Reverend Clay wies auf das Haus. »Und seinen Bewohnern. Es sind noch nicht viele da. Wir haben gerade erst angefangen. Sind noch dabei, es vollzubekommen.«

»*Was* vollzubekommen?«

»Also, mal schön leise, das muß nicht die ganze Straße hören. Und wir werden auch kein Schild am Haus anbringen. Wollen die Nachbarn nicht schon warnen, bevor sie es merken und anfangen, sich zu beschweren. Aber was wir hier planen, ist eine Unterkunft und Ausbildungsstätte für Frauen, die auf die schiefe Bahn geraten sind. Mit anderen Worten: Huren – solche, die aus diesem Gewerbe aussteigen wollen.«

»Sie haben also schließlich eine andere Mission gefunden«, sagte Harp.

Der Reverend lachte. »Ja, eine neue. Doch mit einem Unterschied. Oh, ich werde ihnen vielleicht schon etwas vorpredigen. Das läßt sich nicht verhindern. Liegt mir im Blut und habe ich gelernt. Aber wichtiger ist, wir geben ihnen einen Platz, wo sie Frieden finden und alles in Ruhe überdenken können, ohne Druck. Wir geben ihnen ein Bett und Essen – und wenn sie wollen, wird Miss Bixby ihnen beibringen, wie man mit den neuesten Nähmaschinen arbeitet.«

»Sie kennt sich mit Nähmaschinen aus?«

»Aber ja, sie hat sich in die verschiedenen Modelle einweisen lassen, als sie drüben in England war. Die Sache ist die, daß die meisten dieser unglücklichen Frauen bereits Näherinnen waren und damals fanden, daß sie von dieser Arbeit, die wenig mehr als drei Dollar in der Woche brachte, nicht existieren konnten. Aber in dem schnell wachsenden Handel mit Fertigkleidern verdient eine Frau, die Nähmaschinen mit den neuesten technischen Verbesserungen bedienen kann, zwei Dollar am Tag. Das sind zwölf Dollar die Woche – wovon eine sparsame Person gut leben kann. Auch ...«

Reverend Clay unterbrach sich selbst und warf Harp einen unsicheren Blick zu. »Ich habe das Gefühl, wieder zu predigen.«

Harp lächelte ihn an. »Nur ein bißchen. Wie sind Sie und Miss Bixby auf die Idee gekommen?«

»Es ist ihre Idee. Sie hat darüber mit Victoria Woodhull gesprochen, die uns danach bekannt machte. Wir haben gemerkt, daß wir wie füreinander geschaffen sind, gewissermaßen. Und was treibt *Sie* hierher?«

»Ich wollte mit Miss Bixby eine private Angelegenheit besprechen«, sagte Harp. »Ist sie da?«

»Im Haus«, sagte Reverend Clay und öffnete Harp die Haustür. »Sorgt dafür, daß alles auf Vordermann gebracht wird. Es ist noch soviel zu tun. Aber sie arbeitet voller Hingabe.«

»Haben Sie etwas dagegen, wenn ich erwähne, daß Sie ein Freund von mir sind, für den Fall, daß ich erst das Eis brechen muß?«

»Machen Sie nur. Solange Sie nicht behaupten, ich würde Sie für einen Heiligen halten.«

»*Was* glauben Sie denn, was ich bin, Reverend?«

»Ein guter Dämon, der zu oft mit den Mächten des Bösen spielt.«

Er brauchte nicht weit ins Haus vorzudringen, um sie zu finden. Das Vestibül ging in ein großes Vorderzimmer über, dessen nackter Holzboden frisch mit Sand gescheuert war. Es war unmöbliert mit Ausnahme von fünf nagelneuen Nähmaschinen verschiedener Modelle, die stolz die Namen ihrer Hersteller zur Schau trugen: Isaac Singer, Wheeler & Wilson, Bartlett & Demorest, Weed, Grover & Baker. Die Maschinen waren in der Mitte des Raums zusammengeschoben worden, und drei junge Frauen tapezierten die Wände mit Tapeten, deren Blumenmuster fröhliche Orange-, Grün- und Gelbtöne aufwiesen.

Eine von ihnen, mit einer schön gerundeten Figur in einem dunkelgrauen Hauskittel voller Farb- und Leimspritzer, stand auf einer Leiter und brachte amateurhaft, aber sorgfältig ein Stück fehlender Tapete an einer Stelle unter der Decke an. Ihr Haar war unter einem Kopftuch verborgen; aber ihre Augenbrauen waren dunkel, und ihr Gesicht war das von dem Foto, das Walburton Howe & Hummel gegeben hatte.

Harp kannte auch eine der beiden anderen: Celia Jane Touhy, eine Straßendirne von der Water Street, um die zwanzig Jahre alt, deren hübsches Gesicht bereits erste Altersfalten zeigte. Die andere war ein dünnes Mädchen von vielleicht sechzehn mit einem blassen Gesicht voller Pokkennarben.

Sie blickten auf Harp, als er die Tür zum Vestibül schloß und in das Vorderzimmer trat. Celia Jane brach in lautes Lachen aus. »Hey, wenn das nich der alte Harp is! Was machst 'n du hier, willst du schauen, wie die verlornen Schwestern aussehn, wenn wir uns die Hände wundarbeiten statt unsre Mösen?«

»Ich wollte die Chefin sprechen«, antwortete er und sah zu, wie Olivia Bixby Walburton die Leiter herunterstieg und sich umdrehte, um ihn zu betrachten. Auf ihrer rechten Pausbacke befand sich ein Mörtelfleck, und ihre Hände waren voller Farbtupfer. Ein Daumen war verbunden. Ihre Lippen sahen genauso sinnlich aus wie auf dem Foto, und ihre dunklen Augen blickten immer noch scheu – wenn auch nicht mehr unsicher. Sie erwiderten seinen Blick mit entschiedener Festigkeit.

»Sie sind der Mann, wegen dem Vicky mir telegrafiert hat?«

»Das bin ich«, sagte Harp. »Können wir hier irgendwo ungestört miteinander sprechen?«

»Sicher.« Sie sah zu den anderen beiden hinüber und sagte: »Bitte, macht weiter, so gut ihr könnt. Ich bin gleich wieder zurück und helfe euch.« Dann führte sie Harp durch einen kahlen Flur in eine geräumige Eßküche.

Eine große Kaffeekanne stand auf dem Herd und wurde heiß gehalten. Sie bat ihn, an einem langen Tisch mit grüner Wachstuchdecke Platz zu nehmen, und wies auf die Kaffeekanne. »Darf ich Ihnen eine Tasse anbieten?«

»Ja, gerne.«

Sie füllte zwei Tassen, brachte sie zum Tisch und setzte sich Harp gegenüber. Sie nahm einen kleinen Schluck, verzog das

Gesicht und stellte die Tasse wieder ab. »Zu heiß. Besser ein bißchen warten, bis er etwas kühler ist.« Und dann: »Worüber wollen Sie mit mir reden, Mr. Harp?«

»Vicky hat es Ihnen nicht gesagt?«

»In ihrem Telegramm stand nur, daß ich mich bei Ihnen melden soll. Sie schrieb, es sei wichtig, daß ich mit Ihnen spreche. Sie schrieb auch, daß Sie mit meinem Mann in Verbindung stehen. Aber daß ich Ihnen ebenso vertrauen könne wie ihr. Das ist alles.« Ihre Augen hielten weiterhin seinem Blick stand, aber er sah, daß sie dazu ihren Willen anstrengen mußte. »Hat mein Mann Sie gebeten, mit mir zu sprechen?«

»Er will, daß ich Sie finde.«

Ihr Kinn hob sich etwas, und ihre vollen Lippen strafften sich. »Nun haben Sie mich gefunden.«

»Das wird er erst erfahren, wenn Sie das ausdrücklich wünschen«, sagte Harp. »Und nicht deswegen bin ich hier.«

Er legte die Fotografie von Alice Curry-Olcott vor sie auf das Wachstuch. »Kennen Sie diese Frau?«

Sie sah auf das Bild, dann schreckte sie zurück und wandte die Augen ab. Die klaffende Wunde in der Kehle der Toten war nur zu sichtbar.

»Es tut mir leid«, sagte Olivia Walburton. »Ich fürchte, ich bin immer noch zu empfindlich.«

»Mit so etwas müssen Sie fertig werden, wenn Sie eine Mission für Prostituierte leiten wollen.«

»Ich weiß ...« Sie überwand sich und betrachtete das Bild noch einmal, zwang sich, es eingehender anzuschauen. »Nein. Ich kenne sie nicht.«

»Ihr Name war Alice Curry«, sagte Harp.

Sie dachte nach, dann schüttelte sie den Kopf. »Sie sprechen den Namen so aus, als ob er mir etwas sagen sollte. Aber er sagt mir nichts.«

»Der Name war diese Woche in allen Zeitungen zu lesen.«

»Ich habe in der letzten Zeit keine Muße gehabt, Zeitung zu lesen. Ich habe zuviel damit zu tun, die Mission in Gang zu bringen. Von morgens früh, wenn ich aufwache, bis zum Abend, wenn ich erschöpft ins Bett falle.«

Harp tippte auf das Foto. »Vielleicht haben Sie sie unter dem Namen Olcott gekannt. Alice Olcott.«

Sie warf einen kurzen Blick auf das Bild. Sie wollte sich wieder abwenden, doch sie hielt ihren Blick darauf gerichtet, auch als sie wieder sprach: »Sie hatte so große Hoffnungen ...« Ihre Stimme war tief traurig. »Es ist nicht meine Schuld, wenn ich sie nicht erkannt habe. Ich habe sie nur zweimal gesehen, und sie hatte hiermit keine Ähnlichkeit ... Wie in Gottes Namen konnte ihr so etwas Grauenhaftes zustoßen?«

»Das versuche ich herauszufinden. Das ist der Grund, warum ich hier bin.«

»Ich glaube nicht, daß ich Ihnen da helfen kann.«

»Sie haben sie gekannt«, sagte Harp. »Ich habe nur wenige getroffen, die sie kannten. Oder nur wenige, die es zugaben.«

»Wie haben Sie herausbekommen, daß ich sie kannte«, fragte Olivia Walburton.

»Sie trug, als sie starb, ein Kleid und Unterröcke, in denen Ihr Name eingenäht war. Ihr Mann wurde aufgefordert, den Leichnam zu identifizieren, aber er sagte, daß er sie nicht kenne.«

»Natürlich nicht. Armer Vance.«

»Sie sind sich ziemlich sicher, daß er sie nicht kannte.«

Sie sah ihn mit verwundertem Stirnrunzeln an. »Ich habe keinen Grund, etwas anderes anzunehmen. Warum fragen Sie?«

»Ein beiläufiger Gedanke ... Sie sind nicht überrascht, daß sie Ihre Kleider trug.«

»Nein. Die habe ich ihr geschenkt.«

Das hieß, daß es wirklich eine Verbindung zwischen den beiden Frauen gegeben haben mußte. Harp dachte eine Weile darüber nach. »Sie starb in einem Lagerhaus, das Monmouth Fuller gehört«, sagte er. »Kennen Sie ihn?«

»Dem Namen nach. Ich habe ihn nie gesehen und habe auch wenig Lust dazu. Ein äußerst unangenehmer Mann, nach dem, was ich von ihm gehört habe. Wollen Sie mir erzählen, daß Alice eine … Beziehung zu ihm hatte?«

»Ich vermute es. Sie hat ihn Ihnen gegenüber nie erwähnt?«

»Nein.« Sie überlegte. »Ich bin sicher, daß sie ihn nicht erwähnt hat. Ich würde mich daran erinnern. Ich hätte sie davor gewarnt, sich mit einem solchen Mann einzulassen.«

»Erzählen Sie mir alles, was Sie über Alice Olcott wissen. Ganz, wie es Ihnen einfällt.«

Sie probierte einen neuen Schluck von ihrer Tasse und nickte. »Man kann ihn jetzt trinken.«

Harp trank von seinem Kaffee und wartete darauf, daß sie zu sprechen fortfuhr.

»Ich weiß wirklich nur sehr wenig über sie«, sagte Olivia Walburton. »Die beiden Male, als wir uns trafen, waren zufällige Begegnungen, und die erste war ganz kurz. Es war im Theater. Eine Aufführung von *Rip Van Winkle* mit Joseph Jefferson. Mr. Jefferson hat die Rolle so oft gespielt, und ich kenne Leute, die sich das Stück zwei- und sogar dreimal angeschaut haben. Aber ich hatte es nie gesehen. Mein Mann hat für das Theater nicht viel übrig, aber ich hatte so viel über Mr. Jeffersons Darbietung gehört, daß ich schließlich darauf bestand. Zum Schluß ziemlich wütend, fürchte ich. Und Vance willigte schließlich ein, die Karten zu besorgen und mit mir hinzugehen.«

»Wann war das?« fragte Harp.

»Das ist keine drei Monate her. Kurz bevor ich nach England ging.«

Also wenige Wochen, nachdem Alice Olcott das Bordell von Emma Wells verlassen hatte.

»Ich machte mich während der Pause im Damenzimmer frisch, als Alice hereinkam«, sagte Olivia Walburton. »Sie setzte sich neben mich und begann, ihr Make-up nachzuschminken. Das Make-up ließ mich vermuten, daß sie eine Art Kurtisane war. Aber sie lächelte mir im Spiegel zu, und es war so ein nettes Lächeln, daß ich es erwiderte und wir miteinander redeten. Und da merkte ich, daß sie eine Person von guter Herkunft und Erziehung war. Was mich unsicher machte, ob meine Vermutung, daß sie zu dieser Art Frauen gehörte, richtig war.«

»Worüber haben Sie gesprochen?«

»Über Mr. Jefferson in der Rolle von Rip Van Winkle. Wir stimmten darin überein, daß er wundervoll spielte und seinen Ruf als einer unserer besten Schauspieler verdiente. Daß er vielleicht sogar der allerbeste sei.«

»Sonst nichts?«

»Zu mehr hatten wir keine Zeit. Ein Theaterdiener lief draußen den Korridor entlang und klingelte mit einer Glocke, um den nächsten Akt anzukündigen. Wir sagten uns Lebewohl und gingen zu unseren Sitzen.«

»Haben Sie sie auf ihrem Sitz gesehen oder nachdem die Vorführung zu Ende war? Mit wem sie dort war?«

»Nein. Aber ich habe sie dann nach weniger als einer Woche noch einmal gesehen, wieder durch Zufall. Ich kaufte ein Tuch in *Lord & Taylors* Textiliengeschäft Ecke Broadway und 20. Straße, und ich sah sie, als ich bezahlte. Wir erkannten uns wieder – und irgendwie war es so, als ob wir alte Freunde wären. Sie erzählte mir, daß sie eigentlich nichts kaufen wollte. Nur herumschauen und sich nach Sachen sehnen, wie sie sagte. Denn sie hatte zur Zeit wenig Geld – etwas, das sie demnächst ändern wollte.«

»Wie?«

»Das sagte sie nicht – nicht solange wir in dem Geschäft waren. Wir sprachen wieder über Mr. Jefferson, als wir zusammen hinausgingen, und ich fand sie eine so angenehme, anregende Begleitung, daß ich sie fragte, ob ich sie in *Bond's* Eissalon ein paar Häuser weiter einladen dürfe. Alice meinte, nur zu gern. *Bond's* sei eines ihrer Lieblingslokale, sie könne es sich nur zur Zeit wegen ihrer knappen Mittel nicht leisten.

Und sie sagte, sie würde sich freuen, mich eines Tages ebenfalls einzuladen, wenn sich ihre Lage verbessert hätte.

Doch dann zögerte sie. Ich erinnere mich, wie ernst sie mich einen Augenblick lang anschaute. Bevor sie wegsah und sagte, daß es vielleicht nicht gut für meinen Ruf sei, wenn ich mit ihr zusammen gesehen würde. Ich fragte sie, was um alles in der Welt sie meine. Obwohl ich natürlich sofort begriff, daß meine erste Vermutung über sie richtig gewesen war. Sie konnte mir immer noch nicht ins Gesicht sehen, als sie es mir erzählte – daß sie sich erst vor kurzem von einem unreinen Gewerbe losgesagt habe.«

Olivia Walburton betrachtete erneut das Foto, das so grausam zeigte, wie die Frau, von der sie sprach, ihr Leben gelassen hatte. »Es tut mir so leid um sie. Sie war so furchtbar beschämt. Damals fühlte ich mich außerordentlich geschmeichelt, daß sie mir anvertraute, was ihr selbst so große Schmerzen bereitete. Vielleicht hat das zu meinem Plan beigetragen, dieses Haus hier zu gründen. Obwohl ich glaube, daß die Idee schon lange in mir keimte …«

Sie bedeckte das Foto mit der Hand. Als ob sie sich nicht anders davon abhalten konnte, es anzuschauen. »Nun. Ich bestand darauf, und sie begleitete mich in den Eissalon. Nachdem wir unsere Adressen ausgetauscht hatten, sagte sie mir, wie sehr sie das Kleid bewundert hätte, das ich im Theater getragen hatte. Ein grünes Samtkleid, das ich zum ersten Mal anhatte. Sie sagte, sie hätte ein Angebot für die Bühne, und wenn sie Glück hätte und genug Talent zeigte, würde sie sich eines Tages auch so feine Kleider leisten können.«

»Hat sie den Namen des Theaters erwähnt?« fragte Harp. »Oder den Besitzer?«

»Nein. Und ich habe sie nicht danach gefragt.«

Harp unterdrückte seine Enttäuschung und sagte: »Fahren Sie fort.«

»Es war schönes Wetter, und Alice sagte, daß sie nur ein paar Häuserblocks entfernt wohnt. Also begleitete ich sie das Stück, nachdem wir *Bond's* verlassen hatten. Es war eine etwas bessere Pension. Dort trennten wir uns, und ich nahm eine Droschke nach Hause.«

Sie wollte noch etwas sagen, doch Harp unterbrach sie: »Ich wüßte gern die Adresse der Pension.«

»Sie liegt auf der Nordseite der 20. Straße West. Ich weiß die Nummer nicht mehr, aber es ist nur ein weiteres Haus bis zur nordöstlichen Ecke an der Seventh Avenue. Ich ging am nächsten Nachmittag wieder hin. Mit dem Kleid, das sie so bewunderte, und ein paar von meinen besten Unterröcken, solchen, die ich noch nicht getragen hatte. Ich plante sowieso schon, wegzugehen, und ich hatte nicht vor, viel mitzunehmen. Es war ein gutes Gefühl, einige der Sachen einer Frau zu geben, die sie zu schätzen wußte, aber sich nicht leisten konnte.«

»Sie haben gesagt, daß Sie sie nur zweimal trafen«, bemerkte Harp. »Dies ist aber das dritte Mal.«

»Alice war an jenem Nachmittag nicht da. Ich ließ das Kleid und die Unterröcke bei der Hauswirtin; sie sollte sie Alice geben. Am nächsten Tag erhielt ich ein Dankschreiben, in dem stand, daß sie hoffe, mir eines Tages auch etwas Gutes tun zu können. Nicht lange danach ging ich an Bord eines Dampfers nach England.«

»Und Sie haben nie wieder etwas von Alice Olcott gesehen oder gehört?«

»Nie.« Olivia Walburton blickte hinunter auf ihre Hand, die immer noch auf dem Foto lag. Ohne es aufzudecken, schob sie es über das Wachstuch zurück zu Harp. »Bitte, stecken Sie es wieder ein. Ich möchte es nicht noch einmal ansehen.«

KAPITEL 35

Er stand auf, um zu gehen, als Olivia Walburton unvermittelt fragte: »Wie geht es meinem Mann?«

»Er macht sich Sorgen um Sie«, erklärte Harp. »Fürchtet, daß Sie in Schwierigkeiten sind.«

»Bitte sagen Sie ihm, daß ich das nicht bin. Daß ich etwas Nützliches und Notwendiges tue und daß es mir dabei gutgeht. Sagen Sie ihm, daß er sich um mich keine Gedanken zu machen braucht.«

»Er wird wissen wollen, woher ich das weiß«, gab Harp zu bedenken. »Und dann wird er darauf bestehen, daß ich sage, wo Sie sind.«

»Das will ich auf keinen Fall. Ich bin noch nicht soweit, daß ich ihn wiedersehen kann. Nicht bevor wir dies hier in Gang gebracht haben und ich mir meiner selbst und dessen, was ich hier tue, sicherer bin. Bitte sagen Sie ihm nur, daß es mir gutgeht.«

Er konnte sich Vance Walburtons Reaktion darauf gut vorstellen. Eine heftige Beschwerde bei Howe & Hummel; verbunden mit der Drohung, die Firma zu verklagen, weil Harp ihm die Information verweigerte, für die er gutes Geld ausgegeben hatte.

Olivia Walburton betrachtete ihn ein wenig beunruhigt. »Sie haben versprochen, Vance nicht zu sagen, wo ich mich befinde«, erinnerte sie ihn. »Vicky versicherte mir, daß Sie sich daran halten würden.«

»Machen Sie sich keine Sorgen«, sagte Harp. »Ich halte mein Versprechen.«

Aber das hieß keineswegs, daß er Walburton ihr Tagebuch vorenthalten mußte, fand Harp. Der Mann hatte ein Recht darauf, sich an die Tatsache zu gewöhnen – sofern er das konnte – daß er nicht mit einer viktorianischen Puppe verheiratet war.

»Danke«, sagte Olivia Walburton. »Nicht, daß mir mein Mann gleichgültig geworden wäre. Das ist nicht der Fall. Aber ich weiß nicht, ob ich je wieder mit ihm zusammenleben kann. In gewisser Weise hängt es von Vance ab. Wenn für mich der Zeitpunkt gekommen ist, ihn hierher einzuladen. Wie er dann darauf reagiert, was ich hier tue.«

»Ein Haus für Huren führen.«

Sie zuckte zusammen und errötete. Aber sie hatte sich bald wieder in der Gewalt und sagte nach einigen Sekunden: »Das ist *eine* Möglichkeit, es zu beschreiben. Und ich fürchte, daß Vance es so sehen wird. Aber das sagt nicht das mindeste darüber aus, was wir hier erreichen wollen. Sonst hätte ich nicht soviel von meinem Geld in dieses Haus gesteckt.«

»Sie haben es also nicht gemietet?«

»Nein. Reverend Clay – er ist mein Partner bei diesem Projekt – fand, daß es besser sei, das Haus zu kaufen. Er meinte, wenn wir es mieten, werden die Besitzer uns vors Gericht und zur Räumung zwingen, sobald bekannt wird, wofür wir dieses Haus nutzen.«

»Da hat er Ihnen einen guten Rat gegeben«, sagte Harp. »Ich kenne Reverend Clay. Und die Probleme, die er mit anderen Projekten in der Vergangenheit hatte.«

»Ich weiß auch davon«, meinte Olivia Walburton. »Er hat sehr offen darüber gesprochen.«

»Ich bin ihm draußen begegnet«, sagte Harp. »Er meinte, dies hier sei allein Ihre Idee.«

»Das ist so, auch wenn ich sehr auf seinen Vorsprung an Erfahrung angewiesen bin. Ich hatte die Grundidee, nachdem ich einen Vortrag von Charles Brace im Kinderhilfswerk gehört hatte. Er hat eine Pension für obdachlose Straßenmädchen ins Leben gerufen. Haben Sie davon gehört?«

Harp nickte.

»Haben Sie gewußt, daß er zu dem Schluß kam, keine – wie er es nannte – unreinen Seelen in seinem Haus aufzunehmen?«

»Er ist ein guter Mann, der Gutes leistet«, sagte Harp. »Aber er ist nicht wie Reverend Clay. Für Brace steht die religiöse und moralische Unterweisung an erster Stelle. Und er fürchtete, wenn er gefallene Frauen hereinließe, würde vielleicht die Moral der anderen Mädchen Schaden nehmen. Derjenigen, die, wie er sagte, am Scheideweg zwischen Tugend und Sünde stehen und schwanken.«

»Genau. Und genau deshalb habe ich mich entschlossen, dieses Haus zu eröffnen. Eben für die Art von Mädchen und Frauen, die er abwies. Und hier gibt es keine anderen, deren Moral Schaden nehmen könnte.«

»Sie selbst ausgenommen«, sagte Harp.

Olivia Bixby Walburton lächelte zum ersten Mal und schüttelte den Kopf. »Ich glaube nicht, daß ich für diese Art von Verwirrung anfällig bin.« Dann fügte sie hinzu: »Manchmal wünsche ich mir fast, ich wäre es ...«

Die Sonne ging unter, als Harp nach Manhattan zurückkehrte und dort die 16. Straße West erreichte. Die aneinandergebauten Häuser an der nördlichen Seite der Straße zwischen der Sixth und Seventh Avenue sahen wie senkrecht abgeschnittene Scheiben überladener französischer Gotik aus. Mit Mittelpfosten versehene Buntglasfenster im Erdgeschoß. Kleine Balkone im ersten Stock mit Steinbalustraden aus dekorativem Maßwerk. Spitzbogenfenster im zweiten Stock. Dünne Türmchen, die zu beiden Seiten der steil abfallenden Mansardendächer aufragten. Die ornamentierten Fassaden waren von New Yorks Kohlenruß überzogen, doch davon abgesehen befanden sich die Häuser in ziemlich gutem Zustand. Auch die Pension, in die Alice Curry-Olcott gezogen war, nachdem sie Emma Wells verlassen hatte.

Die Hauswirtin dort erzählte Harp, daß Alice Olcott zweieinhalb Monate lang ihre Mieterin gewesen sei – aber sie habe sie seit einer Woche nicht mehr gesehen, was sie nun beunruhige, da die wöchentliche Miete morgen fällig sei.

Abgesehen davon erwies sich die Hauswirtin als eine weitere Enttäuschung. Alice Olcott hatte ihr gesagt, daß sie bei einem Theater ein Engagement habe, aber weder den Namen des Theaters noch ihre Tätigkeit erwähnt. Nein, sie hatte keine Besucher gehabt. Mit Ausnahme einer freundlichen Dame, die kurz nach Miss Olcotts Einzug vorbeigekommen war, um ihr ein Ballkleid und Unterröcke dazulassen. Miss Olcott hatte ganz sicher keine männlichen Besucher – die Wirtin erlaubte das nicht. Nein, sie hatte auch vorm Haus nie einen Mann gesehen, der auf Miss Olcott wartete, um sie ins Theater oder wer weiß wohin zu begleiten. Miss Olcott hatte manchmal Telegramme oder Briefe durch Boten erhalten – aber selbstverständlich hatte die Wirtin nie etwas davon gelesen und wußte also auch nicht, woher oder von wem sie stammten – nur daß sie alle innerhalb von New York abgeschickt waren.

Für drei Dollar extra – zusätzlich zu den zwei Dollar, die Harp ihr für die Beantwortung seiner Fragen gegeben hatte – ließ die Wirtin ihn in Alice Olcotts Zimmer; allerdings blieb sie in der Tür stehen und beobachtete ihn von dort, während er sich umsah. Kleidungsstücke, Toilettenartikel und anderes Zubehör, das der Bewohnerin gehörte, waren noch da. Sie war also vor ihrem Tod nicht heimlich an einen anderen Ort gezogen. Aber es war nichts im Zimmer, was Harps Kenntnisse in irgendeiner Weise erweiterte.

Draußen war es bereits dunkel, als er ging, doch Willem Jacobs arbeitete oft bis spät in den Abend, insbesondere wenn er illegale Aufträge auszuführen hatte. Harp nahm an der Sixth Avenue einen Pferdewagen in südlicher Richtung und lief zu der kleinen Werkstatt in der Nassau Street.

Jacobs war da. Er hatte noch nicht alle falschen Rubine für Louises Halsband nachgemacht, aber er hatte die echten Steine geschätzt.

»Für die müßte Ihnen ein Juwelenhändler mindestens achttausend Dollar geben«, erklärte er Harp.

»Schön«, sagte Harp. »Wann sind die Duplikate fertig?«

»Edelsteine schneidet man nicht, wie man ein Hühnchen zerlegt. Es ist eine Kunst, und ein Edelsteinschneider, der es schnell macht, ist sein Geld nicht wert. Sie wollen doch, daß die falschen Rubine genau wie die echten aussehen – warum sind Sie diesmal so ungeduldig?«

»Ohne Grund«, gab Harp zu. »Ich bin nur nervös, wegen etwas anderem.«

»Dann hetzen Sie mich nicht. Kommen Sie in drei oder vier Tagen wieder. Bis dahin habe ich die letzten fertig.«

Harp überließ ihn seiner Arbeit, ging zurück in nördlicher Richtung und trat durch den Hintereingang von Leland Van Tromps Haus am Washington Square. Leland hatte gute Nachrichten für ihn. Collis Huntington hatte sich einverstanden erklärt, den vollen Betrag für Louises Eisenbahntip zu zahlen. Leland hatte den Scheck bereits auf der Bank deponiert. Sie konnten das Geld aufteilen, sowie der Scheck eingelöst war. Was sicherlich in wenigen Tagen der Fall sein würde.

Sie feierten diesen Erfolg mit einem späten, ausgedehnten und sündhaft teuren Abendessen im *Delmonico's*. Harp hielt sich beim Trinken zurück, Leland nicht. Gegen ein Uhr in der Nacht half Harp ihm in eine Droschke, fuhr mit ihm zu den Stallungen hinter seinem Haus und brachte ihn in seine Wohnung. Als er ihm Mantel, Hut und Stiefel auszog und ihn auf seinen Sessel verfrachtete, den er statt eines Betts benutzte, war Leland bereits eingeschlafen.

Harp schüttete neue Kohlen auf das Feuer im Ofen und löschte das Licht, bevor er hinausging und die Tür von außen mit einem Schlüssel abschloß, den Leland ihm vor längerer Zeit gegeben hatte.

Es regnete, als er über den Washington Square in Richtung seiner Wohnung in der Greene Street marschierte. Die Regentropfen waren winzig, doch was davon auf sein Gesicht traf, fühlte sich wie Eisnadeln an. Der Winter hatte sich endgültig entschieden zu bleiben.

Das *Suze la Rousse* hatte Feierabend, also mußte er bis zum nächsten Morgen warten, um zu erfahren, ob es neue Nachrichten für ihn gab. Er nahm den hinteren Weg zu seiner Wohnung. Von seinem Hut und Mantel tropfte Regenwasser auf den Teppich, als er die Lampe auf dem Tisch im Vorderzimmer anzündete. Er zog seine nasse Kleidung aus und hängte sie zum Trocknen im Flur auf.

Er ging zurück ins Zimmer, vorbei an der Lampe, als die untere Scheibe des Vorderfensters zerbarst und etwas seinen Nacken sengte, bevor es in die Wand einschlug.

Zwei weitere Schüsse folgten, als Harp sich auf den Boden warf.

Er blieb flach liegen, berührte seinen Nacken und brachte seine Hand mit einem einzelnen Tropfen Blut wieder zum Vorschein. Die Kugel hatte ein bißchen von der Haut weggeschrammt, nicht weiter schlimm. Glasscherben und Fetzen des Vorhangs lagen auf dem Boden verstreut. Harp betrachtete die Höhe der Einschußlöcher in der gegenüberliegenden Wand. Die Schüsse waren von einem Ort gegenüber abgefeuert worden, der auf derselben Höhe lag wie sein zerbrochenes Fenster.

Vielleicht vom Dach dort drüben, doch Harp bezweifelte das. Der Schütze mußte lange auf seine Rückkehr gewartet haben. Viel wahrscheinlicher war das Zimmer im zweiten Stockwerk, das gegenüber seiner Wohnung lag. Es hatte in den letzten Wochen leergestanden und war zu vermieten gewesen.

Harp hob seinen Kopf nicht, um zu schauen, ob das Fenster in dem Zimmer offenstand. Auch griff er nicht nach oben, um die Lampe auf seinem Tisch zu löschen. Der Schütze wartete noch auf ein Lebenszeichen von Harp. Harp überlegte, daß er, solange er unterhalb des Fensterbretts blieb, von dort drüben nicht gesehen werden konnte. Nach einiger Zeit würde der Schütze zu dem Schluß kommen, daß seine ersten Kugeln ihr Ziel erreicht hatten. Er würde gewiß nicht allzu lange dort drüben verweilen.

Harp kroch in den Flur und zog den Le-Mat-Revolver aus seinem Mantel. Kroch zurück durch das Vorderzimmer und richtete sich nicht auf, bis er den hinteren Teil seiner Wohnung erreichte. Jetzt konnte er sich rascher bewegen. Er ging durch die beiden Kammern ins Nachbarhaus und rannte die Hintertreppe hinunter zur Gasse. Der kalte Regen hatte nicht aufgehört. Er umrundete den Häuserblock und den Block auf der anderen Straßenseite. So gelangte er zu der Gasse hinter den Häusern, ohne von dem Schützen gesehen zu werden.

Eine eiserne Feuertreppe führte an der Rückwand des Hauses hoch, aus dem die Schüsse abgefeuert worden waren. Das obere Fenster stand weit offen. Das konnte bedeuten, daß der Schütze sich bereits aus dem Staub gemacht hatte. Doch Harp hielt seinen Revolver schußbereit, als er hineinkletterte und sich durch einen kurzen, dunklen Flur vortastete. Die Tür, die er suchte, war angelehnt. Durch das teilweise offenstehende Vorderfenster fiel Licht von einer der Straßenlaternen der Greene Street in den Raum hinter der Tür.

Niemand. Nur der Geruch von verbranntem Schwarzpulver.

Harp wischte sich den Regen aus dem Gesicht und vom Haar, ging denselben Weg zurück und eilte in seine Wohnung. Die Leute, die in der Nachbarschaft wohnten, waren sicherlich von den Schüssen aufgeweckt worden. Hilda Shaler, deren Zimmer im Erdgeschoß des Hauses lag, aus dem die Schüsse kamen, war ganz gewiß aufgewacht. Hilda würde nicht zur Polizei laufen. Aber andere würden es tun. Harps letzte Begegnung mit der Polizei war ihm nur allzugut in Erinnerung geblieben.

Durch die zerbrochene Fensterscheibe fiel Regen herein. Er hängte eine Decke über die Innenseite des Fensters, um ihn abzuhalten und um zu verhindern, daß man von unten oder von gegenüber sehen konnte, was geschehen war. Er zog Hut und Mantel an, löschte seine Lampe, verließ sein Haus durch den Hinterausgang und wanderte durch den Regen zurück zum Washington Square.

Leland schlief immer noch tief in seinem Sessel. Er hatte ein Bett – für seltene Gäste. Harp kroch hinein, nachdem er seine nassen Sachen aufgehängt und sich abgetrocknet hatte. Es kostete Mühe, aber schließlich versiegte der Strom seiner Gedanken, und er schlief ein.

KAPITEL 36

Harp erwachte am nächsten Morgen beim belebenden Geruch von frischem Kaffee. Er zog sich an und fand Leland in der Küche, über einen Becher Kaffee in seinen zitternden Händen gebeugt. Er versuchte Harp zuzunicken, doch es bereitete ihm solche Schmerzen, daß er wimmerte, und er gab es auf. Es hatte keinen Sinn, Leland anzusprechen, wenn er einen so schweren Kater hatte. Harp goß sich eine Tasse Kaffee ein und trank sie schweigend. Dann berührte er Lelands Schulter, um sich zu verabschieden, und ging hinaus in die Kälte.

Der Regen hatte aufgehört. Eiszapfen hingen von den Vordächern, und die Äste einiger Bäume am Washington Square bogen sich unter der Last des Eises fast bis zum Boden. Harp kaufte bei einem Zeitungsstand an der Südseite des Platzes zwei Morgenzeitungen und ging mit ihnen zum *Suze la Rousse*.

Billy Doyle kauerte im Hauseingang neben dem Restaurant, Nase, Wangen und Ohren von der frostigen Luft stark gerötet. Harp fragte, ob er etwas für ihn habe. Billy sagte nein, er sei nur da, um seine Chance nicht zu verpassen, wenn es etwas zu verdienen gäbe.

Harp nahm ihn mit ins Restaurant und fragte Madame Letessier, ob ihr Mann wohl so früh am Tag Eier und Speck für sie braten könne. Für Harp, sagte sie, würden sie einmal eine Ausnahme machen. Aber er solle niemandem davon erzählen. Sie wollte verhindern, daß andere anfingen, zum Frühstück mehr als den üblichen Kaffee mit Gebäck zu bestellen.

Harp und Billy teilten sich acht Eier und eine volle Platte mit kroß gebratenem Speck. Außerdem Kaffee und Brötchen mit Butter und Marmelade. Als sie damit fertig waren, gab Harp dem Jungen vier Dollar und einen Schlüssel zu seiner Wohnung und trug ihm auf, er solle den Glaser vom anderen Ende der Straße mit nach oben nehmen, um die zerbrochene

Glasscheibe zu reparieren. Er erklärte, Billy könne die Restsumme von den vier Dollar behalten, wenn er dafür die Glassplitter vom Boden beseitigte. Nachdem Billy gegangen war, bestellte Harp eine weitere Tasse Kaffee und sah die Morgenzeitungen durch.

Es gab nichts Neues über die Ermittlungen in den Mordfällen Alice Curry und Moe Saul. Aber in einer der Zeitungen, im *Herald*, stand etwas, das sofort seine ganze Aufmerksamkeit auf sich zog.

Ein Reporter des *Herald* hatte am Vortag, von Boston nach New York zurückkehrend, Tennessee Claflin – die berüchtigte Schwester der ebenso berüchtigten Victoria Woodhull – im Nachmittagszug entdeckt. In seinem Artikel bekannte der Reporter, daß er sie, entgegen ihrem Ruf, nicht nur sehr schön, anmutig und bescheiden gefunden habe, sondern auch, anders als ihre Schwester, ganz und gar weiblich, ohne die geringste männliche Attitüde.

Er hatte sie um ein Interview gebeten, und sie hatte höchst gnädig geantwortet: »Sicher, warum nicht?«

Was hatte sie ins ultrakonservative Boston geführt?

»Ich habe meiner Schwester bei den Vorbereitungen für einen Vortrag geholfen, den sie dort halten soll«, erklärte Tennessee. »Für Vicky würde ich alles tun. Sie ist eine wundervolle Schwester und das Beste, was ich im Leben habe. Ich bewundere sie einfach. Auch wenn ich nicht sagen kann, daß ich die meisten dieser Möchtegern-Intellektuellen bewundere, die immer um sie herumschwirren. Und sie halten auch nicht viel von mir. Als ich nach Hause fuhr, um ihnen zu entkommen, waren sie ebenso froh, mich nur noch von hinten zu sehen.«

Warum glaubte sie, daß diese Leute sie nicht mochten?

Tennessee: »Sie glauben, daß ich ein Dummchen bin. Ich bin fast sechsundzwanzig Jahre alt, und sie behandeln mich wie eine Fünfjährige, die nichts von ernsthaften Dingen versteht. Aber das tue ich wohl. Immerhin habe ich Vicky geholfen, ein Börsenmaklerbüro zu führen. Also kann ich kein Dummchen sein.«

Ob sie besondere Ansichten zu finanziellen Fragen habe, die Geschäftsleute ernst nehmen sollten?

Laut dem Reporter hatte sie gelacht und geantwortet: »Ich habe zumindest *eine* Ansicht, und zwar, daß Gold so gut wie Bargeld ist. Und wenn man viel davon hat, dann ist man ziemlich unabhängig von allem und jedem. Sogar von der öffentlichen Meinung.«

Was hielt sie von der Meinung, die die Gesellschaft über sie hatte?

»Wenn ich viel darauf geben würde, was von der sogenannten Gesellschaft gesagt wird«, antwortete sie, »würde ich mich nicht mehr auf die Straße trauen. Aber es ist mir zuwider, was kreischende Mädchen und gepuderte Dandys über mich sagen.«

Der Artikel enthielt noch mehr von dieser Art. All ihre Antworten entsprachen ganz dem Wesen jener Tennie Claflin, die Harp so gut kannte. Es machte ihr Spaß, Dinge zu sagen, die Leute mit vorgefaßten Meinungen über sie ärgerten oder verwirrten.

Wichtig war für ihn, daß sie wieder in der Stadt war.

Die Chance, daß sie irgend etwas wußte, das ihm weiterhelfen konnte, war eher gering. Aber er war an einem Punkt angelangt, wo die Leute, die dies konnten oder wollten, Mangelware wurden.

Ein großes Werbeflugblatt aus der Zeit, als Tennessee Claflin zehn Jahre alt gewesen war, hing jetzt braunfleckig und goldgerahmt in dem geräumigen Vorzimmer ihres Wohnbereichs:

MISS TENNESSEE
DAS WUNDERVOLLE KIND
hat ein
MAGNETISTISCHES KRANKENHAUS
gegründet
in der Wabash Avenue Nr. 265
Chicago, Illinois

Tennessee schloß die Tür, nachdem sie Harp hereingelassen hatte, wandte sich um und sah, wie er das Blatt betrachtete.

»Für ein Kind«, sagte sie mit wehmütigem Lächeln, »war das eine unglaublich aufregende Zeit. Nicht unbedingt die Heilerei mit allem Drum und Dran. Ich habe als Kind so seltsame Sachen erzählt, daß mein Vater fünfzig bis hundert Dollar am Tag verdienen konnte, einfach indem er die Leute kommen ließ, damit sie seine erstaunliche, mit dem zweiten Gesicht begabte Tochter hören und sehen konnten.«

Obwohl es beinahe Mittag war, ließ sie es nach der Reise gemütlich angehen und hatte offenbar nicht die Absicht, demnächst das Haus zu verlassen. Ihr Haar hing in nachlässigen Ringellöckchen herab, und sie schien nicht viel unter ihrem lockeren Hauskleid zu tragen. Dieser äußerliche Eindruck wurde verstärkt, als sie bei der Begrüßung Harp umarmte, ihren Körper gegen seinen drückte und ihm einen Kuß gab. Tennessee mochte die Einengung durch Korsetts nicht, und sie brauchte die Busenstützen und -polster nicht, die viele Frauen benutzten.

Als er ihr einen freundlichen Klaps auf den Po gab, trat sie einen Schritt zurück und schaute ihn mit einem spöttischen Schimmer in ihren graublauen Augen an. »Wenn du für die Liebe gekommen bist, muß ich dir leider sagen, daß du den falschen Zeitpunkt erwischt hast. Ich habe meine Tage.«

»Ich bin wegen eines beruflichen Problems hier«, sagte Harp. »In der Hoffnung, daß du mir helfen kannst.«

»Sicher. Du schilderst mir dein Problem, und ich versuche mein Bestes. Aber laß uns erst was trinken. Ich wollte mir gerade einen Gin einschenken, als du angeklopft hast.«

»Es ist ein bißchen früh für mich.«

»Komm, Harp. Du wirst doch eine Frau nicht allein trinken lassen.«

»Okay«, sagte er, »aber nur einen ganz kleinen. Ich wollte eigentlich damit aufhören.«

»Guter Gott. Mach dir's bequem, und ich hole die Flasche aus dem Versteck.«

»Du versteckst den Schnaps neuerdings?«

»Vor Vicky«, sagte Tennessee. »Du weißt, daß sie nie harte Sachen trinkt. Und sie regt sich immer auf, wenn sie mich trinken sieht.«

»Da kannst du ihr keinen Vorwurf machen«, sagte Harp. »Sie hat ein paar unerfreuliche Beispiele gleich hier im Haus.«

»Ja, die versoffene Mutter und den armen Dr. Woodhull. Ich werfe ihr nichts vor, und ich will nicht, daß sie sich Sorgen machen muß. Aber hin und wieder mal ein Schluck, das macht mich noch nicht zu einer Trinkerin.«

Harp sah sie ins Nebenzimmer schlendern und erfreute sich an ihren schönen Rundungen. Als sie verschwunden war, ließ er sich auf einem der gepolsterten Lehnstühle nieder, die um einen Tisch mit einem kleinen türkischen Teppich darauf standen. Das Zimmer war ein behagliches Nest aus Satin, Seide und Brokat, die Farben Dunkelrot und Violett herrschten vor. Es erinnerte Harp oft an Zimmer in besseren Bordells. Tennessee war nie in gutem Geschmack unterwiesen worden. Und sie hatte auch nie danach verlangt.

Sie kehrte mit zwei kleinen Gläsern Gin zurück. Nachdem sie sie auf den Tisch gestellt hatte, schloß sie die Tür zu ihrem Wohnbereich ab. »Mutter platzt manchmal ohne anzuklopfen herein«, erklärte sie. »Ich möchte verhindern, daß sie mich beim Trinken sieht und mir droht, es Vicky zu sagen, wenn ich ihr und Papa nicht mehr Geld gebe. Wir geben ihnen jetzt schon genug, aber sie wollen immer mehr. Ich halte es manchmal nicht aus. Sie wollen selber nichts tun und sind für uns nur ein Klotz am Bein.«

»Dein Vater war kein Klotz am Bein, als er dich und Vicky mit Kommodore Vanderbilt zusammenbrachte«, erinnerte Harp sie. »Ohne das würdet ihr beide in New York nicht so gut dastehen.«

»Ja, ich weiß. Wir sind ihm dafür zu Dank verpflichtet.« Ihre kritische Miene wich plötzlich einem Kichern. »Vanderbilt – das ist wirklich mal ein komischer Kauz. Dachte, er würde bald sterben, weil er tagsüber einschlief.« Sie kicherte erneut. »Ich hab ihm auf den Rücken gehauen und ihm ins Ohr gerufen: ›Wach auf, altes Haus!‹ Das mochte er. Hatte genügend Leute, die ihn wie Gott den Allmächtigen behandelt haben.«

Sie setzte sich in einen Lehnstuhl auf der der anderen Seite des Tischs und hob ihr Glas. »Auf dich.«

»Und auf dich.« Harp stieß mit ihr an, und sie tranken. Er nahm nur einen kleinen Schluck. Gin hatte er nie sonderlich gemocht.

Tennessee stellte ihr Glas halb leer auf den Tisch und sagte: »Na, was ist nun dein Problem?«

»Weißt du irgend etwas über eine Frau namens Alice Curry?«

»Klar, sie war in allen Zeitungen, sogar in Boston. Und Vicky hat mir erzählt, daß du den Mörder suchst.«

»Ist das alles, was du weißt? Was stand in den Zeitungen, und was hat Vicky dir erzählt?«

»Habe nie zuvor von ihr gehört.«

»Was ist mit Alice Olcott?« fragte Harp. »Von ihr schon mal gehört?«

»Nein... Dir geht es um *zwei* Frauen, und beide heißen Alice?«

»Es ist ein und dieselbe Frau.«

»Der eine ihr Mädchenname und der andere ihr Ehename?«

»Sie war nie verheiratet, soviel ich weiß«, sagte Harp. »Olcott war ihr richtiger Name. Curry war ihr Name als Prostituierte. Aber du bist sicher, daß du sie unter keinem der beiden Namen gekannt hast?«

Er musterte Tennessees Gesicht, aber nichts in ihrer Miene verriet, daß sie ihm etwas verheimlichte.

»Tut mir leid, wenn ich dich enttäusche«, sagte sie. »Aber ich kann dir nichts erzählen, was ich nicht weiß.«

Harp legte das Bild aus dem Leichenschauhaus vor sie auf den Tisch.

Sie betrachtete es und verzog das Gesicht. »Das ist sie, ja? Deine beiden Alices?«

»Das ist sie. Hast du sie je gesehen? Unter irgendeinem Namen oder keinem Namen?«

»Nein.« Doch sie fuhr fort, das Bild zu betrachten. So lange, daß Harp schließlich fragte: »Was ist los?«

»Ich weiß nicht«, flüsterte Tennessee und runzelte die Stirn.

Sie bedeckte das Bild mit ihrer Hand. Ebenso wie Olivia Walburton es getan hatte. Aber aus einem anderen Grund. Nicht um es vor ihren Augen zu verbergen. Tennessee versuchte etwas von dem Bild in sich aufzunehmen.

Harp beobachtete ihre geschlossenen Augen, während sie ihre Hand auf dem Foto hielt. Er hatte keine festgefügte Meinung über das, was die Spiritisten Psychometrie nannten: die Fähigkeit, Dinge über jemanden herauszufinden, indem man sein Bild oder einen Gegenstand, der ihm gehörte, berührte. Es tat nichts zur Sache, ob er daran glaubte oder nicht. Wichtig war nur, was es in Tennessee bewegte, woher auch immer es kommen mochte.

Tränen rannen aus ihren geschlossenen Augenlidern über ihre Wangen.

»Was hast du?« fragte Harp sie.

»Ich weiß nicht«, sagte sie wieder mit flüsternder Stimme.

Sie öffnete die Augen und stand auf. »Warte eine Minute«, sagte sie und ging in ein anderes Zimmer.

Als sie zurückkehrte, trug sie eine kurze Kerze in einem schlichten Zinnständer, eine kleine Schale mit einem unbestimmbaren Klumpen darin und eine Streichholzschachtel aus getriebenem Silber. Nachdem sie diese Dinge auf dem Tisch abgestellt hatte, zog sie die Vorhänge zu und setzte sich in dem dunklen Raum nieder. Sie hatte sich die Tränen nicht aus dem Gesicht gewischt. Harp sah zu, wie sie die Kerze und Schale hinter dem Bild der toten Alice Curry-Olcott aufstellte. Sie zündete mit einem Streichholz zunächst die Kerze und dann den Klumpen in der Schale an.

Aus der Schale stieg Rauch auf, und an dem scharfen Geruch erkannte Harp, daß es Weihrauch war. Tennessee betrachtete erneut das Bild aus dem Leichenschauhaus. Dann legte sie wieder ihre Hand darauf, setzte sich in ihrem Lehnstuhl zurück und schaute durch den Weihrauch in die Kerzenflamme. Ihre Augen schlossen sich nicht wieder. Sie hielt sie auf den Rauch und auf die Flamme gerichtet.

Tennessee hatte nichts für das Abrakadabra und den Hokuspokus übrig, den Harp bei anderen spiritistischen Medien erlebt hatte. Ihr Zugang war so einfach und kunstlos, als ob sie sich an den Schreibtisch setzte und einen Federhalter in die Hand nähme. Manchmal drang sie zu dem durch, was ein Besucher erfahren wollte, manchmal mißlang es ihr. Ob es nun Täuschung, Selbsttäuschung oder tatsächlich ein übernatürliches Geschehen war – wenn es ihr gelang, einen Kontakt herzustellen, konnten die Ergebnisse verblüffend sein.

Harp beobachtete sie und wartete. Sie selbst schien auch zu warten. Er sah eine tiefe Falte auf ihrer sonst so glatten Stirn und hütete sich, die Stille zu unterbrechen.

Tennessee sprach erneut mit gedämpfter Stimme: »Ich glaube, ich kann sie sehen ..., aber ich kann keinen Kontakt zu ihr herstellen ...«

Harp sprach ebenfalls mit leiser Stimme: »Ist ein Mann bei ihr oder in ihrer Nähe?«

»Nein ... Sie ist allein.«

»Wer hat sie umgebracht?«

Wieder schwieg Tennessee, ihre Augen auf die schwankende Kerzenflamme hinter dem Rauch gerichtet. Dann: »Ich kann ... kann sie ... nicht hören ... Oder vielleicht weiß sie selbst keine Antwort ...«

Das war möglich. Die ermordete Frau war von hinten niedergeschlagen worden. Bevor ihr die Kehle aufgeschlitzt wurde.

»Wie ist sie in das Lagerhaus gekommen?«

Nach einigen Augenblicken sagte Tennessee: »Ein Schlüssel ... Ich sehe einen Schlüssel, der umgedreht wird ...«

»Dreht sie ihn oder jemand anders?«

»Ich weiß nicht ... Ich sehe nur den Schlüssel.«

»Ist sie allein? Wartet drinnen jemand auf sie?«

»Ich sehe sonst niemanden. Nur sie ... und eine Tür, die aufgeht ... Sie ist jetzt drinnen ...«

»Wo genau? Wie sieht es da aus?«

»Nur Nebel ... Sie scheint sich durch Nebelschleier zu bewegen ... Da ist ein Geräusch jetzt ... etwas hinter ihr ... oh, verflixt! Sie ist weg. Ich habe sie verloren ... *Nein, warte* ...«

Tennessees Hand zuckte, schloß sich um das Foto und zerknitterte es in der Faust.

»Ich sehe eine Bühne ... eine große Bühne, in einem Theater ... Mädchen in Trikots ... singen und tanzen ...«

»Ist sie dabei?«

»Nein. Sie ist nicht da.«

Schweiß lief über Tennessees Gesicht und vermischte sich mit neuen Tränen.

»Ich glaube, ich sehe, was sie sieht ... die Mädchen auf der Bühne ... und ich höre Musik ..., ein Orchester spielt ...«

»Erkennst du, was sie spielen?«

»Eine Art Marschmusik, glaube ich ..., aber die Mädchen tanzen dazu ... und singen dazu ...«

»Kannst du die Worte verstehen?«

»Nein ... Ich *sehe* sie singen, aber ... warte – das ist komisch ... Da ist ein Zug ... fährt auf Schienen über die Bühne ..., aber niemand merkt es ... Die Mädchen tanzen und singen immer noch ... und der Zug fährt an ihnen vorbei ... Ich glaube, es kommt noch einer ... nein ... nichts ... nichts.«

Tennessee schloß die Augen. Ihr Kopf bewegte sich heftig vor und zurück, so daß ihre Ringellöckchen um ihr Gesicht tanzten. Dann wischte sie sich mit den Händen die Tränen und den Schweiß aus den Augen und öffnete sie wieder.

Sie sah Harp mit einem Lächeln voller Selbstzweifel an. »Das ist einfach nur Blödsinn«, sagte sie mit ihrer normalen Stimme. »Dieser Zug fuhr direkt durch die Mädchen auf der Bühne hindurch, und sie haben es nicht mal wahrgenommen. Das ergibt keinen Sinn.«

»Für mich schon«, sagte Harp.

Er wußte nicht, wo sie das alles her hatte. Aus dem, was sie von ihm zuvor erfahren hatte – oder aus einem Jenseits, das er nie erforscht hatte.

Aber er kannte das Theater, das sie beschrieben hatte.

KAPITEL 37

Es war das erste Mal, daß Harp seit Jim Fisks extravaganter Party in diesen Räumen war. Damals hatte Fisk zusammen mit seinem Partner gerade das Theater gekauft.

Das Große Opernhaus – ein massiver Bau aus Gußeisen und weißem Marmor, der die nordwestliche Ecke der 23. Straße und Eighth Avenue einnahm.

Der vorherige Besitzer war bei dem Versuch bankrott gegangen, das feine Publikum mit großen Opern und Symphoniekonzerten von der Musikakademie fortzulocken. Jim Fisk aber hatte Erfolg gehabt, indem er dem bürgerlichen Publikum bot, was es – und was er – mochte: Operetten mit einer Menge leichtbekleideter Mädchen.

Das war die eine Seite des Großen Opernhauses. Die andere war, daß Fisk und Gould die Zentrale ihrer Erie-Eisenbahn in den oberen Etagen untergebracht hatten. Und im Keller stand die dampfgetriebene Druckerpresse, mit deren Hilfe wertlose Anteilscheine gedruckt und so viele Gutgläubige, die in die Eisenbahn investiert hatten, betrogen worden waren.

Als er das Gebäude durch das Theaterfoyer betrat, erinnerte sich Harp daran, wo er Louise Vedder zum ersten Mal auf Fisks Party gesehen hatte.

Erinnerte sich zugleich an den Schock, als er erkannte, wer sie war.

Es gab einen Treppenaufgang, der vom Foyer zu den dreiunddreißig Privatlogen führte. Ein Journalist hatte es einmal die schönste Treppe von New York genannt. Harp war die Stufen hinaufgestiegen, und Louise war heruntergekommen, in Begleitung von John Gilbert, einem Bühnenstar, den Harp kannte. Als Harp wie angewurzelt stehen blieb und sie anstarrte, war Gilbert gezwungen gewesen, sie einander vorzustellen.

Heute durchquerte Harp das Foyer, ohne die Treppe anzusehen, und öffnete die Tür zum Zuschauerraum. Die sechzehnhundert Sitze waren leer, doch einige der Gaslampen warfen Licht auf die Bühne. Eine Tanzgruppe probte Schritte zu Klavier- und Geigenmusik, während ein Choreograph ihr atemlos Anweisungen und Korrekturen zubrüllte. Es war keine martialische Nummer; aber es gab kaum einen Abend im Großen Opernhaus ohne einen Auftritt der Mädchen mit den Militärmützen, die so freizügig ihre Beine und Dekolletés zur Schau stellten.

Jim Fisk liebte Militärmusik fast ebensosehr wie schöne Mädchen.

Er sah sich auch gern die Proben an. Harp schaute sich nach ihm um, konnte ihn aber nicht entdecken. Er ging den halben Weg um das Parkett herum zu einer Seitentür und stieg eine schmale Treppe zur Zentrale der Erie-Eisenbahngesellschaft hinauf.

Von dem großen, verschwenderisch ausgestatteten Eingangsbereich gelangte man auf der einen Seite zu Jay Goulds Büroräumen, auf der anderen zu jenen von Fisk. Doch nur Jim Fisks Ganzkörper-Porträt hing gegenüber dem Eingang. Gould war zu scheu für eine solche Selbstdarstellung.

Das Porträt in Öl zeigte Fisks rosiges Mondgesicht mit dem gewaltigen Schnurrbart, dessen Enden gewachst und zu Spitzen gedreht waren. Er trug eine prächtige, von ihm selbst entworfene Uniform für einen der beiden militärischen Grade, die er sich selbst verliehen hatte. Einer war der eines Flottenadmirals der Narragansett-Dampfschiffahrtgesellschaft – einer Tochter der Erie-Eisenbahngesellschaft. Doch auf dem Gemälde trug er seine Armeeuniform: als Oberst eines Nordstaatenregiments, das er während des Bürgerkriegs auf eigene Kosten mit Waffen und Waffenrock ausgestattet hatte.

Allerdings war er nie wirklich mit seinem Regiment in der Schlacht gewesen. Sein Leben war ihm zu heilig, um es unnötig aufs Spiel zu setzen.

Harp hatte ihm diese Entscheidung nie übelgenommen. Wenn man eine Wahl hatte, war dies die klügere. Und man hatte eine Wahl, wenn man reich war. Im Norden konnte man der Einberufung entgehen, indem man der Regierung dreihundert Dollar bezahlte oder einen bedürftigen Menschen als Ersatzmann anheuerte. Im Süden wurde man ohnehin nicht eingezogen, wenn man dreißig oder mehr Sklaven besaß.

Es hatte ein populäres Lied gegeben, gesungen von den Kampftruppen auf beiden Seiten: »Eines reichen Mannes Krieg, eines armen Mannes Schlacht.«

Es gab reiche Männer, die – anders als Fisk – gekämpft hatten und gefallen waren. Aber sowohl im Krieg wie im Frieden waren die Reichen eine winzige Minderheit. Selbst General Lee war nie ein wohlhabender Mann gewesen. Und General Grant war beinahe völlig verarmt, als der Krieg begann.

Grant, soviel war gewiß, hatte ein persönliches Problem mit dem Geld. Im Krieg ein klarer Kopf, ließ er sich in anderen Lebensbereichen nur allzu leicht über den Tisch ziehen. Selbst jetzt, da er Präsident war, blieb nichts von dem Geld, das die Lobbyisten in Washington verteilten, in seinen Taschen. Das Geld floß, aber es machte einen Bogen um ihn und häufte sich in den Geldbeuteln der Gauner, denen er vertraute.

Männern wie Jay Gould und Jim Fisk.

Sie waren ein erfolgreiches Gespann. Gould, knochig und kaltschnäuzig, verschwiegen und in sexuellen Dingen puritanisch, war ein glänzender Spekulant. Fisk war ein fröhlicher Fettwanst, der gern Spaß im Leben hatte und sich freute, wenn andere daran teilhatten: ein Hans im Glück als Geschäftsmann und Schwindler mit Vorliebe für Geselligkeiten.

Harp hatte heute kein Anliegen an Gould. Jay Gould betrieb viele andere Geschäfte neben der Erie-Eisenbahngesellschaft: Börsenmanipulationen, Spekulationen auf dem Goldmarkt, Kampf um die Kontrolle über Amerikas Telegrafensystem. Spekulationen mit Immobilien, Kohlenminen, Hafenpachten; außerdem unterbot er andere Industriemagnaten und schnappte sich Strecken anderer Eisenbahnlinien.

Bei einigen dieser Unternehmungen arbeitete er mit seinem Partner zusammen. Aber die Welt des Theaters ließ ihn kalt. Das Große Opernhaus war Jim Fisks teures Spielzeug.

Die beiden uniformierten Wächter, die vor Fisks Geschäftsräumen standen, kannten Harp und ließen ihn in den mit Teppichboden ausgelegten Vorraum eintreten. Er ging an einem Raum vorüber, in dem drei Buchhalter über dicke Hauptbücher gebeugt saßen, und öffnete die Mattglastür, die zum Büro von Fisks Privatsekretär, Jacob Applegate, führte. Applegate, ein älterer Mann mit träumerischem Gesichtsausdruck, herrschte hinter einer niedrigen Eisenbalustrade an einem Pult mit Sprechröhren zu beiden Seiten. Applegate und Harp kannten sich aus dem Krieg, als ersterer Versorgungsoffizier gewesen war. Es war Harp, der ihn Fisk empfohlen hatte.

»Ist Jim da?« fragte Harp.

»Nein, er ist ein paar Tage in Washington. Er hat ein vertrauliches Palaver mit Grants Finanzminister.«

Aus einer der grün angestrichenen Röhren erscholl ein Pfeifton. Applegate blies in die Röhre und stülpte sie über sein Ohr, so daß Harp nur ein fernes Wispern vernehmen konnte. Applegate schob die Röhre vom Ohr zu seinem Mund und sprach hinein: »Sagen Sie ihm, daß Mr. Fisk niemanden ohne Verabredung empfängt. Sagen Sie ihm, daß er zuerst einen Brief schreiben soll, damit Mr. Fisk einen Termin für ihn freihalten kann.«

Applegate hängte die Röhre ein, spie Tabaksaft in einen verzierten orangefarbenen Spucknapf und grinste Harp an. »Für den wird Fisk nie einen Termin haben. Der Mann will wissen, was aus seinem Geld geworden ist, das Fisk für ihn in eine Kohlenmine in Pennsylvania investiert hat. Jemand, der so wenig Grips im Kopf hat, verdient es nicht anders.«

Ein weibliches Gelächter ertönte hinter der geschnitzten Eichentür, die zu Fisks Privatbüro führte. Harp warf Applegate einen fragenden Blick zu.

»Josie ist da drin«, erklärte Applegate. Und nach einer vielsagenden Pause: »Mit Mr. Stokes.«

Josie Mansfield, entschied Harp, konnte für ihn ebenso von Nutzen sein wie der abwesende Fisk. Sie warb viele Mädchen für seine Shows an – ebenso wie für seine Spezialpartys mit Geschäftsleuten, deren Verbundenheit ihm eines Tages von Nutzen sein konnte.

Harp öffnete die Tür von Fisks Büro und trat ein.

Josephine Mansfield saß zurückgelehnt in Fisks gepolstertem Drehstuhl, ihre Füße auf seinem Schreibtisch. Nicht gerade eine anmutige Stellung für eine Frau, dachte Harp. Aber Anmut war auch nicht Josies Markenzeichen. Diese hübsche, dralle Dirne von der Westküste bei San Francisco strotzte von Sinnlichkeit – in jeder Stellung und Lage –, und Fisk war verrückt nach ihr. Seit den letzten zwei Jahren wohnte sie in einem Haus, das er ihr gekauft hatte, nur einen Häuserblock vom Großen Opernhaus entfernt.

Ihr Rock und seidener Unterrock waren über ihre runden Knie hinaufgerutscht und gaben den Blick auf schwarzgelb gestreifte Strümpfe frei. Ihre mit roten Quasten verzierten Stiefel ruhten zu beiden Seiten einer Karikaturstatuette von Fisk. Diese zeigte ihn forsch ausschreitend in Militäruniform. Der dicke Körper war unverhältnismäßig klein dargestellt, sein Kopf dafür sehr groß und sein imperialer Schnurrbart gewaltig. Fisk hatte der Statuette einen Ehrenplatz auf seinem Schreibtisch eingeräumt; er konnte über sich selbst lachen.

Harp fragte sich, ob ihm das Lachen vergangen wäre, wenn er entdeckt hätte, was einige andere schon wußten: daß seine Geliebte seit kurzem auch die Geliebte von Edwin Stokes war.

Stokes stand gerade an einem goldumrandeten blauen Waschbecken in einer Ecke von Fisks Büro und wusch sich die Hände. Er war ein gutaussehender, athletischer Gentleman von Philadelphia's Main Line, der an einer Reihe von Fisks Wall-Street-Geschäften beteiligt war. Josie hatte seine breiten Schultern und seine schmalen Hüften gerade mit Wohlgefallen betrachtet, als Harp hereinkam. Während ihr Blick von Stokes zu Harp schweifte, sagte sie ohne Groll: »Hat dir noch niemand beigebracht, erst anzuklopfen, Harp? Du hättest auch in 'ne peinliche Situation reinplatzen können.«

Stokes trocknete sich die Hände ab und wandte sich um. »Zum Glück ist hier nichts Peinliches los.«

»Jedenfalls nicht im Moment«, fügte Josie hinzu und grinste die beiden an.

Stokes hängte das Handtuch auf und schüttelte Harp die Hand. »Wenn Sie Jim suchen ...«

»Nein«, sagte Harp. »Ich will mit Josie sprechen.«

»Nur zu«, sagte Stokes, ließ sich auf einem der Ledersessel für Besucher nieder und forderte Harp mit einer Gebärde auf, seinem Beispiel zu folgen.

Harp sah keinen Grund, warum Stokes das Gespräch nicht mit anhören sollte. Er setzte sich und fragte Josie: »Kennst du eine junge Frau namens Alice Olcott? Jim hat ihr vielleicht vor ein paar Monaten einen Bühnenjob gegeben.«

Josie nahm ihre Beine vom Schreibtisch herunter und steckte sich eine Zigarette aus einem gold-silbernen Etui zwischen die Lippen, während sie über den Namen nachgrübelte. Stokes stand formvollendet auf, nahm ein Streichholz von einem Porzellanständer und beugte sich über den Schreibtisch, um Josies Zigarette anzuzünden.

Josie nahm einen Zug und ließ den Rauch von ihrem Mund aufsteigen. »Danke, Eddie.« Sie blickte Harp an, als Stokes sich wieder setzte. »Eddie ist immer so was von 'nem Gentleman«, sagte sie mit einem Anflug von Spott, doch mehr mit Zuneigung.

»Alice Olcott«, wiederholte Harp.

»Ja, ich erinner mich an sie«, sagte Josie. »Hübsches Ding mit schönem blondem Haar und 'ner tollen Figur. Und 'nem komischen Neuengland-Akzent.« Sie wandte sich an Stokes. »Erinnerst du dich, Eddie? Wir waren da, als sie für Jim auf der Bühne vorgesprochen hat, und wir haben über den Akzent geredet.«

Stokes nickte. »Eigentlich war ihr Akzent feines Englisch. Ich war mir ziemlich sicher, daß sie eine der besseren Privatschulen für Mädchen in Boston besucht haben muß. Und ich erinnere mich, daß sie eine schöne Singstimme hatte.«

»Ja, aber sie konnte überhaupt nicht tanzen. Nicht beim Ballett tanzen. Aber das kann man 'nem Mädchen beibringen, wenn sie bereit ist, an sich zu arbeiten.«

»Hat Jim sie genommen?« fragte Harp.

»Auf seine Art.« Sie lächelte Harp an. »Diese Alice Olcott mit dem komischen Akzent war nicht mehr taufrisch genug, um in 'ner Revue neu anzufangen und es zu lernen. Aber du kennst Jim. Er findet immer irgendwas, wofür er jemanden wie sie brauchen kann. Sogar noch, wenn sie Ende Zwanzig ist. Du würdest staunen, wie viele erfolgreiche Geschäftsleute, die sonst nicht auf den Kopf gefallen sind, sich zu Dank verpflichtet fühlen, wenn du sie immer mal wieder mit neuen schönen Frauen bekannt machst. Oder nein – das wird *dich* wohl nicht sonderlich erstaunen.«

»Was mich erstaunen würde«, sagte Harp, »wäre, wenn sie bereit gewesen wäre, eins seiner Partymädchen zu werden.«

Insbesondere nachdem sie gerade erst versucht hatte, von dem loszukommen, was sie als ein sündiges Leben in Emma Wells' Bordell betrachtet hatte.

»Oh, Jim ist nicht so dumm, so was 'nem Mädchen gleich vorzuschlagen. Er sagte ihr, daß er ihr gern einen Job auf der Bühne geben würde, nur daß sein Revueballett zur Zeit voll besetzt wäre. Aber er wolle, daß sie sich bereithält, falls etwas frei wird. Und um zu zeigen, daß er's ernst meint, hat er ihr in der Zwischenzeit das Geld bezahlt, das er jeder Anfängerin im Ballett bezahlt. Fünfzehn Dollar die Woche.«

Das war der übliche Lohn. Nicht viel, aber genug, um knapp davon leben zu können. Die meisten fest engagierten Schauspieler verdienten vierzig bis fünfzig Dollar in der Woche, und eine Frau, die ehrgeizig nach einer Bühnenkarriere strebte, konnte davon träumen, noch mehr zu verdienen, wenn sie Talent hatte. Die Stars verdienten hundert bis zweihundert Dollar in der Woche. Die großen Publikumsmagneten wie Edwin Booth, Lily Langtry und Joseph Jefferson bekamen fünfhundert Dollar für jede Vorstellung.

Aber wenn man Partymädchen wurde, war das kein Schritt auf der Leiter nach oben.

»Hat sich Alice Olcott darauf eingelassen?«

»Klar, eine Weile. Jim versteht es ganz gut, Mädchen einzuwickeln.«

»Macht ihnen den Mund mit dem Bühnenjob so wäßrig, daß sie sich nicht nein zu sagen trauen, wenn er sie fragt, ob sie nicht für seine Geschäftsfreunde auf Partys für Unterhaltung sorgen wollen.«

»So ungefähr«, bestätigte Josie.

Stokes, der ein wenig verstört dreinblickte, sagte: »Es muß für jemanden wie sie schwer gewesen sein, das zu akzeptieren. Sie ist ein Mädchen von guter Herkunft. Das war offensichtlich.«

Harp fiel auf, daß sowohl Stokes wie Josie von Alice Olcott in der Gegenwart sprachen. Er glaubte nicht, daß sie ihn damit täuschen wollten. Es war natürlich immer möglich, daß er sich täuschte; aber er bezweifelte, daß sie von Alice Olcotts Tod wußten.

Josie warf Stokes einen befremdeten Blick zu. »Was hat 'ne Frau mit 'ner guten Herkunft hier zu suchen? Alles, was man davon hat, ist, daß sie ein Mädchen zu prüde für 'nen richtigen Mann macht.«

»War Alice Olcott zu prüde?« fragte Harp sie.

»Na ja, sie hat es nicht gemocht. Ich glaube, sie hat ziemlich bald rausgekriegt, daß Jim sie nur als Flittchen haben wollte. Sie nie auf die Bühne lassen wollte. Denn sie hat sich zurückgezogen. Kam hier nicht mehr vorbei, um mit ihm reden. Sagte ihm, er soll sich nicht weiter um sie bemühen.«

»Wann war das?«

»Oh, so vor drei, vier Wochen, glaube ich. Jim hat ihr gesagt, wenn sie so denkt, zahlt er ihr auch kein Geld mehr. Sie meinte, er könne seine miesen fünfzehn Dollar behalten. Sie brauche sie nicht mehr.« Josie zwinkerte Harp zu. »Willst du wissen, was ich glaube? Ich wette, daß einer von den dicken Geldsäcken, die sie auf Jims Partys traf, in sie vernarrt war. Wurde ihr *Sugar Daddy*.«

»Soviel ich gehört habe«, sagte Harp, »steht Jim mit Monmouth Fuller ganz gut.« Er hatte nichts dergleichen gehört; aber es klang plausibel und war einen Versuch wert.

Josie lachte. »Natürlich. Jim steht mit jedem gut, der Geld hat. Und Fuller steht mit jedem gut, der frische Mädchen hat.«

»Wäre es möglich, daß Fuller Alice Olcott auf einer von Jims Gesellschaften getroffen hat?«

Josie hob eine ihrer rundlichen Schultern. »Weiß ich nicht. Kann aber sein.«

Stokes mischte sich wieder ein: »Was interessiert Sie so an Miss Olcott?«

»Jemand bezahlt mich dafür, daß ich sie finde«, sagte Harp. Offenbar wußten sie wirklich nicht, daß Alice tot war.

»Warum?«

»Das hat er mir nicht gesagt.«

»Wenn das alles ist, was du wissen willst«, sagte Josie, »kann ich dir sagen, wo sie wohnt. In 'ner Pension an der 20. West. Die Nummer weiß ich nicht, aber ich könnte sie für dich raussuchen.«

»Ich kenne die Nummer«, sagte Harp. »Sie ist dort nicht mehr.«

»Dann weiß ich nicht, wo du sie finden kannst.«

Harp wandte sich an Stokes. »Und Sie?«

»Ich? Nein – woher sollte ich das wissen?«

»Wenn man genug dumme Fragen stellt«, sagte Harp, »dann ist manchmal eine darunter, die zu etwas führt.«

»Diesmal nicht«, sagte Stokes, »tut mir leid.«

»Ich kann dir sagen, wer es vielleicht weiß«, sagte Josie. »Kate Flint. Sie war Jims Hauptfreundin, bevor ich kam. Und sie war es, die Alice Olcott zum Vorsprechen gebracht hat. Sie müssen sich also ganz gut kennen. Ich weiß nur nicht, wo sich Kate jetzt rumtreibt.«

Harp wußte nicht, wo sich Kate in diesem Augenblick aufhielt, aber er konnte sich vorstellen, wo sie um fünf Uhr am Nachmittag zu finden war.

»Jim hat Bilder von seinen Partymädchen anfertigen lassen«, sagte er. »Um sie seinen interessierten Freunden zu zeigen.«

»Macht er immer noch«, sagte Josie. »Hat sie in meinem Haus.«

»Ich hoffe, da ist eins von Alice Olcott dabei.«

»Kann sein. Außer Jim hat es weggeschmissen, als sie wegging. Willst du mitkommen und suchen helfen?«

Harp schaute auf seine Uhr. Es war noch eine lange Zeit bis fünf Uhr. Er steckte sie zurück in seine Westentasche. »Laß uns gehen.«

KAPITEL 38

Der Pier 28 ragte am westlichen Ende der Murray Street in den North River. Das Dampfer-Depot dort war aus weiß gestrichenem Backstein. Auf dem Dach, vorn und an den Seiten, stand der riesige Schriftzug:

ALTE KOLONIE-DAMPFSCHIFFAHRT-GESELLSCHAFT
FALL-RIVER-LINIE
BOSTON VIA NEWPORT UND FALL RIVER

Die beiden Schornsteine, die auf der Flußseite über die Schrift hinausragten, gehörten zu einem Schiff, das jeden Tag, außer samstags, um fünf Uhr nachmittags für eine Übernachtfahrt ablegte. Es war einer jener holzverkleideten Schaufelrad-Küstendampfer, die man schwimmende Paläste nannte. Für Kate Flint war er in den letzten fünf Wochen ihr Zuhause gewesen. Sie ging selten länger als eine Stunde an Land, außer am Sonntag, wenn sie mit Freunden einen Ausflug in die Stadt unternahm.

Harp erreichte das Depot um vier Uhr. Passagiere, Besucher und Frachtwagen trafen immer noch ein. Er schloß sich gut gekleideten Spätankömmlingen an, die mit Trägern, welche ihr Gepäck schleppten, durch den Passagiereingang drängten, überquerte mit ihnen den Pier und stieg die Gangway hinauf.

Ein schwimmender Palast konnte für jemanden, der sich in seinem labyrinthischen Inneren nicht auskannte, höchst verwirrend sein. Dieser hier – halb Schiff, halb Hotel – hatte drei Passagierdecks mit 260 Kabinen sowie die öffentlichen Räume, die Kabinen für die Stewards und Bediensteten nebst einem komplexen System von Treppen und Gängen. Aber dies war nicht Harps erster Besuch. Er stieg eine schmale

Treppe hinauf zu einem Korridor, in dem Passagiere, Leute, die sich von ihnen verabschiedeten, und Träger gedrängt vor den offenen Kabinentüren standen. Harp schlängelte sich hindurch und ging eine weitere Treppe hinauf.

Diese führte auf eine lange, mit einem Eichengeländer umfaßte Galerie, die über der einen Seite des weiß-goldenen, einstöckigen Hauptsalons des Schiffs lag. Die Tür zu der Kabine, die Kate Flint unter der Woche gemietet hatte, stand sperrangelweit offen, wie die meisten anderen so kurz vor der Abfahrt. Das Zimmer war mit einem dicken Teppich, tapezierten Wänden, vom Boden zur Decke reichenden Spiegeln, Lampen in mattierten rosa Kugeln und einer geschnitzten Rosenholzdecke ausgestattet. Das Bett: groß und weich mit einem samtüberzogenen Kopfende, scharlachroter Bettdecke und einer Fülle von Seidenkissen.

Ein Privatdetektiv namens Pete Bliven kam auf die Galerie und schüttelte Harp die Hand. Jedes Hotel, Kaufhaus und jeder schwimmende Palast hatte wenigstens ein halbes Dutzend Detektive wie ihn unter Vertrag, um den Dieben das Handwerk zu legen. Es waren alles ehemalige Polizisten, und Harp kannte die meisten von ihnen.

»Wenn du nach Kate suchst«, sagte Bliven, »die ist auf ihrem Rundgang über die Decks, damit die Männer wissen, daß sie an Bord ist.«

Harp stellte sich ans Eichengeländer und betrachtete forschend den großen, reich ausgeschmückten Saal unter den Kristallüstern. Schwarze Kellner in blau-goldenen Uniformen gingen hin und her und servierten kleinen Gruppen von Passagieren und Besuchern Tee und Gebäck. Mehrere runde Tische waren bereits von Kartenspielern mit Zylinderhüten besetzt, die dicke Zigarren rauchten und häufigen Gebrauch von den Spucknäpfen machten, welche auf dem Teppichboden des Salons in bequemen Abständen aufgestellt waren. Doch Kate Flint war nicht zu sehen.

Harp verließ Bliven und durchstreifte das Schiff auf der Suche nach ihr. Schließlich sah er sie, wie sie sehr langsam vor dem offenen Eingang der Herrenbar vorüberschlenderte. In diesem Augenblick, da er sie entdeckte, blieb Kate stehen, nahm einen kleinen Handspiegel aus ihrer Tasche und tat so, als ob sie ganz und gar in die Prüfung ihres kräftigen Make-ups vertieft wäre.

Sie war eine großgewachsene Frau Mitte Zwanzig, mit guter Figur und einnehmendem Gesicht, das von einem feschen Alpenhut mit roter Feder gekrönt wurde. Ihren Spitzenschal trug sie mit offenbarer Nachlässigkeit, um ihre glatten weißen Schultern zur Geltung zu bringen. Ihr schwarzes Samtkleid hatte ein etwas gewagtes, aber noch nicht den guten Geschmack verletzendes Mieder, das die oberen Rundungen ihres Busens sehen ließ. Als Harp stehenblieb, um ihr bei dem kleinen Schauspiel zuzuschauen, zog sie ein Spitzentaschentuch aus ihrem Dekolleté und tupfte sich damit die Lippe in einem Mundwinkel ab, um einen unsichtbaren Makel in ihrem Make-up zu korrigieren.

Kate unternahm das nur, damit mögliche Kunden in der Herrenbar sie ausgiebig betrachten konnten. Sie erwiderte keinen ihrer Blicke. Nicht bevor das Schiff seine Reise begonnen hatte. Man konnte nie wissen, ob nicht einige der anderen Männer klatschsüchtige Verwandte oder Freunde waren, die sich von Kates potentiellen Kunden verabschiedeten.

Kate wollte niemandem Ungelegenheiten bereiten. Um Dauerpassagierin zu sein, bedurfte es bei der Ausübung ihres Gewerbes einer gewissen Diskretion. Sie konnte es sich nicht leisten, von zukünftigen Schiffsreisen ausgeschlossen zu werden. Dies hätte ihre Ruhestandspläne gefährdet.

Es kostete sie eine Menge, ihre Kabine für sich zu reservieren. Doch eine beträchtliche Anzahl von Geschäftsleuten machte die Reise zwischen New York und Boston sehr häufig, sie zogen den Komfort einer Seereise dem Ruß und Geschüttel einer Zugfahrt vor. Einige waren schon regelmäßige Kunden, und Kates Reize lockten neue an. Infolgedessen wuchsen ihre Ersparnisse. Auch nach dem, was sie für ihre Kabine und ihr Essen bezahlen mußte – und nach den großzügig bemessenen Trinkgeldern für Bliven und den Proviantmeister, die dafür sorgten, daß kein gesunder Mann eine einsame Nacht auf See erdulden mußte.

Kate beendete ihre kleine Werbeveranstaltung und steckte das Spitzentaschentuch zurück in ihren Ausschnitt, um wenigstens ein Mindestmaß an keuscher Zurückhaltung zu demonstrieren. Als sie ihr langsames Schlendern wieder aufnahm, trat Harp auf sie zu.

Sie blieb überrascht stehen. »Hallo, Harp – du bist geschäftlich nach Boston unterwegs?«

»Nein, ich bin hier, um dich zu sehen. Kann ich dich auf einen Drink einladen?«

»Nur einen ganz kleinen Sherry. Ich will nicht schon beschwipst sein, bevor wir abgelegt haben.«

Harp begleitete sie zum Hauptsalon, wo sie ebensogut wie anderswo das Interesse alleinreisender Herren auf sich lenken konnte. Sie setzten sich in gepolsterte Lehnstühle an einem Kaffeetisch, dessen Beine die Form von Blätterranken hatten. Ein aufmerksamer Kellner kam sofort zu ihnen. Harp bestellte einen kleinen Sherry für Kate und schwarzen Kaffee für sich selbst.

»Trinkst du keinen Alkohol mehr?« fragte Kate, als der Kellner gegangen war.

»Versuch's nur mit weniger.«

»Gut zu hören«, sagte sie in mütterlicher Fürsorge. »Das letzte Mal, als ich dich sah, kamst du von einem drei Tage langen Besäufnis, und du hast einfach schrecklich ausgesehen. Du wirst langsam zu alt für so was, Harp. Du mußt an deine Zukunft denken.«

»Ich mache mir Gedanken darüber.«

»Ich auch. Ich meine, über meine Zukunft. Deswegen arbeite ich soviel. Ich faulenze nicht mehr rum und lasse es mir einfach gutgehen. Ich habe nur noch ein paar Jahre, um auf dem Niveau Geld zu verdienen. Wenn ich jetzt nicht genug auf die Seite lege, bin ich zu alt dafür, und du weißt, was das heißt. Schummerige Bars oder der Fluß. Keine so tollen Aussichten.«

Harp sah den Kellner mit den Getränken zurückkehren. »Du hast mehr als nur noch ein paar Jahre«, sagte er. »Ich habe gehört, daß es dir hier ziemlich gut geht.«

»Nicht schlecht«, gab sie zu. »Dieses Schiff ist ideal für mich. Alleinreisende Männer mit genug Geld und genug Zeit, um sich ein bißchen zu amüsieren, bevor sie sich in einer der beiden Städte wieder aufs Geschäft stürzen.«

Sie schwieg, während der Kellner das Tablett abstellte, Harp bezahlte und ihm Trinkgeld gab. Als der Kellner ging, fuhr sie fort: »Aber ich denke an den kommenden Sommer. Wenn die Feriensaison in Newport losgeht. Ich könnte dort vom Schiff gehen und mich in den besseren Hotels in Newport umsehen. Das mache ich, wenn ich keinen an Bord finde, der mich den ganzen Weg bis nach Boston haben will. Oder von Boston zurück nach New York. Was meinst du?«

»Ist einen Versuch wert.«

»Das glaube ich auch. Wenn sich nichts anbietet, dann bleibe ich eben dort während der Hin- und Rückfahrt an Bord.«

Aus dem nahegelegenen Bankettsaal des Schiffs erklangen Töne eines Orchesters. Die Musiker stimmten die Instrumente für das Dinner-Konzert, das bei der Abfahrt beginnen würde.

»Wann hast du Alice Olcott das letzte Mal gesehen?« fragte Harp unvermittelt.

Sie war einen Augenblick lang verwirrt, antwortete dann aber ohne Zögern: »Sonntag vor drei Wochen. Sonntags gehe ich immer von Bord und fahre in die Stadt. Da habe ich sie gesehen. Warum?«

»Ich soll sie für einen Kunden finden.«

»Ach!« Kate fragte nicht, wer der Kunde war oder was er von Alice Olcott wollte. Sie wußte, daß Harp nie über seine Angelegenheiten sprach. Entweder man traute ihm oder nicht. »Ich kann dir sagen, wo sie wohnt. In der 20. Straße, in einer Pen …«

»Da war ich schon«, fiel Harp ein. »Sie hat sich in dieser Pension seit fast einer Woche nicht mehr blicken lassen.«

Kate Flint runzelte die Stirn, dann lächelte sie.

»Vielleicht hat sie das große Los gezogen. Vielleicht hat Monmouth Fuller sie für eine Weile in sein Haus geholt.«

Harp hatte gerade diesen Namen ins Spiel bringen wollen. Er schwieg etwa fünf Sekunden lang und spürte, wie sich sein Kreuz spannte. Dann sagte er: »Ist sie eins von Fullers Mädchen?«

»Da hat sie's um einiges besser als bei Jim Fisk. Ich meine, Jim hat seine guten Seiten, aber er ist solch ein Schwein. Die Art, wie der Mädchen für seine Geschäfte benutzt und ihnen so gut wie nichts dafür zahlt. Fuller kann brutal werden, wenn er betrunken ist, aber wenigstens ist er bei einem Mädchen immer großzügig.«

»Das klingt so, als ob du Fuller ganz gut kennen würdest«, sagte Harp.

»Gut genug.« Kate nahm einen kleinen Schluck von ihrem Sherry. »Habe ihn auf einer Party kennengelernt, ist lange her. Es endete damit, daß ich drei Nächte mit ihm in seinem Haus verbrachte. Nur drei Nächte, aber er schenkte mir ein Armband, das ich für fast dreihundert Dollar verhökern konnte, und das ist nicht übel.«

»Allerdings«, stimmte Harp zu. »Wo hast du die beiden zusammen gesehen?«

Kate nahm noch einen Schluck. »Ich habe mit einem Freund einen Sonntagsspaziergang gemacht, am Broadway in der Nähe vom Madison Square. Fuller fuhr mit seinem Gig an uns vorbei und hielt vor dem Hoffman House an. Alice war bei ihm. Ein Gig ist ganz schön eng für mehr als einen, aber es sah nicht so aus, als ob sie sich dran störten.«

»Hast du mit ihnen gesprochen?«

»Nur mit Alice. Fuller war im Hoffman House verschwunden, bevor wir hinkamen. Ich sagte meinem Freund, daß ich ihn in *Lauchs* Eisdiele treffen würde, und er ging allein weiter, während ich Alice hallo sagte.« Kate schwieg einen Augenblick und sah Harp fragend an. »Steckt sie in irgendwelchen Schwierigkeiten?«

»Nein«, sagte er. Schließlich hatten die Toten keine Schwierigkeiten mehr, soviel er wußte. »Worüber habt ihr gesprochen?«

»Fuller natürlich. Alice hat erzählt, daß sie Fuller auf einer von Jims Partys kennengelernt hat und daß Fuller sie sehr mag. Sie hatte da schon gemerkt, daß Jim sie nur reinlegte mit seinem Versprechen, er würde ihr einen Bühnenjob geben. Also wollte sie mit ihm Schluß machen, und sie hatte den größten Teil der letzten Woche mit Fuller verbracht. Ich habe sie gewarnt, sich keine allzu großen Hoffnungen zu machen, denn Fuller bleibt nie lange mit einem Mädchen zusammen. Aber das war für sie nichts Neues.«

»Du meinst, sie hat das schon gewußt?«

»Sie behauptete es jedenfalls. Aber bis dahin war Fuller nett zu ihr. Außer manchmal, wenn er zuviel trank und sie beschimpfte und ihr eine runterhaute. Doch Alice erzählte, daß es ihm danach immer leid tat und er es wieder gutzumachen versuchte. Schenkte ihr Schmuck, sagte ihr, daß ihr Aussehen und ihre Figur ihn um den Verstand bringen. Er bezahlte ihre Miete und gab ihr Geld, damit sie sich gute Kleider kaufen konnte. Alice sagte, daß sie jetzt Zeit hätte, darüber nachzudenken, was sie mit dem Rest ihres Lebens anfangen sollte. Daß Jim sie so ausnutzte, nahm ihr die Lust auf eine Bühnenkarriere. Sie dachte, daß sie New York vielleicht verlassen und zu ihrer Mutter in den Westen ziehen sollte, um ein neues Leben anzufangen.«

»Wo im Westen?«

»Irgendwo in Iowa«, erklärte Kate. »Ich weiß nicht, wo genau. Aber Alice wollte nicht völlig mittellos dorthin gehen. Sie sagte, sie wollte warten, bis Fuller ihr das Geld gab, das er ihr versprochen hatte. Dafür, daß sie für ein Gemälde Modell saß, von einem Maler, den er kannte.«

»Was für ein Gemälde?«

»Das hat Alice nicht gesagt. Sie sprach nur von einem Gemälde. Sie meinte, daß Fuller ihr für das Modellsitzen mehr geben wollte als dem Maler.« Sie trank den Rest von ihrem Sherry und schüttelte den Kopf, als Harp sie fragte, ob sie noch ein Glas wolle. »Vielleicht ist sie noch mit Fuller zusammen. Warum fragst du nicht ihn?«

»Das ist eine Idee«, sagte Harp. Der mit Teppich ausgelegte Boden vibrierte unter seinen Füßen, als die Maschinen für die Reise warmzulaufen begannen. »Worüber habt ihr beide noch gesprochen?«

»Sonst nichts. Fuller kam dann mit Captain Redpath aus dem Hoffman House.«

Harp wiederholte den Namen leise: »Redpath ...« Es kam für ihn nicht völlig überraschend. Trotzdem war es für ihn ein Schock, zu erfahren, was er bisher nur geahnt hatte.

»Du kennst ihn bestimmt«, sagte Kate. »Den, den sie den Schläger nennen.«

»Ich kenne ihn.« Harps Mund war trocken. Er trank von seinem Kaffee, der lauwarm geworden war. »Das war vor drei Wochen?«

»Ein bißchen weniger. Vor drei Sonntagen. Fuller hat mir kaum zugenickt. Ich glaube, der Idiot hat sich nicht mal an mich erinnert.«

»Benahmen er und Redpath sich wie Freunde?«

Kate zuckte mit den Schultern. »Jedenfalls freundlich. Sie haben sich per Handschlag verabschiedet, als Fuller wieder in seinen Gig zu Alice stieg.«

»Hat er ihr Redpath vorgestellt?«

»Nein, aber sie haben sich begrüßt wie alte Bekannte. Dann fuhr Fuller mit ihr ab, und Redpath ging über den Washington Square davon. Und ich ging zu meinem Freund.«

Harp dankte Kate Flint, küßte sie zum Abschied und verließ das Schiff, als der Gong die nahe Abfahrt ankündigte.

KAPITEL 39

Was Harp jetzt brauchte, war eine Unterredung mit Junius Slowly. Die Pinkerton-Detektiv-Agentur verdankte ihren Ruhm, der während des Krieges durch die Militärspionage für den Nordstaatengeneral McClellan erheblich zugenommen hatte, eher den selbstdarstellerischen Fähigkeiten ihres Gründers als ihren Leistungen. Die Konföderierten hatten voller Entzücken falsche Informationen an die Agentur lanciert, die zu groben Fehleinschätzungen über die Stärke der Südstaatentruppen führten. Die wenigen Südstaatenspione, die von der Agentur enttarnt wurden, hatten ihre Aufgaben jeweils schon erfüllt. Pinkerton war zahlreichen Attentatsplänen gegen Lincoln auf der Spur gewesen, nur nicht jenem, der mit der tatsächlichen Ermordung des Präsidenten endete.

Aber nun, da der Krieg vorüber war, hatte Pinkerton begonnen, eine Anzahl hochqualifizierter Agenten einzustellen. Die besten von diesen waren seither für die Anklagejury tätig geworden und untersuchten in ihrem Auftrag die politische und wirtschaftliche Korruption sowie damit zusammenhängende Fälle von Rechtsbeugung in New York City.

Einer der allerbesten war Junius Slowly.

Slowly war kein Jagdhund wie Harp. Er war ein Wirtschaftsprüfer mit der besonderen Gabe, aus komplizierten Zahlenkolonnen so manches verborgene Doppelleben zutage zu fördern.

Er selbst führte ein solches Doppelleben, von dem nur zwei Menschen wußten: er selbst und Harp. Als Slowlys Kollegen Harp mitteilten, daß Slowly oben in Albany nach Unterlagen der Staatsregierung fahnde – und Slowlys Frau ihm dasselbe sagte –, wußte Harp Bescheid.

Slowly war ein Bigamist. Er hatte eine Frau und zwei Kinder in New York City. Und zugleich hatte er eine Frau mit einem weiteren Kind in Albany – und er benutzte die übliche Ausrede, um sie zu besuchen.

Es hieß, er solle am nächsten Morgen zurückkommen. Harp entschied sich zu warten. Er wollte nichts weiter unternehmen, bevor er Junius Slowly ausgequetscht hatte.

Als die Droschke am späten Abend in die Bleecker Street einbog, ließ Harp sie einen halben Häuserblock vor der Greene Street anhalten. Auf seinem Weg zur Seitengasse hinter dem Häuserblock, der seiner Wohnung gegenüberlag, wuchs seine Wachsamkeit. Er hielt den Le-Mat-Revolver schußbereit in der Hand, als er die Feuerleiter hinaufkletterte und durch den kleinen Flur zu dem Raum schlich, aus dem der Scharfschütze in der Nacht zuvor drei Gewehrkugeln in Harps Wohnung abgefeuert hatte.

Jetzt war niemand in dem Raum. Harp schaute durch das einzige Fenster hinüber zu seiner Wohnung. Er konnte nicht hineinsehen, weil er als Vorsichtsmaßnahme die schweren Vorhänge vor den Fenstern zugezogen hatte, nachdem die zersplitterte Scheibe ersetzt worden war.

Die Vorhänge waren immer noch zu. Doch durch den schmalen Schlitz in einem der Vorhänge fiel der Schimmer von Lampenlicht.

Harp zwang sich zur Ruhe und überlegte einen Moment. Wahrscheinlich war Leland Van Tromp da drüben, wollte ihm einen Besuch abstatten.

Harp ging auf der Haustreppe ein Stockwerk tiefer und klopfte an die Tür von Hilda Shaler. Keine Antwort. Hilda war bereits unterwegs auf ihrer nächtlichen Runde. Er stieg die Treppe weiter hinunter. Auf der Greene Street schaute er zu seinen Wohnungsfenstern hinauf und überlegte, ob er den vorderen oder den hinteren Eingang nehmen sollte.

Ein zehnjähriges Mädchen mit Namen Francine Bourignard, die so spät nicht mehr hätte draußen sein sollen, kam zu ihm gelaufen.

»Da is 'ne *Dame* bei Ihnen oben!« erzählte sie ihm aufgeregt.

»*Drinnen*?«

Francine nickte heftig. »Is vor 'n paar Stunden reingegangen. Un is nich mehr raus danach.«

Harp hatte eine ungute Vorahnung, und seine Knie wurden weich. Er hatte keiner Frau einen Schlüssel zu seiner Wohnung gegeben.

»Eine Dame, sagst du?«

»Ne echte Klassefrau«, versicherte sie ihm. »In 'nem tollen Pelzmantel. Sie *sieht* aber auch toll aus.«

Harp gab Francine ein 5-Cent-Stück und nahm die Stufen zum Haus. Er zog seine Handschuhe aus und stopfte sie in seine Manteltaschen, als er die Treppe zum zweiten Stock hinaufging. Seine Tür war nicht abgeschlossen. Er öffnete sie und ging hinein. Die Gasbeleuchtung im Vorraum war angezündet.

Ein Pelzmantel mit Kapuze hing an seinem Kleiderständer. Er atmete tief durch und hängte seinen Mantel daneben.

Der Wintersonnenschirm und das Kopftuch von Louise Vedder lagen neben der Lampe auf dem Tisch in seinem Vorderzimmer. Sie saß in dem Schaukelstuhl davor, den Kopf zurückgelehnt, als würde sie schlafen. Doch als er um den Tisch herumkam, sah er, daß diese berückenden Augen weit geöffnet waren. Und sie blickten ihn fest an.

»Leland hat Ihnen den Schlüssel gegeben«, sagte er. Sein Hals fühlte sich trocken und eng an.

»Ja«, erwiderte sie mit ruhiger Stimme. »Er meinte, ich solle herkommen und mich mal umschauen. Leland sagte, Sie würden wahrscheinlich ziemlich wütend auf ihn sein, aber er hätte das Gefühl, daß es notwendig ist.«

Harp warf einen Blick in sein Schlafzimmer und war nicht erstaunt darüber, daß das Licht dort ebenfalls brannte.

»Ich bin nicht wütend«, sagte Harp. Und das war ungelogen. Was er empfand, war stark genug, aber es war keine Wut.

»Ich habe etwas gefunden«, sagte Louise in dem gleichen beherrschten Tonfall.

Sie schob das Kopftuch beiseite. Darunter kam ihr Foto zum Vorschein, das Gesicht nach oben gekehrt. »Ich denke, es ist an der Zeit, daß Sie mir darüber erzählen, finden Sie nicht?«

Harp ließ sich schwer auf einem Stuhl nieder und schaute sie über den Tisch und das Bild hinweg an.

»Ja«, sagte er schließlich. »Ich glaube schon.«

Er stand mitten im Zimmer und starrte auf die Tür, die sich hinter ihr geschlossen hatte.

Sie hatte ihm die ganze Zeit zugehört, ohne ihn ein einziges Mal zu unterbrechen, während er ihr die Wahrheit erzählt hatte. Der Ausdruck des Entsetzens, so oft in seiner Vorstellung vorweggenommen, war nicht auf ihrem Gesicht erschienen. Sie sah einfach nur betäubt, verstört aus. Obwohl sie sicherlich genug geahnt haben mußte, als sie das Bild aus dem Besitz ihres Mannes in Harps Schlafzimmer gefunden hatte.

Er hatte ihr alles darüber erzählt. Ausnahmslos alles. Vom Tod ihres Mannes durch seine Hand. Warum er das Bild an sich genommen und behalten hatte. Was es ihm bedeutet hatte, bevor er sie traf – und seither.

Als er geendet hatte, war sie sitzen geblieben, ohne ein Wort zu sagen. Hatte ihn angestarrt. Und auf das Bild, das ihrem Mann gehört hatte. Mehrmals hatte sie langsam den Kopf geschüttelt. Als ob sie ohne Erfolg versuchte, ihre Gedanken zu ordnen.

Schließlich war sie aufgestanden und gegangen. Ohne ein Wort.

Doch sie hatte das Foto mitgenommen.

Harp drehte sich um und ging an seinen Schnapsschrank.

Füllte ein großes Glas mit Whiskey und trank die Hälfte davon, ohne abzusetzen. Bis sich seine brennende Kehle zusammenschnürte. Nach Luft schnappend, nahm er das Glas vom Mund und betrachtete den Rest, der noch darin war.

Dann schleuderte er es fort und sah, wie es an der Wand zersprang.

KAPITEL 40

Der nächste Morgen war abscheulich. Aus dem dunklen Himmel schoß kalter Regen und zischte mit der Kraft von Schrotkugeln auf den hart gewordenen Schnee. Das Wetter war wenig dazu angetan, Harps grimmige Laune, die ihn seit der letzten Nacht erfüllte, zu bessern. Er trottete von einer Pferdewagen-Haltestelle zu der Straße, wo Junius Slowly wohnte. Seinen Mantelkragen hatte er hochgeklappt, seine Hutkrempe heruntergezogen, den Kopf hielt er gebeugt im vergeblichen Bemühen, sein Gesicht einigermaßen vor der Nässe zu schützen. Er postierte sich in einem Eingang gegenüber von Slowlys Haus, wischte sich das Gesicht ab und wartete. Von seinem Hut tropfte es, und er war dankbar, daß wenigstens seine schweren Stiefel kein Wasser hereinließen.

Als Slowly an der nahen Straßenecke aus einem Omnibus stieg, fing Harp ihn ab, bevor er sein Haus erreichen konnte. Er brachte ihn in die nächste Bar, nötigte ihn dort auf einen Stuhl, bestellte Kaffee mit einem Schuß Whiskey für sie beide und begann, den hervorragendsten Wirtschaftsprüfer und Ermittler der Anklagejury auszuquetschen.

Es kostete Harp beinahe eine Stunde, um alles, was Junius Slowly wußte, aus ihm herauszubekommen. Aber es lohnte diese Stunde, ebenso wie es sich gelohnt hatte, auf seine Rückkehr zu warten.

Das Schild über dem Vordereingang des Lagerhauses stammte aus einer vergangenen Zeit:

FULLER & SOHN
Importeure von Wein & Spirituosen
Ausländische Delikatessen
& Havanna-Zigarren

Eine zweisitzige, geschlossene Kutsche mit den goldenen Zierinitialen *M. F.* stand am Rinnstein davor. Weder Fullers Pferd noch sein Kutscher machten einen fröhlichen Eindruck, während sie im nicht nachlassenden Regen warteten.

Harp ging in das Haus, nahm seinen Hut ab und klopfte ihn aus, so daß in dem kleinen Wartezimmer das Regenwasser herumsprühte. Er erklärte dem Sekretär, daß er eine Verabredung mit Fuller habe, und ging durch die Schwingtür in der Holzbalustrade, die den Wartebereich abgrenzte. Ohne den Protest des Sekretärs zu beachten, schritt er durch einen kurzen Korridor.

Der Leiter des Lagerhauses kam mit einem Bündel von Geschäftsformularen und einem schwarzen Buchführungs-Hauptbuch aus dem Büro, in dem Alice Curry-Olcott gestorben war. Er blieb stehen und sah Harp fragend an. Harp lächelte, nickte ihm beruhigend zu und ging an ihm vorbei ins Büro. Er schloß die Tür hinter sich und sperrte sie ab, hängte seinen Hut an dem Haken daneben auf und lehnte seinen Hickorystock an die Wand.

Monmouth Fuller stand gebückt vor seinem Safe, um ihn abzuschließen. Der Kohleofen neben dem Safe war glühendrot, und nach der Kälte draußen wirkte es im Büro zu heiß. Harp knöpfte seinen tropfenden Mantel auf, als Fuller sich aufrichtete, umdrehte und ihn anstarrte. Als er Harp erkannte, verzerrte sich sein Gesicht vor Wut.

»Was zum Teufel nehmen Sie sich heraus?« fragte er.

»Wir müssen miteinander reden«, erklärte Harp.

»Sie waren ungebeten in meinem Haus, und jetzt sind Sie ungebeten hier. Wenn Sie nicht innerhalb von einer Minute verschwunden sind, lasse ich die Polizei holen.«

»Wir müssen miteinander reden.« Harp zog seinen Mantel aus und hängte ihn zum Hut.

Die Geschichten über Fullers Zornausbrüche waren keineswegs übertrieben. Er stürzte sich wie von einer Feder abgeschnellt auf Harp, täuschte eine Linke gegen seine Brust vor und führte die rechte Faust gegen sein Gesicht. Aber

Mike McKibbin hatte recht. Wenn Fuller wütend wurde, verlor er die Kontrolle. Harp lenkte die rechte Faust zur Seite, bekam den linken Arm zu fassen und schleuderte Fuller von sich weg. Fuller krachte gegen die Wand, und als er davon zurückprallte, stolperte er über seine Fußknöchel, stürzte gegen den Schreibtisch und auf seine Knie. Ein Tropfen Blut trat aus seinem Ohrläppchen, wo er gegen die Tischkante geschlagen war. Doch er hatte bereits einen Fuß wieder vor sich auf den Boden gestellt, um aufzustehen und erneut zum Angriff überzugehen.

»Seien Sie kein Narr«, sagte Harp. »Ich bin hier, um Ihnen zu helfen, und nicht, um Sie zu verletzen. Und genau jetzt brauchen Sie meine Hilfe.«

Fuller zögerte, balancierte auf einem Fuß und einem Knie und sah Harp finster an. »Was wollen Sie damit sagen?«

Jemand versuchte die Tür zu öffnen und fand sie verschlossen.

Harp zog die Fotografie, die Josie Mansfield ihm gegeben hatte, aus einer Innentasche seines Mantels hervor und hielt sie so, daß Fuller einen Blick auf die schöne, blonde Frau werfen konnte, die ihm von dem Bild entgegenlächelte. Er sagte: »Alice *Olcott.*«

Fuller starrte das Bild an, er öffnete den Mund, als ob es ihm plötzlich Mühe bereitete, durch die Nase zu atmen.

Es klopfte an der Tür. »Mr. Fuller? Ist alles in Ordnung bei Ihnen?«

»Verschwinde!« rief Fuller zur Tür. »Ich will nicht gestört werden!« Er stand auf und griff nach dem Foto.

Harp hielt es außerhalb von Fullers Reichweite und steckte es zurück in seine Tasche. Er setzte sich auf einen der Besucherstühle und forderte Fuller mit einer Handbewegung auf, auf dem Drehstuhl hinter dem Schreibtisch Platz zu nehmen. »Wie ich gesagt habe, wir müssen miteinander reden.«

Fuller bewegte sich um den Tisch herum und setzte sich. Der Tropfen Blut fiel vom Ohrläppchen auf seinen Hemdkragen. Er versuchte seine Furcht zu bezähmen. »Über was genau wollen Sie reden? Ich verstehe immer noch nicht, was Sie …«

»Lassen Sie uns keine Zeit verschwenden, Mr. Fuller! Sie haben behauptet, daß Sie Alice Olcott nie gesehen hätten. So wie Sie behauptet haben, daß Sie Redpath nie gesehen hätten, bevor er Ihnen die Tote im Leichenschauhaus zeigte. Aber jetzt habe ich ein gutes Foto von ihr – so wie sie aussah, als sie noch lebte. Dies und ihr richtiger Name ändert für Sie alles. Und Sie wissen das auch. Der Name von Alice Olcott ist einer Reihe von Menschen bekannt. Menschen, die sie auf diesem Foto wiedererkennen werden. Und sie werden sich erinnern, daß sie Sie mit ihr zusammen gesehen haben. Bedenken Sie weiterhin, daß sie hier in Ihrem Büro umgebracht wurde, und Sie befinden sich in einer ausweglosen Sackgasse, aus der Sie weder mit Lügen noch mit Geld herauskommen. Selbst Redpath wird Ihnen da nicht helfen können. Nicht wenn es um Mord geht.«

Es dauerte eine ganze Weile, bevor Fuller die Sprache wiederfand. »Ich habe sie nicht ermordet!«

Harp sah ihn scharf an. »Ich habe bereits mit einer Person gesprochen, die weiß, daß Sie und Alice Olcott ein Verhältnis hatten. Ich habe dieser Person nicht – noch nicht – gesagt, daß Alice die Frau war, die hier ermordet wurde.«

»Ich *habe* Alice nicht ermordet, warum sollte ich das, in drei Teufels Namen? Ich hatte keinen Grund …« Er unterbrach sich selbst, seine Augen verengten sich, als er Harp anschaute. Langsam wich der Ausdruck von Panik aus seinem Gesicht, und zurück blieben die harten Züge eines Mannes, der sich seiner Macht bewußt war. »Na schön. Genug davon. Wieviel wollen Sie?«

»Wofür?«

»Sie wissen schon. Ihre Anspielung war deutlich genug. Daß Sie etwas vor jemandem verschwiegen haben, der über mich und Alice Bescheid weiß. Also spielen Sie keine Spielchen mit mir. Redpath hat mir gesagt, was Sie sind.«

»Sie sind zu ihm gegangen, nachdem ich bei Ihnen war und Fragen gestellt hatte, die Ihnen Angst einjagten.«

»Sie lassen sich dafür Geld geben, daß Sie Dinge herausfinden – oder zurückhalten. Schön, das leuchtet mir ein. Wieviel Geld, meinen Sie, sollte ich Ihnen geben, damit Sie das Foto verbrennen – und niemand erfährt, daß sie die Hure war, die hier ums Leben kam?«

»Eine Menge«, sagte Harp.

»Nennen Sie eine Summe. Dann sprechen wir wie zwei vernünftige Geschäftsleute darüber und kommen zu einem Ergebnis, mit dem wir beide zufrieden sein können.«

Fuller war ein verwöhnter Balg, schloß Harp. Er war reich geboren worden, und in seinem ganzen Leben hatte er sich mit Geld alles, was er wollte, kaufen können – und Dinge aus dem Weg geräumt, die ihn störten. Das machte es leicht, ihn zu betrügen. Wie jeden, der sich mit Jasagern umgab, die die Wirklichkeit von ihm fernhielten.

»Ich habe mir noch keine Gedanken über eine Zahl gemacht«, sagte Harp. »Wieviel haben Sie Redpath für das bezahlt, was er für Sie getan hat?«

»Nicht einen Cent.«

»Er verläßt sich darauf, daß Sie sich später erkenntlich zeigen?«

»Er weiß, daß er darauf rechnen kann«, sagte Fuller mit einem gewissen Stolz. »So wie Sie auch. Sie haben mein Wort darauf.«

»Was hat Redpath bisher genau getan, daß er Ihre Dankbarkeit verdient? Ich möchte es gern vergleichen mit dem, was ich für Sie tue.«

Fuller zögerte und musterte Harp.

»Beginnen wir mit dem, was ich schon weiß«, sagte Harp. »Erstens hat Redpath vorgetäuscht, daß er Alice nicht kannte, als er mit seinen Beamten herkam und sich die Leiche ansah. Aber er kannte sie, und er wußte, daß sie eines von Ihren Mädchen war. Ich nehme an, er erschien ziemlich bald, um Ihnen zu sagen, daß Sie ganz schön in der Tinte sitzen.«

Fuller öffnete eine Schreibtischschublade. Harps Körper spannte sich, aber was Fuller hervorholte, war ein silberner Flachmann. »Genehmigen wir uns einen. Ein guter Schluck hat noch jede Geschäftsverhandlung angenehmer gemacht.«

Er klang jetzt zuversichtlich. Ganz Herr der Lage. Mit schmierigen Typen, die unter ihm standen, kannte er sich aus. Mit ihnen wurde er leicht fertig.

»Ich will nichts trinken«, erklärte Harp. »Ich will wissen, was Sie und Redpath miteinander ausgehandelt haben.«

Fuller schraubte den Verschluß ab und trank aus der kleinen Flasche – zwei lange Züge.

»Kommen Sie, Fuller«, sagte Harp ungeduldig, »wenn Sie wollen, daß ich die Sache vertusche, dann muß ich wissen, was Redpath bisher verheimlicht – und wie gut er das macht. Wenn er es nicht gut gemacht hat, dann werde ich mich nicht vor Gericht bringen lassen wegen Vertuschung eines Mordes, von dem ich wußte. Sagen Sie mir, was ich wissen muß, oder ich packe aus. Vor der Polizei und der Presse. Auf diese Weise ernte ich wenigstens Ruhm und Ehre dafür, das Verbrechen aufgeklärt zu haben. Gute Werbung für mich.«

Etwas von der alten Furcht huschte über Fullers Gesicht. »Ich habe Ihnen gesagt, daß ich Alice nicht ermordet habe. Das ist die reine Wahrheit, ich schwöre es.«

»Das interessiert mich nicht«, erklärte Harp. »Ich muß wissen, was Redpath bisher für Sie unter den Teppich kehren konnte. Und was nicht.«

Fuller nahm einen weiteren Schluck aus dem silbernen Flachmann. Er stellte ihn auf dem Tisch ab, behielt ihn aber in der Hand, blickte eher diesen als Harp an, während er wieder zu sprechen begann.

»Redpath kam spät in der Nacht in mein Haus, nachdem sie Alice hier gefunden hatten. Eigentlich war es am Morgen danach, aber es war noch dunkel. Er berichtete mir von dem Mord. Ich sagte ihm, daß ich nichts damit zu tun hatte. Aber er erklärte, solange er nicht beweisen könne, daß die Einbrecher in meinem Lagerhaus auch die Mörder seien, sehe es ziemlich schlecht für mich aus, wenn ihr wirklicher Name und meine Beziehung zu ihr ans Licht kommen würden.«

»Er hatte recht«, sagte Harp. »Es sieht schlecht aus.«

»Was die Sache noch schlimmer machte«, sagte Fuller, »war etwas, was Redpath hier fand, nachdem die ersten Polizeibeamten herumgestöbert hatten. Die Tasche von Alice war hinter meinem Safe. Es war ihr Ausweis drin – und ein Brief, den sie an mich geschrieben hatte.«

»Was für ein Brief?«

»Vollkommen verrückt – er hatte überhaupt keinen Sinn. Darin stand, ich hätte versprochen, daß ich ihr ganzes Leben lang für sie sorgen würde, wenn sie mir – wie sie es nannte – ihre Tugend opfern würde. Und jetzt würde ich mein Versprechen nicht halten. Und wenn ich mich nicht eines Besseren besinnen würde, dann würde sie sich einen Anwalt nehmen und mich vor Gericht bloßstellen und all das Geld einklagen, das ihr zustünde.«

»Sie haben diesen Brief gelesen?«

»Natürlich. Redpath brachte ihre Tasche mit, als er in der Nacht in mein Haus kam. Um mir klarzumachen, in was für Schwierigkeiten ich steckte.«

»Und um sicherzustellen, daß Sie erkennen, welches Risiko er einging, wenn er Sie schützte.«

Fuller ging mit einem Achselzucken darüber hinweg. »Jeder, der mir einen Gefallen tut«, sagte er mit besonderer Betonung und sah Harp dabei an, »kann sicher sein, daß ich mich erkenntlich erweise. Großzügig.«

Er nahm noch einen Schluck. »Ich habe Ihnen gesagt, daß ihr Brief keinen Sinn hatte, und das ist wirklich so. Alice *wußte*, daß ich für diese Art von Erpressungen unzugänglich bin. Das haben andere schon vorher versucht, einige der gerissensten Rechtsverdreher in der Stadt. Sie haben mit solchen Geschichten nie auch nur einen Penny aus mir rausbekommen.«

»Glauben Sie, daß Alice den Brief geschrieben hat?«

»Es sah wie die Handschrift von Alice aus. Dabei war ich ziemlich großzügig zu ihr gewesen. Ich hatte nicht geglaubt, daß sie zu der Sorte gehörte, die so etwas versucht. Ich kann nur vermuten, daß sie von der Gang, die sie ermordet hat, dazu gezwungen wurde. Damit *sie* mich später erpressen könnten.«

»Redpath«, sagte Harp, »hat mittlerweile Zweifel, daß sie die Mörder waren.«

»Nein, nein – er hat nur noch kein Geständnis aus ihnen herausbekommen. Aber das wird er, früher oder später. Da bin ich ganz sicher.«

»Wo ist ihr Brief?«

»Vernichtet«, sagte Fuller. »Redpath hat ihre Tasche mit dem Ausweis und dem Brief darin mitgenommen und für mich verbrannt.«

»Ein Künstler mit Namen Philippe Preud'homme hat ein Aktbild von Alice für Sie gemalt«, sagte Harp. »Nachdem ich in Ihrem Haus war, haben Sie ihm Geld gegeben, damit er verschwindet.«

»Das haben Sie also herausgefunden. Ich hatte die Befürchtung, daß Sie das tun würden. Oder ein anderer.«

»Denn das könnte zu der Entdeckung der Tatsache führen, daß die ermordete Frau Ihre Geliebte war.«

»Ja.«

»Was geschieht, wenn er zurückkommt?«

»Wenn Redpath bis dahin ein Geständnis der Mörder hat«, sagte Fuller, »dann bin ich aus dem Schneider. Wenn nicht, dann schicke ich Preud'homme einfach wieder weg – für eine längere Zeit.«

»Was ist aus dem Gemälde geworden?«

»Redpath hat es mitgenommen und zusammen mit der Tasche verbrannt.« Fuller nahm einen weiteren Schluck, um sich zu stärken, und stellte den Flachmann neben sich auf den Tisch. »Also gut, jetzt wissen Sie, was Redpath für mich getan hat, um mir zu helfen – und um meine Dankbarkeit zu verdienen. Jetzt kommen wir zu der Frage, was *Ihre* Hilfe mir wert ist. Ich sagte ja bereits, nennen Sie eine Summe.«

Harp stand von seinem Stuhl auf. »Ich werde darüber nachdenken.«

Fuller durchfuhr ein Gefühl von Panik. »Nein, warten Sie! Wir müssen das *jetzt* klären.«

»Das kann ich nicht«, erklärte Harp. »Ich brauche ein paar Tage, um das zu entscheiden.« Er nahm seinen Hut vom Haken und setzte ihn auf.

»Ich werde Ihnen eine Summe nennen«, sagte Fuller hastig. »Fünftausend Dollar. Ich gehe jede Wette ein, daß das mehr ist, als Sie je von mir zu kriegen geträumt haben.«

»Nicht annähernd genug«, erwiderte Harp, als er seinen Mantel anzog und zuknöpfte.

»*Zehn*tausend! Das ist mein absolut letztes Angebot. Ich werde nicht höher gehen, ich warne Sie.«

Harp nahm seinen Stock in die Hand. »Die Sache ist die«, sagte er und schloß die Tür auf, »ich frage mich, ob *irgendein* Angebot, das Sie mir machen können, das Risiko wert ist, das ich eingehe, wenn ich nicht auspacke.« Und mit dieser Bemerkung öffnete er die Tür und ging.

Der Gedanke, daß Monmouth Fuller in den nächsten Tagen vor Furcht zum nervlichen Wrack werden würde, beunruhigte Harp nicht über die Maßen.

KAPITEL 41

Als Harp das 13. Polizeirevier erreichte, mischte sich der Graupel mit dem Regen, und die Temperatur sank stetig. Im Revier selbst fand er Sergeant Quinn oben im Schlafraum, wo er sich während seiner Reserve-Schicht ausruhte. Zu Harps Erleichterung war Captain Redpath im Augenblick nicht im Revier. Er wurde jedoch bald zurückerwartet. So faßte sich Harp im Gespräch mit Quinn kurz. Weniger als fünf Minuten, und Harp war mit großen Schritten wieder auf der Straße unterwegs.

Windböen peitschten Regen und Graupel durch die Luft. Oben zwischen den Telegrafenmasten begannen die Leitungsdrähte unter dem Gewicht des Eises durchzuhängen. Es gab Überlegungen, das Telegrafensystem unter die Erde zu verlegen, weil bei jedem Sturm, der die Drähte beschädigte, die Verbindungen zusammenbrachen. Bis jetzt waren es aber nur Überlegungen.

Bei diesem Wetter waren alle Droschken besetzt. Harp nahm einen überfüllen Omnibus und dann einen ebenfalls vollbesetzten Pferdewagen zur Endstation in der Battery am untersten Zipfel von Manhattan.

Das Stadthaus von Redpath befand sich im Norden, in der 37. Straße. Doch es war unwahrscheinlich, daß das, was Harp suchte, sich dort befand. Laut Junius Slowly wohnten außer Redpath zu viele Leute in dem Haus. Seine Frau, seine verwitwete Schwester, eine unverheiratete Tochter, ein verheirateter Sohn mit seiner Frau und drei Kindern sowie vier Hausangestellte. Redpath konnte in einer solchen Umgebung kein sicheres Versteck für seine Sachen finden, ohne daß es den anderen auffiel und ihre Neugier weckte. Und jeder von ihnen konnte durch Zufall über ein weniger sicheres Versteck stolpern.

Harp bestieg auf Pier 1 am Fuß von Whitehall die *Middletown*, eines der Fährschiffe nach Staten Island. Die Böen hatten sich in einen scharfen, stetigen Wind verwandelt, der aus südlicher Richtung kam und Regen und Graupel fast waagerecht vor sich hertrieb. Es versprach eine unruhige Überfahrt zu werden, aber er hatte keine Zeit, um auf besseres Wetter zu warten. Fuller würde – soviel war Harp klar – so bald wie möglich Redpath aufsuchen und ihm von Harps Besuch im Lagerhaus erzählen. Vielleicht schon in diesem Moment.

Die Fähre zwischen Manhattan und Staten Island verkehrte einmal in der Stunde. Wenn Harp die Bucht jetzt überquerte, hatte er, auch wenn Redpath sich sehr beeilte, mindestens eine Stunde Vorsprung.

Wenige Minuten nachdem die *Middletown* abgelegt hatte, wurde aus dem Graupelregen ein schweres Schneetreiben. Harp stand in der vorderen Kabine, die Beine gespreizt, weil das Schiff rollte und krängte. Für einen Augenblick sah er Governor's Island, bevor es hinter einer weißen Wand verschwand.

Als die Fähre die Hälfte der Strecke zurückgelegt hatte, war so gut wie nichts mehr zu sehen, gleichgültig in welcher Richtung. Sie ritt auf den hochgehenden Wogen vorwärts, wurde nur noch mit Hilfe des Kompasses auf Kurs gehalten, ihr Nebelhorn blies ohne Unterlaß, ihre stampfende Maschine und wühlenden Schaufelräder kämpften gegen den wachsenden Sturm und die hereinkommende Flut an.

Andere Schiffe tauchten kurz aus dem dichten Schneefall auf und wurden wieder von der weißen Wand verschluckt. Ein Schoner lag bedenklich schräg und schien nahe am Kentern, als er verschwand. Ein kleiner Schlepper tauchte auf und nieder, und die Wellen brandeten über sein Deck. Eine Fähre kehrte von Staten Island zurück und stimmte mit ihrem Nebelhorn in das der *Middletown* ein, als sie einander passierten.

Der Wind näherte sich Sturmstärke, und aus dem Schneetreiben war ein Blizzard geworden, als Harps Fähre es schaffte, an der Anlegestelle *Old Quarantine* in Staten Island festzumachen. Eine Schneewehe hatte sich an der Südseite des schäbigen Depots fast bis zum Dach aufgetürmt, aber an der Nordseite hatte der Wind den Schnee weggefegt. Ein Schild wurde im Innenraum aufgehängt, als Harp hindurchging. Darauf stand, daß bis auf weiteres der Fährverkehr zwischen Staten Island und Manhattan eingestellt war.

Das war eine gute Neuigkeit. Sie verschaffte Harp sehr viel mehr Zeit für seine Suche. Bis der Fährverkehr wieder aufgenommen wurde – was nicht geschehen würde, bevor der Sturm nachließ.

Auf der Straße vor dem Depot lag der Pulverschnee so hoch, daß keine Droschke und kein anderes Gefährt auf Rädern durchkamen. Aber es warteten sieben Pferdeschlitten, die von bis über die Ohren eingemummten Farmern gesteuert wurden. Schneestürme boten ihnen eine glückliche Gelegenheit, für den Transport an Land kommender Passagiere maßlose Wucherpreise zu verlangen.

Harp stellte sich in die Schlange und wartete, bis einer der Schlitten zurückkehrte und er an der Reihe war. Er sagte dem Farmer, wohin er wollte, und beschrieb ihm den Weg so, wie Junius Slowly es getan hatte.

»Das ist 'ne saumäßig harte Fahrt«, sagte der Fahrer. »Aber für 35 Dollar versuch ich's.«

Das war ein abenteuerlicher Preis für eine Schlittenfahrt. Aber der Weg war zu weit, um ihn bei diesem Sturm zu Fuß zu gehen; und der Farmer sah sich bereits nach anderen Kunden um, als Harp das Geld hervorzog. Der Farmer steckte es mit einem zufriedenen Grunzen in die Tasche und reichte Harp eine Decke, als dieser auf den Schlitten kletterte. Dann nahm er die Zügel und fuhr los. Harp wickelte sich zum Schutz gegen die beißende Kälte in die Decke ein, zog seine

Hutkrempe tief herunter und schlug den Mantelkragen über seine untere Gesichtshälfte, um sich vor dem peitschenden Wind zu schützen.

Sie fuhren südwärts über die Küstenstraße, die die Ostküste der Narrows säumte. Von der gegenüberliegenden Küste konnte man nichts sehen; gewöhnlich war sie von hier aus deutlich zu erkennen. Jetzt war dort draußen nur das dunkle, aufgewühlte Wasser und darüber der driftende weiße Vorhang. Gleich hinter den hübschen Villen zwischen Fort Tompkins und dem Dorf Stapleton bog der Farmer nach rechts ab und fuhr nacheinander auf mehreren schmalen Landstraßen ins Landesinnere.

Der Wind war launenhaft. Er fegte manche der Straßen fast ebenso schnell frei, wie der Schnee auf sie fiel. Über andere Straßen häufte er Schneewehen. Ihr Pferd arbeitete sich mühsam durch diese Haufen, während der Schlitten, den es zog, leicht darüber hinwegglitt. Sie fuhren durch düstere Wälder, an Farmen, Hügeln und Sumpfland vorbei. Die einzigen Geräusche waren das Heulen des Sturms, das Schnaufen des Pferdes und das Zischen der Kufen auf dem Schnee.

Hinter einem Balkenzaun zur Linken lagen umgestürzte Grabsteine, manche unterm Schnee, andere nackt. Es war der alte holländische Friedhof, den Junius Slowly erwähnt hatte. Gleich dahinter begann der Zufahrtsweg zu dem Landhaus von Redpath.

Harp konnte das Haus durch den wirbelnden Schnee nicht erkennen, aber er sah, daß der Weg unbefahrbar war. Er lag zwischen Felsbänke eingeschnitten, und der Wind hatte Schnee hineingetrieben, so daß er bis oben hin gefüllt war.

Der Farmer versuchte mit der Peitsche, das Pferd zum Betreten der Fahrrinne zu bewegen. Das Pferd sank aber bis zum Bauch ein und gab nach den ersten Schritten auf. Harp stimmte mit dem Farmer überein, daß es keinen Sinn hatte, es weiter zu versuchen. Er half, das Pferd aus dem versperrten Weg zu befreien, und sah dem Schlitten nach, als dieser zurück zur Küste fuhr. Harp stieg auf die linke Felsbank und stapfte über Redpaths Grund und Boden. Der Schnee reichte fast bis an die oberen Stiefelränder. Um die höheren Schneewehen machte Harp einen Bogen.

Laut Slowly lag das Haus nicht weit von der Straße entfernt. Für Harp, der von Wind und Kälte gebeutelt und vom wirbelnden Schnee geblendet wurde, war es dennoch kein kurzer Weg.

Als er schließlich das Haus vor sich erkennen konnte, schnappte er mit offenem Mund nach Luft und sog mit ihr zusammen Schneeflocken ein, die in seinen schwer atmenden Lungen schmolzen. Am Rand seiner Hutkrempe und an seinen Wimpern hatte sich Eis gebildet. Um seine Nasenlöcher und Lippen bildeten sich Eiskrusten, und sein Mantel und seine Handschuhe wurden naß und schwer.

Das neue Landhaus von Redpath, das allein stand, umgeben nur von weiten Feldern und dem alten Friedhof, entsprach genau der Beschreibung von Junius Slowly. Ein klotziger einstöckiger Stein-und-Holz-Bau mit Dachgeschoß im viktorianischen Stil. Die mit Läden geschlossenen Fenster und hohen Schornsteine waren überladen verziert. Das Haus war noch nicht ganz fertig. Säulen harrten des Daches einer Veranda und eines Balkons im ersten Stock, aber beides fehlte noch.

Das Haus lag nach Süden, und der Schnee, der sich davor aufgetürmt hatte, versperrte die Eingangstür und die Fenster im Parterre. Von einer Regenrinne unter dem Dachgesims hingen Eiszapfen, so dick und lang wie Kuhbeine.

Harp, der in seinem eisüberzogenen Mantel zitterte und schwitzte, hielt sich nicht lange mit der Außenansicht des Hauses auf. Das schützende Innere war es, wonach ihn dringend verlangte. Er bahnte sich einen Weg durch den Schnee, um auf die Rückseite des Hauses zu gelangen. Die Rückseite des Hauses, die nach Norden ging, lag im Windschatten. Da sich der Sturm an dem Bau brach, blieb diese Seite weitgehend von den Schneewehen verschont.

Er versuchte gar nicht erst, die Hintertür mit seinem Dietrich zu öffnen. Die Finger in seinen gefrorenen Handschuhen waren zu klamm, um dabei schnell ans Ziel zu gelangen. Er rammte seinen Stiefelabsatz knapp über dem Riegel gegen die Tür, brach das Schloß auf, schleppte sich ins Haus und stieß die Tür hinter sich zu.

KAPITEL 42

Da alle Läden geschlossen waren, herrschte im Haus völlige Dunkelheit. Harp tastete sich vor zur Wand, bis er ein Fenster berührte. Er sperrte es auf, griff hindurch und entriegelte und öffnete die Läden. In dem trüben Tageslicht, das nun hereindrang, sah er, daß er sich in einem großen Raum ohne Teppich befand, in dem nur ein langer Eßtisch, zwei rustikale Stühle und ein Zimmermannstisch mit Werkzeug standen. Durch einen breiten Durchbruch in der Ostwand des Zimmers, der für noch fehlende Schiebetüren gedacht war, gelangte man in ein unfertiges Wohnzimmer. In der gegenüberliegenden Wand führte eine kleine, türlose Öffnung zur Küche und Speisekammer, die ebenfalls noch in unfertigem Zustand waren.

Redpath hatte Harp in Billy McGlorys Tanzhalle gesagt, es würde ihm nichts ausmachen, den Polizeidienst jetzt zu verlassen, da er genug Geld beisammen habe, um sich, seine Familie sowie sein Stadt- und sein Landhaus zu unterhalten. Das aber war laut Junius Slowlys eingehender Prüfung der Buchhaltungsunterlagen nicht wahr.

Slowly sagte, daß Redpath die Kosten für den Bau des Hauses auf dem Stück Land, das er gekauft hatte, unterschätzt und sich bei dem Versuch, es fertig zu bauen, völlig übernommen hatte. Seine Ersparnisse waren aufgebraucht, er hatte hohe Kredite bei zwei Banken aufgenommen und war mit der Zahlung der Schulden im Rückstand, so daß er auf sein Familienhaus in der Stadt zusätzlich eine Hypothek aufnehmen mußte.

Redpath hatte sich nicht blindlings verschuldet. Bevor die Ermittlungen der Anklagejury Wirkung zu zeigen begannen, hatte er mit gutem Grund geglaubt, daß er sich auch große Schulden leisten könne – daß er jeder finanziellen Verpflichtung dank der reichen, nicht versiegenden Quelle der Schmiergelder nachkommen könne. Doch Slowlys detaillierte Untersuchung sowie Aussagen, die neuerdings von Leuten gemacht worden waren, welche Redpath bestochen hatten, ergaben genug Belastungsmaterial, um Redpath hinter Gitter zu bringen oder ihn aus dem Polizeidienst zu entlassen. Oder beides.

War Redpath erst einmal aus dem Polizeidienst entlassen, würde sein Anteil an den Schmiergeldern jäh versiegen. Er würde seine Schulden nicht mehr abzahlen können. Er würde sein Landhaus verlieren – und vielleicht auch sein Haus in der Stadt. Alles, was er für sich und seine Familie aufgebaut hatte, wäre verloren.

Das war der Grund, warum er so gehandelt hatte.

Harps Interesse galt zunächst einmal dem mächtigen Steinkamin, der den größten Teil einer Eßzimmerwand einnahm. Harp war noch halb erfroren. Ein Stapel zersägter und gespaltener Holzscheite lag auf der einen Seite, ein Korb mit Kleinholz zum Anzünden auf der anderen. Harp befestigte die Läden, so daß Licht hereinkam, und schloß das Fenster. Er legte seinen Hut, seine Handschuhe und seinen Stock auf dem Eßtisch ab. Er knöpfte seinen Mantel mit steifen Fingern mühsam auf und legte ihn zum Trocknen über einen der Stühle. Von seinen Stiefeln rann geschmolzenes Schneewasser und bildete Lachen auf dem Holzboden; seine Füße waren zwar kalt, aber nicht naß geworden.

Er wandte sich bereits zum Kamin, doch die gewohnte Vorsicht bewog ihn, zu seinem Mantel zurückzukehren, wo er den Le-Mat-Revolver hervorholte und in die Jackentasche steckte. Dann kümmerte er sich ums Aufwärmen. Das Kleinholz war alt und trocken. Harp schichtete genug davon im Kamin auf, und in wenigen Minuten loderte ein Feuer. Er legte dann die kleinsten der gespaltenen Scheite obenauf, und als diese gut brannten, fügte er große Holzstücke hinzu. Dann stand er auf, wärmte sich in der wohltuenden Hitze, die vom Feuer ausströmte und ihn umfing.

Er zündete sich eine seiner dünnen Zigarren an, während er auftaute. Doch der Zigarrenrauch zusammen mit dem geschmolzenen Schneewasser in seiner Lunge brachte ihn zum Husten. Nach ein paar Zügen gab er es auf und warf die Zigarre ins Feuer. Er drehte sich hin und wieder etwas, damit auch seine Seiten und sein Rücken die Wärme aufnahmen, und während er sich so von einer Seite zur anderen wendete, entdeckte er ein Warmluftgitter im Boden. Es gab also wahrscheinlich einen Ofen im Keller, der verschiedene Zimmer mit warmer Luft belieferte. Wenn Redpath nicht vor der Installierung das Geld ausgegangen war. Aber es gab vom Eßzimmer aus keinen direkten Weg, auf dem Harp hinuntergelangen konnte, um dies herauszufinden.

Als er sich genug aufgewärmt hatte, begann er einen ersten Rundgang im Erdgeschoß. Um sich mit dem Grundriß vertraut zu machen und um mögliche Verstecke zu entdecken. Er öffnete alle Fenster, an denen er vorüberkam, und schloß sie wieder, nachdem er die Läden aufgeklappt und an der Hauswand befestigt hatte, so daß Licht hereinkam. Mit Ausnahme der Fenster an der Vorderseite des Hauses. Diese gingen nach Süden, und er konnte die Läden wegen den Massen des dort angehäuften Schnees nicht öffnen.

Von dem Kamin im Eßzimmer gelangte nur wenig Wärme in die anderen Räume. Es war, als ob er durch eine Reihe großer Kühlräume ging, und die Kälte begann wieder an ihm zu nagen. Nirgendwo waren die Türen eingesetzt. Jeder Raum hatte ein Warmluftgitter.

Als Harp die Diele betrat, fand er, wonach er suchte. Eine breite Treppe ohne Geländer führte von hier in den ersten Stock. Hinter ihr lag ein schmaler Flur, über den man eine Toilette erreichte, mit zwei schmalen Stiegen, von denen eine hinauf- und die andere hinunterführte. An einem Eisenhaken über der letzteren hing eine Paraffinlaterne. Harp zündete sie an und stieg die Stufen hinab.

Der Keller war nicht groß. Der meiste Platz wurde von einem gußeisernen Kohleofen und dicken Heißluftrohren eingenommen, die in alle Richtungen strebten, sowie von einem gut gefüllten Kohlenbehälter. Auf dem Ofen stand geprägt: Palace Queen Furnace – Wheeler & Co., Utica, N. Y. Harp schaute in den Wasserbehälter und fand ihn ausreichend voll. Er prüfte den Druckregulierer und öffnete die Luke, schaufelte eine Menge Kohle hinein und brachte das Feuer in Gang.

Binnen weniger Minuten herrschte in dem Keller eine fast unerträgliche Hitze. Harp knöpfte seine Jacke auf und durchsuchte die unteren Räume. Er konnte nichts finden, was als Versteck taugte... Es sei denn, das, was er suchte, befand sich in dem Behälter unter der Kohle. Und dort wollte er erst nachsuchen, wenn alle anderen Möglichkeiten ausgeschöpft waren.

Harp stieg wieder zum Erdgeschoß hinauf und kehrte in das Eßzimmer zurück. Er holte sich einen Stuhl – damit er sich daraufstellen konnte, um auch die Decken und die höheren Teile der Wände untersuchen zu können – und steckte noch einen Meißel und zwei verschieden große Schraubenzieher von dem Zimmermannstisch in seine hintere Hosentasche. Er nahm die nach oben führende Stiege. Die Stufen führten vom ersten Stock weiter in das Dachgeschoß. Doch er stellte den Stuhl auf dem Treppenabsatz ab und ging zunächst das erste Stockwerk durch, öffnete die Fenster und schloß sie wieder, nachdem er die Läden aufgeklappt hatte. Hier konnte er auch die Läden auf der Südseite öffnen. Keine der Schneewehen reichte so hoch hinauf.

Weder der frostige Wind noch das dichte Schneetreiben hatten an Heftigkeit nachgelassen. Doch die Räume im Haus wurden durch die Luft, die vom Ofenfeuer durch die Gitter aufstieg, langsam wärmer. Nachdem alle Fensterläden geöffnet waren und Tageslicht hereinließen, schlenderte Harp durch das erste Stockwerk zurück und unterzog die unmöblierten Räume einer ersten Musterung. Wohlhabende Familien bauten in ihre neuen Häuser gern Verstecke ein. Mit der Zeit kannte man die bevorzugten Plätze dafür und durchschaute unfreiwillige Hinweise darauf. Doch da er nichts Auffälliges fand, nahm er wieder den Stuhl und stieg zum Dachboden hinauf.

Dort gab es nur zwei Fenster, eines in jedem Giebel. Der Dachboden war in zwei kleine Räume unterteilt. Offensichtlich waren sie als Zimmer für die Hausangestellten gedacht: New Yorker, die sich solche leisten konnten, fanden es ordinär und mit ihrem demokratischen Selbstverständnis unvereinbar, Hilfen im Haushalt als Dienstboten zu bezeichnen. Nur diejenigen, die als Hausangestellte arbeiteten, nannten sich selbst Dienstboten.

Harp setzte seine Suche im Obergeschoß fort. Es dauerte eine Weile, bis er sich davon überzeugt hatte, daß hier nichts versteckt war. Er trug den Stuhl ins erste Stockwerk zurück. Aber er nahm seine Suche dort erst wieder auf, nachdem er sich mit einem Blick durch ein Fenster vergewissert hatte, ob der Blizzard draußen mit unverminderter Stärke wütete, so daß der Fährverkehr noch lahmgelegt war.

Der Sturm wütete.

Wenn das Haus möbliert gewesen wäre, hätte sich ihm eine schwierige Aufgabe gestellt: Er hätte jedes dafür in Frage kommende Möbelstück untersuchen müssen. So blieben nur die Wände, Fußböden und Decken. Harp begutachtete sie, während er von Zimmer zu Zimmer ging.

Auch war es hilfreich, daß das Haus noch unbewohnt war und laut Slowly seit dem Herbst keine Handwerker darin gearbeitet hatten. Niemand außer Redpath hätte einen Grund gehabt, während der letzten Woche hierherzukommen. Und Redpath konnte davon ausgehen, daß niemand sonst das Haus besuchen würde, zumindest nicht für den Rest des Winters. Er hätte also bei der Wahl eines Verstecks keine besondere Sorgfalt walten lassen oder Spuren verwischen müssen.

Außer dem Baderaum, zwei Ankleideräumen und zwei Fluren bestand das erste Stockwerk aus »Zimmern«. Diese

Schlafzimmer zu nennen, war zu zweideutig. Hausangestellte hatten Schlafzimmer. »Richtige« Menschen hatten Zimmer.

Das größte dieser Zimmer blickte nach Süden. Es hatte Glastüren, die eines Tages auf den noch nicht vorhandenen Balkon führen sollten. Draußen waren bisher nur die großen Säulen errichtet worden, die den Balkon und das Dach der Veranda tragen sollten. Die Glastüren waren mit Eis überzogen und zitterten unter der Wucht des Windes.

Etwas anderes befand sich noch in diesem Zimmer, das die anderen Räume nicht hatten. Ein leerer Bücherschrank, der in eine Wand eingelassen war. Harp fiel daran nichts Besonderes auf. Doch er wußte, daß Bücherschränke, die unverrückbar eingebaut erschienen, eine der beliebtesten Versteckmöglichkeiten waren.

Harp untersuchte jeden Zoll. Er klopfte jedes leere Regalbrett ab und benutzte den Meißel, um es aus der Wand zu lösen. Er legte sich auf den Boden und spähte unter den Schrank, er stieg auf den Stuhl, um die Abdeckung des Schranks mit einem Schraubenzieher zu untersuchen. Doch er fand nichts.

Er ließ von dem Schrank ab und begann die Bodenbretter im Zimmer zu begutachten. Indem er langsam über sie hinschritt, achtete er auf das Geräusch, das jedes Brett unter seinen Stiefelabsätzen machte. Manche versuchte er mit Hilfe des Meißels zu lösen. Doch die Bodenbretter sahen alle gleich aus, machten das gleiche Geräusch beim Auftreten, gaben im gleichen Maße nach.

Er schritt über das Warmluftgitter, und da stieß er auf die erste Abweichung. Da waren winzige blanke Kratzspuren in den geschlitzten Schraubenköpfen, die das Gitter am Boden befestigt hielten.

Harp setzte sich neben das Gitter auf den Boden. Er holte die drei Werkzeuge hervor und versuchte es zunächst mit dem kleineren Schraubenzieher. Er paßte genau in die Schraubschlitze. Jede der Schrauben ließ sich erstaunlich mühelos gegen den Uhrzeigersinn herausschrauben.

Als sie alle gelöst waren, zog er das Gitter hoch und legte es neben die Werkzeuge, dann versuchte er, die Bodenbretter zu entfernen, in die es geschraubt war. Das zweite lockerte sich. Darunter, zwischen den Balken, war ein Loch. In diesem Loch befand sich eine Rolle steifer Malerleinwand.

Er zog sie heraus und rollte sie auf dem Boden auf, wobei er sie mit den Knien festhielt. An den Rändern der Leinwand, wo sie vom Rahmen entfernt worden war, befanden sich Nagellöcher.

Es war ein vollständiges Ölgemälde von einer schönen blonden Frau, die nackt vor einem orientalischen Wandteppich posierte. Sie hatte einen jugendlichen, üppig gerundeten Körper, dessen Formen von dem Maler mit rosagoldenen Tupfen hervorgehoben worden waren, als ob warmes Sonnenlicht auf ihnen läge.

Harp kannte den Körper nicht. Aber das Gesicht war das gleiche wie auf dem Foto, das Josie Mansfield ihm gegeben hatte.

Alice Olcott. Die für einen kurzen Zeitraum in ihrem jungen Leben den Namen Alice Curry angenommen hatte. Und die nun tot unter dem Schmutz von Potter's Field verweste.

Hinter sich hörte er eine ihm bekannte, hohe und müde Stimme sagen: »Steh auf. Ganz langsam. Und die Hände weg von den Taschen.«

Harp wandte zuerst den Kopf um.

Captain Redpath stand in der Tür, in einem Kleid aus Schnee und Eis, das sein Gesicht zur Hälfte wie mit einer Maske bedeckte. Hut und Handschuhe hatte er ausgezogen, und er hielt einen Polizeirevolver direkt auf Harp gerichtet.

KAPITEL 43

Harp stand auf – langsam, wie befohlen. Er spürte das zunehmende Gewicht seines eigenen Revolvers in seiner Jackentasche. Aber er war nicht tollkühn genug, um einen Griff danach zu versuchen, als er sich zu Redpath umdrehte.

»Sagen Sie bloß nicht, daß die Fähren schon wieder fahren.«

»Nein«, sagte Redpath. »Ich habe einen Schlepper gefunden, der mich rübergebracht hat.«

Bei diesen Worten lag kein Triumph in seiner Miene oder seiner Stimme. Er sah erschöpft, beinahe krank aus. Schneewasser und geschmolzenes Eis rannen von ihm herab und bildeten Lachen um seine Stiefel. Ein athletischer Mann, der ein Alter erreicht hatte, in dem die Strapazen dieses Weges durch den Schneesturm an die Grenzen seiner Kraft gingen. Doch die Waffe, die auf Harps Brust zielte, schwankte nicht.

»Warum habe ich daran nicht gedacht?« sagte Harp. »Wie dumm von mir.«

»Wir alle machen Fehler«, sagte Redpath. »Ich muß auch welche gemacht haben, sonst wärst du nicht hier.«

»Das stimmt«, gab Harp zu.

»Zum Beispiel hätte ich das Bild nicht hierlassen sollen.« Ohne seine Aufmerksamkeit von Harp abzuwenden, reckte er sich, um das Bild auf dem Boden sehen zu können. »Wie bist du darauf gekommen, daß ich es noch besitze?«

»Ganz einfach«, erklärte Harp. »Sie sind nicht so dumm gewesen, sich nur auf Fullers zukünftige Großzügigkeit zu verlassen. Sie haben drei Leute umgebracht, um sich Fuller gefügig zu machen. Sie konnten nicht gut etwas zerstören, was so sehr dafür spricht, daß *er* die Frau ermordet hat. Sie haben das Bild gebraucht, um ihn einschüchtern zu können, damit er Ihre Schulden bezahlt. Und um ihn erpressen zu können, damit er für Sie und Ihre Familie aufkommt. Ihren Brief habe ich allerdings nicht gefunden.«

»Er ist da«, sagte Redpath langsam. »Du hast nur nicht tief genug gegraben.«

Er schien etwas in seinem Kopf auszubrüten. Aber dies minderte nicht die Aufmerksamkeit, mit der er Harp im Auge behielt.

»Also haben Sie sie gezwungen, diesen Brief zu schreiben, bevor Sie sie ermordet haben«, fuhr Harp fort. »Und dann haben Sie Moe Saul umgebracht, damit er nicht aussagen konnte, daß Sie es waren, der ihm den Tip mit dem Champagner in Fullers Lagerhaus gab und ihm sagte, wann man sicher einbrechen könnte. So wie Sie Smuts Coon getötet haben, damit er nicht aussagen konnte, daß *Sie* ihm den Auftrag gaben, die Schläger auf mich anzusetzen.«

»Wie kommst du darauf, daß ich es war, der Alice und Moe umgebracht hat?«

Harp zwang sich zu einem dünnen Lächeln. »Sie wollen, daß ich Ihnen sage, wo Sie Fehler gemacht haben. Damit Sie sie ausräumen können. Warum sollte ich Ihnen helfen, wenn Sie mich sowieso umbringen?«

»Vielleicht bringe ich dich nicht um.« Redpath holte tief Luft. Mit seiner freien Hand wischte er sich Wasser aus dem Gesicht, ohne dabei seine Augen zu bedecken, mit denen er Harp beobachtete. »Ich mache dir ein faires Angebot. Du erzählst mir, was ich wissen will – und ich lasse dich laufen. Wenn du mir dein Wort gibst, daß du niemandem etwas davon verrätst.«

»Das Wort haben Sie von mir«, sagte Harp, wohl wissend, daß Redpath ihm nicht glauben würde. Ebensowenig, wie er bei Redpath an ein faires Angebot glaubte.

»Du schwörst es vor Gott?«

»Sicher. Warum nicht? Alice Olcott hat mir nichts bedeutet. Und auch Moe Saul nicht oder Smuts Coon.«

»Sie haben *niemandem* etwas bedeutet«, sagte Redpath.

»Eine Nutte, ein Hehler und ein Gangster. Abschaum, alle drei. Warum sollte sich irgend jemand über sie Gedanken machen? Sie sind besser da, wo sie jetzt sind, und die Welt hat's besser ohne sie, verstehst du, was ich meine?«

»Ich verstehe, was Sie meinen«, erwiderte Harp.

»Dann sag mir mal, wie du darauf gekommen bist, daß *ich* sie umgebracht habe.«

»Da ist zunächst mal Moe Saul. Ich bezweifle, daß Fuller mit so jemandem Umgang hatte. Und wenn doch, warum sollte er ihm den Tip geben, sein eigenes Lagerhaus auszurauben? Und selbst wenn er einen Grund dafür gehabt hätte, er hätte Alice Curry dort nicht umgebracht und liegenlassen, wenn er wußte, daß Diebe einbrechen. Aber *Sie* haben Moe Saul gekannt. Sie haben Schmiergelder von Hehlern wie ihm bekommen, dafür, daß Sie sie in Ruhe Geschäfte machen lassen. Einer von Ihren eigenen Leuten hat mir gesagt, daß Sie für Tips, wo es was zu holen gibt, extra Schmiergeld kassieren. Außerdem hatten Sie ein Interesse daran, daß im Lagerhaus eingebrochen wird. So entdeckte nämlich Costello den Einbruch, ging hinein und fand Alice Olcotts Leiche. So kamen die Dinge zusammen, und Sie konnten Fuller erpressen, damit er Sie vor dem Bankrott rettet. Sie haben alles getan, was Sie konnten«, fuhr Harp fort, »um Fuller zu decken, damit Sie ihn danach erpressen können. Die Planung und der Zeitpunkt des Einbruchs im Lagerhaus weisen eindeutig darauf hin, daß Sie Alice Olcott ermordet haben. Außerdem sind Ihnen noch andere schwere Fehler unterlaufen.«

Ein heftiger Windstoß rüttelte an den Glastüren, drohte sie aufzudrücken. Harp wandte sich halb zu ihnen um.

»Keine Bewegung!« befahl Redpath. Und fragte dann: »Was für andere schwere Fehler?«

»Senken Sie das Schießeisen, damit ich klar denken kann«, sagte Harp. »Auf die Mündung zu gucken macht mich nervös.«

»Nicht bevor ich sicher bin, daß du es ehrlich mit mir meinst«, sagte Redpath. »Und da wir von Nervosität sprechen, laß uns *deine* Knarre loswerden. Die deine Tasche da so ausbeult. Danach können wir beide an andere Dinge denken. Nein, nimm sie nicht raus. Zieh nur deine Jacke aus, und wirf sie hier herüber.«

»Okay«, sagte Harp gelassen, zog seine Jacke aus – und schleuderte sie auf Redpath.

Redpath feuerte in dem Sekundenbruchteil, bevor die Jacke sein Gesicht traf. Aber sie nahm ihm bereits die Sicht, und Harp war schon fort: Er sprang zur Seite, warf sich mit seiner ganzen Kraft gegen die Glastüren – und brach sie auf. Redpath schoß erneut, als er die Jacke von seinem Gesicht riß, doch die Kugel traf nicht. Harp war durch die Öffnung und außer Sicht getaucht.

Er landete auf einer der hohen Schneewehen, die der Sturm an der Vorderseite des Hauses aufgehäuft hatte, und versank zum Teil in der weichen Masse. Er sank noch ein, als er sich, so schnell er konnte, die Schräge hinabrollte. Ein weiterer Schuß kam von oben, als Harp den Boden erreichte. Doch er ging daneben, weil Harp nun von Kopf bis Fuß in Schnee eingemummt war und sich von den Schneewehen um ihn herum kaum unterschied, ein äußerst schwieriges bewegliches Ziel auf diese Distanz.

Redpath mußte dies eingesehen haben, denn es folgten keine Schüsse mehr, als Harp durch weitere Schneehaufen tauchte und sich vom Haus entfernte. Redpath würde sich beeilen, aus dem Haus zu kommen, um ihn mit einem sicheren Schuß zu erledigen. Da bemerkte Harp einen Wetterwechsel, der seine Pläne durchkreuzte. Plötzlich fiel nur noch wenig Neuschnee. Obwohl die Luft voll weißen Pulvers war, blies der scharfe Wind den Schnee, der bereits gefallen war, wieder fort. Der Schnee bedeckte seine Spuren nicht mehr schnell genug, so daß Redpath ihm Schritt auf Schritt folgen konnte.

Unter gewöhnlichen Umständen wäre dies kein Problem gewesen. Harp war jünger als Redpath und hätte ohne große Mühe den Abstand zwischen ihnen halten und vergrößern können. Aber solche Umstände herrschten hier nicht. Die

Kälte hatte nach dem dichten Schneefall noch zugenommen, und der Wind war wie heranwehendes Eis. Redpath hatte den Schutz seines Mantels. Harp war bis auf Stiefel, Hose und Hemd entkleidet.

Auf den ersten hundert Schritt schien die Furcht, die Harp vom Haus forttrieb, genug innere Wärme in ihm zu erzeugen. Doch dann begann die Kälte sich immer enger um ihn zu legen, sie drang in seinen Körper ein und griff nach seinen inneren Organen, die ihn in Bewegung hielten.

Er bahnte sich einen Weg durch den Schnee, um höhere Verwehungen herum, trieb sich zu größerer Eile an. Wenn er sich schneller bewegte, würde ihm warm werden, so daß er der Kälte besser trotzen konnte. Doch da er keinen Mantel trug, der seine Haut vor dem heulenden Wind schützte, würde er dennoch bald auskühlen und an Erschöpfung und eisiger Kälte zugrunde gehen.

Der Schnee, der ihn seit seinem Sprung aus dem Haus umkleidete, wurde von seinem Hemd, seiner Hose und seinem Unterzeug aufgesogen, und diese begannen an seinem Körper festzufrieren. Kleine Eiszapfen wuchsen ihm in den Haaren und Augenbrauen. Der schneidende Wind trieb ihm Tränen in die Augen, Tränen, die gefrieren und seine Lider verschließen konnten. Er mußte sie immerzu wegwischen, damit er sehen konnte. Seine nackten, nassen Hände wurden rot und brannten vor Frost. Wenn er Redpath nicht bald abhängte oder ein Mittel fand, ihm seinen Revolver abzunehmen, war er ein toter Mann. Und es spielte dabei keine Rolle, ob die Kälte oder Redpath ihn umbrachte. Tot war tot.

Er schleppte sich durch kniehohen Schnee um einen Schneehügel herum, der seinen Kopf überragte, als er mit seinen Stiefeln auf eisglattem Fels ausrutschte. Bevor er sein Gleichgewicht wiederfand, warf ihn ein Windstoß am Fuß des Hügels nieder. Von der Seite rutschte Schnee herunter und bedeckte ihn. Er schaufelte etwas davon beiseite und erhob sich auf unsicheren Beinen. Schwer keuchend und zitternd warf er einen Blick zurück in die Richtung, aus der er kam.

Das Haus war hinter windgetriebenen Schleiern aus Pulverschnee verschwunden, doch durch die Schleier sah er undeutlich eine dunkle Gestalt, die sich zwischen ihm und dem unsichtbaren Haus bewegte. Sie war nicht zu erkennen, aber es konnte nur Redpath sein, der schneller als Harp vorankam: denn er benutzte den Pfad, den Harp mit Zeit- und Kraftverlust in den Schnee gestampft hatte.

Was, wie Harp klar wurde, seine Möglichkeiten einschränkte. Selbst wenn er es irgendwie fertigbrachte, Redpath in einen Hinterhalt zu locken und zu entwaffnen, wußte er, daß er in einem Zweikampf nicht überleben würde. Redpaths Alter hatte seine gewaltige Körperkraft nicht verringert. Nicht genug jedenfalls. Er würde keine Waffe brauchen, wenn sie sich erst gegenüberstanden.

Es gab nur einen Weg, den Harp sich vorstellen konnte, um hier lebend herauszukommen. Er konnte nur nicht vorhersagen, ob seine Kraft ausreichen würde, um es zu bewerkstelligen. Nach bloßer Schätzung hatte er eine halbe Stunde gebraucht, um durch den Schnee diesen Weg zurückzulegen, und es hatte ihn sehr angestrengt.

Er wandte sich von der nahenden Gestalt ab und bewegte sich in Richtung seines Ziels. Jeder Schritt bedeutete nun einen Akt seines Überlebenswillens. In seine Stiefel war Schnee eingedrungen. Seine Füße und Fußgelenke wurden taub. Und sein Herz war drauf und dran, den Kampf gegen den Wind und die Kälte zu verlieren, es pumpte nicht mehr genug Blut in die Glieder. Auch nicht in seinen Kopf. Er versuchte einen Schwindelanfall zu überwinden, als er beinahe in den Balkenzaun des alten Friedhofs gestolpert wäre.

Er wollte den oben liegenden Balken fassen und wegdrücken, doch er konnte seine Hände nicht mehr genug bewegen, um ihn zu umgreifen. Seine Finger waren nicht mehr rot, sondern totenweiß und fühlten sich völlig steif an, als würden sie gleich abbrechen. Er hakte seine Unterarme unter den Pfahl, hob ihn an und ließ ihn nach innen auf das Gelände des Friedhofs plumpsen. Dann kletterte er unbeholfen über den Mittelpfahl – und fiel vor einem alten Granitgrabstein auf die Knie.

Die wirbelnde Kraft des Sturms hatte die Oberfläche des Grabsteins freigelegt. Die Verwitterung von über einem Jahrhundert hatte die Inschrift nicht auslöschen können:

Hier liegt die sterbliche Hülle von
Rachel Bart
6 Jahre alt
Zum Herrn zurückgekehrt am 3. Juni 1769

Mit Kraftreserven, von denen Harp nicht geglaubt hatte, daß er sie noch besaß, kam er wieder auf die Füße. Schwankend im Wind schaute er zurück auf den Weg, den er gekommen war. Es schien viel Zeit vergangen zu sein, seit er dies zuletzt getan hatte. Redpath war außer Sicht, hinter einer der hohen Schneewehen verborgen. Aber er brauchte nicht zu sehen, wie Redpath den Friedhof betrat, um zu wissen, daß er ihn verfolgte. Die Spur, die Harp im Schnee hinterlassen hatte, war tief und deutlich.

Er befand sich nah an der Vorderseite des Friedhofs. Er bewegte sich in den hinteren Teil und bog zu einem der höheren Grabsteine ab. Als er ihn erreichte, nahm er ihn als Deckung und wandte sich dem nächsten hohen Stein zu. Sie standen in dichten, zufälligen Gruppen, nicht in Reihen. Das war eine Hilfe. Redpath konnte so nicht erkennen, wohin seine Spur führte, bis er den jeweiligen Grabstein erreicht hatte und um ihn herumgegangen war. Er würde einen Hinterhalt befürchten und in weiten Bögen Stellen aufsuchen, wo er freie Sicht hatte und nicht angesprungen werden konnte, bevor er seinen Revolver schußbereit hatte. Das würde ihn wenigstens langsamer werden lassen …

Harp erreichte den hinteren Zaun, kletterte zwischen den Pfählen hindurch und stürzte erneut. Er spürte ein fast unwiderstehliches Verlangen, liegen zu bleiben. Der Schnee unter ihm schien ein eigenes Leben zu haben, er zog ihn an, redete ihm schmeichelnd zu, liegen zu bleiben in seinem sanften Kissen und die Augen zu schließen. Er erinnerte sich an das friedvolle Gesicht von Moe Saul, der tot auf seinem Bett gelegen hatte. Dieser Friede konnte auch ihm zuteil werden, wenn er nur dem magischen Raunen des Schnees folgte und sich darin ausstreckte und erfror. Ein schmerzloser Tod, wenn man erst einmal aufgehört hatte, sich dagegen zu wehren. Man schlief ein, das war alles. Gewöhnlich mit einem Lächeln, da man keine Kälte und keine Pein mehr spürte.

Seine tauben Beine und Arme wollten ihm nicht mehr aufhelfen. Der größte Teil seines Körpers schien sich mit ihnen dagegen aufzulehnen. Ein Teil seines Bewußtseins ebenso: Es flüsterte von der Wonne, sich dem immer festeren Griff der eisigen Kälte hinzugeben. Er horchte in den Teil seines Bewußtseins hinein, den er noch beherrschte, und dort begehrte ein wilder Überlebensdrang gegen jene heimtückische, tödliche Verlockung auf.

Irgendwie stand er plötzlich, er wußte nicht, wie er das geschafft hatte. Kleine Muskeln unter seiner Haut zuckten, und seine Nerven waren zum Zerreißen gespannt. Doch er war aufgestanden. Er stellte sich breitbeinig hin, um das Gleichgewicht zu halten, und blickte zurück über seine Schulter. Redpath war nicht zu sehen, und er konnte nur hoffen, daß Redpath ihn auch nicht sah. Harp humpelte auf seinen wackligen, zitternden Beinen um eine Hecke herum, die der Schnee in eine hohe, weiße Mauer verwandelt hatte.

Als er diese Mauer zwischen sich und dem Friedhof hatte, torkelte er in Richtung auf das Haus weiter.

Seine Sicht wurde immer verschwommener. Er übersah eine Schneewehe gleich vor sich und stolperte hinein. Er merkte erst, was geschehen war, als der Schnee um ihn herum sich auftürmte und ihn bis zum Bauch begrub. Fluchend und bemüht, Anfälle eines hysterischen Lachens zu unterdrücken, wühlte er sich frei und setzte seinen Weg fort: Die

Knie knickten bei jedem Schritt unter ihm ein; jeder Atemzug frostiger Luft durch den offenen Mund schmerzte in seinen Lungen.

Er hatte keinerlei Gefühl mehr in den Füßen. Sie schienen Bleiklumpen geworden zu sein, die am Ende seiner schwankenden Beine zerrten. Seine Füße stolperten übereinander und brachten ihn zu Fall. Er stürzte auf die Seite, rollte sich auf die Hände und Knie, ohne sich auch nur eine Sekunde Schlaf zu erlauben, die genügte, um ihn zu verschlingen. Aufrecht taumelnd, schleppte er sich wieder vorwärts. Sein Herz schlug mit bedrohlicher Langsamkeit.

Er fiel erneut. Und dieses Mal konnte er sich nicht mehr aufrichten. Doch die geschützte Rückseite des Hauses war jetzt in Sicht, nah.

Harp kroch den Rest des Weges.

KAPITEL 44

Redpath hatte die Hintertür einen Spalt weit offengelassen, als er hinter Harp hergeeilt war. Harp schob sie nun mit seinem Kopf auf und kroch in das Eßzimmer, dann stieß er sie mit der Schulter zu. Er wünschte, er hätte sie abschließen können, doch das Schloß hatte *er* aufgebrochen.

Die Wärme vom Kamin und aus dem Warmluftgitter hüllte ihn ein, und seine keuchenden Lungen füllten sich mit der warmen Luft. Er zog seine Stiefel aus, indem er die Absätze schräg gegen den Boden drückte und dann die Stiefel mit den Füßen fortschleuderte. Nun konnte die Wärme an sie heran. Er hätte auch gern seine nassen Socken ausgezogen, aber seine gefrorenen Finger würden ihm nicht gehorchen.

Die meisten der Holzstücke, die er in den Kamin gelegt hatte, waren heruntergebrannt. Doch am letzten Scheit leckten noch kleine Flammen, und darunter lag eine Schicht aus glühendem Holz. Harp fühlte einen nur schwer zu bezähmenden Drang, dort hinüberzukriechen, seine Füße nah an die Glutasche zu legen und seine Hände über dem letzten brennenden Holz zu wärmen. Aber er wußte, wenn er das tat, würden seine Finger und Zehen in ihrem jetzigen Zustand aufplatzen, und er würde sie für immer verlieren. Statt dessen begann er seine Hände und bestrumpften Füße am Boden zu reiben, und er mußte hinschauen, um es zu tun, denn er fühlte nichts. Es war eine viel ungefährlichere Methode, das Blut in sie zurückzubringen. Aber es ging nur sehr langsam.

Er hatte immer noch so gut wie kein Gefühl in seinen Gliedern, aber er spürte zu deutlich, wie die Zeit verrann, um noch länger zu warten. Er kroch zu einem der Bauernstühle, schob ihn mit seiner Schulter über den Boden, bis er schräg an der Tür lehnte. Der Stuhl würde Redpath nicht daran hindern hereinzukommen, das war klar, aber zumindest würde Harp den Stuhl umkippen hören, wenn die Tür aufgestoßen wurde, während er außerhalb des Eßzimmers war.

Harp stützte seine Unterarme auf den Stuhlsitz und stemmte sich in eine stehende Position. Indem er erst mit dem einen tauben Fuß, dann mit dem anderen über die Dielenbretter vorwärtsrutschte, verließ er das Eßzimmer und erreichte die Haupttreppe zum ersten Stock. Doch sein Fußgelenk bog sich auf der ersten Stufe um, und er fiel mit seinem ganzen Gewicht gegen die Stufen darüber. In sein Bein schoß ein Schmerz, der darauf hindeutete, daß er sich das Gelenk verstaucht hatte. Tatsächlich war Harp froh über den Schmerz. Er bedeutete, daß die Wärme im Haus langsam seine frostgelähmten Nerven wiederbelebte.

Er zog sich auf Knien die Treppe hinauf, und als er auf dem Treppenabsatz im ersten Stock angekommen war, stachen Schmerzen wie tausend Nadeln in seinen Händen und Füßen, doch auch sie waren ihm willkommen.

Im Schlafzimmer des Hausherrn hatte sich keine Wärme angesammelt. Durch die Glastüren, die er mit seinem Körpergewicht aufgebrochen hatte, blies der Wind wirbelnden Schneestaub herein. Seine Jacke lag verkrumpelt am Boden, ein Ärmel über dem Aktgemälde von Alice Olcott. Er kroch zu ihr hin und betete, daß Redpath sich nicht die Zeit genommen hatte, den Le-Mat-Revolver herauszunehmen, bevor er hinausrannte.

Er hatte nicht.

Aber es war eine schwierige Arbeit, den Revolver aus der Tasche zu nesteln. Seine Hände brannten wie Feuer, seine Finger zuckten unter dem reißenden Krampf des Auftauens. Doch er konnte sie nicht genug krümmen, um die Waffe zu ergreifen. Schließlich zog er den Revolver mit seinen zwei Handballen heraus und hielt ihn zwischen ihnen eingeklemmt. Er kroch zum Bücherschrank, stützte seine Ellbogen auf eines der Bretter und drückte sich in eine aufrechte Stellung. Seine Füße schmerzten nun stark, und sein geschwollenes Fußgelenk tat noch mehr weh. Mit vorsichtigen Bewegungen humpelte Harp zurück und arbeitete sich zum Erdgeschoß hinunter.

Der Stuhl hielt die Tür zum Eßzimmer immer noch angelehnt. Und Redpath konnte nirgendwo anders hereingekommen sein, ohne daß Harp es gehört hätte. Er hatte nicht damit gerechnet, daß Redpath so lange brauchen würde, seiner Spur zum Haus zurück zu folgen. Er war dankbar dafür, daß ihm ein Aufschub gewährt worden war, den er nutzen konnte; aber er wunderte sich darüber.

Mit seinen Knien schob er den anderen Stuhl neben den Eßtisch und ließ sich darauf niederfallen. Von dort blickte er durch das Rückfenster auf das Gelände hinter dem Haus, das Redpath durchqueren mußte, um zur Tür zu kommen. Harp legte seine Unterarme auf den Tisch, tat seine zitternden Hände auseinander und ließ den Revolver zwischen ihnen auf den Tisch sinken. Er begann, seine Hände auf der Tischplatte hin und her zu reiben, und mit seinen Füßen schabte er über den Boden, was die Schmerzen noch vermehrte, da mehr Blut sie zu durchströmen begann, doch er ließ nicht nach. Er fühlte sich sehr schwach. Die Wärme im Haus hatte seine Kleidung annähernd getrocknet; aber sie brachte auch eine Schläfrigkeit über ihn, gegen die er ankämpfen mußte. Der Schmerz in seinen Händen und Füßen half ihm dabei.

Als Redpath sich schließlich draußen zeigte, verstand Harp, warum er so lange gebraucht hatte. Er taumelte hin und her, unfähig, eine gerade Strecke zu gehen. Sein Mantel hatte ihn in gewissem Maß gegen den Wind und die Kälte geschützt, doch nicht genug für jemanden in seinem Alter. Unterkühlung und Erschöpfung hatten seine Kraft geschwächt. Seine Arme baumelten an ihm herunter, als er näher wankte. Doch der Revolver steckte fest in seiner großen rechten Faust.

Harp sah, wie er stolperte und auf die Knie sank. Mit gebeugtem Kopf und gekrümmten Schultern verharrte er so eine Ewigkeit, wie es Harp schien. Doch dann stemmte er seine linke Hand auf den Boden, bekam seine Füße unter seinen Rumpf und richtete sich gebückt und schwankend wieder auf.

Harp nahm seinen eigenen Revolver in seine zitternden Hände. Er drückte Hände und Revolver auf die Tischplatte, um sein Zittern unter Kontrolle zu bekommen, aber er konnte den Finger noch nicht um den Abzug legen. Er hielt den Revolver so, daß die linke Hand diese Unfähigkeit vor Redpath verbarg, und zielte mit dem Lauf auf die Tür.

Redpath verschwand aus Harps Sicht. Einen Augenblick später drückte er gegen die Tür, dann polterte er dagegen. Die Tür sprang weit auf und warf den Stuhl um, der quer über den Boden rutschte. Redpath stürzte ins Zimmer herein, landete auf seinen Händen und Knien. Die Wucht des Aufpralls schlug ihm den Revolver aus der Faust. Er fiel nur wenige Zoll weit von ihm entfernt auf den Boden, aber Redpath griff nicht nach ihm. Er verwandte seine ganze Konzentration darauf, sich auf allen vieren zu halten, und zitterte dabei vor Anstrengung. Sein Kopf sank herunter, und er schnappte nach Luft, so laut, daß das ganze Zimmer von dem Geräusch erfüllt wurde.

»Wenn du nach dem Revolver greifst«, sagte Harp krächzend, »puste ich dir den verdammten Schädel weg.«

Langsam hob Redpath den Kopf. Sein Gesicht schien um zwanzig Jahre gealtert zu sein, seit Harp ihn das letzte Mal gesehen hatte. Seine tränenden Augen waren glasig. Aber er erkannte schwach die Waffe, die auf ihn gerichtet war.

Harp schaffte es endlich, daß sein Finger den Abzug berührte. Er war sich aber unsicher, ob er ihn schnell genug drücken könnte, wenn Redpath sich auf das Spiel einließ und seinen eigenen Revolver holte.

Beinahe eine ganze Minute lang starrten sich die beiden Männer an, ohne daß ein Wort fiel. Dann setzte sich Redpath auf den Absätzen auf und nahm seine Hände vom Boden. Aber er langte nicht nach seinem Revolver. Statt dessen umfaßte er mit beiden Händen den Türgriff der offenen Tür und zog sich, vor Anstrengung stöhnend, hoch, bis er auf seinen Füßen stand.

Er sah Harp wieder mit leerem Gesicht an. »Du hast keinen Grund, Schande über meine Familie zu bringen«, sagte er mit belegter, unsicherer Stimme. »Sie soll nichts wissen... über mich. Sag ihnen nichts. Bitte...«

Damit wandte er sich um und ging hinaus.

Harp saß da und sah durch das Fenster, wie Redpath vom Haus forttorkelte. Sah ihn gehen, bis er eine Schneewehe, vielleicht fünfzig Meter entfernt, erreichte. Sah ihn dort stehenbleiben und dann langsam, verzweifelt über die Seite klettern. Zunächst, mit seinen ersten Schritten, sank er bis zu den Fußgelenken ein; dann bis zu den Knien und weiter. Er schaffte es fast bis zur Spitze des Hügels, dann fiel er, mit dem Gesicht nach unten, in den weichen Schnee.

Harp wartete darauf, daß er aufzustehen versuchte. Aber Redpath bewegte sich nicht mehr; noch nicht einmal, um sein Gesicht aus dem Schnee zu heben. Harp beobachtete die Szene noch mehrere Minuten lang, dann stand er auf, humpelte zur Tür und schob sie zu. Er war außer Atem, als er sich wieder auf seinen Stuhl niederließ und durch das Fenster schaute. Redpath lag noch da, wie er gefallen war: Gesicht nach unten, die Beine begraben, die Arme gespreizt.

Da er sich zu schwach fühlte, noch einmal aufzustehen, blieb Harp einfach sitzen und starrte stumpfsinnig aus dem Fenster. Sein Gesicht und seine Ohren brannten, da die Wärme des Hauses das Blut wieder in ihnen zirkulieren ließ. Seine Lippen fühlten sich aufgesprungen an. Als er sie mit der Zungenspitze abtastete, schmeckte er Blut. In seinen Händen und Füßen hämmerte es, und Schmerzen stiegen von ihnen in seine Arme und Beine. Nach einer Weile übermannte ihn auf dem Stuhl der Schlaf...

Als er aufwachte, brach über die blanke weiße Landschaft draußen vor dem Fenster die Dämmerung herein. Doch die dunkle Gestalt von Redpath lag noch unverändert auf dem Schneehügel.

Der Kamin spendete noch Wärme, doch die Flammen waren ausgegangen. Harp stand auf und schleppte sich zu ihm hin. Seine Füße und Hände taten immer noch weh, aber zumindest konnte er sie wieder benutzen. Er brachte das Feuer wieder in Gang, dann ging er hinunter in den Keller. Im Ofen lag noch brennende Kohle. Er schaufelte mehr Kohle darauf: genug, nahm er an, daß es für die kommende Nacht reichte. Zurück im Eßzimmer, türmte er mehr Holzscheite auf das lodernde Feuer.

Er brauchte Essen und noch viel mehr Schlaf. In der Küche und Speisekammer gab es nichts. Es gab auch nichts Alkoholisches zum Trinken: Danach hatte er noch mehr Verlangen als nach etwas Eßbarem. Es gab noch nicht einmal Wasser. Er ging nach draußen zu einem Blecheimer, den er zuvor unter einem Ausguß in der Regenrinne entdeckt hatte. Das Wasser darin war zu einem Klumpen gefroren, aber er trug den Eimer ins Haus. Er sah nicht wieder zu Redpaths Schneehügel hinüber, weder beim Kommen noch beim Gehen.

Nachdem er den Eimer an eine Seite im Kamin gestellt hatte, holte er sich einen Becher aus der Speisekammer. Als er zurückkam, schmolz das Eis in dem Eimer bereits zu Wasser. Er tauchte den Becher hinein und trank. Das wiederholte er dreimal, dann breitete er seinen Mantel vor dem Kamin aus, legte sich darauf, benutzte seinen Hut als Kopfunterlage und sank wieder in Schlaf.

Er hatte Träume. In einem davon kniete Louise neben ihrem toten Mann im Dickicht der Wildnis und legte ihm ihr Foto auf die Brust.

Als er erwachte, war es heller Morgen, und der Sturm hatte sich beruhigt. Die Wolkendecke war aufgerissen, und das Sonnenlicht verlieh der weißen Landschaft um das Haus ein Leuchten und Funkeln. Das Feuer war fast erloschen, aber die Wärme von Kamin und Ofen hielt noch an.

Harp streckte sich langsam, um die Steifheit aus seinen Gliedern zu bekommen. Seine Hände und Füße taten nicht mehr sonderlich weh; und sein Gesicht und seine Ohren gar nicht. Dafür schmerzte das geschwollene Fußgelenk mehr. Nachdem er drei Becher Wasser aus dem Eimer getrunken hatte, streute er dünnes Brennholz auf die verbliebene Glut. Als es Feuer fing, legte er drei schlanke Scheite obenauf, dann humpelte er nach oben in das Schlafzimmer des Hausherrn.

Der Brief von Alice Olcott war dort, wo Redpath gesagt hatte: tief in der Öffnung unter den Dielenbrettern. Harp nahm ihn und das Aktgemälde mit nach unten und verbrannte beides im Kamin.

Während sie von den Flammen verschlungen wurden, zog er sich die Stiefel an. Sein geschwollener Fußknöchel machte dies zu einer schwierigen und schmerzhaften Angelegenheit. Doch als er erst einmal drin war, gab die Enge des Stiefels ihm Halt und dämpfte den Schmerz. Harp zog seinen Militärmantel über und knöpfte ihn zu, steckte seinen Revolver in die eine Tasche und den von Redpath in die andere.

Nachdem er seinen Hut aufgesetzt hatte, schaute er noch einmal zum Kamin. Das Feuer war am Verlöschen. Brief und Bildleinwand waren Asche. Harp verteilte mit seinem Hickorystock die Asche über den Scheiten, bevor er das Haus auf dem Weg verließ, auf dem er hineingekommen war. Er zog die Tür mit dem aufgebrochenen Schloß so gut er konnte von außen zu, dann warf er einen letzten Blick auf den Schneehügel, der fünfzig Meter vom Haus entfernt lag.

Die dunkle Gestalt von Redpath war kaum mehr zu sehen, das meiste von ihr war unter einer Schicht weißen Pulverschnees verborgen. Niemand würde an Selbstmord glauben – nicht bei Redpath. Er wäre nicht der erste, der bei einem Schneesturm hinausgegangen war, die Orientierung verloren hatte und erfroren war.

Und vielleicht handelte es sich tatsächlich nicht um das, was die Kirche, der Redpath angehörte, Selbstmord genannt hätte. Er war wahrscheinlich so weit gegangen, wie er konnte, und er war einfach umgefallen, als er nicht mehr weiter konnte.

Harp humpelte zur Straße und begann auf ihr in Richtung der Küste von Staten Island zu gehen. Er hatte sich schon auf einen langen und qualvollen Weg eingestellt, als ein Farmerehepaar auf einem Schlitten vorbeikam. Sie waren auf dem Weg nach Stapleton. Sie hielten an und nahmen ihn mit, weigerten sich aber, Geld dafür zu nehmen. Nachdem er in einer Imbißstube in Stapleton ein großes heißes Frühstück verschlungen hatte, bezahlte er einen vernünftigen Preis für eine kurze Fahrt zum Fähren-Depot *Old Quarantine.*

Der Sturm hatte aufgehört, und alle Fähren hatten den Verkehr wieder aufgenommen. Harp nahm die nächste nach Manhattan. Auf halbem Weg in der Bay warf er Redpaths Revolver über Bord.

Er konnte sich nicht recht erklären, warum er das tat. Klarer war ihm, warum er das Bild von Alice Olcott und ihren Brief verbrannt hatte. Redpath hatte sie ermordet – und Moe Saul. Doch Redpath hatte dafür mit dem Tod bezahlt, und damit war die Sache erledigt. Harp verspürte keinerlei Neigung, die Familie von Redpath in das Ganze hineinzuziehen.

Man konnte es als sein Opfer an die Götter ansehen. Vergalten sie je eine Gunst? Manche Leute glaubten, ja. Harp gehörte nicht zu ihnen – aber andrerseits hatte der Zynismus als Abwehrmechanismus auch seine Grenzen. Er schaute nach vorn Richtung Stadt, der sie sich näherten, und er wußte, was er als nächstes zu tun hatte.

Er erinnerte sich daran, was Olivia Walburton in ihr Tagebuch geschrieben hatte. *Gott liebt keine Feiglinge.*

KAPITEL 45

Manhattan war nicht so stark von dem Sturm betroffen gewesen wie Staten Island, doch viele Telegrafenverbindungen waren zusammengebrochen, und der Schnee hatte sich auch dort aufgetürmt. Die großen Avenues waren allerdings schon freigeräumt, und mehrere der wichtigeren Querstraßen wurden geräumt. Vor dem Fähren-Depot von Pier 1 wartete eine stattliche Reihe von Hansom-Droschken; ihr Fahrpreis heute war doppelt so hoch wie sonst. Harp nahm sich eine und nannte dem Fahrer sein Ziel.

Bei einem der besseren Wohnblocks, an dem die Droschke vorbeifuhr, schaufelten Gruppen von Straßenjungen den Schnee von den schmalen Hausveranden und Gehsteigen. Harp erinnerte sich, wie seine Bande in seiner Kindheit das gleiche nach Schneestürmen getan hatte. Erinnerte sich auch, daß sie von den besserstehenden Familien enorme Preise verlangt hatten. Und wie sie Schneebälle mit Steinen darin gegen die Fenster der Häuser geworfen hatten, deren Bewohner ihre Dienste nicht wollten. Seine Droschke kam an einem Häuserblock vorbei, wo zwei Jungenbanden mit dem Schneeräumen aufgehört hatten, um sich wegen Revierstreitigkeiten zu bekriegen. Harp konnte sich auch daran erinnern.

Die meisten der Straßen in Murray Hill, so stellte er fest, waren teilweise geräumt. Er stieg aus der Droschke und stand vor Louise Vedders Haus. Ihr Vorgarten war unter hohen Schneehaufen begraben, doch der Weg zum Haus war frei. Er humpelte ihn entlang bis zur Haustür, verbiß sich den Schmerz, der bei jedem weiteren Schritt vom Fußgelenk zu seinem Bein hinaufkletterte.

Das Hausmädchen, das auf sein Klopfen hin erschien, ließ ihn im Eingangsbereich warten, während sie fortging, um ihrer Herrin seinen Besuch zu melden. Harp hängte seinen Hut und Mantel an einen Garderobenhaken und lehnte seinen Stock gegen die Wand. Er hatte nicht vor, das Haus zu verlassen, bevor er Louise gesehen hatte.

Das Hausmädchen kehrte zurück und erklärte ihm, daß Louise im Musikzimmer auf ihn warte. Er humpelte durch den Flur zum hinteren Teil des Hauses. Sie stand dort mit dem Rücken zu ihm am Erkerfenster und schaute durch das kahle, mit Eiszapfen behangene Geäst der Gartenbäume auf den spitzen Turm einer Kirche, die sich einen Häuserblock weiter erhob.

Er blieb wenige Schritte hinter ihr stehen. »Es war der *Krieg*, der Ihrem Mann das Leben geraubt hat, Louise. Ich habe nichts von ihm gewußt, und er hat nichts von mir gewußt. Wir waren füreinander nur Männer in verschiedenen Uniformen und haben getan, wozu man uns hingeschickt hatte. Ohne irgendeine Art von Haß zwischen uns. Sie selbst hatten Freunde, sogar Brüder, die aufeinander geschossen haben. Es war der Krieg.«

»Ich weiß«, sagte Louise und blickte weiter aus dem Fenster. »Ich glaube, Simon und Sie, ihr hättet euch gemocht, wenn ...« Ohne den Satz zu vollenden, drehte sie sich um und betrachtete forschend sein Gesicht. »Es tut mir leid, daß ich Sie so verlassen habe, vor zwei Tagen ... Ich brauchte Zeit für mich selbst, um das, was Sie mir gesagt haben, hinter uns zu lassen.«

Harp bemerkte, daß sie *uns* statt *mir* sagte – und schaute auf das Klavier, wo er bei seinen beiden vorangegangenen Besuchen Simon Vedders Foto hatte stehen sehen. Es stand jetzt nicht da.

»Ich habe es weggetan«, sagte Louise. »Nicht für immer, aber für eine Weile. Zusammen mit dem Bild, das Sie ihm weggenommen haben. Ich bin zu dem Schluß gekommen, daß ich es Ihnen nicht zurückgeben werde.«

»Es ist nur ein Bild«, sagte Harp.

»Ja«, sagte sie. »Aber ich nicht. Ich bin kein Bild.«

»Ich weiß«, sagte Harp und ging die zwei Schritte, die sie trennte, und griff nach dem, wonach er sich schon so lange sehnte. Er schloß seine großen Hände um ihre schlanken Arme, zwischen Schulter und Ellbogen. Zunächst ganz sacht, doch kräftiger, als er sie näher zu sich zog. Er spürte nur einen geringen Widerstand – und dann keinen mehr. Als er sie küßte, waren ihre Lippen bereit. Nach einer kurzen Weile lehnte sie ihr Gesicht an seine Brust, und ihre Arme legten sich um seine Hüften und umschlossen ihn mit einem Verlangen, das ebenso stark war wie sein eigenes.